博雅文学论丛

马振方 著

中国早期小说考辨

北京大学出版社

图书在版编目(CIP)数据

中国早期小说考辨/马振方著. —北京:北京大学出版社,2014.2
(博雅文学论丛)
ISBN 978-7-301-23704-5

Ⅰ.①中… Ⅱ.①马… Ⅲ.①古典小说-小说研究-中国-先秦时代 Ⅳ.①I207.41

中国版本图书馆 CIP 数据核字(2014)第 006746 号

书　　　名:	中国早期小说考辨
著作责任者:	马振方　著
责 任 编 辑:	徐　迈
标 准 书 号:	ISBN 978-7-301-23704-5/I·2703
出 版 发 行:	北京大学出版社
地　　　址:	北京市海淀区成府路 205 号　100871
网　　　址:	http://www.pup.cn
新 浪 微 博:	@北京大学出版社
电 子 信 箱:	pkuwsz@126.com
电　　　话:	邮购部 62752015　发行部 62750672　编辑部 62756467
	出版部 62754962
印　刷　者:	三河市北燕印装有限公司
经　销　者:	新华书店
	965 毫米×1300 毫米　16 开本　21 印张　267 千字
	2014 年 2 月第 1 版　2014 年 2 月第 1 次印刷
定　　　价:	45.00 元

未经许可,不得以任何方式复制或抄袭本书之部分或全部内容。
版权所有,侵权必究
举报电话:010-62752024　电子信箱:fd@pup.pku.edu.cn

目 录

中国小说发轫于先秦
　　——代前言　　　　　　　　　　　　　　1

《穆天子传》——大气磅礴开山祖　　　　　1
　　附：《穆天子传》纪时考议　　　　　　10
《晏子春秋》的虚拟成分与文类辨析　　　19
《国语》《左传》的虚拟成分与文类辨析　　59
《庄子》寓意文体辨析　　　　　　　　　　86
先秦四部子书之小说考辨　　　　　　　　113
《战国策》之小说考辨　　　　　　　　　　140
《管子》之小说考辨　　　　　　　　　　　157
《尚书》之拟史小说考辨　　　　　　　　　174
《韩诗外传》之小说考辨　　　　　　　　　192
《新序》《说苑》之小说考辨　　　　　　　212
《列女传》之小说考辨　　　　　　　　　　240
《列子》寓意文体辨析　　　　　　　　　　277
《孔子家语》《孔丛子》之小说考辨　　　　294
《高士传》编创之小说考辨　　　　　　　　311

后　记　　　　　　　　　　　　　　　　　325

中国小说发轫于先秦
——代前言

　　研讨中国小说的发轫时代,须首先明确小说概念。我们这里讨论的小说,是由作者自觉虚构又非寓言的完整叙事之文,亦即现代小说的概念。它包含自觉虚构性、完整叙事性和非寓言性等文体特征。自觉虚构性使小说既区别于史传及其他各种纪实文体,也区别于常涉虚幻却无自觉虚构性的神话与民间传说;完整叙事性使小说区别于种种零星言事的丛残小语;非寓言性的寓言指现代观念的寓言,即以"比喻的艺术形式"和显见的夸诞意象彰显人所共识之理或箴言的叙事之文,而非文体蒙昧时代将种种寓意或虚构叙事统称作寓言的那种"寓言"。胡念贻先生说得好:"我们今天清理文化遗产,首先要按古代一些典籍的内容对它作科学的归类,使之各得其所。"[①]小说发展到今天,尽管形态形形色色,与其初生的童年千差万别,但都具有上述三种文体特征。凭借这些特征,我们即能辨明哪些是小说,哪些不是,为今之小说找到它的早期同类,从而确定其发轫时代。

　　小说还有与生俱来的愉悦审美功能,即非实用性。但以抽象的文字语言符号为唯一表现手段的小说,与绘画、雕塑、音乐等艺术不同,其愉悦性与美感不能脱离意象塑造和题旨表达而独立存在,从古老的《穆天子

[①] 《〈逸周书〉中的三篇小说》,《文学遗产》1981年第2期。

传》到今天的现代、后现代小说,没有哪一部是纯娱乐小说。小说如果全无意象,不知所云,它就只剩下一堆文字符号,其愉悦功能也就消失了。反之,读者对作品描述的意象有所领悟和感受,同时也就程度不同地得到愉悦与美感。所谓非实用性,是指它不同于纪实、议论及书信、日记、布告等实用之文,而不是指其以意象表达题旨的功能。因此,子史书中羼入的那些既属自觉虚拟又非寓言的独立意象就是小说家的创造,属于早期小说作品。小说是发展的,其愉悦、审美的功能也随之发展,童年时代的小说与《红楼梦》的艺术美感自然天差地别,不可同日而语,但那只是程度的不同,不是有无的差异。作为愉悦和审美的功能,是一切文艺形态之所必有,完全无此功能的小说在理论上也是不存在的。再者,它与别种纪实文学所具有的愉悦审美功能并没有什么根本的区别,换句话说,有无愉悦与审美功能并不是小说与某些实用性记事散文(如史传、通讯、报告文学之类)的根本区别。因此,我们在讨论小说发轫期时也就无须考察其时作品的这种功能。

发轫就是初生。我们说小说发轫于先秦,就是说,先秦已产生了具有上述特征的作品。虽然比起成熟的小说,先秦小说有如初生婴儿之于硕壮的成人,但它又是地道的小说,后世和现代的中国小说就是从那里蹒跚起步发展起来的。面对《穆天子传》《墨子·公输》《庄子·说剑》和《韩非子》中的师旷为晋平公演奏等一大批先秦作品,除了毫不含糊地称之为"小说",没有任何别的称谓可供选择。谓之"前小说"或小说的"史前形态"并不确当,因为它们确是自觉虚构又非寓言的完整叙事之文。绿天馆主人云:"史统散而小说兴,始乎周季,盛于唐,浸淫于宋。韩非、列御寇诸人,小说之祖也。"① 这位明后期的白话小说评论家追述小说的初生与发展言简意赅,甚具见地,只是误以为伪作颇多的《列子》真是先秦列御寇及其后学所作而已。

战国是思想解放、百家争鸣的时代,又是文体的蒙昧时代。儒、墨、道、法诸家争相为文,以彰显各自的治国之道和人生哲学,却没有现成的

---

① 《古今小说》叙,人民文学出版社1958年版。

文体可供应用。早期产生的《论语》乃是语录,是孔子应答弟子、时人语录的集合①。更早行时的文体则是各国史官记述君臣言行的实录,即晋之乘、楚之梼杌、鲁齐等国之春秋是也。再有便是和传世的《春秋》同被后世称作"经书"的书,或为诗歌,或为卜辞,或为文告,或言礼制,显然都不适应争鸣的需求。诸家于是八仙过海,各显神通,创造适应自己需求的新文体。这使战国又成了诸种文体丛生的时代。从这种意义上说,先秦又是百花齐放的时代。章学诚甚至说:"至战国而后世之文体备。"②首先,诸子书中有相当多的论说文或论说成分,从《墨子》到《吕氏春秋》无不如此,只有先入子部后改史部的《晏子春秋》是个例外——全书叙事,与先隶史部后改小说部的《穆天子传》正同。但战国时期的多部子书虽有分量不等的论说文或论说成分,笔者所见却无一部为纯论说文,而是间杂多少不等又各自独立的叙事之文。其中《庄子》《管子》《韩非子》两者参半,《吕氏春秋》则大半都由叙事文构成。这一方面是由于其时既无文体借鉴,也无文体制约,作者为求达意,可以随心所欲、无拘无束地挥洒笔墨;另一方面,大都广受史乘的熏陶,大量杂入叙事文乃是史乘影响的钤记。

不仅如此,思想解放的先秦作者,除史官之笔,也不受虚实、真伪的制约。周穆王西征本是传说,《穆天子传》的作者却通过想象将它铺叙成长达数千言的"排日的日记",写的多是某日至某地、受某礼、赐某物等巡游的日常情事,谁也无法以口传诵,成为作者个人大肆虚构的叙事长文。远古的尧舜时代尚无文字记录,儒者为宣扬圣君圣臣,竟以渺茫的传说写出以人物对话为主体的儒家经典《尧典》(含今之所传《舜典》)与《皋陶谟》(含今之所传《益稷》),而那两篇《尚书》在很大程度上乃是凭空想象、虚拟的历史,即拟史小说。墨子后学为张大墨翟的功业,不仅不顾《战国策》和《墨子·鲁问》所写公输顺从墨翟之义而罢攻宋的事实,虚造公输欲杀墨翟等事,还让两人以腰带和牒片玩攻守游戏,甘冒"篡改""虚造"

---

① 参见《汉书艺文志》,商务印书馆1955年重印本,第15页。
② 《文史通义》卷一《诗教上》,辽宁教育出版社1998年版,第15页。

之名。这就具备了创造小说的重要条件:勇于虚构。而庄周及其后学,为宣示所持的带有神秘性的"虚无"之义、"无为"之道,索性远离人生世事,大起空中楼阁,创造了大批所谓"寓言",其中许多都是今之称为寓意小说之作。让孔子、展禽、柳下跖等不同时期的人物共处、对话于同一时空,构成《盗跖》的奇特情节,更是大胆开创了寓意小说的新生面。宋代的黄震说得好:"庄子以不羁之材,肆跌宕之说,创为不必有之人,设为不必有之物,造为天下所必无之事,用以眇末宇宙,戏薄圣贤,走弄百出,茫无定踪,固千万世诙谐小说之祖也。"①后至《韩非子》与《吕氏春秋》,大量撷拾其时被书写或口传之事以为某种理义的例证,就其书而言,叙事是为证理疏义,独立性是相对的;而就其事而言,原在各书之外,是完全独立的叙事,其书采用的同时,也就记录、加工了原作,如果原为好事者自觉虚构之作,则无异记录、加工了一篇小说。两书有相当一部分叙事正是做了这样的记录和加工。所谓先秦诸子中的小说,除了诸子自己的创作之外,有很大一部分就是这种意义上的作品。它们对诸子书而言或可说是一种小说成分,而对它们自身而言,则是实实在在的小说。

　　子书而外,非属史官记录的先秦史书也多少不等地羼入有意虚拟的小说类作品或小说成分。《逸周书》学界已有考辨②。被历代文献书目多归入"杂史"的《国语》《战国策》,"拟托"之作不胜枚举,其中许多都是早期小说。另如《左传》,传解《春秋》自然"年月井井,事多实录"③,但叙事亦不乏范宁所谓"富而艳"者,韩愈、弘历所谓"浮夸"者④,不仅某些细致生动的描述加入了作者的想象,富于文学价值,也掺杂某些蓄意造作的叙事。《国语》与《左传》各有相当多的灵应预言,那是作者利用已知的春秋、战国史事为人物制作的先知先觉神话,均非史笔,而是自觉虚拟的早期小说或小说成分。

---

① 《黄氏日抄》卷五十五《苏子古史》,清乾隆三十二年(1767)新安汪佩锷刊本。
② 参见胡念贻《〈逸周书〉中三篇小说》。
③ 崔述:《洙泗考信余录》卷三,《崔东璧遗书》,清光绪五年(1879)定州王氏谦德堂刊本。
④ 参见《春秋左传注疏》卷首《御制读左传》,《文渊阁四库全书》,台湾商务印书馆股份有限公司1986年影印本,第134册,第2页。

战国这样的时代至秦统一就结束了。经过焚书之祸,两汉的经学与史学又大为发展,子书则相形而式微。特别是武帝"罢黜百家,独尊儒术"之后,崇儒的同时,叙事尚实之风大兴。尽管某些经学家也编造上古帝王的名号与时代,却是打着古史的旗号堂而皇之进行的,与尚实之风表面上并不抵牾。王充的《论衡》就是尚实文风的鲜明标志,在破除种种迷信,指责种种"失实""虚语"的同时,也奋力排斥虚构的"华文"。较之战国诸子,两汉时代由作者自觉虚构的叙事之文少之又少,充斥叙事之书的除去大量史传,便是民间传说。《越绝书》与《吴越春秋》虽有作者的变改、虚拟成分,不无小说之作,主体却是史事与传说的结合体。故钱福谓《吴越春秋》"大抵本《国语》、《史记》,而附以传闻者为之"①。传闻或实或虚,甚或怪异荒诞,而"作者当时并不以为虚妄,而是信以为实加以记录",从而"与小说家蓄意虚构有本质的不同"②。便是成书于东汉荒诞不经的《列仙传》,主要也是民间传说,所以每篇都很短小,与后来羼入有意虚构、篇幅曼长的《神仙传》适成对照。不过,成书于西汉的《韩诗外传》《新序》《说苑》《列女传》等却各有大批自觉虚构的完整叙事之文——小说。需要指出的是,这些虚构之作不仅写的是先秦人事(写汉代人事者大都真实可信,甚少虚构),其本身也多属于先秦作品,韩婴与刘向主要是它们的整理者或应用者,在整理、应用的过程中有所改造与加工。因此,与其笼统称它们为汉代作品,不如将它们视为原初产生于战国时代更切合实际。至于《孔子家语》和《孔丛子》,产生年代虽还不能确定,其抄录、变改了许多先秦之作则是可以肯定的,所以也多有先秦人的手笔。这样看来,先秦战国不仅是中国小说的发轫期,也可以说是这种文体的勃发期,现存作品的总量多至数百,构成中国小说茁壮的童年。

传说源于远古,历代多有。至魏晋南北朝,佛道两教日盛,清谈之风大炽,以民间传说为主体的笔记小说日趋行时,志怪、志人之书风起云涌。志人多实,虚者多属传闻之讹,少有自觉虚构者。晋裴启作《语林》,"始

---

① 《吴越春秋》卷首钱福《序》,明弘治(1488—1505)邝璠刊本。
② 石昌渝:《小说》,人民文学出版社1994年版,第43页。

出,大为远近所传,时流年少无不传写,各有一通",后谢安谓其记述自己之语不实,为裴氏自撰,"《语林》遂废"①。这种变化充分显出当时传写人事的崇实鄙虚之风。至于神怪传说,由于宗教观念和民间信仰,言者、记者多如干宝,深信"神道之不诬"②。从这种意义上说,亦属"纪实"。听者、读者也多作为实言实事予以接受。此等记述人事与神怪民间传说的"丛残小语"虽繁盛于六朝,却在其后代代相传,不绝如缕,直至清末,成为全然不同于自觉虚构小说的另一类小说文体,自成"笔记小说史"。然而,在大量传说中,也逐渐产生少量篇幅曼长之作,并出现某些单篇作品。文人的整理和写作逐渐渗入自觉虚拟和创造成分,成为一种新体小说——准传奇。除成书年代尚难确定的《燕丹子》《汉武帝内传》,又有张敏的《神女传》、曹毗的《杜兰香别传》、无名氏的《赵飞燕外传》等。《搜神记》中收录的紫玉爱恋韩重的故事、卢充入崔少府墓的幽婚故事,虽非单篇作品,也都是情事婉转的准传奇小说,成为后来唐传奇的先声。《神仙传》中的某些作品也应视为这种文体。所谓准传奇,是指并非全然由文人个体有意造作的传奇,而是在传说基础上由文人加工掺入某些自觉虚构成分之作。但总观这一时期,自觉虚构的叙事之文仍比较少。倒是一部充作先秦之作的《列子》横空出世,除了抄袭《庄子》之文,更大力效法、发展《庄子》笔法,创造一批富于特色的寓意小说。这部打着先秦旗号的"伪书",也是先秦小说文体勃兴的余光返照。还有皇甫谧与嵇康,各编创一部《高士传》,本为赞赏历代"身不屈于王公"之士③,却因将《庄》《列》两书中一些虚造的人事错认作史实,也造成一批小说作品。

纵观中国早期小说,虽多短小、粗糙与稚拙,却多种多样,拟实与表意两大类都已有相当的数量。其中拟实类以拟史为主。在"六经皆史"、各国皆有"春秋"的时代,早期的许多小说以史传的形态出现,是史之分流,可统称为拟史小说,乃属拟实小说的一种。其特点是以历史真人之名写作者虚拟的现实性言行事迹。它在早期小说中占绝对的优势,实为早期

---

① 《世说新语》之《文学》《轻诋》,参见中华书局1983年版笺疏本,第269、844页。
② 干宝:《搜神记原序》,《搜神记》卷首,商务印书馆1957年版。
③ 皇甫谧:《高士传序》,《高士传》卷首,中华书局1985年影印本。

拟实小说。后世拟实小说的人名一般也是虚拟的,而早期小说除寓意者外,拟实者大都用历史中的真实人名。这既是它源于史之母体的胎记,也是它虚构性尚不充分的标志。它与属于拟史小说另一类型的后世历史小说既有相似,又有分别。后世历史小说,不仅人名取自历史,题材和事迹主干也大都取自史书,在史迹的基干上展开想象和艺术虚构。就上述品格而言,早期拟实小说介乎后世一般拟实小说与历史小说两者之间。本书中常称拟史为拟实,前者乃后者之一种也。在拟史小说中,存在不少仿改之作,或仿改史书(如将真实的史记改变主人公姓名而成的小说),或仿改别的小说。其中多为简单的仿造或改写,是早期小说稚拙的突出表现;也有少数独具创意者,能推陈出新,成为后世改旧翻新小说的前驱。

早期表意小说虽也不乏夸诞的写意之作,却以寓意体式为胜。史传中常见的虚拟的预言就是寓意体式的一种。《庄子》与《列子》更是早期寓意小说的奇迹。以今之文体特色衡量其文,两书虽有一定数量的寓言和寓意小品,更多的却是寓意小说。特别是《庄子》,以其极富人生哲理的深刻寓意、丰富多彩又翻空出奇的超验意象成为一个时代寓意文学的绝唱。它与后世道教的观念、旨趣可以说是大相径庭,而少数篇章对神仙人物的奇特想象与造作却又可说是后世某些道教小说的滥觞。

最后谈谈早期伪书与小说的关系。从史家角度看,《穆天子传》或为"伪书",那是因为某些史家曾错把这部小说当成史传。其实书并不伪,因为它并未冒充史传。《孔子家语》《孔丛子》不同,从其冒充孔子及其后代的真实事迹而言,自可说是"伪书";至于魏晋人集句而造的古文《尚书》更是地道的伪书。然而,伪书非指文体,也各有其文体,或为议论文,或为叙事文。如果是后者,恰好就是有意虚造史迹之作;又由于早期小说的叙事大都简略,与史作的叙事略无分别,叙事伪作的文体自然就成了早期小说。

《穆天子传》——大气磅礴开山祖

中国小说始于何时,近些年来其说不一:谓汉代者有之,谓魏晋者有之,谓唐代者亦有之。至于先秦,小说史论著或不予置论,或谓之"前小说"时期。所谓"前小说",就是含有某些小说因素的非小说,如神话传说、史传文学、诸子寓言之类。然而,就在战国中后期的公元前295年,一部洋洋近万言的虚构性散文叙事作品①,被埋入魏襄王墓,它其实是我国小说的开山之祖——《穆天子传》(下简称《穆传》)。

这部用蝌蚪文书于竹简的六卷之作,以干支排日形式叙述公元前九世纪周穆王巡游天下事。从晋武帝太康二年(281)盗发出土之后②,长期被视为帝王起居注或传记类史书。尽管早在唐代就有柳宗元提出"其书尤不经"的见解③,却并未动摇它在古目录书中的史书地位。至明后期,胡应麟始于此书有"颇为小说滥觞"之语④,但仅指其中详述盛姬丧葬的第六卷。后经清代特别是近现代史学家和文献学家的质疑、考证,反复论辩,如下两点已是广泛认同的事实:(一)其成书年代不是西周,更不是穆王在位之时,而是上距穆王数百年的战国中期或前期。(二)与前一点相关,其主体内容特别是前四卷西征绝不是穆王巡游的实录,而是在传说基

---

① 《穆天子传》出土后即无完帙,而据晁公武《郡斋读书志》卷十九传记类记载,"凡六卷八千五百一十四字"。
② 汲冢古籍的出土年代还有咸宁五年(279)、太康元年(280)两说。此从荀勖《穆天子传序》。
③ 《观八骏图说》,《柳宗元集》,中华书局1979年版,第468页。
④ 胡应麟:《少室山房笔丛》卷三十四《三坟补逸下》,上海书店出版社2001年版,第347页。

础上大力生发、想象、虚构的产物。且不说某些神异成分,即西巡规模之大、行程之远、道途之险、历时之久以及穆王在外域各邦威望之高、与犬戎等异族关系之融洽,都大大超出其时自然与社会的条件及史料显示的客观实际;其错以洛阳为宗周且以洛阳为起讫的西征路线更是东周人的主观设计和造作,显出全局的虚拟性质。因此,它不是史书,而是文学作品。但它是什么作品呢?文学史家大多谓之神话传说。鲁迅《中国小说史略》在讲"神话与传说"时举出《穆传》,但只录其见西王母和高奔戎搏虎两段,似非泛指全书。后出与晚近的某些小说史论著则概言《穆传》与《山海经》是"两部汉以前的以神话为内容的书",甚至说《穆传》"属于搜奇志怪的系统","是最完整的一部古代神话传说"。

《穆传》是神话吗?决然不是。即以仅存的六千余字文本而言,绝大部分是拟实性文字。通篇是写周穆王驾八骏、率六师巡游天下的人事活动:登山涉水,观光打猎,刻石铭迹,饮酒赋诗,瞻仰黄帝之宫,朝祭宗周之庙,奖励擒虎壮士,泣葬夭亡爱姬,更多的是到处接受外域部族首领的膜拜、献纳,赐赠给他们金珠宝物。超验的神异荒诞之笔寥寥无几,除"天子其遗灵鼓,乃化为黄蛇"(卷五)而外,主要就是卷三写的于瑶池会见西王母事。那事其实也并不怪诞:献礼,进酒,对歌,全然不像神话,而像"人话"。只是"我惟帝女"的谣词和穆王异乎寻常的虔敬态度(宾见择吉、馈赠称"献"之类)显出西王母超凡的身份和地位,也显出它与先秦古籍《山海经》《归藏》等书中神话人物西王母的连带关系①,从而使这种会见有了某种谒神的意味。但即使将它计算在内,幻异之笔所占的篇幅也只有全文的百分之几。怎能以此概言《穆传》是"神话"呢?胡应麟说:"《穆天子传》所记山川草木鸟兽皆耳目所有,如《山海经》怪诞之文百无一二也。"②顾颉刚先生经过一番考辨写道:"自从到了'积石南河',作者就开始采用《山海经》的名词","他作得与《山海经》不同的一点,就是他不取

---

① 萧统编《文选》卷六王僧达《祭颜光录文》李善注引《归藏》云:"嫦娥以西王母不死之药服之,遂奔月为月精。"中华书局1977年版,第838页。
② 胡应麟:《少室山房笔丛》卷三十四《三坟补逸下》,第343页。

神话","把一切现实化了"①。这些论断才符合《穆传》文本的实际。有人将卷一所写的穆王在燕然山下大祭河神拜受帝命之事也说成神话,其实,那个隆重的朝祭仪式完全是当时人的现实性迷信活动,类乎后世的巫祝请神,是通过人即河宗柏夭之口把上帝之命传达给穆王,既不见神人,也没有幻事,是很生动的拟实之笔。

《穆传》非但不是神话,其主体内容也不是传说。传说只有两种:一种有较强的故事性;另一种无故事性,甚至无叙事性,而有新闻性或特异性。前者可长可短;后者都很短小,也必须短小,如《山海经》中荒诞的殊方异物之类。换句话说,漫长的传说非有较强故事性不可,否则无法口传。《穆传》若长的记叙文字,却没有什么故事性,只以起居注的形式按日记述穆王所到之地及大同小异的献赐活动,笔墨粗简,而于时日干支、行经地域及部族、献赐物品及数目记述甚详,六千余字中仅干支纪日就多达一百四十个。这样的内容根本无法以口相传。《穆传》的基础素材主要是穆王西巡的民间传说,作品也保存了驾八骏之乘、以造父为御、会见西王母、高奔戎搏虎等传说内容,但篇幅很少。作者在对这个传说的再创造中,以大量穆王巡行的日常活动稀释并溶解了传说的故事性,使作品成了穆王西征的"一部排日的游记"(顾颉刚语),从根本上改变了素材原生态的传说性质,从而获得自觉虚构的书面叙事文学的小说品格。

这里说的小说,系以近世文体观念为参照系,而非古目录学之谓小说。认《穆传》为"小说"也由来已久。早在《四库全书》之前的《天一阁书目》就将它归入子部小说家类。《四库全书》编者在《总目提要》和《简明目录》中还特别说明将它"改隶小说"的理由:"多夸言寡实","为经典所不载"。不过,古目录学的"小说"内涵没有内容与形式的明确定性,其外延异常宽泛,即使范围大为缩小的《四库全书》也将"杂事""异闻""琐记"尽隶小说,将《山海经》与《穆传》并入"异闻"。从这方面看,明清目录学家认《穆传》为小说与今之小说史家认《穆传》为神话并不抵牾。前者小说观念的外延包含了后者之谓神话。近之学者经过考辨也有称《穆

---

① 顾颉刚:《穆天子传及其著作年代》,《文史哲》第 1 卷第 2 期,1951 年 7 月出版。

传》为小说而非神话者,但也多指古小说观念而言,有的还特别申明:"很难与后代小说观念合拍","应列入班固所说的'小说家者流'"①。其实,《穆传》不仅合于包罗广杂的古小说观念,也属近世文体学的小说范畴。试想,一位战国时期的作者,用其拥有的历史的、地理的、自然与社会的知识、经验,将有关数百年前穆王巡游的本事传说改造成为貌似后世帝王起居注的"排日的游记"——只能阅读不能口传的虚构性的书面叙事文学,这是多么巨大、新奇的造作!作者模仿当时"君举必书"的史官之笔杜撰出穆王数年巡游中百数十日的行程、地望、境况、作为,构成一部似真非真、以假乱真的穆王春秋——编年史体(实际就是以第三人称作叙述的日记体)作品,这又是何等大胆、自觉的创作意识!这种既非神话也非传说的虚构性拟实的叙事散文,即使出现在今世文坛,也只能认它为小说,而且还属于那种易得评家青睐的体式别致、不编故事、写出了现实自然生态的散文化小说。惜其出世太早,在被史学界错爱十数世纪之后一旦抛撇,文学界看它反觉眼生,不敢冒认作小说之祖。但这只是暂时现象,其确凿的小说品格终将使它归于祖位。

值得注意的是,编年史体小说在小说史上非此一种,时隔两千多年的清中叶又产生一篇《扶风传信录》,体式、样态、创作途径与《穆传》如出一辙。据《宜兴县志》及钮琇《觚賸》、王士禛《居易录》等笔记记载,清初康熙间宜兴地区流传着书生许丹忱与狐仙胡淑贞婚恋生息的传说,还有人写成文言小说《会仙记》。至嘉庆间,吴骞自称得到许生祖父的亲笔实录"《叙事解疑》一帙","年经月纬,排日按时",由吴氏"删其繁芜",辑成是篇。"扶风"是宜兴桥名;"传信"以为"解疑",所谓"较得之传闻者为确凿可据"②;题拟唐郑棨的《开天传信记》。全文约六千字,为《会仙记》的六倍,计列四年间119日事,于主人公往来酬答或略或详,散同信史,从而把一则民间传说稀释成无法口传的文言小说。这与《穆传》的创作何其相似?真可谓无独有偶。清代是小说鼎盛期,此等作品价值甚微,但它硬

---

① 郑杰文:《穆天子传通解》,山东文艺出版社1992年版,第182页。
② 吴骞:《扶风传信录序》,《丛书集成》初编第2726册,商务印书馆1939年初版,1959年补印本。

将荒诞的传说一一落实为当事人手记的努力让我们看到儒家重史重实的文化观念对作家心态和作品形态的强力影响,同时也让人看到《穆传》创作途径的一次生动的演示。这不是说作者有意模拟《穆传》,两者的相似应是一种不期然而然的艺术创作同构现象,是共同模拟编年史体的自然结果。它有助于我们理解远哉遥遥的小说之祖的呱呱诞生。

我们认《穆传》为小说之祖,有如下两个方面的考量。其一,它是不依附于任何子书与史书而自成一体的绝然独立作品,且篇幅曼长,结构严整,在先秦可称小说者中绝无仅有。其二,其语言与文风,较战国中后期出现的包含小说或小说成分的诸多子史之作更古朴、更粗糙,少有对话与铺陈,因此,其成书时间虽不能确定,多应早于那些子史之作。

从没有任何小说的战国前期或中期冒出这样一部出奇特异的长篇大作,似乎太奇突、太超前了。但只要想到在它之前不仅已有千年史官记事的历史,而且已有编年体经典史书《春秋》传世,《穆传》的产生也就不足为怪。我国早期小说乃史之分流,史志是小说之母,小说开山之作效法各国"春秋"的史家之笔,取"以事系日,以日系月,以月系时,以时系年"的编年形态是自然的事①。两者之间只横着一条从纪实到虚构的鸿沟,跨过这条鸿沟就是彼岸。这与近世产生的日记体、书信体、词典体等变体小说,既相似,又不同。《穆传》之仿史志颇似后者之仿日记、书信与词典,从而显得富于创造性和创作意识。但后者是在小说成熟之后对其体式、形态、功能、审美取向高度自觉的艺术追求,创造的作品具有鲜明的美文特征,一望而知是小说,不会与其仿拟的应用文体相混淆。如果说这是小说的散文化,乃是高层次的散文化。《穆传》不同,其时既无小说观念,也无小说样态,只将《春秋》一类记述简括的编年史书作参照物,内容虽多虚拟,样态却近实录,不作深细考辨就难与史籍相区别,以至长期被视为信史,而被多作考证的文献学家斥为"伪书"。这正反映了小说初生之际与其母体过于相似难解难分的胶着状态。它的散文化也是初生小说稚拙

---

① 杜预:《春秋序》,《春秋经传集解》卷首,《四部丛刊》本。按:《穆天子传》不以序数纪月,而以"孟春""仲秋"等十二纪兼顾纪月与纪时,这也是它晚出于战国时期的一个证明。今所见《穆传》不见纪年,似非不记,或遗而致缺,参见拙文《〈穆天子传〉纪时考异》。

的表现,有史体散文的鲜明胎记。

不过,作为小说之祖,《穆传》仍是破天荒的艺术创造。除已论及的虚构性之外,其内容、意蕴、笔法、格调、形象结构也都在一定程度上突破编年史志,初具小说的品格特征。

其一,《穆传》自始至终写穆王巡游,既有中心人物,又有中心事件,而且有表现的思想主题。这使作品的形象结构单纯、集中,条贯统绪,有小说结构某种特有的凝聚力和艺术张力,与散记许多不同人、事的编年史书大相径庭,也有别于后出的史传和起居注。起居注虽有中心人物,却无中心事件和思想主题,更无形象结构和艺术张力。就此而言,它与《穆传》只有按日记事的形似而已。史传虽比《起居注》集中,只记传主的主要事体,但一般并不专记一事,没有贯通首尾的中心事件和思想主题。明代就有人因《穆传》只写巡游"不及他事"而对书题提出质疑:"何以'传'也?"①据相关文献记载与史家考证,此书出土时原本无题,或已缺题,今本之题系整理者荀勖所加,晋时另有题作《周王游行》或《周王游行记》之本②。此题虽未流传于后,却更合于作品实际,且能显出具有中心事件和主题的小说意味。

其二,《穆传》的主题是与穆王的形象创造相表里的。作为小说的初生儿,穆王形象诚然稚拙、粗糙,缺乏后世成熟小说人物的鲜明个性和生命活力,即使比之《左传》中的某些人物也逊色得多。但它仍是被作者赋予特别意蕴的人物形象,从而有别于史传人物,在很大程度上成为创造者意向的物化符号和载体。纵观《穆传》,特别是主体内容的西征,是将传主作为一位心念黎庶、协和万邦而广受拥戴的仁明天子和英雄天子加以表现、歌颂的,同时造成一个熙和承平的盛世气象。这一主题不仅有违西周铭文、《国语》等史料显示的穆王对异族大肆征讨的客观实际,也改变了本事传说本来的思想倾向。《左传·昭公十二年》楚子革说:"昔穆王

---

① 唐琳:《穆天子传叙》,载明天启间杭州刊《快阁丛书·穆天子传》卷首。
② 杜预《春秋经传集解后序》之孔颖达"正义"引王隐《晋史·束皙传》述汲冢竹简古书曰:"《周王游行》五卷,说周穆王游行天下之事,今谓之《穆天子传》。"又,晁公武《郡斋读书志》卷十九传记类云:"《穆天子传》六卷……郭璞注本谓之《周王游行记》。"

欲肆其心,周行天下,将皆必有车辙马迹焉。祭公谋父作《祈招》之诗,以止王心,王是以获没于祇宫。"《楚辞·天问》云:"穆王巧梅,夫何为周流?环理天下,夫何索求?"《史记·赵世家》称:"造父取骥之乘匹,与桃林盗骊、骅骝、绿耳,献之缪王。缪王使造父御,西巡狩,见西王母,乐之忘归。"三者显示的本事传说,重心都在穆王的纵欲游乐,故取否定或漠视态度。《归藏》更有"昔穆王天子筮出于西征不吉"的记载①。就是与《穆传》同时出土记穆王巡游较多的《竹书纪年》佚文也未言及其与域外邦族献赐之事,记述简略而客观。《穆传》不然,先通过祭河将穆王西巡写成受命于上帝,名正言顺,与《归藏》所记筮而"不吉"恰好相反;随即大写其礼交外域邦族的活动,到处接受贡献、膜拜,颂扬之意显而易见。与此相应,传中不仅无人谏阻其巡游天下,在穆王自责"辨于乐"时反有七萃之士为之歌功颂德,说"农工既得,男女衣食,百姓瑶(宝)富,官人执事",巡游"何谋于乐"? 乃"与民共利","无失天常"。这更淡化了西征的游乐色彩,强化了盛世气象和歌赞性主题。不仅如此,作品将祭父作诗谏阻翻作穆王两度自责,遂使"欲肆其心"的穆王一变而为关心民瘼、能思己过的仁明天子,所作三章"哀民"诗情见乎词。至于第六卷反复写他对夭逝盛姬的"永念伤心",又可见出穆王性情的另一侧面,为这个粗具轮廓的形象增加些许立体感。当然,《穆传》对传主的纵欲也有所表现,五、六两卷表现得较为明显,但不构成全书的主题,而是本事传说的思想钤记。如此赋予历史传说人物以全新意蕴并由此构成作品主题,改变史迹与传说的本来面貌,正是后世小说常有的事,是小说家的艺术造作。

其三,大肆夸张构成《穆传》的浪漫基调和审美特性,与史志注重"实录"大异其趣。如前所述,《穆传》的内容绝少神话,多属人事。但这人事非但不是实录,也不是平实的想象和虚拟,而是在流传与再创造中被特别放大了的,具有鲜明的夸张性和夸诞性。这不仅表现为用了一些史书所不用的一日"驱驰千里"(卷四)、壮士"生搏虎以献天子"(卷五)之类的"夸言"笔法,更表现为对穆王巡游的规模、内容、风貌的宏伟设计。让穆

---

① 《太平御览》卷八十五引《归藏》语,中华书局1980年版,第1册,第401页。

王以万方之尊,统六师之众(七万五千人),携带大批宝物,君临众多邦族,到处献赐,其乐融融,迈越昆仑,宾见王母,在尚无丝绸之路的西周中期径达臆想极远的"西北大旷原","大畋九日","载羽百车",浩浩荡荡,辟新路而归,历时将近两年,行程三万五千里,单是接受外域贡献的牲畜就多达三十六万七千四百二十头。这是旷古未有的壮举,是超越当时自然条件与社会条件的帝王和平大巡游,是历代帝王梦寐以求而谁也无法实现的幻想,也是处于战国时期饱受战乱之苦的人们渴望天下统一、和乐太平的天开异想。作者借用穆王巡游的本事传说,大力驰骋夸张的想象,使巡游高度理想化,极富浪漫色彩,从而造成大气磅礴的审美韵味和史诗风貌。这也是位居小说开山之祖的《穆传》特有的艺术价值。全书六卷,西征即占四卷,其高潮就是谒见西王母并与之对歌:

  西王母为天子谣,曰:"白云在天,山陵自出。道里悠远,山川间之。将子无死,尚能复来。"天子答之,曰:"予归东土,和治诸夏。万民平均,吾顾见汝。比及三年,将复尔野。"

西王母"白云"之歌六句四言,瑰伟雄奇,涵盖天地,是对穆王西征的热情礼赞;"穆王东夏之吟仅二十余字,而敦大鸿远,居然万乘气象,自虞氏《卿云》之后未见有若斯者也"①。两者珠联璧合,相映生辉,把万里巡行的磅礴大气推到了顶点。

  其四,《穆传》记述虽很简古,仍有某些史书少见而为小说多有的铺叙文字。如将穆王西巡所用的八骏、六狗、四御者尽数列名,以增气势;写穆王祭河受命时"大服:冕袆,帔带,搢笏,夹佩,奉璧",逐项叙其服饰。如果说卷三见西王母的场面铺排主要由两者对歌的三首谣词构成,那么,卷六的盛姬丧葬盛况则是一色的描述文字:先是排写十三种不同身份的哭者,后又罗列十二种不同身份的陪祭人,前后计用三十四个"哭"字,铺陈之甚可见一斑,实比《尚书·顾命》写成王之丧还要繁细。胡应麟就以其"文极赡缛",独称此卷"颇为小说滥觞"。再看穆王的春山之游:

---

① 胡应麟:《少室山房笔丛》卷三十四《三坟补逸下》,第346页。

> 季夏丁卯,天子北升于舂山之上,以望四野。曰:"舂山是唯天下之高山也!"孳木华不畏雪。天子于是取孳木华之实,持归种之。曰:"舂山之泽,清水出泉,温和无风。飞鸟百兽之所饮食,先王所谓县圃。"天子于是得玉荣枝斯之英。曰:"舂山,百兽之所聚也,飞鸟之所栖也。"爰有□兽,食虎豹如麋而载骨,盘□始如麕,小头大鼻。爰有赤豹白虎,熊黑豺狼,野马野牛,山羊野豕。爰有白隼青雕,执犬羊,食豕鹿。曰:天子五日观于舂山之上。乃为铭迹于县圃之上,以诏后世。

如此铺叙自然风物和人对自然风物的赞赏,不仅为一般史书所无,即在唐前的各种散体文中也罕有其匹,只在诗歌辞赋或骈文中时有所见,是美文独有的内容风貌,且富于诗意。

由于《穆传》是罕见的先秦竹简古籍,虽非史书,仍有很高的认识价值,特别是为了解、研究战国时期中原与西域的交通、商贸和物产提供了重要资料。不少学者对此作过深细的考索和论述,此不复赘。这里只想说明一点:《穆传》既然不是史书,具有很大的虚构性和夸张性,所写的路线、地名、里程之类,就不大可能笔笔属实。尤其是远出西域的山川地望,即便成书之前已有商人能走的丝绸古道,《穆传》的作者也不大可能亲自走过,从而正确写出每个行经要地、部族的道里、方位。书中这部分用了较多的《山海经》中地名,又与其方位不甚相契,正显示出小说家的某种无奈和随意性。不要说自称"帝女"的西王母所居的瑶池不便指实为今之某湖,就是赫赫有名的"昆仑之丘"也因考证者各执一词且各据一理而有祁连山、巴颜喀拉山、昆仑山等多种异说,难于定论。这说明,地理考证虽很必要,也很有价值,但不可忽略《穆传》的小说性质,定要按图索骥,处处落实,难免胶柱鼓瑟之弊。

(原载《北京大学学报》2003年第1期,题作《大气磅礴开山祖——〈穆天子传〉的小说品格及小说史地位》,收入此集略有增补)

附：

《穆天子传》纪时考议

有关竹简古文《穆天子传》的纪时问题,1915年之后的二十年间,先后有丁谦《穆天子传纪日干支表》①、刘师培《穆王西征年月考》②、顾实《穆王西征年历》③等专文发表,还有日本小川琢治《穆天子传考》后附的《穆天子传西征日程表》④。当时是把《穆传》认作西周史书,所以大都依据古历和《竹书纪年》考辨、推断穆王西征的确定年、月、日,纠正了原书几处干支纪日讹误,但对《穆传》纪时的某些特点(如季月的应用、纪年的有无之类)及其蕴涵只偶而言及,未遑多论。后来的研讨多集中于此书的真伪、性质以及西征地理的考辨,专论纪时之文难得一见。本文拟对《穆传》纪时略述管见,就教于方家。

一

产生于春秋后期的《春秋》经"以事系日,以日系月,以月系时,以时系年"⑤;纪日以干支,纪月以序数,时惟春夏秋冬,年随国主递序。其左氏传及后世的编年史书也大都沿用此法纪时。《穆传》虽非史书,却用编

---

① 《地学杂志》第六卷第十二期(1915)。
② 《中国学报》第二期(1916)。
③ 见顾实《穆天子传西征讲疏》,商务印书馆1934年版。
④ 载江侠庵编《先秦经籍考》下册,商务印书馆1931年版。
⑤ 杜预:《春秋序》,《十三经注疏·春秋左氏传正义》卷首。

年史体,与《春秋左氏传》相较,干支纪日无别,纪年因缺文暂且勿论,明显的差异在于无序数月,也无四时,而用了仲夏、孟秋等十二季(卷四有"秋癸亥",卷五有"夏庚午",此"秋"与"夏"前各夺一字,系"仲秋"与"孟夏"之讹)。这是《穆传》纪时的重要特点。由于十二季与平年十二月相合,可兼纪月,一身二任,故可称为"季月",是《春秋》纪时法的一种省体和变体。

《穆传》全书六卷,所记穆王巡游历经五年,而仅标季月十八个,且有十个集中于编排紊乱的卷五。作为《穆传》主体的前四卷西征,历时近两年,仅标六个季月;卷六更少,只有孟冬、仲冬两个。这种情况给人造成一种印象:季月太少,或偶尔为之,不像一个严格的纪时层次。丁谦就因其"寥寥数条",以为不足以资考证。刘、顾两文倒是对西征季月做过考辨,发现"凡《穆传》书干支而系以月(此指季月)者均系朔日"(刘语),而"以古历推《穆传》之月朔",结果"或合或不合"(顾语),申叔先生以致怀疑与古历相差太远的卷四之孟秋癸巳"所记有讹"。近年出版的《穆天子传通解》更因其纪年阙如、季月甚少而说《穆传》中"独立的甲子纪日占绝对比重",与唐兰整理的西周铜器铭文中穆王时期纪时不合,而"与武王时期纪时法相似",从而作出"或是《穆传》作者托古改造"的解释①。

《穆传》中的季月是否太少?是否有讹?是不是严格的纪时层次?要辩明这些问题,不能凭《竹书纪年》和古历推算、判别。这是因为:第一,《穆传》本非西周史书,而是战国时期成书的融有虚构与传说的文学作品,其纪时亦当出自传说甚或虚拟;第二,同时出土的《纪年》所记穆王行迹与《穆传》不尽相合,龃龉非一,单是西征年份就有十三年与十七年两说②,两书的关系难以确定,前者也就难为后者纪年的确证;第三,对西周前期历法(如置闰、大小月等)及列王王年之多少目前仅能知其大概,难以确切把握。在这种情况下凭《纪年》与古历"推《穆传》之月朔",年份

---

① 郑杰文:《穆天子传通解》,第192页。
② 《艺文类聚》卷九十一引《纪年》:"穆王十三年西征,至于青鸟之所憩。"《穆天子传》卷三署郭璞注引《纪年》:"穆王十七年,西征昆仑丘,见西王母。其年来见,宾于昭宫。"《艺文类聚》卷七、《太平御览》卷三十八所引《纪年》略同于后者。

月日难免差误,"或合或不合"是必然的,且不合者多。各家推断的结果并不一致也说明了这一点。小川琢治甚至擅改西征纪时原文十九处,内有季月三处。其实,如不拘于《纪年》与古历相契的穆王时期某特定年份,画地为牢,而以虚拟的不定年份和历法常识加以考察,则《穆传》本文所记之季月不仅不少,而且无讹,恰是严格的纪时层次。下面对前四卷与五、六卷分别考察。

《穆传》前四卷西征,计列干支日八十五个,其中前标季月者六个,依次为季夏丁卯、孟秋丁酉、孟秋癸巳、仲秋癸亥、孟冬壬戌、仲冬壬辰。六者相距的日数依次为三十、三百五十六、三十、五十九、三十。这些日数或一个月,或两个月(其一为小月,二十九天),或十二个月(内有四个小月。按:阴历十二个月中有小月四至七个不等),全是整月数,这表明标有季月的干支日确系月朔。顾氏据此排出穆王西征月朔表:

	正	二	闰二	三	四	五	六	七	八	九	十	十一	十二
第1年朔:	—	—	己巳	戊戌	戊辰	戊戌	丁卯	丁酉	丁卯	丙申	丙寅	丙申	乙丑
第2年朔:	乙未	乙丑		甲午	甲子	甲午	癸亥	癸巳	癸亥	壬辰	壬戌	壬辰	—

尽管此表与顾氏推定的穆王十三年(前989)、十四年两个特定年份的朔日多不相合(仅第一年闰二月至七月及九月相合,其余十五个月均不相合),但它本身是不错的,除传中前标季月的六个朔日外,其余十六个朔日无一与另外七十九个干支日重合。易言之,《穆传》前四卷可见的八十五个干支日中只有六个朔日,它们全部被标明季月,无一遗漏,也无讹误。这就说明季月是一个严格的纪时层次,不是偶尔为之。不过,由于只在朔日标示季月,致使多个月份不能标出季月,那些月份的干支日也就独立于季月之外。在前四卷八十五个干支日中,系于六个季月的计四十三个,另有四十二个独立于季月之外(缺文中或尚有季月,不得而知)。从这方面看,这个纪时层次又是有缺陷、不完全的。但即此也可明了,其不系于季月(年且勿论)的独立干支日并不占多数。其实,这些干支日虽不系于某一季月,仍可凭借邻近或相关的季月推出其所属月份,与西周初期金文文献中无年无月的独立干支纪日有质的区别。它们仍属全书纪时层次中季月下面的纪日层次。在这种意义上,可说《穆传》一至四卷并无独立的干

支纪日。

卷六只有孟冬辛亥、仲冬甲戌两个标明季月之日,两日相隔只二十三天。这说明季月不尽标于朔日。如是严格的纪时层次,就不应缺少。本卷共记干支日二十七个,其中后十九个全部系于孟冬与仲冬两季月。孟冬之前未标明季月的有以下八个:

己巳 辛未 癸酉 甲戌 戊寅 壬寅 癸卯 甲辰(下即孟冬辛亥)

在此干支表中,己巳距孟冬辛亥共四十二天,显然缺少季月"季秋"。其中壬寅至孟冬辛亥九天,戊寅至壬寅为二十四天,季秋九月自当始于这二十四天之内,其间如无可标季月之缺文,就不能算是严格的纪时层次。且看其间的全部文字:

戊寅,天子东田于泽中。逢寒疾,天子舍于泽中,盛姬告病。天子怜之,□泽曰寒氏。盛姬求饮,天子命人取浆而给,是曰壶輴。天子西至于重璧之台,盛姬告病。□天子哀之,是曰哀次。天子殡盛姬于谷丘之庙。□壬寅,天子命哭……

文中三个方框表明有三处缺文。第一处紧承上文,旧注"以名泽也",不会有记载月日的文字。校者疑为"名"或"号",庶几近之。第二处所缺为盛姬之死的记述。这是本卷极重要关目,不仅不是檀萃校本所填的一个"殁"字可了(《穆传》中方框只表示有缺,不表示缺文多少),也不止李善注《文选》之谢庄《宋孝武贵妃诔》所引"盛姬死"三字,而如王贻梁按语所说"缺文当较多"①,而且对特别注重纪时的《穆传》来说必定要在此记明盛姬的死亡日期,倘已进入九月,则当于干支日前标明"季秋"。不过,戊寅上距己巳也只九天,盛姬死日也有可能在九月之前。若然,"季秋"就只能是第三处即"壬寅"前方框中的缺文。壬寅下距孟冬辛亥虽只九天,毕竟在季秋之内,如果前无同月别日记事,则依本卷季月不必系于朔日的原则,也当于此标明季月。从方框上下文看,补以"季秋",文理极顺。由此可以得出结论:所缺的季月"季秋"并非原文所无,而属后世佚脱,其文

---

① 王贻梁、陈建敏:《穆天子传汇校集释》,华东师范大学出版社1994年版,第319页。

当在第二或第三两方框处,二者必居其一。至于戊寅及其前面的几个干支日所属的仲秋,自然应在本卷开头的缺文中,无须赘言。总之,卷六所能见到的季月虽只两个,却是严格的纪时层次,由于不限标于朔日,又没有超过一月的时间跨度,所以现存二十七个干支日全都系于季月之中,无一"独立",只是有的季月佚脱而已。

卷五编排混乱,且有大量缺文,众所公认。但它所记的季月最多。全卷只有二十八个干支日,前标季月者多达九个,还外加一个不系干支日的孟冬,共有十个季月。数量之多、密度之大足以说明作者是将季月作为一个严格的纪时层次,当记必记。至于现存之文尚有九个干支日未系于季月之内,当系佚脱、讹误或整理编排混乱所致。考察这些季月的时间距离,仲夏甲申、仲秋丁巳、季秋辛巳、仲冬丁酉分别相距九十三天、二十四天和七十六天,无一整月数,说明此卷与卷六一样,标季月不拘于朔日。仲秋甲戌至季冬甲戌为一百二十天,倒是四个月的整月数,但连续四个月中至少有一个小月,所以也不可能全是朔日。

经过以上考察,可以认定:《穆传》六卷均将季月作为严格的纪时层次,其原文所记并不缺少,也无讹误,至少前四卷及卷六如此。但前四卷与后两卷标示季月的原则不同,前四卷只在朔日标示,未载朔日之月即不标示;后两卷标示季月不限于朔日,而于各月中首载之日标示,因此,所记如入另月,则必标出季月。

了解这一重要纪时特点,有助于进一步认识、确定《穆传》的性质。古文字和古文献的研究表明,殷商甲骨卜辞和西周前期文献对季节的记述只有春、秋,尚无夏、冬。将一年分为四季是后来的事,不会早于西周中期。至于将四季又各分为孟、仲、季三时,是更晚的事,大约始于春秋而多用于战国。《诗经》与《春秋》均不见此种纪时就说明了这一点。广用季月,不仅明白地昭示《穆传》所出的时代决非西周,而且说明此书的创作也并未依据穆王时期的所谓"文字提示材料"。据唐兰《西周青铜器铭文分代史征》,穆王时期的铜器铭文有纪时者四十五件,内以序数纪月者四十三件,占95%还强。由是观之,倘若真有穆王巡游时的"文字提示材料",必以序数记明各个月份,《穆传》作者采用这种材料,也就不会无端将序数月改为晚出的季月。至于说以季月取代序数月"是口传穆王史事者的加工改造"①,就更不能成立,因为口头传说总是趋于通俗、明了,绝不会把原"材料"中简明、通用的序数月改为"季夏""孟冬"之类的词语。反过来看,《穆传》普遍采用季月,正是其书并无穆王时期"文字提示材料"的明证,是《穆传》作者只依没有详明纪时的传说生发、杜撰而创作的结果。其书离史实、史籍之遥远也就可想而知了。

《穆传》前四卷标示季月的原则与后两卷不同,说明全书并非出自一人之手,也不是同时写成的。按五、六两卷的标示原则,季月的数量和比例大大增加,比前四卷纪月法有所改进,这表明西征四卷成书于前,卷五与卷六应是别的作者后续而成。续作沿用前四卷的纪时之法——季月下系干支日——续写西征后的穆王巡行,接续自然,浑然一体。

二

《穆传》原文有无纪年?这一纪时特点也须借助其广用季月求得解决。《穆传》现存六卷文本计有干支记日一百四十个,分属于五个年头,却无一处记明年代。何以如此?丁谦的《穆天子传纪日干支表》有"惜乎简策损坏,纪年之文既不可见"等语,是说《穆传》本有纪年,因竹简"损坏"而缺失,但未作论证。顾实的《穆王西征年历》则说"《穆传》所记,止有日而无年",似说其书本来就没有纪年,但也未能展开论述。近之《穆天子传通解》以为书中"独立的甲子纪日占绝对多数",则是承袭顾说,更明确认定《穆传》原文无纪年。如前所述,春秋战国时期,纪事文献已普遍重视纪年,《穆传》倘不记年份,缘由只有"托古"一项。上述穆王时期四十五件有纪时的铜器铭文,只有四次纪年;无纪年者占绝大多数。这似乎为《穆传》作者因"托古"而不记年份之说提供了依据。其实不然。《穆传》作者如果为"托古"于西周前期而不记年份,他就更应知道其时尚无"季分三时"之说,不会大用晚出的季月纪时法。既用季月,即非托古;既

---

① 郑杰文:《穆天子传通解》,第192页。

非托古,就当按它产生的战国时期的纪时习惯重视纪年。纪年始见于殷墟卜辞,于西周铭文中日益增加(至穆王下的共王时期,纪时铭文二十一件,内有纪年十七次),如果记述穆王长达数年的巡游也就不能只记月日,不记年份,这是可想而知的。那么,产生于战国时期的《穆传》就更不可能不记年份。由此可见,《穆传》应该原有纪年,今不得见,当系"简策缺坏"所致。

按春秋战国的纪时习惯,纪年当在纪时之始。全书所记穆王三次巡游,分别自一、五、六卷开始,而这三卷卷首均缺文若干,无一完帙,三次巡游的开始年代自当在此缺文中。第一、二两次巡游都跨越年度,中间应各有一次纪年。何以也不得见呢?造成这种情况的最大可能,仍是纪年处简策缺损。卷五不仅编排混乱,缺文也忒多,自先年"仲冬丁酉"至次年"仲秋甲戌"的二百一十七天中,只记三个干支日,其间不但有九个方框,文句也多残缺,佚脱纪年是很可能的。首次巡游即西征,从卷二"孟秋丁酉"下推,至卷三"天子三月舍于旷原"之后的"己亥,天子东归",计一百八十二天。此间如无闰月,跨越年度应在"舍于旷原"的"三月"之内。对这三个月的活动,书中只有以下记述:

　　□天子大飨正公诸侯王,勒七萃之士于羽琌之上,乃奏广乐。六师之人翔畋于旷原,得获无疆,鸟兽绝群。六师之人大畋九日,乃驻羽陵之□,收皮效物,债车受载。天子于是载羽百车。

这里有两个方框,后一个不大可能包含纪时的内容,前一个则应为纪时之语,也就可能含有纪年,甚至不排除穆王是在新年之际大飨诸侯与部下的。此外还有一种可能,即每次巡游只记起始之年,以后跨年省而不记。这在西周铭文中就有先例。共王时的《乖伯簋》载:"唯王九年九月甲寅,王命益公征眉敖。益公至,告(诰)。二月,眉敖至,见献赍(赋)。"其"二月"显系共王十年,但省而未记。后来文献纪时也有同类情况。如《国语·晋语六·厉公》载:"七年夏,范文子卒。冬,难作……三月,厉公弑。"此"三月"已是厉公八年,但并未标出。这样也不会发生年代错乱。《穆传》虽重纪时,毕竟不同于编年史书,省略中间的纪年是有可能的。

三

最后谈谈《穆传》纪时用夏历还是周历问题。刘、丁、顾、小川诸文均以周历推断穆王西征纪时，顾文且以卷五"孟冬鸟至"一语论证"穆传用周正而非用夏正也"。而卫聚贤先于顾文发表的《穆天子传研究》①，在以"孟冬鸟至""仲秋蠹书于羽林"两条考定"卷五用的是周正"之前，又以如下两例着力论证前四卷西征"是用夏正"：其一，从卷二"季夏丁卯"上推至卷一之首"戊寅"，计见二十二个干支日，历时二百九十天，依此推算，《穆传》所记的"癸未，雨雪……庚寅，北风雨雪"约当夏历九月，以周历计则为夏历七月，"九月河北滹沱河流域或有下雪情形，七月河北滹沱河流域当无下雪的情形"。其二，《穆传》卷四有"孟冬壬戌，天子至于雷首……雷水之平寒"等语，"雷首在山西孟县一带，孟冬夏正在十月，周正在八月，八月水不应寒"。近年出版的《穆天子传通解》和《穆天子传会校集释》对顾、卫两说分别认同，各执一词。前者以为"顾说是"；后者则说"卫聚贤先生考明《穆传》前四卷用夏正，后二卷用周正，是很对的"。由此可见，《穆传》以何历纪时，学界迄今尚无共识。

先看顾说。以卷五的例证推论别卷，显然是以全书出于一人之手的统一之作为前提的。而如上述，前四卷与后两卷并非同一人所作。前提既被否定，推论也就不能成立。西征纪时用周历还是夏历，须以前四卷之文另行论断。再看卫说。其第一个例证忽略了二十二个干支日中有两个因古文形近造成的讹误："癸酉"系"癸卯"之讹，"戊寅"是"戊申"之误（顾文于此有辨，甚是）。纠正之后，卷一之首至"季夏丁卯"就不是二百九十天，而只有一百零九天。丁卯为六月一日，上距"雨雪"之癸未与庚寅近三个半月，约当夏历二月中旬，滹沱河流域一般不会降雪，更不会连续降雪；若以周历计，二月约当夏历上年腊月，正是寒冷多雪季节。如此

---

① 《中山大学语历所周刊》百期纪念号（1929）及卫聚贤《古史研究》第一集（商务印书馆1934年版）。

可见,西征四卷纪时系用周历。至于第二例证,诸家对"雷水之平寒寡人具犬马牛羊"等语有多种考辨、断句和解说,洪颐煊注:"《初学记》二十九,《太平御览》九百二引俱无'寒'下八字。"刘师培解:"'寒'系衍文,盖一本误'寡'作'寒',校者复并入正文也。"①顾实据《水经·河水注》引文改"平"作"干",句绝,解下文为"荒寒而少人,俱具犬马牛羊也"。三者均不以言水寒。今解多从顾说。退一步说,即使依卫文解作雷水"平寒",在八月的滹沱河流域也不是不可能的。所以,卫氏此证也不能成立。《穆传》前四卷西征与卷五同用周历纪时应无问题。

卷六与卷五标示季月的原则相同,从这方面看,有可能是同一作者所续,但卷六大肆铺陈的格调又与卷五似有分别。而据《晋书·束皙传》载,在荀勖等人最初整理的汲冢古书中,《穆传》只有五卷,美人盛姬事被列为"杂书十九种",后来才被移作《穆传》卷六。这使我们不便以卷五推定卷六同用周历,而要考察卷六的相关内容和文字。此卷所写的穆王与盛姬之事发生在今之山东,内云:"戊寅,天子东田于泽中。逢寒疾,天子舍于泽中,盛姬告病。天子怜之,□泽曰寒氏。"据前文考察,此"戊寅"时当仲秋,即八月。夏历八月天已转凉,盛姬易于"逢寒"得病,致使穆王名泽"曰寒氏";若按周历,则为夏历六月,山东正是暑热天气,"逢寒"得病虽也不是不可能,可能性总比前者为小。从这方面看,卷六有用夏历之可能,但也难于由此确定,加之不能排除其与卷五同出一人之手,其纪时之用夏历还是周历也就无法作出结论。如果用的夏历,续作者当另有人,全书六卷就可能是由三位并不同时的作者接力写成的"穆王游行记"②。

(原载《古籍研究》2000 年第 2 期,收入本书时略作订补)

---

① 刘师培:《穆天子传补释》,《国粹学报》第五卷第四期(1909)。
② 晁公武《郡斋读书志》卷十九传记类云:"《穆天子传》六卷……郭璞注本谓之《周王游行记》。"

《晏子春秋》的虚拟成分与文类辨析

《晏子春秋》属哪一类书？《四库全书》将它由以往的子部改隶史部传记类，以为这样"庶得其实"①。某些学者引用其文论证晏子的思想品格或编其年表，就是将其中的许多章节作为可信的史料来使用的。而另有学者谓之"接近历史小说"②，或谓为"我国最早的一部短篇小说集"③，但都未展开考论。以文体而论，古之传记虽有某种小说性，仍不能将它混同于小说，其重要区别就在于前者基本属实，后者多为虚拟。《晏子》写的是春秋后期齐国贤相晏婴的言行事迹，二百余篇，各自独立，虚实状况却相去悬殊。既有与史书(如《左传》)相同或大体一致之作，也有被历代注家、论者指为"好事者所为"的齐东野语。前者似合于四库的分类，而亦不乏虚拟之文；后者应为传说或小说，却多未得到明白的论证。迄今为止，已有研究表明，《晏子》二百余章品格明确者在全书中数量尚少，大量篇章虚实不清、真假莫辨，文体品格无从论定，因此，进一步辨明该书的虚拟成分和文体品格，有益于认识它在我国史学与文学发展中的确当地位。

读古书历来重视辨伪，因为真伪是史书价值的决定性因素。本文不是辨伪，而是辨虚。从《晏子》中诸多重复、仿拟和抵牾可知，它不是一人一时之作，自然也就不是个人作伪的产物。刘向校录《晏子春秋》是从多

---

① 永瑢等：《四库全书简明目录》卷六，古典文学出版社1957年版，第233页。
② 高亨：《〈晏子春秋〉的写作年代》，《文学遗产增刊》第8辑。
③ 杨义：《中国古典小说史论》，中国社会科学出版社1995年版，第7页。

种"中外书"之"三十篇八百三十八章"中除去重复"定著八篇二百一十五章"的,而"外书无有三十六章,中书无有七十一章"①。这就是说,刘向所见的《晏子》,没有一种是章数齐全的,与其定本相较,至少也差数十章。这反映了《晏子》传抄与创作的状况。在那书于竹帛始可成文的时代,这种各自独立又篇数繁多的短文集,是随传抄者的兴趣可多可少、可增可减的,从而造成章数差别很大的多种传本。银雀山武帝时汉墓出土的《晏子》竹简只有十六章;太史公虽称《晏子》"世多有之",却将越石父与晏子御妻的故事作为其书不载的"轶事"收录。这都可由各本篇数大为参差来作解释。总之,在刘向以前,并没有一种全本《晏子》,刘向校录的定本应是各本《晏子》的集大成者。有的学者从《晏子》中某些文字相当"古奥"推断其成书在战国时代,早于《荀子》,这自然不错。但那应是早期《晏子》或其部分篇章,并非刘向校定本和今之传本。从称孔子为"圣相"并将孔子与舜相比来看,晚出者或入于汉代。由最早成书至于秦汉的漫长岁月里,为数不少的作者将自己对于晏子的爱戴热忱倾注于文字,甚至将同一人物、同一主题、同一事件或同一传说用大同小异或小同大异的文字一写再写,不厌其烦,居然达于二百多章。这在汉以前的历史上是仅见的。如此产生的《晏子》非但不可能多据史书(尽管有据史书之作),也不可能每篇都属传说(尽管许多是有关晏子的民间传说),作者们还要融入悬想、仿拟、夸大、依托、移花接木等种种虚拟是必然的。充分了解传说与蓄意造作中的虚拟成分,有助于深入认识《晏子》的文体本质、文学价值,从而揭开其庐山真面。

由刘向整理的《晏子》定本,辗转至今多有字句的衍误讹夺或某些篡改,个别篇章或一分为二,或合二而一,并被后人于各章之前添加了标题②,

---

① 刘向:《晏子春秋》叙录,吴则虞《晏子春秋集释》卷首,中华书局1962年版,第49页。
② 从古书版本的流传体式来看,原无小题之书,或被后人加入小题,以求醒目;而原有小题之书,未见被后来版本去小题归于笼统的先例。今存《晏子春秋》各本,或有章目,或无章目,依上述流传体式而论,无章目者当更近于古本原貌。又据校勘者言:今本章目,系依元刻本"补之";而明刻"绵眇阁"本并无章目,其载李茹更序称,系"仍宋本刻之",遂成《晏子》原无章目的又一证明。同为刘向整理的《说苑》,叙录亦称"凡二十篇七百八十四章",而书只有篇目,并无章目;《新序》虽亡叙录,体例同于《说苑》,这也是《晏子春秋》原无章目的一个旁证。

但其整体的篇章、规模、内容和文字却基本定型，无大改观，少有显著的实质性差别。历代类书引录证明了这一点，银雀山汉墓出土的《晏子》也证明了这一点。本文的辨析主要依据《诸子集成》所载张纯一校注本和中华书局所刊吴则虞集释本，两者都是收录注文较多的八篇二百一十五章全本，其他刊本仅作参考。其书内篇六篇，各有篇名；外篇两篇，本文以"外七""外八"称之。

一 从时序错位看虚拟

晏子事齐国灵、庄、景三公，生年无明确记载，只可推知大概，约当顷公十年（前589）之后①，灵公当政（前581）之前，长孔子三十余岁。卒年则有《齐太公世家》之记，即景公四十八年（前500）。流传至今的《晏子》，有几章的事件或人物不与晏子同时，而在其后，非晏子事迹最为显眼，因而被历代注家与论者早予否定。这里，将前人与今人的相关考辨略作疏理。

《谏上》第十一章叙景公欲废公子阳生而立嬖妾所生幼子荼，晏子力谏而不听。据《左传》与《史记》所载，立荼之事在晏子死后十年的景公五十八年（前490），系由公子——景公夫人燕姬之子"不成而死"所引起，哪里会有晏子进谏？吴则虞指出"此误"，归之于"追叙者未之审耳"②，而实属后人虚拟所致。另有《问下》第二十八章叙晏子答曾子问，《杂上》第二十三章又写晏子送曾子的临别赠言。据《仲尼弟子列传》，曾子小孔子四十六岁，小晏子应在七八十岁，此两章当如唐之杨倞所说，乃"好事者为之"③。而甚推重《晏子》真实性的孙星衍断言杨氏"其言谬甚"，却未作有力反驳。张纯一在给后者加的按语中一面承认杨倞之说"信而有征"，

---

① 王更生《晏子春秋研究》第二节《晏子年表》将晏子生年推定为"齐顷公十年"，台北，文史哲出版社1978年版，第20页。
② 吴则虞：《晏子春秋集释》，第40页。
③ 见王先谦《荀子集解》卷十九《大略篇》杨倞注，《诸子集成》第2册，上海书店出版社1986年影印本，第334页。

一面又说:"曾子不必曾参,或《史记》多不足据与?"①这实际还是在为曾子和晏子交往之可能寻找理由。先秦著述从《论语》即称曾参为曾子,先后竟达十四处之多,而未称另一孔门弟子、曾参之父曾皙即曾点为曾子。《荀子·大略篇》亦载晏子向曾子赠言之事。其与《晏子》上述两章显然是在社会已习称曾参为曾子之后的产物,不可能指曾皙或其他人。杨㥁之辨毋庸置疑。再有《外八》第四章,"仲尼之齐,见景公不见晏子",子贡向孔子发问,孔子谓晏子"事三君而顺,疑其为人"。晏子得知后,予以驳斥,内有"孔子拔树削迹,不自以为辱;身穷陈、蔡,不自以为约"等语。恽敬指出"至哀公三年孔子过宋,桓魋欲杀之,明年扼于陈、蔡绝粮,皆在定公十年晏子卒之后",从而讥此章为"最陋者"。② 另据《史记》,孔子适齐时"年三十五","少孔子三十一岁"的子贡才四五岁,"尚未及孔门",③不会随孔子"之齐",提出问题。从这方面说,也是后人的虚造。还有,《杂下》第八章,写晏子使吴,夫差通过傧者妄称天子,晏子不入,才改以诸侯见之。苏时学以为"夫差之立,当定公十五年"(此以夫差元年计,实立于定公十四年阖闾之卒),晏子即使"尚存",亦当"大耄之年",不可能"远使异国"④,而据《齐太公世家》,晏子时已亡故四五年,其事绝为子虚。又,《问上》第六章,景公欲善政干霸,晏子答以"官未具",而所举之例却有孔子和他的弟子们,说孔子周围有季次、仲由、原宪、颜渊、卜商、蹇雍辅助,而景公"朝臣万人",却无贤能。且不说孔子与弟子不是君臣关系,与"官未具"不合,也不说思想介于后来儒墨之间的晏子不会如此抬举比他年轻三十余岁的孔子及其弟子,只说内中有人其时还远未及于孔门。张纯一云:"卜商少孔子四十四岁,卜商能侍孔子,晏子墓木已拱乎?"分明是后来儒者构想出来的。此篇后半举桓公有群臣辅佐之例,与景公"官未具"恰成对比,言颇中肯。《说苑》也只有后半,而无前半,后出的《孔丛子·诘墨》和《意林》却只有前半而无后半,张纯一因疑前半是"后儒以其

---

① 张纯一:《晏子春秋校注》卷五,《诸子集成》第4册,第142页。
② 恽敬:《大云山房文稿》卷二《读晏子一》,《四部丛刊》本。
③ 钱穆:《先秦诸子系年》,河北教育出版社2002年版,第41页。
④ 苏时学:《爻山笔话·晏子春秋》,清同治三年(1864)味经堂刊本。

词相类,据《孔丛》羼入"①,庶几近实。

再看《外八》第六章,"孔子相鲁,景公患之",晏子为之划策:"阴重孔子,设以相齐",待其"之齐"而"勿纳"。这等主意岂是晏子所能出?晏子更不会称孔子为"圣相"。这且不论。只说孔子为"相"之事。鲁定公十年(前500)齐、鲁二侯夹谷会盟,《左传》记作"孔丘相",《史记》谓"孔子摄相事"。江永于此有辨:"其实摄相乃是相礼……若鲁相自是三卿,执政自是季氏。"②匡亚明说得更直白:"孔子任鲁君相礼","相当于现在的司仪"。③ 即便依《孔子世家》所记,两次"摄相"也大有分别:"定公十四年,孔子年五十六,由大司寇行摄相事",这才是当政之"相",故"有喜色",特书一笔。其时晏子已死四年,自然不能为景公出什么主意。还有《谏上》第九章,写善驾的翟王子羡得到景公宠姬婴子的赏识,景公欲从婴子之请,"厚禄之"。晏子谏曰:"昔卫士东野之驾也,公说(悦)之,婴子不说,公曰不说,遂不观。今翟王子羡之驾也,公不说,婴子说之,公因说之,为请,公许之,则是妇人为制也。"这里提到的"卫士东野之驾",有与之相关的两种记载。其一始见于《庄子·达生》:

> 东野稷以御见庄公,进退中绳,左右旋中规。庄公以为文弗过也,使之钩百而反。颜阖遇之,入见曰:"稷之马将败。"公密而不应。少焉,果败而反。公曰:"子何以知之?"曰:"其马力竭矣,而犹求焉,故曰败。"

另一种始见于《荀子》卷二十《哀公篇》,内容与《庄子》基本相同,而东野稷作东野毕,庄公作定公,颜阖作颜渊,叙述则更趋细致,并用以论政。头两句为"定公问颜渊曰:'东野子之善驭乎?'颜渊对曰:'善则善矣。虽然,其马将失。'"显而易见,两文所记是同一件事,所谓"传闻异词耳"。《晏子》旧注分别指出相关两文,却未指明何者为是。颜渊是箪食瓢饮"在陋巷"的穷处之士,未曾做官,定公哪有机会见之而发问?《庄子》凡

---

① 张纯一:《晏子春秋校注》卷三,《诸子集成》第4册,第74页。
② 江永:《乡党图考》卷二《圣迹》,学苑出版社1993年影印本,第115—116页。
③ 匡亚明:《孔子评传》,齐鲁书社1985年版,第70页。

四记颜阖,《让王》记他在鲁逃官,《人间世》则有"颜阖将傅卫灵公大子,而问于蘧伯玉"等语。注家据此认为:颜阖虽系鲁人,"不与鲁庄公同时",上文中的庄公"当是卫庄公"①。大约后来颜阖被传为颜渊,乃有《荀子》及多家之记。而晏子所言正是"卫"士东野,此与卫庄公当非巧合。卫庄公之立在鲁哀公十五年(前480),上距晏子亡故已二十年,晏子之语为后人虚想也就自不待言了。

有的章并未写及晏子后世之人,却也显出所记之事远出于晏子之后。《外八》第五章写"景公出田",问晏子:"若人之众,则有孔子焉乎?"晏子答曰:问孔子,可以说"无有",若问舜,"则婴不识"。原因是孔子"不逮舜",只是"行一节者也,处民之中,其过之识";而"舜者处民之中则齐乎士,处君子之中则齐乎君子,上与圣人,则固圣人之林(材)也"。这是将孔子与舜作比而贬孔子。而在晏子七十余岁时,孔子不过四十岁左右,名尚不显,不存在与古圣人舜作比的问题。显然是在很晚的后世(战国后期至汉)孔子名声大噪,有人不服,才造出此章,借晏子之口贬损孔子。其为后人虚拟不难想见。此类篇章较多的情况是晏子话语中带出后出书中或人物的言词,从而显出其不仅产生的时代较晚,也显出晏子所言之虚。《问上》第十三章景公问"求贤",晏子的答话中有"通则视其所举,穷则视其所不为,富则视其所分,贫则视其所不取"等语,而《韩诗外传》卷三、《史记·魏世家》及《说苑·臣术》同记李克答魏文侯之语云:"富则视其所与,达则视其所举,穷则视其所不为,贫则视其所不取。"(《说苑》"达"作"贵")两者相较,不仅"义均同"(张纯一语),文字也大体相同。其为后出而用李克之语则属显见。其下又有如下之文:"夫上士,难进而易退也;其次,易进而易退也;其下,易进而难退也。"苏舆指出,《礼记·表记》载孔子之语:"事君难进而易退则位有序,易进而难退则乱也。位有序,故上士,乱故为下。"②晏子之语显然也是由孔子这话变化而出,从而成为此文虚拟的又一证明。另有《杂下》第十三章,晏子在回答田无宇的话中,

---

① 《庄子》卷十九《达生》李颐注引"或云"之言,上海古籍出版社1989年影印本,第100页。
② 苏舆集校:《晏子春秋》卷三,清光绪十八年(1892)思贤讲舍刊本。

有"学问不厌,不知老之将至"等语,其为《论语·述而篇》孔子所言"学而不厌""不知老之将至"的翻版也颇明显。

日本学人古贺侗庵在一篇短文中指出多章《晏子》"蹈袭"《论语》《左传》等书之迹①。《杂上》第二十一章,晏子使鲁,见鲁君,孔子居然"命门弟子往观",子贡回报,称晏子行动不合礼节。孔子询问晏子,晏子的答话竟然"窃用子夏言":"大者不逾闲,小者出入可也。"与《论语》子张篇"大德不逾闲,小德出入可也"只差一字。《杂上》第十五章:"晏子饮景公酒。日暮,公呼具火。"晏子以"已卜其日,未卜其夜"谢绝。据《左传·庄公二十二年》记载,陈敬仲"饮桓公酒,乐。公曰:'以火继之。'辞曰:'臣卜其昼,未卜其夜。'"吴则虞注:"此袭敬仲之言。"好像晏子引用了一百多年前的陈敬仲语。古贺则指明此篇是"附会陈敬仲事",从而认定其虚拟品格。另,《吕氏春秋·恃君览·达郁》将陈敬仲与桓公之事用于管仲与桓公,也是蹈袭《左传》的虚拟之作。

晏子卒年,仅太史公所记。《左传》对晏子活动的记述则集中在襄公十七年(前556)至昭公二十六年(前516)的四十年间,此后尽管还记有齐国的某些重要外交活动,如鲁昭公"如齐"和阳虎"奔齐"引起的纷争、齐侯伐晋以及齐鲁夹谷会盟,却没有关乎晏婴的只言片语。钱穆由此对《史记》所记晏子卒年提出质疑,并将《晏子》外篇末章写晏子死后"十七年"景公还在"饮诸大夫酒"作为旁证(景公卒于五十八年,距《史记》所记晏子亡故只有十年),如果此章"可信",晏子之殁"至迟当在景公四十二年前"②。此项考辨不无道理,而未成定论。《左传》的记述情况表明,晏子即便卒于景公四十八年,最后十多年也因其老迈不再是齐国政坛的重要角色。了解这一点,有益于认识《晏子》某些内容的虚实状况。《杂下》第十八章写齐侯遣晏子"予鲁君地,山阴数百社",鲁君使臣受地,而不尽受。据《左传》记载,景公时代齐归夺鲁之田只有一次,即景公四十八年之夏夹谷会盟之后。会盟之时,"孔丘使兹无还"向齐提出"反我汶阳之

---

① [日]古贺侗庵:《晏子春秋》,吴则虞《晏子春秋集释》附录,第635页。
② 钱穆:《先秦诸子系年》,第40页。

田"的要求,同年便有"齐人来归郓、讙、龟阴之田"。杜预注云:"三邑皆汶阳田也。泰山博县北有龟山,阴田在其北也。"陆德明音义云:"此三邑……因阳虎出奔取为己有,今服义而归鲁也。"①这说明,晏子被派遣"予鲁君"山阴之田就是这次归三邑之田的一部分,山阴就是龟山之北的龟阴。而其年恰在《史记》所记的晏子卒年,即便当时晏婴还在,八九十岁的老人也绝无精力担任归田使者而远道奔波。如依钱穆之考,晏子已卒六七年了。此章定是虚拟之作。又有《谏下》第二十二章,写嬖臣梁丘据死,景公欲厚葬,晏子提出反对意见。而《左传·定公十年》记载齐鲁夹谷之会,有"孔丘谓梁丘据曰"一大段话,以拒"齐侯将享公",且有"子何图之"之语。在晏子殁年,梁丘据竟成了齐鲁会盟的重要角色,其死于晏子之前尚可信乎? 可见此章也是虚拟的齐东野语。需要说明的是,《孔子世家》记述夹谷之会不同于《左传》,有"左右视晏子与景公"一语,表明晏子在其卒年还参加了这次会盟。而从《左传》所记来看,在此前多年晏子就不参与政事,此会只言孔子与梁丘据议事,不提晏子,则晏子未与此会甚明。《穀梁传》与《公羊传》所记亦不提晏子。钱穆以为:"晏子言行,大率见于《左传》者最为得实。"②此可见也。还有《问下》第十一章,"晏子聘于吴",吴王问"长保威强勿失之道",晏子的答话颇具讽意,有"不以威强退人之君,不以众强兼人之地"之语。张纯一按:"《史记·十二诸侯年表》:吴阖闾十一年,'伐楚取番',是'以众强兼人之地';十三年,'陈怀公来,留之,死于吴',是'以威强退人之君'。晏子先景公卒,上二事晏子当不及见。"③其实,晏子如果卒于景公四十八年,仍在上二事发生之后的二年或四年,属可"及见"。故王更生说:"上二事虽及见,而于其风烛残年,史亦不备载齐有聘吴之使。"④倘从钱氏之考,晏子就均"不及见"了。总而言之,无论晏子卒于何年,此章之讽阖闾也是后人的精心结撰。

---

① 《春秋左传正义》卷五十六,《十三经注疏》,中华书局1980年影印本,第2147页。
② 钱穆:《先秦诸子系年》,第40页。
③ 张纯一:《晏子春秋校注》卷四,《诸子集成》第4册,第106页。
④ 王更生:《晏子春秋研究》,第48页。

二 从内容荒诞看虚拟

主张《晏子》"宜列之墨家"的柳宗元批评《晏子》"好言鬼事"①,可看来看去,只有两章鬼托梦事,其中一篇的"鬼"也可称之为神,即《谏上》第二十二章中的汤和伊尹。景公举兵伐宋,过泰山时梦见"二丈夫"对他"立而怒",占梦者以为泰山神,主张祠祭,晏子则辨出是宋的先人汤和伊尹(宋为商之后),其怒景公伐宋之举。晏子遂劝景公罢兵,并警告说:"师若果进,军必有殃。"景公不听,结果"鼓毁将毙","不果伐宋"。此章表现了晏子反对以强凌弱的思想,凭借的却是并不存在的神灵的威力,当然不可能实有其事。值得注意的是汲冢《琐语》中也有类似的记载:

> 齐景公伐宋,至曲陵,梦见有短丈夫宾于前。晏子曰:"君所梦何如哉?"公曰:"其宾者甚短,大上而小下,其言甚怒,好俯。"晏子曰:"如是则伊尹也。伊尹甚大而短,大上小下,赤色而髯,其言好俯而下声。"公曰:"是矣。"晏子曰:"是怒君师,不如违之。"遂不果伐宋。②

《琐语》出土于魏襄王墓,其成书至晚也在战国中期。可怪的是《琐语》还有另一条同类记载,只将伊尹易为"大君子"盘庚,其余人物、作为全同。这表明在战国的中期或更早,景公伐宋因梦不果就已有了不同的传说,致使明人徐应秋不禁生疑:"二事酷相类而并载之,果孰为据耶?"③他显然是把它当成了历史,实际两者都是传说,不足为据。胡应麟在指出《琐语》中的两则"必一事析为二者"之后,又"考《册府元龟》亦载二事,但合为一,所记稍不同"④。这"合为一"者实际就是《晏子》此章,只文字稍有变化而已。此章不仅将两者合一,还作了多种虚想的生发和处理。为了突出晏子辨识力,先让占梦者错认二丈夫为泰山神,同时为此将曲陵改为

---

① 柳宗元:《柳河东集》卷四《辩晏子春秋》,中华书局1960年版,第71页。
② 严可均校辑:《全上古三代秦汉三国六朝文》卷十五《汲冢琐语》,中华书局1958年版,第108页。
③ 徐应秋辑:《玉枝堂谈荟》卷六《梦见盘庚》,上海古籍出版社1993年影印本,第133页。
④ 胡应麟:《少室山房笔丛》卷二十《二酉缀遗》中,第363页。

泰山,尔后再让晏子出场,讲出独到的高明之见。原来的传说,都是由景公说出梦中人的状貌,晏子才因而辨出盘庚或伊尹,此章则让晏子猜出所梦"二丈夫"的状貌,从而显出晏子之神,使景公不得不信。又为凸现晏子有先见之明,让景公不听劝告,至"鼓毁将殪"才罢兵。原来的传说就有荒诞成分,但还可以现实地理解为富于智慧和正义感的晏子对景公之梦的蓄意破解,利用当时颇为牢固的迷信观念,阻止以大欺小、以强凌弱的不义战争。而经过上述虚想处理,大大神化了晏子,也大大增强了荒诞程度,把神的力量具象化了,不得回归于现实理路,从而成为早期幻异型表意小说。

另一章鬼托梦事在《杂下》第三章,景公出猎,夜梦五丈夫"称无罪焉"。景公以为自己错杀了无辜。晏子告诉他,灵公田猎时,有五丈夫惊走野兽,被"断其头而葬之"。景公令人掘出头颅,重新安葬。五人被杀或有其事,托梦于景公甚是荒诞,当为后世同情者的虚托之笔。

超越人事自然性的荒诞之作还有《外八》第九章:"景公为大钟,将县(悬)之。"晏子、仲尼、柏常骞俱言此钟将毁,"冲之,果毁"。景公召三人问原因,晏子说是"不祀先君而以燕,非礼";仲尼说是"钟大而县下,其气下回而上薄";柏常骞说是正逢雷日,"音莫胜于雷"。只有孔子还讲点类乎科学又不科学的道理,其余全是迷信妄言。其实,绝不会有三人一起向景公预言钟毁之事。此书《谏下》第十二章,写"景公为泰吕(即大钟)成",晏子就说过"未祀先君而以燕,非礼也"的话,景公称"善","乃以祀焉",与此章不听晏子之言而钟毁恰相抵牾。《史记·乐毅列传》载乐毅致燕惠王书,有"大吕陈于玄英"之语。司马贞索隐:"大吕,齐钟名。"洪颐煊以为"即景公所铸"①。可见至田齐潜王之时,大钟还在,被乐毅掠至燕国,陈于玄英殿中,哪里会有钟悬而毁之事?

《杂下》第六章,景公病水(不知何病,未见有注),梦与两日斗而不胜。这梦本身就很荒诞。梦虽无常,总是所见现实世界的种种扭曲和折光,与日如何"斗"法,不可思议,况两日乎?下写景公惧死,晏子则认为

---

① 洪颐煊:《读书丛录》卷十三《泰吕》,清道光二年(1822)富文斋刊本。

其梦乃"一阴不胜二阳",是病将愈之兆,便通过占梦者说与景公,三日后其病大愈。可见编织怪梦就是为"一阴不胜二阳"制造说辞,亦属荒诞不经之作,并非写真。

《晏子》所写的人事,除了超越自然性的荒诞,还有超越社会性的荒诞,就是说,其事人虽可做,却绝不会有人那么做。看《杂上》第十七章:

> 景公伐鲁傅许,得东门无泽。公问焉:"鲁之年谷何如?"对曰:"阴冰凝,阳冰厚五寸。"公不知,以告晏子。晏子对曰:"君子也。问年谷而对以冰,礼也。阴冰凝,阳冰厚五寸者,寒温节,节则刑政平,平则上下和,和则年谷熟。年充众和而伐之,臣恐罢民弊兵,不成君之意。请礼鲁以息吾怨,遣其执以明吾德。"公曰:"善。"乃不伐鲁。

这位东门无泽的一句隐语解了鲁国被伐之难。只是这隐语太过曲折,绝难为人理解。一个被俘之人,怎么会用对方无法索解的话解救国难?它只能是苦心为晏子编造难解隐语之人的荒诞制作,以显示晏子超常的智慧,绝非现实能有之事。又有《杂上》第十六章,"晋平公欲伐齐",派范昭往观齐国。范昭在宴上故意提出要用景公酒罇的无礼要求,景公从之,被晏子"撤罇"阻坏;范昭又要太史为他调天子所用的成周之乐,也被太史婉拒。范昭因而归报平公:"齐未可伐。"范昭当即范昭子,即士吉射,《左传》哀公五年(前490)即晋定公二十二年,记"士吉射奔齐",上距晋平公末年(前532)已四十二年之久,平公时即便参政,应很年轻,未必担得此任。即便担得,何得如此无礼?识破与对付此等行径并不需要大智大勇,晋国怎会因此消去伐齐之"欲"。这个让孔子叹为"不出尊俎之间,折冲千里之外"的故事,实为虚拟的空中楼阁。古贺侗庵指出,本篇孔子的概叹,是"敷衍苏秦'折冲于尊俎之间'之语"[①],当是战国后期的虚托之作。

三 从悖其人格看虚拟

纵观《晏子》的内容,或与晏子的为人、品格存在不可调和的矛盾,从

---

① [日]古贺侗庵:《晏子春秋》,见吴则虞《晏子春秋集释》附录,第635页。

而显出其现实存在的不可能性。《谏下》第二十四章,是有名的"二桃杀三士"故事。三人不仅力大无比,其中二人还功勋卓著:田开疆"仗兵而却三军者再",古冶子更于激流中潜行九里杀巨鼋而护齐侯,只为晏子"过而趋",三人"不起",晏子就对景公说他们"上无君臣之义,下无长率之伦,内不以禁暴,外不可威敌",是"危国之器",从而献上"二桃"之计,使三人自杀。如果不把此文看作显示晏子智慧的"寓言",而当成历史事实的真实写照,晏子就不是什么贤相,而成了睚眦必报、利口陷人的谗臣、虐相,孔子所谓"不教而杀谓之虐"者也①。从拟实的眼光来看,文中有许多矛盾的笔墨,如上引"外不可威敌"与田开疆之"却三军者再","无君臣之义"与古冶子杀鼋护齐侯,均相龃龉;田、古两人之功本难分高下,以倨傲见恶于晏子的田开疆却谓自己"勇不子若,功不子逮",退桃自杀,谦虚莫名。又者,鼋衔齐侯左骖,古冶子潜水杀鼋,并非现实之事,被柳宗元斥为"尤怪诞"。以幻想之功导致三人自杀,岂可认真看待?如果将它视为"寓言",就没有这些挂碍了。但它却又不是"寓言",非但不是把动植物拟人化的变形寓言,也不同于"刻舟求剑""削足适履"之类的变态寓言,它以摹写历史真实人事的面目出现,很容易被人误为实事。乐府诗中的《梁甫吟》还为三人大抱不平:"力能排南山,文能绝地纪。一朝被谗言,二桃杀三士。谁能为此谋,国相齐晏子。"②作者当真把晏子看成陷人的谗臣,可见它又不是"寓言",而是早期容易被人误解的寓意小说。

　　《杂上》第四章和《外七》第二十章,内容大同小异,写晏子先后两宰东阿的戏剧性变化:其先,专心治理,严于执法,不阿权贵,使"民无饥",结果"毁闻于国,景公不说,召而免之",至欲"大诛";其后,不治理,不执法,"阿贵疆(强)","货赂至","重赋税","饥者过半",结果"誉闻于国",景公"召而赏之"。晏子辞赏,讲出真情,景公始悟。且不说两章所写尚有不合的随意性笔墨(如前章最后任晏子"以国政",后章最后令晏子仍宰东阿之类),只论其第二番宰阿的害民行径,与晏子为人为政绝不

---

① 杨伯峻:《论语译注》卷二十,中华书局1958年版,第217页。
② 郭茂倩辑:《乐府诗集》卷四十一,上海古籍出版社1998年版,第474页。

相容,与其一再主张的"以民为本""不倍(背)民以为行""意莫高于爱民"①等信条互为水火。其为虚拟,无须多论。古贺氏前文谓其"附会威王事",亦属可信。《史记·田敬仲完世家》载齐威王如下政绩:

> 威王初即位以来,不治,委政卿大夫,九年之间,诸侯并伐,国人不治。于是威王召即墨大夫而语之曰:"自子之居即墨也,毁言日至。然吾使人视即墨,田野辟,民人给,官无留事,东方以宁。是子不事吾左右以求誉也。"封之万家。召阿大夫语曰:"自子之守阿,誉言日闻。然使使视阿,田野不辟,民贫苦。昔日赵攻甄,子弗能救。卫取薛陵,子弗知。是子以币厚吾左右以求誉也。"是日,烹阿大夫,及左右尝誉者皆并烹之。

齐国由此而大振,其事闻于诸侯。《晏子》这两篇应受其启发,将即墨大夫和阿大夫合而为一,构想出两度宰阿的晏子形象。不仅情事相类,地名也不差。如此变化本事而创造的作品应是颇具匠心的早期小说。

《谏下》第五章,晏子使鲁归来,逢景公冬起大台,役工苦于冻馁,"望晏子"。晏子对景公悲歌而流涕,景公即称"将速罢之"。晏子出赴大台,"执朴,鞭其不务者曰:'吾细人也,皆有盖庐,以避燥湿,今君为一台而不速成,何以为役!'国人皆曰:'晏子助天为虐!'"景公随即出令罢役。"仲尼闻之,喟然叹曰:'古之善为人臣者,声名归之君,祸灾归之身,入则切磋其君之不善,出则高誉其君之德义……当此道者,其晏子是耶?'"晏子为人,国人尽知,所以才望其归来。晏子怎会为博得"善为人臣"的虚名而忍心鞭打役工,大发违心之论呢?如此做作也就不是晏子了。晋平公再三逼问他对景公的评价,他以"小善"和"无称焉"对之②。这才是晏子的本色和本色的晏子。其实,此章的某些情节是从《左传·襄公十七年》如下记述翻出来的:

> 宋皇国父为大宰,为平公筑台,妨于农功。子罕请俟农功之毕,

---

① 参见《晏子春秋·问下》第二十、二十一章。
② 参见《晏子春秋·问下》第十六章。

公弗许。筑者讴曰:"泽门之皙,实兴我役。邑中之黔,实慰我心。"子罕闻之,亲执扑,以行筑者。而抶其不勉者曰:"吾侪小人,皆有阖庐以辟燥湿寒暑。今君为一台而不速成,何以为役!"讴者乃止。或问其故,子罕曰:"宋国区区,而有诅有祝,祸之本也。"

晏子"鞭其不务者"和所说的话与子罕何其相似乃尔,分明是子罕言行的仿拟和迻录。由此不仅可见此章之"假",还表明它也不是民间传说,而是蓄意将史书所记张冠李戴的小说作品,只是未能顾及晏子极度爱民的品格,有得有失。

柳宗元还曾批评《晏子》中的"其言问枣"为"怪诞"之作①。此乃《外八》第十三章,景公问晏子:"东海之中,有水而赤,其中有枣,华而不实,何也?"晏子说,那是当年秦穆公游东海时投入包有黄布的蒸枣的缘故。所言固然怪诞,出自对话则属平常,无足为怪。问题在于晏子不是东方朔那样诙谐的弄臣,而是时时处处谨事景公又影响景公的社稷之臣,不会随便用极玄虚的传闻应对景公。下章晏子对景公所问天下极大物和极细物的回答,亦属无根妄言,同样与晏子的人品、性情、身份大相径庭。其中对大鹏和焦螟的描述与《列子·汤问》语颇相似,或由古本《列子》变化而出。

《杂上》第十三章,景公使晏子进食与裘,晏子"敢辞",谓"婴非奉馈之臣"与"茵席之臣",而是"社稷之臣"。此后"君不以礼不见晏子"。而《杂下》第七章,"景公病疽在背",高子、国子请"抚疡",回答景公之问是:疽热"如火",色"如未熟李",大小"如豆"。晏子入见,也"跪请抚疡",回答景公:疽热"如日",色"如苍玉",大小"如璧"。景公乃叹:"不见君子,不知野人之拙也。"这里只顾显示晏子是言谈文雅的"君子",却将他置于与高、国同为"下作"侍臣的境地,与"社稷之臣"迥不相侔,自然也同晏子的人格相悖。王更生也指出两章的思想不能相容,后者甚至把晏子写成"胁肩谄笑之顽辈,舐痔成嗜之庸医"②,当为趣味低俗者的造作。其实,《杂上》第十三章亦属好事者的虚拟、造作,景公自有"奉馈"与"茵席"之

---

① 柳宗元:《柳河东集》卷四《辨晏子春秋》,第71页。
② 王更生:《晏子春秋研究》,第47页。

臣,何劳晏子进食与裘?《杂上》第五章,景公与晏子立于曲潢之上,晏子说:"衣莫若新,人莫若故。"景公说了句"人之故,相知情",晏子就认定景公烦他,告老而退,让景公自己治国,以至"百姓大乱",复召晏子。这就把大度的贤相写成使性子的酸腐书生,为显晏子之能,反倒歪曲了晏子,当是虚拟的顾此而失彼。《杂上》第二十五章,晏子御者先意气扬扬,以致妻子要与他离婚,后便改过而"自抑损",晏子得知经过,"荐以为大夫"。见丈夫得意之状竟欲离婚,已属超常;御者改过便被荐为大夫,视晏子为何如人?其悖晏子人格不言而喻。还有《谏下》第十三章,"景公为履",以金银珠玉等物为饰,"冰月服之以听朝",重而且寒。晏子对景公陈述制衣应"冬轻而暖,夏轻而清"之后,忽数"鲁工"做此履三罪,力主惩罚,景公讲情也不饶恕,理由是"苦身为非者其罪重"。景公是否会特地从鲁国请人"为履"姑且不论,被请来的鲁工必按景公的要求来做,岂得自作主张?晏子所数之罪均为景公之过,只有不讲道理之官才会处罚做鞋的工匠,处处为民请命的晏子怎会做此等事?这几章都是作书人顾此失彼的想当然而已。

四 从彼此抵牾看虚拟

《晏子》之文篇章甚夥,有的内容彼此抵牾,互不相容,或与史书所记不符,从而显出为虚拟之笔。前述"悖其人格"的某些章(如《杂上》第十三章和《杂下》第七章),也可从内容抵牾的角度看其虚拟。这里辨析另一些篇章。

《外七》第八章写景公赏赐遍及后宫,出游见一饿殍,乃叹自己"无德"。晏子谓其倘将及于后宫动植物之德推及于民,"则何殣之有",甚至于"汤、武可为"。而《谏上》第十九章写景公游于寒途,"死胔相望而不问"。晏子以桓公出游"睹饥者与之食,睹疾者与之财"讽而谏之,使其悔悟,收敛尸体,"发粟于民"。两者所写景公对道横饿殍的态度截然相反,从这方面说,至少有一章属于虚拟。就景公的状态而言,"死胔相望而不问"是不可能的,晏子由此而进的谏言以及所生的效应自然也都出于子虚。又,《外七》第二十七章,孔子赞扬晏子为"行补三君"的"君子":"灵公污,晏子事之以整齐;庄公壮('壮',一本作'怯'),晏子事之以宣武;景公奢,晏子事之以恭俭。"以孔子的思想素质,如此赞扬晏子是可能的。但事庄公以"宣武"则与史实背反①,也与《晏子》首章谏庄公"行礼义"相左,或传闻之讹。而《外八》第三、四两章,写孔子之齐,见景公不见晏子的原因,竟是由于"晏子事三君而得顺焉,是有三心","疑其为人"。此与前之赞扬针锋相对,不可能出自孔子之口。《孔丛子》也曾以此"诘墨",因为两者不能相容。②

《谏下》第十一章写景公筑大台之后,"又欲为钟"。晏子指出,如此"重敛于民,民必哀矣","公乃止"。实际根本未止,下章即写"景公为泰吕成"。泰吕即指大钟。类乎这种情况的还有《谏下》第五、六两章和《外七》第十二章,景公寒冬修大台,秋季修长庲,晏子均以歌代谏,歌民之苦。景公即刻领悟,罢大台与长庲之役。《谏下》第八章又写景公"春夏……起大台之役","夺民农时",晏子以辞官威胁而谏,迫使景公"罢之"。且不说如此重大、严肃之事,晏子不会以歌代言,景公也不可能那样轻易"罢役"而止。只说春、夏、秋、冬四个季节兴工起役都被晏子谏止,则大台、长庲必半途而废。事实上,无论大台还是长庲,均已建成,《晏子》还再三书写大台建成后景公登台和享用的情况(《杂下》第十八、十九、二十等章)。《杂上》第六章又写景公在饥荒年月不肯"为民发粟",而造"路寝之台",晏子一面提高工价,一面延长建台时间,"三年,台成而民振",使"上说(悦)乎游,民足乎食"。这都说明,上列由晏子之谏而几番"罢役"乃是不合实际的虚想。又,《谏上》第四章,"景公饮酒,七日七夜不止",弦章谏其废酒,"不然,赐章死"。晏子从中美言,"公遂废酒"。但此章之外,渲染景公饮酒之章甚多,直至末章,晏子死后多年,景公还与弦章等诸大臣

---

① 据左襄二十二、二十三年(即齐庄公三年与四年)及《史记·齐太公世家》,晋之栾盈叛晋奔齐,齐侯纳之,并借以伐晋,晏子两度劝阻,"公弗听"。又据左襄十八年及《齐太公世家》,齐灵公时,晋曾大举伐齐,灵公败退,晏婴谏阻,并以"君固无勇"激之,而"灵公弗从"。如谓"灵公怯而晏子事之以勇",乃合实际。

② 参见《百子全书》,岳麓书社1993年版,第282页。

一起饮酒,足见其为弦章之谏而"废酒"之事并不存在。上一章写景公病酒,"一日饮酒而三日寝之",此饮至"七日七夜不止",其醉又当如何? 从这方面看,也是虚笔。

《杂上》第十二章,景公饮酒,乘兴夜至晏子家,拟与贤相同饮,晏子答以"布荐席陈簠簋者有人,臣不敢与焉"。景公又移至司马穰苴家,穰苴以同一言词拒之。后至梁丘据家,始得其乐,于是大发感慨:"微彼二子者,何以治我国?微此一臣者,何以乐吾身?"国君为晏乐夜走三家,两番被拒,拒绝的言词也一字不差,其为小说笔法已见端倪,而此篇第十四、十五两章又均写晏子宴景公于自己家中,晏子岂不仍为"布荐席陈簠簋"者? 两相抵牾,更可见出前者的造作。

《杂下》第十二章写晏子布衣鹿裘入朝,田桓子便说他被"宠之百万"而如此寒酸是"隐君之赐",要景公罚晏子酒。晏子辩白:他以"君之赐"广济父党、母党、妻党,且"国之闲士待臣而举火者数百家"。景公听了,赞同晏子是"彰君赐",所以反罚田桓子酒。而《外七》第二十六章,景公见晏子"布衣鹿裘以朝",深表诧异:"夫子之家,若此其贫也,是奚衣之恶也!寡人不知,是寡人之罪也。"晏子又向他说明广养其族,"待婴以祀其先人者五百家"。此二章呈现明显的矛盾状态:如果先有前者,景公对后来晏子的穿戴俭朴就不会诧异,晏子也不需重作说明;如果后者在前,景公就不会听信田桓子之言,欲罚晏子酒。可见两篇之中至少有一篇是虚拟的。

《杂下》第二十四章写晏子妻老,景公欲将"少而娇"的"爱女"嫁给年老的晏子。这已令人不可思议。晏子坚辞,谓"婴与之居故矣"。苏舆云:"'故'犹'素'也,言素与之居也。"①即一直与妻相守,不肯悖之。《外八》第十章,田无宇讥晏子妻老丑,晏子以"去老者谓之乱,纳少者谓之淫"答之,反对"见色而忘义"。这都表明,晏子的配偶只有老妻,未纳过妾。而《史记·管晏列传》载:晏婴"相齐,食不重味,妾不衣丝"。这种赞美之言,说明晏子有妾。《杂下》第三十章,"晏子病,将死,凿楹纳书焉。

---

① 苏舆集校:《晏子春秋》卷六。

谓其妻曰:'楹语也,子壮而示之。'"这说明,至晏子死,尚有年幼之子。晏子之死至少也在八十岁左右(有些年表列至九十以上),幼子不可能是老妻所生,必有比较年轻的妾。此等抵牾显出,前面两章是美化晏子的虚托之作。

另有《问上》第一章和《杂上》第一章,表现晏子和庄公的矛盾。前者写庄公问晏子,怎样才能"威当世而服天下"。晏子发一通爱民、任贤的议论,庄公"不用",他便"退而穷处",庄公"用兵"一年,"身及崔氏之乱"。后者写庄公对晏子不悦,以乐人奏歌讽之,晏子离席,"北面坐地",谓:"闻讼夫坐地,今婴将与君讼,敢毋坐地乎?"随即责难庄公"众而无义,强而无理,好勇而恶贤",并预言其"祸必及于身",最后"徒行而东,耕于海滨。居数年,果有崔杼之难"。两者所写应是同一件事,却又是两种不同场合,而其退官只能有一,不能有二。其实两者都是随意虚拟,并非史实。据史书记载,庄公四年秋伐晋,晏子与崔杼谏止,"弗听",遂"取朝歌","入孟门,登太行"①;五年,庄公"畏晋通楚,晏子谋"②;六年五月,庄公被弑,晏子哭之,被崔、庆要盟。这个时间表显示,终庄公之世,晏子一直在朝为大夫,并未"退而穷处",更未"耕于海滨"。吴则虞也指出:"崔子弑君,晏子哭尸,晏子于此时并未去朝居东海。"又说:"古无臣与君讼之理,晏子既以无礼为谏,已而复以无礼要君,必无其事。"③与此相关的是《问上》第二章,"庄公将伐晋",晏子谏阻,其言多载于《左传》,实有其事。但下写"晏子辞不为臣,退而穷处,堂下生蓼藿,门外生荆棘",则为虚拟。

《问上》第二十五章,景公问:"古者离散其民而陨失其国者,其常行若何?"晏子罗列了多项害民劣政,而后说:"今民闻公令如寇雠,此古离散其民、陨失其国所常行者也。"这非但与景公多次接受晏子谏言、反复改善害民虐政的形象不合,与晏子的为相身份不相称,也同晏子对景公的中肯评价相抵牾。在《问上》第十二章中晏子将国君分为三等,"上君全善,

---

① 《左传·襄公二十三年》,岳麓书社1988年版,第223页。
② 《史记·十二诸侯年表》,中华书局1982年版,第641页。
③ 吴则虞:《晏子春秋集释》,第295页。

其次出入焉，其次结邪而羞问"，说景公是能"时问"的"出入之君"。这颇合景公的实际情况，自然也就不属于"离散其民、陨失其国"的亡国之君。

五 从仿拟之作看虚拟

《晏子》二百余章，有一批内容重复而"文辞颇异"之作，被列于"外篇重而异者第七"。其中又分为两类：一类，同一件事，记述详略不同，或文辞略有差异，属于传闻异辞；另一类，思想相同或相近，事件只属同一类型，却是不同的两件事或几件事。其中一件或为原作，另一件或多件仿原作而作，即是仿拟，非但不属传闻异辞，还是有意而作的小说。其第十三章，景公欲杀为之"主鸟而亡之"的烛邹，晏子先请数烛邹之罪曰："汝为吾君主鸟而亡之，是罪一也；使吾君以鸟之故杀人，是罪二也；使诸侯闻之，以吾君重鸟以轻士，是罪三也。"景公听了，即刻醒悟而赦烛邹。此与《谏上》第二十五章景公因所爱马暴死欲杀圉人，晏子以数其罪而谏，境况全同。两者至少有一章属于仿拟。《外七》第九章题作"景公欲诛断所爱楸者，晏子谏"；《谏下》第二章题作"景公欲杀犯所爱之槐者，晏子谏"。从两者被后人所加的标题就可看出内容属于相似型，且与前述两章亦颇相类。这种情况并不限于第七篇"重而异者"，别篇也有。《谏下》第三章景公欲加罪斩竹者，《谏上》第二十四章景公欲诛惊飞其所射之鸟的野人，《谏下》第四章景公欲杀严冬"拚治"（制砖）未成之兵，晏子都一一谏救。这三章与上面四章人物不同，事体各异，而景公所犯之过是相同的。景公并非重复同类罪过的低能儿。此等真实之事，或当有一，难得有二，更不可能再三再四。以上七章，多应属于仿拟之作。当然，我们难于确定其中哪一、二章是写真或近于写真的原作，但其中五或六章为仿者虚拟则是可以确定的。其中以犯槐事篇幅最长，也最委曲，犯槐者之女奔求晏子，感慨陈词，为此文增加不少情致，但也更显出其为虚拟或半虚拟的小说品格。

《谏上》第十七章载，景公登上牛山，悲叹自己将去国而死。艾孔与梁丘据"皆从而泣"，而晏子独笑。景公问他笑什么，晏子说，如果太公、桓公不死，你就当不上君主，各代君主"迭处之，迭去之"，乃"至于君"。

君怕去国而流涕,乃属不仁。看到一个不仁之君和两个谄谀之臣,所以发笑。外七第二章写的是同一件事,地点在泰山,随之而泣的谄臣又多一个,晏子的话除指出景公之得齐国皆因自古有死外,又深入一步:"夫盛之有衰,生之有死,天之分也;物有必至,事有常然,古之道也。至老尚哀死者,怯也;左右助哀之,谄也。怯谄聚居,是故笑之。"景公忙说,他不是怕"去国",而是忧虑彗星现于齐国。晏子便数其弊政,谓:"由是观之,茀又将出;彗星之出庸可惧乎?"于是"公惧,乃归。填池沼,废台榭,薄赋敛,缓刑罚,三十七日而彗星亡"。显而易见,此章是谏上第十七章的仿拟、生发和扩展,如果说前者有可能是某种程度上的真实写照,后者则成了蓄意造作的早期小说。其彗星一段,与外七第三章景公"梦见彗星"内容相仿,两者似仿《谏上》第十八章第三段景公"睹彗星"之文,后者晏子之谓"何暇去彗,茀星又将见矣"等语与前两者相应语句极其相似。三者之间的连带仿拟关系显而易见。

这里需要谈谈《晏子》与《左传》某些相类或相同章节的关系问题。本文四年前的发表稿是将《左传》相关记述单纯视为可靠史料辨析《晏子》,后经考辨《左传》的虚拟成分,对两书相关章节的关系有了新的认识:由于晏子的许多故事产生于民间,《晏子》在不同时期会出现不同的写本。其早期写本早于《左传》,能被《左传》吸纳,后出的写本又可吸纳《左传》中的晏子故事,从而形成两书互有吸纳的复杂情况,其间也构成仿拟或迻录关系。这就需要重新审视、辨析两书中某些相关章节。《谏上》第十八章,写景公一天三次说错话,受到晏子的嘲笑与纠正。其一,景公游公阜,问:"古而无死,何如?"晏子答:"若使古而无死,太公、丁公将有齐国。"这实际是从第十七章仿拟、变化而出,以丁公取代了桓公。左昭二十年之记景公也有"古而无死,其乐若何"之问,晏子答:"古而无死,古人之乐,君何得焉?"又说:"昔爽鸠氏始居此地,季荝因之,有逢伯陵因之,蒲姑氏因之,而后大公因之。古若无死,昔爽鸠氏之乐,非君所愿也。"这番话是熟知古史的《左传》作者对《晏子》上文的仿拟和发展,既深入又透彻。其二,景公谓梁丘据"与我和"。晏子反驳:"所谓和者,君甘则臣酸,君淡则臣咸。今据也,君甘亦甘",是"同",不是"和"。左昭二十年也写了此事,不同的是增加了晏子用二百多言大论"和"与"同"的分别,也应是对《晏子》上文的恣意发挥。其三,景公"睹彗星",欲"禳去之",晏子谓"不可,此天教也"。左昭二十六年亦记"齐有彗星,齐侯使禳之",晏子谓,"无益","天道不谄,不贰其命,若之何禳焉?"命意与晏子上文相同,又两引《诗》文,加以阐发。如此看来,《谏上》第十八章并非缀合《左传》三则而成篇,倒是《左传》中的三则均由《晏子》同一章仿拟、生发而出。《晏子》外七第四、五、六三章,文字几乎全同于《左传》上述三则,应是晚出的写本从《左传》迻录所致。不过,由此也不能认定《谏上》第十八章就无造作。如前所述,其第一段就是前章(第十七章)的仿拟与变改,而前章谓登牛山,非游公阜,可见与下两件事不在同一天;《左传》虽沿用、仿拟三事,并不置于一日,且不置于一年,或另有所据。《谏上》却集三事于一日,特地造成景公所谓"夫子一日而三责我"的格局,应是蓄意的艺术造作,是后世小说常用的典型集中之法。与此章相应的是《外八》第十七章,景公哭晏子之死,说的话是:"昔者我与夫子游于公阜之上,一日而三不听寡人,今其何能然乎?"自然也是徒托空言,并无其事。另有《谏上》第十二章,写"景公疥且疟",终年不愈,便以为祝史没有尽职,想杀史固与祝佗,"以说(悦)上帝。景公征求会谴、梁丘据与晏子的意见,会、梁曰"可",晏子反对。他说,君若以为祝有益,则"诅亦有损","百姓之咎怨诽谤诅君于上帝者多矣。一国诅,两人祝,虽善祝者不能胜也。且祝直言情,则谤吾君也;隐匿过,则欺上帝也。上帝神则不可欺,上帝不神祝亦无益"。景公恍然而悟,将会谴与梁丘据就地免职,由晏子"兼属"。左昭二十年亦记此事:

> 齐侯疥,遂痁,期而不瘳。诸侯之宾问疾者多在。梁丘据与裔款言于公曰:"吾事鬼神丰,于先君有加矣,今君疾病为诸侯忧,是祝史之罪也。诸侯不知,其谓我不敬。君盍诛于祝固、史嚚以辞宾?"公说,告晏子。晏子曰:"日宋之盟,屈建问范会之德于赵武。赵武曰:'夫子之家事治,言于晋国,竭情无私。其祝史祭祀,陈信不愧,其家事无猜,其祝史不祈。'建以语康王。康王曰:'神人无怨,宜夫子之光辅五君以为诸侯主也。'"

下面是晏子有关君主之德与祝史"荐信"或"矫诬"的大篇议论。晏子在《谏上》第十二章所论要点与文字多在其中。景公最后醒悟,"使有司宽政,毁关,去禁,薄敛,已责"。此与《晏子》上文比较,杀祝史不是齐侯之想,而是梁、裔提议;不是为"说上帝",而是为"辞宾",前者出于迷信观念,后者则为人事因素,与史书更为和谐。两文最显眼的区别还是《左传》中的晏子提出"日宋之盟"时赵武讲述的范会之德,从而将《谏上》晏子的议论作了改写和增补。"日宋之盟"就是左襄二十七年所记在宋举行的楚晋等十四国会盟。齐国由庆封、田文子须无出席,晏子并未参加。会间,"子木(即屈建)问于赵孟(即赵武)曰:'范武子(即范会)之德何如?'对曰:'夫子之家事治,言于晋国无隐情,其祝史陈信于鬼神,无愧辞。'"此等细事,未参加的晏子不得而知,更不能复述其原文。而《左传》作者自然熟悉前面写过的事,从而将它移入晏子之口,并大加生发,成为一篇曼长之作。这充分说明,《左传》的增改并非纪实,而是虚拟;两文的关系不是《晏子》改《左传》,而是《左传》改《晏子》。无论《晏子》原作是否属实,《左传》此篇都是蓄意造作的早期小说。《晏子》外七第七章,与此尽同,只在结尾增"公疾愈"三字,显然是后人又将它从《左传》迻录于《晏子》。晏子的同一故事在两书中就是这样辗转移用而发展的。

此种仿作,也有事属同类而改换人物姓名者。《谏下》第二十章,逢于何求葬其母于路寝之宫,与其父"合骨",晏子为请于景公,终得如愿。《外七》第十一章,又有盆成适("适"一作"括")求合葬其母于路寝之宫,晏子亦为之请,同样如愿。两者情节大同而文多异,至少其中之一为仿拟。盆成适之名见于《孟子》,蒋伯潜《诸子通考》认为,《孟子》中"仕于齐"的盆成适就是《晏子·外七》之盆成适,从而否定了该章的真实性和原创性,自是仿作。而卢文弨以为"'适'讹",并校"适"为"造",谓"据《礼记·檀弓上》正义引改"[1](查中华书局 1980 年影印《十三经注疏》之《礼记正义》,"适"误作"逆",不作"造";《四库全书》本亦然)。张纯一虽

---

[1] 卢文弨:《群书拾补·晏子春秋》,《丛书集成新编》第 3 册,台北,新文丰出版公司 1985 年版,第 202 页。

谓《孟子》有盆成适之名,却不认为与《晏子》中的盆成适是同一个人,且云"卢说是"①。可见对此尚有歧见。不过,盆成适对晏子说的话中竟有"越王好勇,其民轻死"与"子胥忠于君,故天下皆愿得以为臣;孝己爱其亲,故天下皆愿得以为子"等语。前者如张纯一注,为《墨子》"兼爱"下篇语义;后者如王念孙所见,"四句"乃《战国策·秦策》中语②,即陈轸对秦惠王之言。如此看来,作者既熟悉《墨子》,又熟悉《秦策》,其仿作此章不会早于战国后期,应在《孟子》成书之后。这与《诸子通考》之论亦相契合。退一步说,即便《外七》中的盆成适并非取自《孟子》,也是晚于晏子约二百年的虚造人物。

《晏子》中事同而人不同的显例还有《问下》第二十九章、《外七》第十九章和《外八》第三、四两章,分别写梁丘据、高子和孔子疑晏子事三君"是有三心"。有关孔子的两章,前面已作辨析,均为虚拟。梁丘据则如柳宗元所赞,虽是"顺心狎耳"的嬖臣,却非逸臣,"不挠厥政,不嫉反己"③,且对大力"尽忠极谏"的晏子不无敬重,不会瞎说"君不同心,子俱顺焉"的混话,致疑"仁人固多心乎?"此与《外八》第四章孔子谓晏子"事三君而顺焉,吾疑其为人"之语无异,亦属后人仿作。高子是"天子所命为齐守臣"④,位在三卿,谓三君"皆敬子(晏子)"的话也颇得体,下问"三君之心一耶?夫子之心三也"虽有嘲讽意向,而言词委婉,意在两可之间,这在卿大夫间也是可能有的言谈。另外三章或仿此而作。但高子称其君为"景公",显为后世造作的纰漏,而晏子下列答话也与史书所记不合:

  及庄公陈武夫,尚勇力,欲辟胜于邪,而婴不能禁,故退而野处。婴闻之,言不用者不受其禄,不治其事者不与其难,吾于庄公行之矣。

如前所辨,终庄公之世,晏子都居朝为大夫,从未"退而穷处"。上引文字

---

① 参见张纯一《晏子春秋校注》卷七,《诸子集成》第 4 册,第 188 页。
② 参见王念孙《读书杂志》志六之二,《续修四库全书》,上海古籍出版社 2002 年版,第 1153 册,第 228 页。
③ 柳宗元:《柳河东集》卷十九《梁丘据赞》,第 338 页。
④ 《春秋左传正义》卷十三杜预注,《十三经注疏》,第 1802 页。

均属虚托。

《外七》第二十一章,太卜以其"能动地"欺骗景公,被晏子背地说破,令其自陈于公,得以不死。此与《杂下》第四章柏常骞谓能为景公益寿,"得寿,地将动",被晏子道破,构思相似。柏常骞因见"维星绝,枢星散"知地将动,太卜则因"钩星在四心之间"而知地动。这两种以观天象推恻地动的不同说法均属迷信,当出现于历史的不同时期或不同地域,不会产生于同时同地,就此而言,至少有一章是据另一时间或地域有关地动的说法仿拟而作。由于后者以地动哄景公只是"益寿"骗局的附加结构,仿拟之作应是前者,它只以地动的不同说法仿拟《杂下》第四章预知地动的部分而骗景公,以表现晏子"忠上而惠下"的为人品格。与此相类,《谏下》第二章犯槐者之女为有求于晏子,"愿得充乎下陈",乃至晏子有"婴其淫于色乎?何为老而见奔"之叹。《外八》第十一章写一"工女"无端"托于晏子之家",使晏子大发"女欲奔仆,仆必色见而行无廉也"的感慨。后者仿拟前者的一个部分,亦如《外七》第二十一章只仿《杂下》第四章的地动一样,为虚托之笔。

同一事件,也有人物相同而情节颇异者,从而形成两篇作品,这也常是仿拟的产物。《谏上》第二章与《外七》第一章都写景公饮酒"去礼",而晏子反对。两者情节差异很大。前者晏子在场,向景公谏言,公"湎而不听",晏子就对景公无礼,激怒国君,最后使他俯首认错。后者晏子原不在场,景公饮酒高兴,派人"趣驾迎晏子"。晏子对景公声言"去礼"颇多非议,使其痛悔"不敏无良",甚至欲杀"淫蛊"之臣,最后"易衣革冠",重迎晏子以礼,并送之以礼,"以张晏子之教"。两篇情节如此不同,已然超出传闻异辞,乃是由仿拟而生的重要变化和再创造。后者的情节比前者有了明显的发展,所以仿作应是后者。

《晏子》之文除了仿拟有关晏子的传说,还有的将关于他人的传说移植到晏子身上,从而形成又一种仿拟。突出的是将传说中的管仲与桓公换成晏子与景公。《问上》第九章写景公问晏子"治国何患?"晏子答以"患夫社鼠",并以社鼠和猛狗比喻国之逸佞之臣。而《韩非子·外储说上》与《说苑·政理》亦有内容、文字大同小异之作,只是问者为桓公,答者为管仲。其中以《韩非子》言之最详,并记述了同一传说的不同说法,而均无晏子与景公。三书相较,韩文先写宋之卖酒者因养猛狗而致酒酸的传说,而后才写管仲与桓公关于"最患社鼠"的谈话,后由社鼠言及猛狗,因有前文铺垫,十分自然;《说苑》只取桓公与管仲有关"治国何患"的对话,本谓"患夫社鼠",后又言及猛狗,甚是突兀,其截取韩文显而易见;《晏子》除人名和结尾两句,文字与《说苑》几乎全同,分别主要是将桓公、管仲易作景公与晏子,而结句"主安得无壅,国安得无患乎"又甚似脱胎于韩文结句"主焉得无壅,国焉得无亡乎"。通过这样的比较,《晏子》此章的仿拟之迹就相当清楚。它是参用《说苑》此篇的原文(即刘向辑校《说苑》所据之文)及《韩非子》此篇的结尾而写成的。又者,《韩非子》及《说苑》此篇原文不是专写某人之书,如果传说为晏子与景公,它们毫无必要易为管仲与桓公;而《晏子》是专写晏婴之书,如要吸收其他政治家的言论传说,就只能更易其名,以仿作表现主人公晏子。从这方面看,其间的仿拟具有显见的不可逆性。《外七》第十四章,景公又问"治国之患",晏子对以"佞人谗夫之在君侧",实际是将社鼠所喻直言以陈,最后又归于"如社之有鼠"。其仿《问上》第九章亦属显见。《谏上》第十三章,写景公游麦丘,逢老人,令其祝己。老人三祝,后谓"无使君得罪于民",景公不悦,而晏子解之,景公始悟。此与《韩诗外传》(以下或称《外传》)卷十及《新序》第四所记桓公遇麦丘叟的故事大同小异。麦丘叟三祝桓公,后谓"无使吾君得罪于群臣百姓",桓公不悦,麦丘叟解之,桓公始悟,扶载而归,用为"断政"。后两篇中并无管仲,只是桓公与叟对话,虽也是传说,但紧凑合理,重在表现桓公能于下层发现人才。《晏子》此章的故事、地点及中心人物麦丘叟与之相同。两者必有其一属于仿拟。如果《晏子》此章在前,不会有人将声名显赫的晏子之语换作无名老叟之谈;反之,将麦丘叟对自己祝语的精当解说换成晏子之言,以显贤相之明见,则是非常自然的事。因此,《外传》与《新序》此篇所据之文当为《晏子》仿拟所本。

此外,《外八》第七章,景公问:"有臣而疆(强)足恃乎?""有兄弟而疆足恃乎?"晏子俱答"不足恃",致使景公"忿然作色"。晏子曰,"有臣而疆无甚如汤,有兄弟而疆无甚如桀",而"汤有弑其君,桀有亡其兄"。① 此与《外传》卷八魏文侯与狐卷子有关父、子、兄、弟、臣为贤者是否"足恃"的问答如出一辙。狐卷子俱答"不足",致使魏文侯"勃然作色而怒",狐氏回话中也有"臣贤不过汤武,而桀纣伐"等语。两者如此雷同,其中之一当是仿作。而《外传》采用《晏子》多篇,均未改易其人,自然也不会将此篇之景公与晏子改为魏文侯与狐卷子,只能是着意表现唯一主人公的《晏子》仿拟《外传》或《外传》所本,而改其人名。又,《外八》第八章写景公游于牛山,"请晏子一愿",晏子之愿为:"有君而见畏,有妻而见归,有子而可遗";"有君而明,有妻而材,家不贫,有良邻";"有君而可辅,有妻而可去,有子而可怒"。此与《外传》卷九曾子所言"三乐"大多相似:"有亲可畏,有君可事,有子可遗,此一乐也。有亲可谏,有君可去,有子可怒,此二乐也。有君可喻,有友可助,此三乐也。"两者之间有着显见的仿拟性。而《外传》没有理由不用晏子,改称曾子,只能是《晏子》仿拟《外传》或其所本,以凸现其主人公。这与上一章的仿拟手法是一样的。还有《问下》第十三章,写"晏子聘于鲁,鲁昭公问曰:'吾闻之,莫三人而迷,今吾以一国虑之,鲁不免于乱,何也?'"晏子的回答是,"左右逼迩皆同于君之心者也",鲁国"曾无与二,其何暇有三?"后又说:"逼迩于君之侧者距本朝之势,国之所以殆也。"这是说,近臣操纵舆论,顺君而言,所以危殆。而《韩非子·内储说上》对此载有二说,一为哀公问孔子,二为哀公问晏子,两人的回答如出一口,皆言鲁国群臣无不同于季氏,全国尽化为一,"安得三哉?"从人物看,哀公成为鲁君在晏子死后多年,不可能有哀公问晏子之事。从回答的内容来看,昭公后期至哀公时的鲁国之乱,源于季氏的专权跋扈,国君说话没有权威。因此,《韩非子》的记述较合于实际,而晏子作客于鲁不便非议季氏,从而显出哀公问孔子之说更为合理。《晏子》此篇亦是仿作。

《杂上》第二十七章写晏子助北郭骚米以养其母,北郭骚便在晏子"见疑于景公"而出走时,杀身以明晏子,而北郭骚之友又杀身以明北郭

---

① 此二句或有讹误。张纯一注:"二句义不可晓。"

骚。这未免太玄虚了。古人虽讲"舍生取义",也不会轻生到如此地步,何况"以养其母"的北郭骚尚有老母在堂。古贺谓之"附会孟尝君事"①。《史记·孟尝君列传》载:

> 孟尝君相齐,其舍人魏子为孟尝君收邑入,三反而不致一入。孟尝君问之,对曰:"有贤者,窃假与之,以故不致入。"孟尝君怒而退魏子。居数年,人或毁孟尝君于齐湣王曰:"孟尝君将为乱。"及田甲劫湣王,湣王意疑孟尝君,孟尝君乃奔。魏子所与粟贤者闻之,乃上书言孟尝君不作乱,请以身为盟,遂自刎官门以明孟尝君。湣王乃惊,而踪迹验问,孟尝君果无反谋,乃复召孟尝君。

北郭骚以死白晏子事,还见于《吕氏春秋》卷十二《士节》,自然不可能附会《史记》,但《史记》系据史料或传闻记录而著,孟尝君由死士而白其冤,无论是史事还是传闻,亦当闻之于齐,好事者或从而受到启发,杜撰北郭骚以死白晏子事,把晏子得士和士人重义同时渲染到意想所及的极致。从实质上看,它也是一篇仿拟之作。

六 从造作预言看虚拟

齐景公平稳当政 58 年,死后,田乞、田常父子即先后弑君,为相而当权,使姜齐逐渐向田齐过渡,最终于战国中期取代姜氏,建立了田齐。这为后人编织晏子具有远见卓识的预言提供了便利。《晏子》中的多章都是这类预言的变化和造作。《问下》第十七章写晏子使晋,叔向问他:"齐其何如?"他的回答竟是:"齐其为田氏乎!"理由是景公"弃其民",而田氏以大斗出、小斗入之法使民"归之如流水"。叔向说晋"亦季世","政在家门,民无所依","公族尽矣","肸又无子","幸而得死,岂其获祀焉"。这里包含两个预言:晏子预言齐将被田氏篡权,叔向预言自己死后无祀。其实,两者在两人生前都是不可预见的。晏子为相时,田氏与之同朝为大夫

---

① [日]古贺侗庵:《晏子春秋》,吴则虞《晏子春秋集释》附录,第 635 页。

的还是田乞之父田桓子无宇,而田无宇并无篡权之迹可寻。据《史记》记载,以大斗出、小斗进收揽民心的是后来入朝的田乞和田常。退一步说,即便田无宇真的如此施德于民,使民"归之",也不能由此断言其后代必篡权有国。晏子本身就是身为齐相而大力惠民并深得民心的典范。他怎么会以施德于民妄度陈无宇是为其后人篡权作准备呢?可见是了解田氏篡齐的后人为晏子造作的预言式小说。叔向是晋的贤大夫,事厉、平、昭三公,有子食我,字伯石,何言"无子",死不获祀?原来在其死后的鲁昭公二十八年(前515),伯石因助祁盈之乱为晋所杀,晋"遂灭祁氏、羊舌氏"①。叔向之语正是其家这种悲惨后事的预言。他所描述的晋国公室种种"季世"败相,实则预示着晋的覆灭。《晏子》此章虚拟的预言又见于左昭三年,文字大同而小异。但它非但不是史实,且不合实际。鲁昭公三年即齐景公九年,下距田氏行篡还有半个多世纪,其时田乞大约未成年,田常或许还未出生,晏子预言其事岂非天方夜谭?仔细比较两文可知,不是《晏子》袭用《左传》,而是《左传》摘录《晏子》。两者最大的区别就是《晏子》在"公积朽蠹……民人痛疾,或燠休之"之后多出如下一段文字:

> 昔者殷人诛杀不当,僇民无时,文王慈惠殷众,收恤无主,是故天下归之,民无私与,维德之授。今公室骄暴,而田氏慈惠。

下接"其爱之如父母,而归之如流水……"这个"其"字所指,显为上句的田氏。《左传》删掉这段文字,就成了"公积朽蠹……民人痛疾,或燠休之。其爱之如父母,而归之如流水……"不仅"其"的指代不明,文亦难通。这说明《左传》此文系删削《晏子》而成,而非《晏子》生发《左传》。

《外七》第十章写景公坐于路寝,曰:"美哉室,其谁将有此乎?"晏子答:"其田氏乎?"下述田无宇"为善"之家,"山木如市,不加于山,鱼盐蜯蜃,不加于海,民财为之归"。今岁饥荒,田氏又以大斗贷,小斗收"有施于民"。"公厚敛而田氏厚施焉……国之归焉不亦宜乎?"如果说晏子对

---

① 参见《左传》,第356页。

叔向所言齐将归于田氏，只是当时还无此迹象，此章景公与晏子的问答就不止于此，而且有违君臣之道。景公之问绝非太平之君所能问，晏子之答更非太平贤相所当答。试想，当晏子对景公说出齐国将归田氏，并点出田无宇的名字时，其置景公于何地？又置田无宇于何地？与谗臣的谗言有何区别？所以绝对不会存在。本章是后人利用战国时田氏篡齐之事为晏子精心炮制先知预言的又一篇小说。同篇第十五章，还是同一话题而内容有异："景公与晏子立于潢池之上，望见齐国"，景公问"后世孰将践有齐国"，晏子虽说"非贱臣之所敢议"，还是挑明田无宇"公室兼之，国权专之"，"臣富主亡……其无宇之后为几"，并断言："齐国，田氏之国也。"景公又问："奈何？"晏子曰："唯礼可以已之。"随后讲了一通"君令臣忠，父慈子孝，兄爱弟敬，夫和妻柔，姑慈妇听"的"礼之经"，与非儒近墨的晏子思想大相径庭。本章也是儒者利用田氏篡齐之事为晏子虚造的预言式小说。值得关注的是，左昭二十六年也记有景公与晏子讨论日后谁有齐国的对话，内容、文字与《晏子》外七第十、第十五两章大体一致。仔细推究，并非纪实，应是摘录《晏子》两章的前半与后半加以改造合二而一的产物，顺理而成章；如果是《晏子》抄录《左传》，则当抄作一篇，必不会将它们一分为二。这也是笔者在考辨《左传》的虚拟成分之后所产生的新认识。

《问上》第八章，原是景公与晏子讨论"莒与鲁孰先亡"的问题，而后突然转为"后世孰践有齐国者"，晏子答以"田无宇之后为几"，与《外七》第十五章答语全同；其后陈述田氏"公量小私量大，以施于民"，民归之"若水之流下也"，则是《问下》第十七章的摘录与简化。这自然也是晏子预言的虚拟之笔。莒亡于公元前 431 年，距鲁亡（前 249）早一百八十余年。此章前段也是作者看到莒亡以后造作的变后知为先知的晏子预言。末云："齐其有鲁与莒乎？"结果只并了莒（楚灭莒，地并于齐），鲁却为楚所灭。这表明，此文作于莒亡之后，鲁灭之前。前后两段同为预言，嫁接在一起不足为奇。

《谏下》第十九章仍是这一话题，不过变一种写法：景公登路寝之台而望国，愀然而叹曰："使后嗣世世有此，岂不可哉。"晏子批评他"逆政害民有日矣,而犹出此言,不亦甚乎"。景公遂问"后世孰将把齐国",晏子的回答并未直接指明田氏,而以"服牛死,夫妇哭"为喻,谓"欲知把其国者,则其利之者也",实则暗指施利于民的田氏,仍是前述预言的延伸和发展。

除了田氏篡国预言,《晏子》还有别种预言。《杂上》第一、二两章写晏子与庄公的矛盾冲突。前者晏子对庄公说,"祸必及其身,若公者之谓矣",而"后数年,果有崔杼之难";后者中的晏子离去前对仆叹曰,"哀吾君不免于难",而后"崔杼果弑庄公"。庄公是由于与崔杼之妻私通而突然被杀,晏子不可能早有预知,两者都是后来的知情作者故意将已知事件写成晏子的预言,以张其智。

七 从夸而无节看虚拟

读《晏子》,不但钦敬贤相晏婴反复勇批逆鳞的直谏精神,对景公那种容纳臣子尖锐批评的大度及其痛改前非的精神也深感难得。但齐国并未因有如此贤相与纳谏的国君而日趋强盛,恢复霸业。原因之一就是晏子与景公的上述精神是被文学作品过分夸大了的。实际的晏子虽也勇批逆鳞,却不像书中写的那样。景公在一些问题上能听取晏婴的批评建议,但远不是书中的景公。《晏子》的夸大笔法常常超过现实的可能,成为"夸而无节"之笔。《谏上》第十六章,景公发出"使国可长保,传于子孙,岂不乐哉"的喟叹,晏子就大肆指斥景公"以政乱国,以行弃民久矣","今君临民若寇仇,见善若避热","肆欲于民而虐诛于下";并在赞扬桓公前期霸业之后,斥其后期政荒"民苦",致使"虫出而不收",竟谓"桀纣之卒,不能恶焉"。封建时代的任何臣子都不可能如此觌面斥责国君及先君,以"桀纣之卒"比桓公之死尤其不伦,也是景公绝不会容忍的。它离贤相谏君的实际甚远,只能是后来作者的文学渲染。《谏上》第五章载,齐国霖雨十有七日,百姓遭灾,而景公日夜饮酒听歌。"晏子请发粟于民,三请而不见许",乃向景公痛陈灾情之后,愤然弃之而走。景公"从之,兼于涂(途)而不能逮。令趣驾,追晏子其家,不及"。追上之后,下车对晏子说了下面的话：

> 寡人有罪，夫子倍（背）弃不援，寡人不足以有约也。夫子不顾于社稷百姓乎？愿夫子之幸存寡人，寡人请奉齐国之粟米财货，委之百姓，多寡轻重惟夫子之令。

说完竟"拜于途"。晏子乃返，主持赈灾。世上哪有这样的国君，简直是在乞求晏子。对景公前倨后恭的大肆夸张不仅超出现实可能，也使形象不能统一，前后景公判若两人。与此相类，《谏上》第二十章，景公"衣狐白之裘"，雨雪三日而不知百姓之寒，被晏子指出后，即"令出裘发粟"，救民饥寒，且"令所睹于涂者，无问其乡；所睹于里者，无问其家；循国计数，无言其名。士既事者兼月（有职业者给兼月之粮），疾者兼岁（病苦无告者给兼年之粮）"①。这恐怕是亘古未有的国君大救灾，只能是人们对当时统治者的一种向往。《谏上》第八章又写："景公信用谗佞，赏无功、罚不辜"，晏子进谏之后说了句"臣请逃之"，"遂鞭马而出。公使韩子休追之，曰：'孤不仁，不能顺教以至此极，夫子休国焉而往，寡人将从而后。'晏子遂鞭马而返"。景公对贤相晏子如此器重，又如此自损，可谓无以复加。所以当晏子仆人问他"向之去何速，今之返又何速"时，晏子曰："公之言至矣！"实际是作书人把一个国君面对臣下的自损之词夸张到极处，这样倚重贤相岂能是"信用谗佞"之君？再看《外八》第十六章晏子死景公"伏尸而号"之语："子大夫日夜责寡人，不遗尺寸，寡人犹且淫佚而不收，怨罪重积于百姓。今天降祸于齐，不加于寡人，而加于夫子，齐国之社稷危矣，百姓将谁告夫？"这是后来明察齐国兴衰的哲人的观点，出自酷好声色狗马、大兴宫廷土木的当事国君之口甚不和谐，不过是后世作者虚拟的理想言词罢了。

《晏子》中这类夸大晏子口无遮拦、勇于直谏和景公闻过就改、大见功效的笔墨不是很少，而是很多。《问上》第七章，景公让晏子"继管仲之业"辅佐他成就霸业。晏子在讲述桓公任贤、亲民等诸多政绩之后，这样

---

① 括号内文字为笔者所加。

概括景公的劣政：

> 今君疏远贤人，而任谗谀；使民若不胜，藉敛若不得；厚取于民，而薄其施；多求于诸侯，而轻其礼；腐藏朽蠹，而礼悖于诸侯；菽粟藏深，而怨积于百姓；君臣交恶，而政刑无常。臣恐国之危失，而公不得享也，又恶能张先君之功烈而继管子之业乎？

把景公之政贬得一无是处，既非实情，也非为相者所当上对国君之语，是后来作者为解说晏子不能辅佐景公成就霸业而极力贬损景公的产物。至于"恐国之危失，而公不得享也"之语，更不会出于晏子之口。相类者还有《问下》第三章，晏子将景公与桓公"左有鲍叔，右有仲父"作比，谓"今君左为倡，右为优，谗人在前，谀人在后"，从而扭曲了晏子与景公对话的现实性，成为一种漫画式笔墨。刘勰所谓"夸过其理，则名实两乖"[①]。

再看《谏上》第二十一章，"荧惑守于虚，期年不去"。按当时的说法，此种天象主于"天罚"。景公由此发问，晏子便以四言韵文罗列了景公理齐之误："为善不用，出政不行。贤人使远，谗人反昌。百姓疾怨，自为祈祥。录录彊食，进死何伤。"最后又归结于"有贤不用，安得不亡"。在景公时代，齐国最大的贤人就是晏子，被景公长期用以为相，何言"贤人使远""有贤不用"？当时齐国虽不能霸，却还相当强盛，用晏子的话说："今婴事君也，国仅齐于诸侯"（《杂下》第二十八章），何谈"安得不亡"？对齐国形势的阐述远离实际。下面回答景公扭转可畏天象的措施竟是以下三项："盍去冤聚之狱，使反田矣；散百官之财，施之民矣；振孤寡而敬老人矣。"景公同意，"行之三月而荧惑迁"。其实，三项之中，只有末项较为可行。冤狱需要鉴别，决非短时间所可去者；散百官之财给百姓谈何容易，哪个朝代实行过？怎么实行法？所谓"行之三月"，自然也是没有的事。又者，写到后面，作者已经把前面反复强调的景公远贤用谗给忘记了，三项措施无一关乎"用贤"，这也显出其言齐之弊政是任笔所之，与实在的史笔相去甚远。

---

① 刘勰：《文心雕龙》卷八《夸饰第三十七》，人民文学出版社1958年版，第609页。

《杂上》第八章，景公出游，见老年"负薪者，而有饥色"，悲而叹曰："令吏养之。"晏子因赞景公"爱老"，并"请求老弱之不养，鳏寡之无室者，论而共秩焉"。景公应允，"于是老弱有养，鳏寡有室"。在整个齐国解决如此大的问题怎么可能？古往今来还没有任何一个朝代或诸侯国能够解决。孟子谓齐宣王：鳏、寡、孤、独，"四者天下之穷民而无告者，文王发政施仁，必先斯四者"①。文王也只是"先"之而已，并没有做到"老弱有养，鳏寡有室"。至于"好货"又"好色"的齐宣王只夸孟子说得好，回避"何为不行"的问题。想是孟子以后的作者受此启发，让晏子实现了孟轲的梦想，同时也就拔高了晏子和景公。《问上》第五章写诸侯对景公"不悦"，景公问晏子"古之圣王，其行如何"，晏子陈明之后，主张善待诸侯，安抚百姓。景公从之。"于是卑词重币而诸侯附，轻罪省功而百姓亲，故小国入朝，燕、鲁共贡。"墨子闻之，大加赞赏。当时治国，无非是内亲百姓，外结诸侯两件大事。如此轻易大见成效怎么可能，也不合当时的齐国现实。作者为颂晏子，把大难之事写得轻而易举。掺入墨子赞语，更说明出于墨子之后，不足为信。与此相类似的还有《问上》第十与十一两章。前者，景公因病欲使祝史祈福。晏子称：先君"政必合于民，行必顺乎神"，尚令祝史辞罪；"今君政反乎民，而行悖乎神"，致使"民神俱怨"，何得祈福？景公便"请革心易行"，"于是废公阜之游，止海食之献，斩伐者以时，畋渔者有数，居处饮食，节之勿羡，祝宗用事，辞罪而不敢有所求也。故邻国忌之，百姓亲之，晏子没而后衰"。后者，景公问"古之盛君，其行何如"。晏子回答之后，景公"不图"。晏子说他"积邪在于上，蓄怨藏于民，嗜欲备于侧，毁非满于国"。景公称"善"，"于是令玩好不御，公市不豫，宫室不饰，业土不成，止役行税，上下行之，而百姓相亲"。两者不仅都将晏子对景公的非议张大其词，同时又用意想之笔书写不存在的大难业绩，非但出于虚拟，也不能令人信服。《外七》第三章，写景公梦见彗星，欲占之。晏子曰："君居处无节，衣服无度，不听正谏，兴事无已，赋敛无厌，使民如将不胜，万民忿怨。茀星又将见梦，奚独彗星乎？"这谴责即使有切合实际之

---

① 《孟子》卷二《梁惠王章句下》，商务印书馆1936年影缩宋本，第16页。

处,也夸张太过,面对国君,晏子绝不会说得如此尖锐,以阻其占卜。看《左传·昭公二十六年》记载的晏子阻止景公禳彗星的一番话:

> 无益也,只取诬焉。天道不谄,不贰其命,若之何禳之?且天之有彗也,以除秽也。君无秽德,又何禳焉?若德之秽,禳之何损?《诗》曰:"惟此文王,小心翼翼。昭事上帝,聿怀多福。厥德不回,以受方国。"君无违德,方国将至,何患于彗?《诗》曰:"我无所监,夏后及商。用乱之故,民卒流亡。"若德回乱,民将流亡,祝史之为,无能补也。

这虽是《左传》作者的造作,却近于晏子的话语,与《晏子》上篇的渲染别同霄壤。

《晏子》一书显见的文学夸饰远不止此。《杂上》第三章写晏子盟于弑庄公、立景公的崔杼及其同伙庆封。此事《左传·襄公二十五年》明白著录:崔、庆"盟国人于大宫。曰:'所不与崔、庆者!'晏子仰天叹曰:'婴所不惟忠于君、利社稷者是与,有如上帝!'"这誓词不言与否崔、庆,只强调"忠于君"和"利社稷",既坚持了原则,又使崔、庆抓不到把柄,无可奈何。由此可见晏子的应变智慧。他善于同强横势力周旋,利于民而不害己,面对危难,从容自解。而《晏子》所写大异其趣:

> (崔、庆)劫诸将军、大夫及显士庶人于太宫之坎上……令自盟曰:"不与崔庆而与公室者,受其不祥。言不疾、指不至血者死。"所杀七人。次及晏子。晏子奉杯血,仰天叹曰:"呜呼!崔子为无道,而弑其君,不与公室而与崔、庆者受此不祥。"俯而饮血。崔子谓晏子曰:"子变子言,则齐国吾与子共之;子不变子言,戟既在脰,剑既在心,维子图之也。"晏子曰:"劫吾以刃,而失其志,非勇也;回吾以力,而倍(背)其君,非义也。崔子,子独不为乎《诗》夫?《诗》云:'莫莫葛藟,施于条枚,恺悌君子,求福不回。'今婴且可以回而求福乎?曲刃钩之,直兵推之,婴不革矣。"崔杼将杀之,或曰:"不可!子以子之君无道而杀之,今其臣有道之士也,又从而杀之,不可以为教矣。"崔子遂舍之。

此中晏子始终与崔杼针锋相对,突出其斗强横不怕死的大无畏精神。这从传统眼光来看,高而且美,是艺术的放大与提升;而以贤哲的眼光来看,则殊少明智,以卵击石,徒为荒淫之君舍其爱民之身,是为晏子所不取。此晏子绝异彼晏子,较之史书所载,此章只能视为小说。又,前章即《杂上》之二,后半内容同于《左传》,或近实录,而开篇竟谓:"晏子为庄公臣,言大用,每朝赐爵益邑;俄而不用,每朝致邑与爵。"如此胡乱夸张,大违事理,自不可信,其为虚拟,不言自明。

《外八》第十五章,"庄公阖门而图莒,国人以为有乱也,皆操长兵而立于闾"。庄公急召休相划策,休相曰:此乃"仁人不存"所致。遂将"晏子在焉"的虚词明令于国,国人便"皆散兵而归"。晏子是灵公在位后期入朝为官的,不久即为父守孝,居家"倚庐,寝苫,枕草",人家说他"非大夫之礼",他以"唯卿为大夫"作答①,就是说,他不是卿,官位不高。庄公好勇武,不器重晏子,时间又只有四、五年,虽为"仁人",却未必广为百姓熟知,虚言其在,即可息乱,亦是大力夸饰的产物。

八 从悖逆事理看虚拟

史书所记的历史事实无论如何令人惊奇,总能合于生活事理的逻辑发展。虚拟之笔则要处处小心,稍不留神,就会违背生活事理,露出"虚"的马脚。严格地说,前面所论超越社会性的"幻诞"两章和"夸而无节"的若多篇章也都属于悖理之作。这里研讨另外一些因违背事理的虚拟之文。

《杂下》第十章,晏子使楚,楚之君臣搞恶作剧:"缚一人,过王而行",谓之"齐人"而"坐盗",以辱晏子。结果反遭晏子奚落:"今民在齐不盗,入楚则盗,得无楚之水土使民善盗乎?"表现晏子的智慧颇有意味。但从生活事理来看,则是不可能发生的事。楚王接见晏子,是在宫里,下吏缚人何得"诣王"或"过王而行"?此其一。齐人与楚人,言语、口音大有分

---

① 《左传·襄公十七年》,第210页。又,参见《晏子春秋·杂上》第三十章。

别,岂是可以随便说的?此其二。晏子并不认识被缚之人,怎知他"在齐不盗"?此其三。最后楚王说"圣人非所与熙也",竟称同代的晏子为"圣人",可知远为后世的造作。

前曾辨析,盆成适葬母于路寝之宫是仿拟《谏下》第二十章逢于何葬母之文。逢于何葬母之文的真实性又如何呢?依文所写,逢父先死而葬,景公造路寝之台占了这块墓地,使其处于"路寝之台牖(或'墉')下"。无论"牖"(窗)下,还是"墉"(墙)下,都在宫内,所以景公才说:"古之及今,子亦尝闻请葬人主之宫者乎?"既在宫内,岂容有墓,其墓必已被毁(即晏子所谓"残人之墓"),逢于何怎会再求合葬其母于被毁之墓而处之牖下?《礼记·檀弓上》载:

> 季武子成寝,杜氏之葬在西阶之下。请合葬焉,许之。入宫而不敢哭。武子曰:"合葬非古也,自周公以来未之有改也。吾许其大,不许其细,何居?"命之哭。

季武子是春秋末叶鲁国大夫季孙夙,"世为上卿,强且专政,国人事之如君"①。他甚至不准人着衰装(孝服)而入其门。如此季氏,《礼记》载其许杜氏"合葬"于寝内之墓,引起论者纷纷猜测和置疑。陆佃认为,是"请迁于外而合葬之。先儒谓杜氏之丧从外来,就武子之寝合葬,不近人情"②。刘彝则说:"寝者所以安其家,乃处其家于人之冢上,于汝安乎?墓者所以安其先,乃处其先于人之阶下,其能安乎?皆不近人情,非礼明矣。"③这些疑惑不无道理。而江永作出如下解释:"《檀弓》记事在战国之初,距季武子已远,此事盖得之传闻。意武子作别宅,其地先有杜氏之葬。传闻失实,遂为武子之居寝耳。居寝之阶下许人合葬,情理所无者也。"④这种揣度并不一定与实际尽合,但"得之传闻"而"传闻失实"则是造成记述之误的重要原因。不仅"居寝之阶下许人合葬,情理所无",请合葬先

---

① 《礼记正义》卷九《檀弓下》郑玄注,《十三经注疏》,第1299页。
② 卫湜:《礼记集说》卷十五《檀弓上》第三,清通志堂经解本。
③ 陈澔:《礼记集说》卷二《檀弓上》第三,绿荫堂刊本。
④ 江永:《礼记训义择言》卷二《檀弓上》,民国十年(1921)上海博古斋影印本。

人于人之阶下更悖逆情理。有些论者将《晏子》中的逢于何与盆成适举作为先例，以释辨者之疑。殊不知《晏子》的两篇不但悖理，还很可能产生于《礼记》之后。"好事者"或从《檀弓》之记受到启示，生发而出，以张晏子济人之困的爱民业绩。这不只是推测，也有迹可循：逢于何要求合葬其母于路寝"墉"下与杜氏要求合葬其母于寝之阶下极为相似；逢氏入宫葬母时"解衰去绖""踊而不哭"也像从杜氏"入宫而不敢哭"和季氏不准人着衰入门翻出的文字。两者孰先孰后的关系虽不能充分论定，其大悖事理说明必为虚拟则是可以肯定的。

《杂下》第一章，"灵公好妇人而丈夫饰者，国人尽服之"，使吏禁之而不能止，"裂其衣，断其带"也服之如故。晏子谏曰："公使服之于内而禁之于外，犹悬牛首于门，而卖马肉于内也。"建议从宫中禁起，结果"不逾月，而国人莫之服"。在那封建时代，即使国君好男装，使宫中女子"服之于内"，外边民女也不可能广为效仿，更不会"尽服"，何况还严厉"禁之于外"？国君既然好之，民间有服之者，他就不会去禁止，更不会"裂其衣，断其带"。本篇多重不合事理，只能视为虚拟的表意之作。

真实的历史记事都是具体的、确定的，合于逻辑，经得推敲。《晏子》的虚拟成分也从某些内容的空疏乏力显示出来，略作推敲，即可见"假"。《谏上》第七章，"景公燕赏于国内，万钟者三，千钟者五，令三出而职计莫之从。公怒，令免职计。令三出，而士师莫之从"。景公对晏子述说此事，晏子痛陈"君正臣从谓之顺，君僻臣从谓之逆"的道理，认为景公是"赏谗谀之臣"，"逆政之行"，吏如不争，将"覆社稷，危宗庙"，景公乃悟。此文看似顺理成章，实则违逆事理，不能成立。景公重奖八位臣子，岂能认为他们是谗谀之辈？晏子只讲不能奖谗的道理，却只字不言八人的谗谀事实，景公何能心服？在《外七》第十四章，晏子曾与景公专门讨论"佞人谗夫之在君侧"而"不能去"的难题，原因是其"才能皆非常也"："夫藏大不诚于中者，必谨小诚于外，以成其大不诚"，所以"难见而难知也"。此言不论虚实，却是十分中肯的见解。既然谗臣"难见难知"，景公就不易识别，晏子要说服景公，只能具体陈述受奖者的谗谀言行，不能也不会统而言之，空而论之，景公更不会由此而悟。其为后来作者虚拟的泛泛之言毋庸置疑。

结　语

　　以上辨析近百章①，或全章虚拟，或局部虚拟，其品格也就不是史传，而属文学创作。全书的虚拟成分远不止这些，只是难于一一辨明罢了。景公夜里听歌而误上朝，晏子就擅自拘捕歌者，使景公发怒（《谏上》第六章）；景公嬖妾婴子死，三日不敛，晏子就骗开景公而敛婴子（《谏下》第二十一章）；景公白天"披发、乘六马、御妇人以出正闺"，被刖足守门人"击其马而反之"，"惭而不朝"（《杂上》第十一章）；柏常骞禳枭死，又为景公请寿，欺以地动（《杂下》第四章）；景公成柏寝之台，师开从琴声听出其室不正（《杂下》第五章）；有人投书诋毁晏子，景公信之，晏子退耕海滨七年之久，国乱君弱，又请回晏子（《外七》第二十二章）；"景公盖姣"，官为羽人者投以轻亵的目光，景公先欲杀之，听了晏子"法不宜杀"之论，又说"若使沐浴，寡人请使抱背"（《外八》第十二章），致使王士禛看后大为称"奇"②。诸如此类，均难断言其无，却也令人深疑其有。书中用十几章反复书写晏子辞邑、辞金、辞宅、辞裘、辞车，多为实事，却也难免羼入仿作和廓大的虚拟成分。此外还有百章左右，真假不明，虚实莫辨。便是《史记》所记的越石父故事，既称"轶事"，亦在真假两可之间。至于多种子书与《晏子》相重之作，无论孰先孰后，都难于证明其为纪实抑或虚拟。《左

---

　　① 其中包括：《谏上》第四、五、七、八、九、十一、十二、十三、十六、十九、二十、二十一、二十二各章，《谏下》第四、五、六、八、十一、十三、十九、二十、二十二、二十四各章，《问上》第一、二、五、六、七、八、九、十、十三、二十五各章，《问下》第三、十一、十三、十七、二十八、二十九各章，《杂上》第一、二、三、四、五、八、十二、十三、十五、十六、十七、二十一、二十三、二十五、二十七各章，《杂下》第一、三、六、七、八、十、十三、十八、二十四各章，《外七》第一、二、三、四、五、六、七、十一、十二、十四、十五、十九、二十、二十一各章，《外八》第三、四、五、七、八、九、十一、十三、十四、十五、十六、十七各章，另有《杂下》第十二或《外七》第二十六两章中的一章，《谏上》第二十四、二十五，《谏下》第二、三、四，《外七》第九、十三等七章中的五至六章。

　　② 参见王士禛《池北偶谈》卷二十一《谈异二》，中华书局1982年版，第509页。

传》中除去已被本文辨为虚拟者外,另有数则同于《晏子》①,由于不能排除其出于《晏子》,也就不能视为《晏子》相应各章属实的旁证。

经过这样的辨析,可以认为,把《晏子》视为史传乃是远离实际的看法。至今尚可辨析的大量虚拟成分表明,《晏子》一书的主体是文学创作,是以晏子事迹为题材的民间传说和早期小说的集合体。传说可实可虚,可长可短。小说则更具创作意识和虚拟成分,且有比较整齐的篇幅和相对完整的故事结构。《晏子》全书至少有数十章这样的作品。各种仿作和有本事依傍者大都不属传说,而是小说;那些嵌用别书的言语也是读书人所作的信号和标记,其文亦非民间传说,而是有意虚拟的小说。它们不仅成为我国短篇小说之滥觞,也汇成我国早期的短篇小说集,只是间杂部分传说和史传之文而已。

《晏子》中的某些内容不实,历代论者都有发现,他们习惯将这类虚文称为"寓言",并将它们与庄、列寓言相比附。这是对《晏子》文体的误置,也是对寓言的一种误解。寓言,无论古今中外,都是以一望而知的极端荒诞性即非现实性为特色的,"用动物教训人类"的西方童话式寓言自不必说,先秦诸子中写人或物的种种寓言也无不具有显见的荒诞特色。在拟实与表意两大文学类型中,它是表意最鲜明也最单纯的文体。而《晏子》之文大量属于拟实之作,是对晏子其人所作的种种现实性描述。某些过分的夸张和极少的"幻诞"之作也无寓言的单纯性,前者是显示现实的夸张手段,后者是传说或小说的表意形态。

晏婴可说是有史以来最受文化界景慕与推崇的贤相,至令太史公乐为"执鞭"。这首先是其高尚人格与为官业绩使然,同时也与大量民间传说和"好事者"的凿空、附会、渲染、夸张不无关系。总体而言,《晏子》中的晏子是文学形象,它既反映了历史人物晏婴的诸多事迹和卓异品格,又

---

① 《杂上》第三十章,晏子居丧逊答家老,同于左襄十七年文。《杂下》第十四章,田无宇欲分高氏栾氏之家,晏子使致之公,约同于左昭十年文。《杂下》第十五章,晏子不受庆氏之邑并答子尾之疑,同于左襄二十八年文。《杂下》第二十一章,景公欲更晏子宅,晏子辞以近市,同于左昭三年文。《杂下》第二十二章,景公毁晏子邻以益其宅,晏子因陈桓子以辞,略同于左昭三年文。

是把贤相晏婴充分理想化了的产物。在后来的白话小说及戏曲中,出现一系列积累型作品和包拯、海瑞等一批箭垛式人物,有关清官的种种事迹都被集中在他们身上。这种文学现象的最早呈现就是《晏子》,它是我国叙事散文早期的积累型作品,人们把有关贤相现实的和想象的言行业绩以传说与小说的形式集中于晏子一人之身,使其成为我国文学箭垛式人物之祖。从这方面说,其在我国小说史上的地位也应受到肯定和珍视。

(原载《国学研究》第 18 卷,略作订补)

《国语》《左传》的虚拟成分与文类辨析

《国语》与《左传》是继《春秋》之后我国最早的两部史著。作者及成书年代至今多有歧见,难于定论。本文以为,《国语》虽属国别史,各国所占分量却极不均衡,且各篇体式不一,风格迥异,《越语》两篇既有重复,又有抵牾,可见不但非一人所撰,亦非一时之作。全书当是战国时期多人相续、缀合成书。《左传》作为《春秋》之传,体式、风格、文字是统一的,或成于一人之手。因其多次预言齐国终归陈氏(即田氏),成书年代最早也在公元前379年田齐取代姜齐为诸侯之后;作者左氏,既非与孔子同时的左丘明,也非西汉的刘歆,因缺乏可靠的相应资料,姑且存疑。

《国语》与《左传》虽是史书,却又都是早期叙事之文,具有很强的文学性。特别是《左传》,在塑造人物、铺叙场景、结构情节、讲求笔法诸多方面对后世叙事之文尤其是小说产生了深远的影响。其叙事史作与早期小说的根本分别就在于内容的虚与实——是自觉虚拟,还是史迹实录。本文讨论的问题是:保存了大量史料的两部史著也程度不同地羼入虚拟的叙事,这些非史之文或为传说,或属今之所谓小说或小说成分。前面考辨《晏子》,曾辨及《左传》多处文字,此不再论。

一 从人物长话看虚拟

《国语》二十一卷,上自周穆王征犬戎,"下迄鲁悼、智伯之诛"①;《左传》则写春秋时期各诸侯国的纷繁交往与斗争。其时,尚无后世的笔墨,史官大约是以竹梃点漆在竹简或木板上书写蝌蚪书之类的"古文"②,记录言论和事件。此种记录的工具和方式决定所记只能为简略数语,无法繁细而冗长。《春秋》及《竹书纪年》中某些实录性文字就是此等记事的明证。记事也有较为明细而相对完整者,《墨子》转述的几种"春秋"所记鬼神异事就是显例,但至多也只百多字,原文也应相差无几。记事尚可事后追记,比较从容。至于记言,由于记忆的局限,无法记下絮絮长言,只能记录精要之语。《论语》一书应是孔门再传弟子在孔子卒后数十年汇集编纂而成,其中不乏七十二弟子的记录文字,故而可信性强。《汉志》谓"当时弟子各有所记",当非虚语。而这位大半生以讲学为业的儒圣,被众多弟子记录、保存下来的言论竟然全是寥寥数语,较长的一段是《子路篇》"野哉,由也"一章,也只83字。最长者还有《季氏篇》"将伐颛臾"章,孔子分别说了三段话,合计205字。崔述疑其非《论语》原文,并将其言过长列为五个疑点之一:"《论语》所记孔子之言皆简而直,此章独繁而曲,其文不类一也。"③崔氏之疑即使不论,《论语》的简略也足以说明当时对于言语记录的真实状况和局限性,数百言甚或千言的长篇大论根本无法记入简策。今之所见先秦史书的此等长话,应是私人著述的个人发挥和虚拟产物。《国语》中许多由人物长话构成的洋洋大观之文也应属于这种情况。

《国语》与《左传》一样,并非史官的记录文字,而属私人著述,是在事过数十年、百数十年乃至距周穆王数百年后利用某些资料编写的。它对

---

① 韦昭:《国语解叙》,《国语》卷首,商务印书馆1935年版。
② 陶宗仪《书史会要》卷一引元吴衍论蝌蚪书曰:"上古无笔墨,以竹梃点漆书竹上,竹硬漆腻,画不能行,故头粗尾细,似其形耳。"
③ 《洙泗考信余录》卷二,《崔东壁遗书》。

周王、诸侯与公卿广称谥号,表明作者并不重视原来史官记录的称谓(如果它用了这类记录的话)。史官的称谓在《春秋》中得到充分的重视和体现,人未死或死尚未谥,概不称谥,故于鲁桓五年春载"陈侯鲍死",而同年夏载"葬陈桓公",因为"桓"谥是死后葬前才拟就的。《左传》由于附于《春秋》,受其影响,多有"陈侯鲍死"之类笔墨,但"平王死""楚庄王立"一类无谥而称谥的情况还是随处可见。而《国语》对所述之人普遍称谥,全无顾忌。这或许也能说明《左传》直接取自史料的文字多于《国语》。不仅如此,《国语》的许多人物在各种特定场合长篇大论,慷慨陈词,动则数百言,乃至千言,与当时记录状况极不相称,只能出自作者的生发与虚想。其中以《周语》《齐语》《郑语》《楚语》最为突出。

《周语上》第六章①,写宣王即位,"不籍千亩"(不行亲耕籍田之礼)。虢文公一口气谏了五百多言,讲了自古以来行此春耕之礼的方方面面,实是一篇有关上古从天子到百官恭行此礼的周详解说,由此可见其时农业的重要地位。但不能将它看作实在的虢公之言,而是作者借其进谏之口将自己所了解的有关知识极尽铺陈、发挥的产物。末尾又将宣王不听虢公之谏与其三十九年败于姜氏之戎牵合起来,更是荒唐,故遭柳宗元非之:"夫何怪而不属也。"②《周语中》第七章写定王以"肴烝"宴请来聘的晋卿随会。随会问相礼者:"吾闻王室之礼无毁折(指用整个牲畜),今此何礼也?"定王得悉此问,就用四百余言讲解王室所用"全烝"、"房烝"(即半烝)、"肴烝"之礼的不同用途与细致分别。且不说定王未必会对客人如此解说三烝之礼,即便有此解说,记言的左史也无法如实录下。它也应是作者借定王之口大力生发、虚拟的产物。《周语下》载:周灵王二十二年谷、洛两水"将毁王宫",灵王"欲壅之",太子晋谏阻,谏语长至一千二百余言;景王二十一年,"将铸大钱",单襄公谏语达四百余言;二十三年又"将铸无射(大钟)",单襄公之谏更长至九百余言。诸如此类,《周语》中多有,都是作者将历史上的某种话题大肆发挥做成的文章。崔述说:

---

① 《国语》各卷不分章,笔者为行文之便,依其次序分若干章。本书以下各篇称某章者,均与此同。

② 《柳河东集》,上海人民出版社1974年版,第748页。

《国语》是"后人取古人之事拟之为文者"①,"其语亦非当日之语,乃后世之人取前史所载良臣哲士谏君料事之词以增衍之而成篇者"②。这是极为中肯的见解。

《郑语》只写郑桓公姬友于周幽王八年为周司徒时与史伯的一次交谈,议题是面对西周的岌岌可危,姬友怎样才可以"逃死"。两人五问五答,史伯以一千六百多言联系古事与传说纵论时势,断言周王室必衰,而楚、秦、齐、晋将兴,建议姬友暂寄妻儿财富于虢、郐,以后找机会再灭此两国而得其土。姬友于是"东寄帑与贿,虢、郐受之,十邑皆有寄地"。后如《史记》所记,"虢、郐果献十邑"③,成就郑国。且不说偌长交谈无法记下,此等背着幽王谋划"逃死"(姬友仍同幽王一起被犬戎所杀)、侵夺他国的言语,怎好留下书面文字?《郑语》何所据而作?史伯言中竟有"凡周存亡,不三稔矣"的预言,恰与西周亡年无差,可见是事后诸葛亮把戏的不打自招。

《楚语上》第四章,写蔡声子为救受冤出亡的椒举回楚,对楚令尹子木用四百余言列举王孙启、析公臣、雍子、申公巫臣四位不得已出逃而被晋利用的楚臣,以说服子木;第五章写楚灵王以所筑章华之台为美,伍举(即椒举)一气用六百多言讲论筑台害民危国;第八章写楚灵王阻止白公子张进谏,白公便用四百多言从殷武丁再三请傅说批评自己讲到齐桓、晋文纳谏称霸以讽谏灵公;《楚语下》第一章写楚昭王向观射父问《周书》所谓"重、黎实使天地不通者"之意,观射父以五百多言从上古时代沟通人神的觋巫讲到重氏"司天以属神"、黎氏"司地以属民"以及其后的历史演变;第三章写斗且由于令尹子常当庭问"蓄货聚马",回到家里便对其弟用四百余言大肆论评令尹的贪婪误国,谓其"必亡"。凡此种种,都不可能是当时史官的如实记录,而是作者根据某些史事、某人言词所作的大力生发和玄想。虽属韦昭之谓"嘉言善语",却非历史人物之言,多是作者虚拟之语。

---

① 《洙泗考信余录》卷三。
② 《丰镐考信录》卷六,民国十三年(1924)上海古书流通处影印本。
③ 《史记》卷四十二《郑世家》,第 2758 页。

《齐语》首章写桓公从鲁国要回管仲,随即问政。管仲对答约六百言,只答"处士、农、工、商若何"之问就一气说了四百八十言,谓四民"勿使杂处",并细数处士"就闲燕,处工就官府,处商就市井,处农就田野"的好处和重要性。其实,此等四民所处乃本职使然的自然之势,各代各国大体相同,无须当政者特别强调与关注,为桓公出谋划策的管仲会否就此大发议论姑且不论,只其长言的字数史官就无法记录。可见当非依据齐国"春秋"的实录,而有作者的大力生发与臆想之词。第二、三两章,分别写"乡长复事"和"五属大夫复事"而"桓公亲问"。两章中桓公对乡长和五属大夫各有三问,话并不多,各百余言,奇怪的是这两个百余言几乎一样,只差一两个字,显然不是桓公的说话,而是作者在蓄意作文。不过,上述三章中的造作话语,只是各章的部分内容,并不构成小说,只是蕴涵的小说成分。

《左传》注重记事,人物长话远不及《国语》之多,而数百言一段的长话仍不下十段。七百言上下者就有三段。其中左文十三年"晋侯使吕相绝秦",很可能是事先写好的绝交书,可置不论。另外两段则是随时答问之语,似皆变改或生发《国语》之文。其一,左文十八年载,鲁宣公即位不久,莒纪公所黜太子仆"因国人弑纪公,以其宝玉来奔,纳诸宣公"。宣公不但不惩戒,反而"命与之邑"。季文子则使司寇驱之出境。事后,公问其故,季文子让太史克作答,答话除引《周礼》广发道德议论,还讲述远古"八恺""八元"之"十六族"和"四凶"的由来,以及舜助尧选相去凶等"大功"。与之对应的是《鲁语上》第十一章,写的同一件事,却差异甚大:宣公"使仆人以书命季文子",书被太史里革(即克)调换,将"予之邑"改为"为我流之于夷"。宣公后来追究,太史克云:

> "臣闻之曰:'毁则者为贼,掩贼者为藏,用凶之财者为奸。'使君为藏奸者,不可不去也。臣违君命者以为不可不杀也。"公曰:"寡人实贪,非子之罪。"乃舍之。

就情理而言,太史改易君主之书,似难理解,《左传》或因此改由季文子违命处置,较为合理。但让太史克作答,恐怕就是考虑到里革在《国语》该章中的重要作用。两者兼顾，以致如此。不过，《左传》最大的改动还在回答宣公的话。《国语》中只三十几字，言简意赅，句句精要。而《左传》竟用七百言引经据典，议论纵横，大谈远古传说之事，显非引述史官实录，而是展示作者的才智博识，故被乾隆撰文斥为"浮夸"："逞其文藻""资其强识"①，有背史家纪实之风。其二，左襄二十六年追记，楚国伍举被冤"奔郑，将遂奔晋"，得遇好友蔡声子，申说回楚愿望。后蔡通史于楚，向令尹子木陈说"楚才晋用"的种种情况，长至七百余言。前论《楚语上》第四章即写此事，亦是《左传》本则所本，蔡的说辞四百余言已远非纪实，多为作者的发挥与虚造，至此又增二三百言，征引古训，议论刑罚，自然也是《左传》作者自己的见解，一并加于人物之口。大约《楚语》所举四例并不全为《左传》作者认同，后者作了较大改动：无王孙启，而加贾皇，在鄢陵之战中为晋划策的不是雍子，而是贾皇，各段用语与重心也多有改易。声子的这番话语，在两部史书写来，竟有如此的不同，足见不是依据史料，而是作者凭借对相关事件的理解和认识随意增减与发挥的结果。左僖二十四年载，郑文公因对周不满"不听王命"，执周襄王的两个使者，襄王"将以狄伐郑"，富辰以为"不可"，以约四百言进谏。《周语中》首章亦写此谏，仅二百言。两者虽然都是讲不能借外力伐兄弟之邦，文字却少有雷同，《左传》在周之分封亲族方面多所发挥，其不袭《国语》而另行虚拟人物言语与前例声子之言如出一辙。

左昭元年载，晋平公有疾，郑伯使子产"如晋"探问。叔向告曰：卜人谓"实沉、台骀为祟……敢问此何神也？"子产便以四百数十言先讲高辛氏之子实沉衍为参神、金天氏苗裔台骀终成晋神的委曲经过，而后又说"抑此二者，不及君身"，晋侯之病应"出入饮食哀乐之事"，并论男女同姓之弊，而"今君内实有四姬（姓）"云云。此等长话琐论自非出自不可能有的实录，多为作者"逞其文藻""资其强识"的虚托之笔。晋侯随即赞子产为"博物君子"，不妨视为作者的自诩。

---

① 《春秋左传注疏》卷首《御制读〈左传〉季文子出莒仆》，《文渊阁四库全书》，第134册，第5页。

左昭五年载,晋韩宣子"如楚送女,叔向为介",楚灵公却说他想侮辱宣子和叔向以辱晋国,问臣:"可乎?"楚大夫薳启强发了一通半认真半讥讽的言论,长四百言,灵公只好承认"不谷之过也"。左昭十三年载,曾在晋的楚公子子干回楚后,韩宣子问叔向:"子干其济乎?"意思是子干能否夺得楚的君位,叔向用四百言论述其有"五难",而其弟弃疾(后为楚平王)则有五利,以及子干与当年齐桓、晋文的诸多不同,无法与之相比。左定四年写周室刘文公盆在召陵会合诸侯。卫太祝子鱼随行卫灵公,听周大夫苌弘说由于蔡叔是康叔之兄,饮血时卫将排在蔡的后面。子鱼随即对苌弘说了长达五百余言一番话,力证周之先王"尚德",不重年岁大小,历数康叔同伯禽、唐叔一样备受器重,多般荣耀,至践土会盟卫仍排在蔡的前面。苌弘把子鱼的话报告了刘盆,最终提前了卫的排名。上列诸般长话或各有某些史料依据,但其大半须由作者用虚想、发挥加以填充。这虽是推测,却是必然。

两书,特别是《国语》,这类章节还有许多,此仅举其要,有些留待下面再谈。上述章节均非史笔,多属虚拟或对历史人物言谈大肆生发。就作意而言,系借题发挥,阐发作者的见解、宏论,但又有别于作者议论。由于赋予特定的历史人物和具体场景,构成对话局面,并与史事相结合,具有某种展示人物的作用,常能造成智者的形象,虽不甚鲜明、活脱,总有小说人物的影子。从这个角度来看,或为教化小说的先声,或为史书中的小说成分。

二 从造作预言看虚拟

杨伯峻先生说:"《左传》作者喜欢预言,预言灵验的很可能是作者所亲见的。"①我们既可"由此足以窥探这书著作年代",还可由此辨析《左传》的一种虚拟成分,因为将已知发生过的事件蓄意变成事发以前人物的先知,就是十足的造作和虚拟。如杨先生所举庄公二十二年懿氏与妻为

---

① 《左传·序》,岳麓书社1988年版。

嫁女给陈完所作的占卜,词曰:"凤凰于飞,和鸣锵锵,有妫之后,将育于姜,五世其昌,并于正卿,八世之后,莫之与京。"没有一种卜辞能将人物及其子孙的前途说得这样清楚、具体,全然合于从妫姓陈完避难逃齐做工正,至五世陈无宇为齐上大夫,再至"八世之后"的十世陈和取代姜氏成为田齐君主而"莫之与京"的发迹历程①。此种卜辞只能是田齐成为诸侯(前389)之后作者利用当时广泛存在的迷信占卜观念虚造出来的,故朱熹就已看出《左传》是"田氏篡齐以后之书"②。不过,这还不是此书预言时间最晚之事。据童书业先生考证:"最晚一事为僖三十一年'卫迁于帝丘,卜曰三百年'。"从僖公三十一年(前629)下数三百年,为魏惠王后元六年(前329),"此时正有子南劲取卫之事"③。据此,则《左传》的成书应在战国中晚期。以卜筮虚造的预言并不止此。如湣公元年(前661),写晋将灭掉的魏赐给毕万,遂记当初毕万"筮仕于晋",得"公侯之卦":"公侯之子孙必复于始",从而为二百几十年之后魏的复兴作了预言。另如湣公二年记云,成季将出生。桓公使人卜之,曰:"男也,其名曰友,在公之右。间于两社,为公室辅。季氏亡,则鲁不昌。"其实,"友"之名是据成季出生后的手文起的,出生前卜人何得先知?下面的卜辞,显然是了解季友及其子孙世代执掌鲁之大权的后人的虚造,以美化这位季氏之祖。

《左传》中的占卜预言不止于此,而更能显示人物的预言则出自超智能的先见之明。左庄四年记云:

> 楚武王荆尸,授师孑焉,以伐随。将齐(斋),入告夫人邓曼曰:"余心荡。"邓曼叹曰:"王禄尽矣!盈而荡,天之道也,先君其知之矣。故临武事,将发大命,而荡王心焉。若师徒无亏,王薨于行,国之福也。"王遂行,卒于樠木之下。

这位邓夫人真是神奇,在兴师之际,王说"心荡",她就能断言"禄尽"而当

---

① 《春秋左传正义》庄公二十二年孔颖达《正义》曰:"'并于正卿',位与卿并,得为上大夫也;'莫之与京',谓无与之比大,言其位最高也。"
② 《朱子语类》卷三十八,清康熙间(1662—1722)石门吕氏天盖楼刊本。
③ 《春秋左传研究》,上海人民出版社1980年版,第352页。

死,并说只要"师徒无亏",王自斃于途(不死敌手),就是"国之福"。后果如其言。这自然是不可能有的荒诞预言,作为王的夫人对王如此不敬也是编造。倘非作者虚拟,便是采自传说。

《春秋》于鲁昭公十七年载,"冬,有星孛于大辰";十八年又有"夏,五月,壬午,宋、卫、陈、郑灾"之记。《左传》或据某些史料与传说从上述两条经文演绎出两段生动的奇异故事。先写十七年冬鲁大夫申须对"有星孛于大辰(即大火),西及汉"发议论说:"彗所以除旧布新也,今除于火,火出必布焉。诸侯其有火灾乎?"这倒像是当时懂得一点古星象学的人可能发出的迷信性议论。接着写另一位鲁大夫梓慎的见解就更为玄虚,以为彗星伴大火而出,甚亮,则"其居火也久矣",明年五月"火若作,其四国当之,在宋、卫、陈、郑乎?"又谓宋、陈、郑的分野皆当"火房",而彗星"及汉",汉为"水祥",卫的分野为大水,从而推出发火的具体日期应是水与火相合的丙子或壬午①。彗星若随大火之入而伏,则"必以壬午"。绕了一个毫无科学道理的大弯子,就是要推出本年星象的运行与下年四国遭遇火灾于壬午的必然联系,从而求得与两条经文的高度契合。一望可知,这不可能是当时梓慎的推断,而是战国时期的事后诸葛亮假春秋梓慎之名与阴阳五行之说的精心造作。随即转笔闪现郑国画面:大夫裨灶向子产进言,"宋、卫、陈、郑将同日火",主张"用瓘(珪)、斚、玉瓒(勺)"为祭,而"子产弗与"。其中的裨灶之言自然也不是真实笔墨,他与梓慎一样都是被后来好事者借以渲染天体星象与人世灾祥之间具有神秘必然联系的符号。至十八年,《左传》云:

> 夏五月,火始昏见。丙子,风。梓慎曰:"是谓融风,火之始也。七日其火作乎!"戊寅,风甚,壬午大甚。宋、卫、陈、郑皆火。梓慎登大庭氏之库以望之,曰:"宋、卫、陈、郑也。"数日,皆来告火。裨灶曰:"不用吾言,郑又将火。"郑人请用之,子产不可。子大叔曰:"宝,以保民也。若有火,国几亡,可以救亡,子何爱焉?"子产曰:"天道

---

① 《春秋左传正义》昭公十八年孔颖达《正义》曰:"丙是火日,午是火位;壬是水日,子是水位。故丙午为火,壬子为水。"丙子、壬午则为水火相合之日。

远,人道迩,非所及也,何以知之?灶焉知天道?是亦多言矣,岂不或信?"遂不与,亦不复火。

此承上年之文,进一步神化梓慎。从丙子至壬午刚好七天,梓慎于丙子日即能预言"七日其火作",显然仍是根据经文的蓄意造作。其登鲁城大庭之库,距四国各数百里,以"望气"断言四国火情,更是作者故弄玄虚,把梓慎写得神乎其神。至于后世,则更有栾巴从长安向西南方向噀酒而灭成都火灾的神仙灵迹①,那不过是《左传》虚想的梓慎把戏的发展而已,都是小说家一脉相承的造作之笔。下又转写郑之裨灶与子产之争,子产坚持"天道远,人道迩"的唯物论观点,最终胜出,从而将神异的造作之文转为现实性记事之笔。回头来看,两次将鲁之梓慎与郑之裨灶在各自国中所发的玄虚之论交错呈现,颇有小说意味,而两者的高度一致又露出源出同一手笔的虚造的马脚。由于虚拟之文都是片断,未独立成篇,只是史书中夹杂的小说成分而已。

梓慎与裨灶被《汉志》归入"数术者"流②,是早期的术士。《左传》中还有关于两人的多处描述,亦多夸诞、虚造的预言。如《春秋·昭公十五年》记云:"二月,癸酉,有事于武宫。籥入,叔弓卒,去乐,卒事。"这是记述鲁祭武公时恰逢叔弓去世的文字。《公羊传》与《穀梁传》解此经文,均作"闻大夫之丧",即谓"叔弓卒于家也"③。而《左传》则谓"叔弓莅事,籥入而卒",即把叔弓写成暴卒于祭祀武公的现场,从而显得不合情理。叔弓为鲁卿,倘暴卒于祭祀现场,乱象若何?岂是"去乐"可"卒事"的?《左传》作此理解,乃在宣扬梓慎的预言:"十五年春,将禘于武公,戒百官。梓慎曰:'禘之日,其有咎乎?吾见赤黑之祲,非祭祥也,丧氛也。其在莅事乎?"让叔弓"莅事"而卒,才能实现梓慎的荒诞预言。再如左襄二十八年记曰:"岁(岁星)在星纪,而淫于玄枵。"意谓岁星运行"失次"。梓慎断言"宋、郑必饥";裨灶则说"周王及楚子皆将死"。结果两人所作不同的

---

① 参见葛洪《神仙传》卷五《栾巴》,清乾隆五十九年(1794)石门马氏大酉山房刊本。
② 参见《汉书艺文志》,商务印书馆1955年版,第68页。
③ 齐召南:《春秋左传注疏》卷四十七《考证·传:叔弓莅事》按语,《文渊阁四库全书》,第144册,第401页。

预言全部应验,顾炎武故谓"一事两占皆验"①。诸如此类描述的术士如张照所云:"岁星迟留伏逆莫非星行之常,前代推步之术不精,不自知己之无算,而咎星之失次,又因而占之。所占禨祥又复多验。凡为术者如是,莫非妄也。"②史家不吝笔墨,将术士此等妄言证为奇迹,必使史著羼入虚造的小说或小说成分。

左宣四年,写令尹子越椒造反,攻楚庄王,庄王遂"灭若敖氏"。其前,追述当初司马子良生子越椒,良兄子文曰:"必杀之。是子也,熊虎之状,而豺狼之声,不杀,必灭若敖氏矣。"最后果如子文之言。子文是若敖氏最早成为楚令尹者,也是楚的名臣。《左传》便用灵验的预言将他美化,让他从出生婴儿的形貌、音声就能辨出未来的祸患,主张"必杀"。当时相面术虽已流行③,似不至于如此极端,只能是后人的蓄意造作。与此相同的还有左昭二十八年,写叔向之子伯石参与祁盈之乱,晋顷公杀之,等于灭了后继无人的羊舌氏。随即回述伯石始生,叔向之母探视,"及堂,闻其声而还,曰:'是豺狼之声也。狼子野心,非是,莫丧羊舌氏矣。'遂不视。"两例何其相似!原来,后者抄自《晋语·平公》第三章,文字大同而小异,作者又从《国语》是例受到启发,模仿叔向母之相伯石写了子文相子越椒,雷同自然不免。《左传》两则都是仿改《晋语》造成的小说成分。

左襄二十九年载,吴公子季札聘于鲁,见到叔孙穆子,曰:"子其不得死乎?好善而不能择人。"季札是春秋后期极重礼让的名贤,他怎么可能对叔孙豹如此无礼?故杜预注作"为昭四年竖牛作乱起本",即谓季札之语是针对六年后竖牛得专穆子家政,使穆子病中不得饮食速死而言。穆子家事,季子全然不知,其死根本无法预测,只能是了解情况的作者为这位贤公子虚拟的预言。季子此行的预言远不止此,他在鲁"观"乐,听了郑歌,竟说"美哉!其细已甚,民弗堪也,是其先亡乎?"由一首歌的烦细就能看出该国的施政使民不堪,已过于玄虚,又进而预测其国"先亡",就

---

① 顾炎武:《日知录》卷四《两占皆验》,清光绪十三年(1887)上海同文书局石印本。
② 张照:《春秋左传注疏》卷三十八"周楚恶之"按语,《文渊阁四库全书》,第144册,第203页。
③ 《左传·文公元年》记云:"春,王使内史叔服来会葬。公孙敖闻其能相人也,见其二子焉。"

不仅不是贤者之风,也不是一个头脑冷静的儒士之风。此段应是公元前375年韩灭郑之后作者才为季子造出这样的预言。下又接写季札"聘于齐",告诫晏子:"子速纳邑与政。无邑无政,乃免于难。齐国之政,将有所归,未获所归,难未歇也。"于是,"晏子因陈桓子以纳政与邑,是以免于栾、高之难"。所谓栾、高之难,发生在齐景公十六年(前532),即鲁昭公十年,上距襄公二十九年尚有十二年之久,季札何得预测而告诫晏子?据《左传》载,"告诫"之后,晏子还持续参政多年,直至昭公六年十二月,还在议论齐伐北燕之事,说明其后八年晏子都未"纳邑与政"。更可怪者,左昭十年,写栾、高作乱,攻齐景公所在的虎门,晏子竟亲历其险:

> 晏平仲端委立于虎门之外,四族召之,无所往。其徒曰:"助陈、鲍乎?"曰:"何善焉?""助栾、高乎?"曰:"庸愈乎?""然则归乎?"曰:"君伐焉归?"公召之而后入……五月庚辰,(景公之军与栾、高)战于稷,栾、高败,又败诸庄。国人追之,又败诸鹿门。

随后栾、高奔鲁,陈、鲍欲分其室,被晏子制止。由此可见,所谓晏子"免于栾、高之难"并不存在。季札告诫晏子也是为表现人物虚造的预言,但与别的预言不同,由于未能产生应验结果,便当即补一虚笔,即所谓"免于栾、高之难",以充应验之数。这就不只虚造了预言,同时又虚造了结果,歪曲了历史。下面又写季札"适晋,说(悦)赵文子、韩宣子、魏献子,曰:'晋国其萃于三族乎?'"其时,范氏、荀氏势力甚大,距晋"萃于三族"之时还很遥远,所以也是造作的预言。这位大贤在这段记述内,竟有如此多的预言事迹,还特别喜欢指点名贤,既悖其人格,更谬于史笔,成为显见的人为造作的小说成分。

左昭元年,写晋平公"求医于秦",秦使医和"视之"。和谓平公"近女室,疾如蛊",故"不可为也",却又冒出一句"良臣将死,天命不祐"。赵武问:"谁当良臣?"和说是赵武。原因是武"相晋国","任其大节","今君至于淫而生疾,将不能图其社稷",武就"必受其咎"。行医不论病者是否"将死",而谓良臣为君之病而"将死",何其怪谬!要之,就在于平公十年之后才死,而赵武死于当年十二月,作者故让医和作此妄证的预言。此则应据《晋语·平公》第十六章。该章除预言赵武,又预言平公。武问:"君其几何?"和曰:"若诸侯服,不过三年;诸侯不服,不过十年。"意谓"诸侯服,则专于色"①,故而早死。这虽不是全无道理,却过于玄虚。下写:"是岁也,赵文子卒,诸侯判晋,十年,平公薨。"何其准确无误,显为虚拟的预言性小说之笔。

再看左僖十六年一段文字:

> 十六年春,陨石于宋五,陨星也。六鹢退飞过宋都,风也。周内史叔兴聘于宋,宋襄公问焉,曰:"是何祥也?吉凶焉在?"对曰:"今兹鲁多大丧,明年齐有乱,君将得诸侯而不终。"退而告人曰:"君失问。是阴阳之事,非吉凶所在也。吉凶由人,吾不敢逆君故也。"

这里叔兴答话构成的三个预言后来都实现了:是年鲁公子友卒;明年齐侯小白卒,导致内乱;第三年正月宋襄公会同曹、卫、邾等诸侯伐齐,五月宋独与齐战而胜之,纳齐孝公,因为其他诸侯已经撤了,正所谓"得诸侯而不终"。其实,这三件事,都在这三年的《春秋》经文上明白地写着或显示着。"陨石于宋五""六鹢退飞过宋都"也是十六年经文的原句。为《春秋》作传的《左传》就是根据上列经文为周使虚造了这些预言。由此可以窥见左氏虚拟预言的一种方法和途径。有趣的是,让叔兴造此预言之后,又让他说陨石之类是"阴阳之事",不关吉凶,他是"不敢逆君"才信口而言。这也许如童书业所说,反映了"春秋时人宗教观念的两面性"②。但此等预言和故作不信之笔当非"据旧史记述",而是作者据经文故意造作,从而使它成为一篇在今天看来颇有意味的微型小说。

最后谈谈左昭三年与二十六年晏子谓齐将归于陈氏的预言。此系取自《晏子春秋》,前于辨析《晏子》文中已有论及。这里再说明两点:其一,晏子与陈无宇的关系从下述两事可见一斑:左昭三年,景公"更晏子宅",晏子"复其旧宅,公弗许。因陈桓子以请,乃许之"。左昭十年,栾、高败后奔鲁,"陈、鲍分其室",晏子谓陈无宇"必致诸公",并申德义之理,结果

---

① 《国语》韦昭注,第170页。
② 《春秋左传研究》,第348页。

陈无宇"尽致诸公,而请老于莒"。这既说明陈无宇的为人,也说明两人的关系在齐大夫中比较和谐。从这方面看,晏子也不会讲陈将篡齐那些当时还没有迹象的话。其二,这两处预言所指非止于陈成子弑简公,掌姜齐之大权,应至陈和成为诸侯君主完全取代姜齐。非此,则不足以为此预言。如童书业所考,简公被弑之后,齐卿高氏、国氏还很有势力,哀十七年传:"赵鞅围卫,齐国观、陈瓘救卫",瓘谓"国子实掌齐柄"。哀二十三年传:"晋荀瑶伐齐,高无丕帅师御之。"①此等齐军的统帅地位,正是权力的体现和证明。此后陈氏权势日重,终掌国柄,而齐宣公仍为齐侯至五十年。春秋、战国时期,卿大夫弑君、专权者不乏其例,只要未篡君位,传中均未虚造同类预言,齐也不应例外。

《国语》篇幅虽不及《左传》之半,预言却不比后者为少,而以《周语》为最多。《周语上》第十二章,周惠王十五年"有神降于莘(虢地)",内史过面对惠王之问,列举夏、商、周大讲国之将兴或将亡都会有神降临,谓降莘之神为丹朱,"今虢少荒,其亡乎?"王问:"虢其几何?"内史过曰:"昔尧临民以五(五年一巡守),今其胄见,神之见也。若由是观之,不过五年。""(惠王)十九年,晋取虢。"柳宗元《非国语》谓此章"妄取时日,莽浪无状,而寓之丹朱……斯其为书也,不待片言,而迂诞彰矣"②。这从史书角度予以否定,甚是确当。如将它视为虚拟的灭虢文学预言,则荒诞中蕴有褒贬,不无可取。内史过的虚诞长言多属虚拟,加之预言,其虚拟成分之大可以想见。据《左传》,虢灭于鲁僖公五年,即周惠王二十二年,非十九年,作者或为"不过五年"预言的实现而"妄取时日"。左庄三十二年也写"有神降于莘",其文将《周语》此章化简,虽无显见的荒诞之语,也无"不过五年"之说,但内史过于虢灭之前七年就以"虐而听于神"为由谓"虢必亡矣",也是玄虚的虢亡预言。《周语上》下章载,周襄王遣内史过随召公过"赐晋惠公命",晋大夫吕甥、郤芮"相晋侯"而"不敬"使者,"晋侯执玉卑,拜不稽首"。内史过归告于王:"晋不亡,其君必无后,且吕、郤将不

---

① 《春秋左传研究》,第361—362页。
② 《柳河东集》,第751页。

免。"王问其故,内史过就用五百长言空洞地阐述对王不敬必受其殃之理。"襄王三年立晋侯",至十六年晋惠公卒,"而晋人杀怀公,怀公无胄"而绝后;"秦人杀子金(吕甥)、子公(郤芮)"。如此皆如内史预言所咒。然国君受王赐而不敬,不谓殃其本人,而谓其"必无后";二大夫不敬则谓其本人"将不免"。所以然者,是因为作者已知那结果,故为此预言。所发五百长言自然也多出虚造。《左传》将此事系于相当于襄王四年的僖公十一年春,相关内容将《周语》此章大为简化,只谓晋侯"受玉惰"。内史过言语简括,但亦有"晋侯其无后乎"之语,以为对王不敬之报。实则仍有预言的意图与效应。《周语上》末章又写襄王遣使"赐晋文公命",文公不同于惠公,处处恭敬,使者回去便对王说"晋不可不善也,其君必霸",自然也要议论道理,但都根于对王命"敬"。其时霸者或必敬王室,敬王室者却未必能霸,这是十分简单的道理。亡命多年的重耳,才立为晋君,就谓其"必霸",其为虚造的预言无可置疑。

《周语中》第七章载,定王遣单襄公出使,"假道过陈,以聘于楚"。路难行,河无桥,少旅舍,无人待客,处处反常。"及陈,陈灵公与孔宁、仪行父南冠以如夏氏,留宾不见。单子归告王曰:'陈侯不有大咎,国必亡!'"随后以六百余言大论"先王之教",以证违背先王教令的陈必定遭殃。"六年,单子如楚。八年,陈侯杀于夏氏。九年,楚子入陈。"如此预言加大篇议论,成了《周语》上列多章的创作模式,也是作者表现杰出古人的模式。由于作者了解陈灵公因与两个臣子共淫夏姬而被夏征舒所杀之祸,故让单子至陈时适逢灵公与二臣"如夏氏",这种巧合的小说笔法或为本章的新颖之处,但更能见出全章的虚构性和预言性。楚子入陈,杀夏征舒,改陈为县,这便是"必亡"预言的实现。后楚子听从申叔时的讽谏,才又立陈为国①。这种曲折,预言自可以忽略不计。下章写定王八年(前599)"使刘康公聘于鲁",得见"季文子、孟献子皆俭,叔孙宣子、东门子家皆侈",回来就对王说:"季、孟其长处鲁乎?叔孙、东门其亡乎?"议论一通俭、侈之后又说:东门"不可以事二君",叔孙"不可以事三君",若不早

---

① 参见《左传·宣公十一年》,第128页。

逝,"登年而载其毒必亡(逃亡)"。结果,"鲁宣公卒,赴者未及,东门氏来告乱,子家奔齐。简王十一年,鲁叔孙宣伯亦奔齐"。前者只事一君(宣公),后者只事二君(宣公和成公),只有事后虚拟的预言才会如此合榫。其实,东门子家和叔孙宣伯之"亡",都是鲁国卿大夫间权力之争激烈的产物,与侈俭并无直接关联。"《国语》的作者,往往把不相干的事牵扯在一起,说成是因果关系"①,至于二君、三君之说更是荒唐,"若二君而寿,三君而夭,则登年载毒之数如之何而准?"②。其中所论俭与侈的种种利害自是"嘉言善语",与预言互相结合,具有显见的教化作用。《国语》上述诸作多可视为我国早期教化小说。

《周语下》至少还有两章同类预言。首章写简王十一年(前575),诸侯柯陵会盟,单襄公见晋厉公"视远步高",晋郤锜"语犯",郤犨"语迂",郤至"语伐",齐国佐"语尽",便对鲁成公说:"晋将有乱,其君与三郤其当之乎?"又说:"齐国子亦将与焉。"结果"十二年晋杀三郤,十三年晋侯(厉公)弑",同年"齐人杀国武子",逐一应验。至于所讲的道理,无非"视远日绝其义,足高日弃其德","犯则凌人,迂则诬人,伐则掩人",尽则"招人过"之类,或荒诞,或迂曲,并无致乱毙命之由,不是玄虚的预言是什么?末章写周敬王十年(前510),刘文公与苌弘"欲城周,为之告晋",晋魏献子"说(悦)苌弘而与之"。卫彪傒适周"闻之",对单穆公说,苌弘为衰落之周修城,违反天道,"周若无咎,苌弘必为戮,虽晋魏子,亦将及焉";"若刘氏,则必子孙实有祸"。十一年,魏献子"田于大陆,焚而死";二十八年,苌弘受晋国范中行之乱牵累为周所杀。两者之难各有情由,与城周无关,其为虚拟的预言不言而喻。至于下写贞定王时"刘氏(后人)亡",已在四十多年之后,谓城周之报更是荒唐。而据《左传》,昭公三十二年(即敬王十年)"秋八月,王使富辛与石张如晋,请城成周"。冬十一月,晋魏舒(魏献子)"如京师合诸侯之大夫于狄泉……令城成周"。卫彪傒因见"魏子南面",谓其"干位以令大事","必有大咎"。这在当时的社会中是

---

① 来可泓:《国语直解》,复旦大学出版社2000年版,第123页。
② 《柳河东集》,第751页。

可能的。但只诋斥魏氏,诋斥的理由也不关城周,更未涉及苌弘与刘氏,或可看作《周语下》末章为作者虚拟预言的一个旁证。

　　《周语》之外,《国语》中还有三章明显的预言。其一,《晋语·武公》第二章写献公卜伐骊戎,史苏占曰:"胜而不吉。"又谓"遇兆,挟以衔骨,齿牙为猾",说这象征双方互有胜负,"且惧有口"。献公不听,伐而胜之,获骊姬以归,立为夫人。后以骊姬乱国,终得"五立(奚齐、卓子、惠公、怀公、文公)而后平"。史苏占卜之语成了此等后果精心杜撰的预言。另外,《文公》第十章写重耳还在流亡中,其卜筮之语被司空季子解作"车上水下必伯";第十一章写董因迎重耳渡河还晋,述其卜筮有"济且秉成,必霸诸侯"之语。如此两处,虽片言只语,亦属文中嵌入的虚拟预言成分。其二,《郑语》实只一章,史伯之言多可视为后人为西周将亡("不三稔矣"),秦、晋、齐、楚将兴编织的预言。其三,《楚语下》第三章,"斗且廷见令尹子常",子常向他询问"蓄货聚马",斗且归而谓其弟曰:"楚其亡乎?不然,令尹其不免乎?"并大发议论。"期年乃有柏举之战,子常奔郑,昭王奔随。"其实,主要是吴师伐楚的柏举之战虽由多种因素酿成,却与子常好财并无关联。本章是借子常的遭遇为贪婪者虚造的败亡预言。

　　虚拟预言,在后世史书中还偶尔可见,但归根到底是迷信观念的产物,有悖历史的真实性,适应小说的虚构性。上述诸作多属早期小说或小说成分。后世小说的发展使虚拟预言成为重要的表现手段,在结构关目、凸显人物诸多方面日益发挥其艺术功用。

三　从鬼神、怪梦看虚拟

　　《国语》中有不少上古的荒诞传说,由于置于现实人物之口,并不违背现实的逻辑,反为其时的现实性内容。《左传》不然,它为纪实的《春秋》作传,却直写一些超现实的鬼神、怪梦,成为显眼的非纪实内容。据《墨子·明鬼下》载,周、燕、宋、齐的"春秋"都有鬼神施报的记录。我们无法见到那些"春秋",但可辨析这类记载的真实与否。前两种为冤鬼(杜伯、庄子仪)现身报仇事,无论如何不会有,传说而已。"春秋"记述这类传说,其真实程度就打了折扣。后两者非鬼神现身,而是借助人(袜子)或祭羊致人死命,或有其存在的可能性。倘非传说而实有其事,也肯定没有神力支配,不过是袜子的诡计和祭羊触死人的偶然之事。总之,无论何等史书,所记鬼神怪异之事都是有意无意(如传说)的虚拟成分。

左桓十八年载,鲁桓公偕夫人姜氏适齐,齐襄公与姜氏通,桓公得悉,谴责姜氏,襄公便遣彭生害死桓公,而后又应鲁的要求杀了彭生。后至左庄八年载,齐襄公"田于贝丘,见大豕,从者曰:'公子彭生也。'公怒曰:'彭生敢见!'射之,豕人立而啼。公惧,队(坠)于车,殇足丧屦",回宫后即遭人弑。此种描述,似借襄公遭弑之机显示彭生鬼灵报怨。作者或仿杜伯、庄子仪之报周宣王、燕简公耶?若是,便是蓄意造作的小说成分。

左僖十年,写晋侯夷吾改葬太子申生。是年秋,原给申生驾车的狐突到曲沃去,忽遇已死数年的主人。申生告曰:"夷吾无礼,余得请于帝矣。将以晋畀秦,秦将祀余。"狐突曰:"臣闻之,神不歆非类,民不祀非族。君祀无乃殄乎?且民何罪,失刑乏祀,君其图之。"申生答应"将复请",并说七日后曲沃西边"将有巫者而见我焉"。狐突如期见巫,被告之曰:"帝许我罚有罪矣,敝于韩。"五年之后,晋侯夷吾在韩原之战中被秦俘获。看来,白日见鬼故事的制作也是充分考虑到夷吾被俘的现实遭际,故使鬼灵"复请"。这就未必出自民间,应为作者之类士阶层的造作。所谓"神不歆非类,民不祀非族",也是士大夫的讲究,民间百姓何能辨得?

左宣十五年,写秦晋战于辅氏,晋之魏颗打败秦军,获其"力人"杜回。随即追记:

初,魏武子有嬖妾,无子。武子疾,命颗曰:"必嫁是。"疾病,则曰:"必以为殉。"及卒,颗嫁之,曰:"疾病则乱,吾从其治也。"及辅氏之役,颗见老人结草以亢杜回,杜回踬而颠。故获之。夜梦之曰:"余,尔所嫁妇人之父也。尔用先人之治命,余是以报。"

这就是"结草衔环"成语前半的来源,是灵鬼报恩故事。春秋时代以人殉葬之事在大贵族中偶尔有见,秦穆公以三良为殉就是显例。但极不得人心,被"君子"谓为"死而弃民",且有怨诗《黄鸟》传世。看来,武子魏犨的爱妾被魏颗以父"治命"嫁之实有其事,故深得人心,从而形成妾父结草报恩的传说。否则,作者无从造出这等曲折的动人故事。《晋语·悼公》第二章写悼公即位,任命魏颗之子,言及当初"魏颗以其身却退秦军于辅氏,亲止杜回"。其只言"止",而不言"获",《左传》言"获"或为采取"结草"传说的产物。如果不错,用此传说不只增添了文学意味,也在某种程度上改变了史书的纪实性。

　　左成十年为经文"晋侯獳卒"作传。景公獳梦见厉鬼,"被发及地,搏膺而踊",曰:"杀余孙不义,余得请于帝矣!"坏门而入。景公惊醒,召巫问之,"巫言如梦",并谓公吃不到新麦。后公病重,求医于秦。秦遣医未至,公"梦疾为二竖子,曰:'彼,良医也。惧伤我,焉逃之?'其一曰:'居肓之上,膏之下,若我何?'医至,曰:'疾不可为也。在肓之上,膏之下,攻之不可,达之不及,药不至焉,不可为也。'"至六月,景公想吃新麦,膳夫送上麦饭。景公召巫,杀之。刚要食用,忽觉腹胀,如厕,陷入茅坑而死。有个小臣"晨梦负公以登天,及日中,负晋侯出诸厕,遂以为殉"。上述委曲过程包含三个怪梦、一番巫语,而四者皆应。第一梦是厉鬼来为其孙索命。景公于鲁成公五年误听庄姬逸言,枉杀了赵同、赵括,故注者谓厉鬼乃赵氏先祖。"请于帝",即请毙景公之命,故巫者说他不得吃新麦。此梦实则重复鬼能报仇(或报恩)的虚诞之笔,只是将它装进梦境的合理外壳(荒诞之梦亦属合理)。第二梦就是"病入膏肓"成语的来源,最为离奇,类乎童话,既彰显医者之神,又暗示神异之力。在史书中嵌入此等虚幻之笔,实属罕见。下接景公欲食新麦以破巫者之言,而杀了巫者仍不得食,死于将食未食之际。如此安排全是后世小说笔法,与史笔相去悬殊。第三梦虽只一句,也是造作。这段传文描述的景公之死,谓之怪诞小说有过之而无不及。二百余字笔笔皆怪。

　　左昭四年为经文"叔孙豹卒"作传。鲁国穆子叔孙豹当初曾为避难而奔齐,行至庚宗,私一妇人后离开,至齐娶于国氏,生孟丙、仲壬二子。一次"梦天压己,弗胜。顾而见人,黑而上偻,深目而豭喙,号之曰:'牛助余!'乃胜之"。后被鲁召回,立为卿。当年所宿庚宗的妇人前来献雉,并说"余子长矣"。豹召其子,却是梦中所见之人。未问其名,即呼"牛!"他即刻答应。豹就让他做自己身边的小臣,并加以宠幸。后来受他蒙蔽与欺骗,误杀了孟丙,又赶走仲壬,病中被他控制,不得饮食,饥渴而死。豹梦已怪,后来所见竟是梦中之人,则怪上加怪,倘非虚妄传说,则为文学造作,是记述叔孙豹真实家事中夹带的小说成分。

左襄三十年载,郑国"汰侈"而骄横的伯有被同族驷带、公孙段等发动的兵变杀死。后至左昭七年记云:

> 郑人相惊以伯有,曰"伯有至矣",则皆走,不知所往。铸刑书之岁二月,或梦伯有介而行,曰:"壬子,余将杀带也。明年壬寅,余又将杀段也。"及壬子,驷带卒。国人益惧。齐、燕平之月壬寅,公孙段卒。国人愈惧。其明月,子产立公孙泄及良止以抚之,乃止。

在那迷信鬼神的时代,对横死者愈益恐惧,郑人"相惊以伯有"不足为奇;子产立其子良止"以抚"厉鬼,也合于情理;郑"铸刑书之岁"为鲁昭公六年,有人"梦伯有介而行",亦属寻常。令人惊奇的在于梦中厉鬼伯有声称将杀驷带与公孙段的两个日期——同年二月壬午和次年正月(即齐、燕平之月)壬寅,恰是驷带与公孙段的死亡之日。其实,这种巧合绝不可能,应是后来了解两者亡日的好事者特地造作的"或"人奇梦,从而使史笔之中掺入有意虚拟的小说成分。

《春秋·昭公七年》载:"秋八月戊辰,卫侯恶卒。"《左传》是年写卫国立新侯事。原来,卫襄公恶的夫人无子,宠姬婤姶生子孟絷,跛足;后又生子名元。孔成子与史朝同梦卫之祖先康叔对自己说"立元",他会使孔成子的曾孙圉与史朝之子史苟"相之"。史朝见孔成子,告梦而合。卫侯恶卒,孔成子为絷与元分别以《周易》占筮,以确定继位者,且曰"余尚立絷",而最后还是同意史朝以康叔托梦解释筮词,立元为侯,即卫灵公。梦中康叔谓谁为侯,由谁"相之",已是不可能有之梦。两人同作此等怪梦,更不可能,必是人为的虚造。虚造者的最大可能应为孔成子与史朝本人。作者将这场以虚造怪梦而废长立幼的滑稽戏写成严肃、实在的历史,未能彰显其中之假,史笔遂成怪诞文字。尽管非作者有意为之,仍有浓重的小说意味。此乃迷信观念带给史书作者的局限所致。内中人物,一个红脸,一个白脸。前者虽造梦在先,仍谎说希望"立蟄",并解《易》词"元亨":"非长之谓乎?"后者则说康叔为元命名,他就是"长",跛足的孟蟄"非人也","不可谓长"。两者之言相反而实相成,相映成趣,栩栩如生。

四 从悖理、抵牾看虚拟

《鲁语下》第十八章载,"吴伐越,墮会稽,获巨骨一节,专车焉"。吴王遣使至鲁,席间"执骨"问孔子:"骨何如为大?"孔子说:"昔禹致群神于会稽之山,防风后至。"禹遂杀之,其骨专车而"为大"。使者又问:"谁守为神?"孔子谓:"山川之灵,足以纪纲天下者,守者为神。"又说防风是汪芒氏之君、"守封嵎山者"云云。迻录此文的还有《孔子世家》《说苑·辨物》和《孔子家语·辨物》。孔子"不语怪、力、乱、神",此章偏让他大谈神怪,有悖情理,与《论语》抵牾。大约《家语》作者(实是抄者)注意到这种悖谬,遂改"群神"为"群臣",致使下面"谁守为神"之问失去依傍,突兀而莫名。不仅如此,且如清崔述所说:"定公十二年,孔子去鲁适卫矣,而吴栖越以会稽乃在哀之元年——孔子在陈之时,然则,不但禹必无戮防风之事,即孔子亦初不得有答吴使之言也。此乃好谈神怪而不考其实者之所为。"①本章应是蓄意造作的小说类作品。

下章写"孔子在陈,有隼集于陈侯之庭而死。其隼楛矢贯之,石砮其长尺有咫。陈惠公使人以隼如仲尼之馆,问之",孔子曰:"隼之来也远矣。此肃慎氏之矢也。"随即大讲周初肃慎氏向武王贡献楛矢并辗转分到陈国等事。肃慎系上古部族,"居于东北长白山北,东滨大海,北至黑龙江下游地区"②,楛矢乃肃慎特产。鹰隼被"尺有咫"的箭镞射中,还能远飞数千里,岂非怪事?故本章亦托孔子语怪,"来也远矣"云云甚悖情理。

---

① 崔述:《夏考信录》卷一,民国十三年(1924)上海古书流通处影印本。
② 来可泓:《国语直解》,第297页。

其文系了解肃慎氏之士为宣扬孔子博学有意虚拟之作。然其不知孔子在陈时,惠公已死多年,时为湣公,《史记》录用时始为改正;而《家语》不知,照录《国语》,《说苑》改用"陈侯"。无论何者,都是源自《国语》的早期小说。

《晋语四》第二章写重耳出亡之事。重耳至齐,齐侯妻以姜氏,重耳安之。后桓公卒,孝公立,诸侯叛齐,子犯与从者谋划远行,被蚕妾告于姜氏。姜氏杀妾而劝重耳同子犯去,前后两番话四百余言,三次引《诗》,各作发挥,且引"西方之书"(指周典籍)和管仲治国之语以激励之。又谓:"吾闻晋之始封也,岁在大火,阏伯之星也,实纪商人。商之飨国三十一王。瞽史之记曰:'唐叔之世,将如商数。'今未半也。"且不说背地如此长言不会让人记录,也无法记录,即其旁征博引,又远涉史迹与天文,岂是当时妇人所言、日常交谈用语?悖逆情理一望可知,与实际生活大相径庭。而《左传》的相应文字只有"行也!怀与安,实败名"八字,虽较简括,却切合身份与声口,真实而亲切。《国语》此章系作者假姜氏之口大做文章,大掉书袋,虽不构成独立之小说作品,也是在重耳出亡的纪实叙述中羼入的虚拟小说成分。

《楚语下》第六章载,令尹子西在朝叹气,蓝尹亹问其故,子西谓"阖庐能败吾师"而"闻其嗣(夫差)又甚焉"。蓝氏要他放心理政,"无患吴矣"。随即罗列阖庐许多长处,而夫差反是"好罢民力,以成私好。纵过而翳谏。一夕之宿,台榭陂池必成,六畜完好必从"。结论是:"夫差先自败也已,焉能败人?"左哀元年也有同类记述,而角色不同:"吴师在陈,楚大夫皆惧",谓"阖庐惟能用其民,以败我于柏举。今闻其嗣又甚焉,将如之何?"子西曰:"二三子恤不相睦,无患吴矣。"随即罗列阖庐多项长处,"所以败我也"。而"今闻夫差次有台榭陂池焉,宿有妃嫱嫔御焉。一日之行,所欲必成,完好必从。珍异是聚,观乐是务,视民如雠,而用之日新。夫先自败也已,安能败我?"显而易见,两者记述的是同一场景,而子西的言词、角色恰好相反。由于后者既有与前者相同的语句,又有明显的生发,应是后者采取前者变改所致。大约《左传》作者不以《国语》把被子西救下一命的蓝氏的论断放在子西之上为然①,故有此改。据《左传》,阖庐于鲁定公十四年(前496)夏伐越,负伤而卒。夫差继位,"使人立于庭,苟出入,必谓己曰:'夫差,而忘越王之杀而父乎?'则对曰:'唯,不敢忘!'三年(即鲁哀公元年),乃报越。"②"克越"后,又报"先君(阖庐)"与陈之怨,秋八月即"侵陈"。此正子西或蓝氏议论之时,夫差尚处于为父报仇"修怨"的发奋状态,哪里顾得大肆享乐?上述两文与左定十四年至左哀元年有关夫差的记述恰相抵牾,乃是作者将夫差中后期享乐取败以致亡国的行径移至前期,置于蓝氏或子西之口,自是蓄意造作之笔。《国语》独立成章,可谓小说作品。《左传》只是全文的一段,乃是夹杂的小说成分。

　　《吴语》末章写越灭吴经过。先写楚申包胥使越,问越王何以为战。越王说出他爱护臣民、体恤将士、结交外邦的种种举措,申氏均说"善则善矣"却"未可与战"。最后他出的主意竟是"智为始,仁次之,勇次之",乃人人皆知的抽象原则,越王竟"诺"。如此悖理,当非实情,而出虚拟。下写越王召五大夫,广集众"智",后庸谓"审赏",苦成谓"审罚",大夫种谓"审物(旗帜徽号)",范蠡谓"审备",皋如谓"审声(钲鼓进退之声)"。好像事先分配好的,每人一句,各言一面,如此机械,亦属悖理,显然是在做文章。后整顿军纪,每日"斩有罪者以徇",四日四斩,各惩一种罪过。犯军纪者岂能如此日犯一种?亦属造文,可能是从樵李之战中勾践以有罪者自杀于阵前惑乱吴军受到启发,衍为斩罪徇军之文。再后遣士卒归家,也是日"徇于军",日遣一种,四日四遣,何其繁复。上述诸多悖理造作,全文也就成了虚实参半的拟史小说。

　　《越语下》写范蠡就伐吴之事为越王策谋。勾践三年"欲伐吴",范蠡以"天时不作,弗为人客;人事不起,弗为之始"为由加以阻止,勾践不听,"兴师而伐吴",结果大败,"栖于会稽",求和而事吴王。这实际正是左哀元年所记夫差为父报仇的夫椒之战。不是越伐吴,而是吴伐越。勾践是被动应战,不得不战,哪里会有范蠡阻战,反对越王挑起战端之类的话?

---

① 《左传·定公五年》记曰:"王之奔随也,将涉于成曰,蓝尹亹涉其孥,不与王舟。及宁,王欲杀之。子西曰:'子常唯思旧怨以败,君何效焉?'王曰:'善。使复旧所,吾以志前恶。'"
② 《左传·定公十四年》,第387页。

与《左传》所记大相抵牾,纯属子虚。下写勾践被吴放回后,四年之中每年都向范蠡问一次伐吴"可乎",回答全是"未可也",理由不是"上帝不考","天应未也",就是"天地未形","人事未尽"。且不说其多诡妄之语,只每年一问就是十足的小说笔法,明显悖理。再后写范蠡同意兴师。越军出五湖与吴军对垒,范蠡又阻止越军出战,并对勾践大讲用兵与天道、阴阳的关系,什么"天道皇皇,日月以为常,明者以为法,微者则是行";什么"后则用阴,先则用阳,近则用柔,远则用刚";什么"阳节不尽,轻而不可取","阴节不尽,柔而不可破"……诸如此类,显非春秋时期用兵之道,而像受了战国阴阳家思想影响的论战空谈,加于范蠡之口,甚违情理。最后写吴王派臣"请复会稽之和",范蠡曰:"昔者上降祸于越,委制于吴,而吴不受;今将反此义,以报此祸,吾王敢无听天之命,而听君王之命乎?"与此相类的话在《越语上》中本是越王之言(《吴越春秋》后亦继之),此以范蠡言之,则两相抵牾。要之,本篇全力美化范蠡,将他写成指挥越军灭吴的超人,非只让他取代越王言谈而已。这也是后来小说突出主人公的常用之法。

五 从不可知处看虚拟

真实的叙事都是可知的,即有作者得而知之的可能性。如果人物的言行根本无法被人知晓,如心理活动、背人密谈之类,就不宜进入史书的叙事范畴,否则就有虚拟之嫌。而《国语》《左传》中此等文字偶尔有见。

左僖二十四年载,介之推隐于绵山之前对老母发了一通长达八十余言有关晋君赏赐功臣的牢骚和议论,以为"下义其罪,上赏其奸,上下相蒙,难与处矣",而后与母反复问答,始终无人听得,随即隐入绵山而死。许多话语,都是钱锺书先生所谓"生无旁证,死无对证者"[①],作者何以得知而言之凿凿?左宣二年写晋灵公使力士鉏麑刺杀赵盾。鉏麑"晨往",见赵盾"盛服将朝,尚早,坐而假寐。鉏退,叹而言曰:'不忘恭敬,民之主

---

① 《管锥编》第1册,中华书局1979年版,第165页。

也。贼民之主,不忠。弃君之命,不信。有一于此,不如死也。'触槐而死。"此与《晋语五》第五章文字大同而小异,当出自后者。内中钼麑所见和叹言也是"生无旁证,死无对证",而属原作者的虚想和"拟言"。虽然带有"合理想象"成分,却已超出纪实范畴而入于虚拟。至于对介之推的长言议论连"合理想象"也谈不上,是《左传》该年所记的小说成分。

《国语》中不可获知的话语比《左传》为多。《晋语一》写骊姬谋害太子申生多由背人密语构成。有骊姬对晋献公之言,也有献公对骊姬之言,还有与骊姬私通的优施教唆骊姬之言。第六章以大半篇幅写骊姬与优施谋篡太子之位;第八章则写骊姬挑拨、离间献公与太子申生的关系,献公表示"吾将图之",骊姬便献使申生伐东山之计,均属他人不可知者。两章只能视为拟史小说。《晋语二》首章开头仍是骊姬揎掇献公之言,虽不关乎全篇,也是羼入的小说成分。

《晋语五》第二章载,阳处父适卫,回晋途中住在宁地嬴氏家。嬴对妻说:"吾求君子久矣,今乃得之。"便跟了去,中途而返。妻问其故,嬴说此人让他"见其貌而欲之,闻其言而恶之",大讲貌、言、情的内外关系;又谓其太刚,乃"怨之所聚","惧未获其利,而及其难"。一年后,阳处父就被贾季(狐射姑)派人杀死。嬴只是宁地"求君子"者,谓妻百数十言,他人何以得知?左文五年亦记其事,嬴氏之言只在"刚"上做文章,与《国语》中所言重合甚少,有的词语(如"华而不实")还是从《晋语五》末章伯宗妻谈论阳处父的话中移过来的(见下面引文),说明作者并不将《晋语》所记难得而知之言视为史实,而以自己的理解再作虚拟、移植与发挥。两者都是臆想之词。又者,嬴氏既"求君子"已久,又深知言与情对君子的重要,而貌只是"情之华",怎么会一见阳处父之貌就说君子"今乃得之",并随之而去?其言如此自相矛盾,其人也就未必实有,《国语》此章或虚拟,或变改,并非史迹,而是小说。《左传》之文也就成了仿改之作。与此相似,《晋语五》末章云:

> 伯宗朝,以喜归。其妻曰:"子貌有喜,何也?"曰:"吾言于朝,诸大夫皆谓我智似阳子(即阳处父)。"对曰:"阳子华而不实,主言而无谋,是以难及其身,子何喜焉?"伯宗曰:"吾饮诸大夫酒,而与之语,

尔试听之。"曰:"诺。"既饮,其妻曰:"诸大夫莫子若也。然而,民不能戴其上,久矣。难必及子乎?盍亟索士整庇州犁(伯宗之子)焉。"得毕阳。及栾弗忌之难,诸大夫害伯宗,将谋而杀之,毕阳实送州犁于荆。

伯宗与妻之言皆背地语,且不便传与他人,何得而知?大约《左传》作者已察知此种疏失,故在成公十五年记述伯宗被杀、其子州犁奔楚之后,追记伯宗妻只有"伯宗每朝,其妻必戒之曰:'盗憎主人,民恶其上,子好直言,必及于难'"数语。《国语》此文应是一篇颇富戏剧性的早期微型小说。

结　　语

《国语》与《左传》的虚拟成分自然不止于此。单是虚拟的长话就还有多章。三百至四百言者,如《国语》首章祭公谋父谏阻周穆王伐犬戎、《鲁语下》第十二章文伯之母谈"劳"的重要、《吴语》第二章伍员谏阻夫差伐齐等,均未论及。两书的别种虚拟成分也还多有,此仅辨其大略而已。

周代的史官文化崇尚纪实,但上承殷代的巫祝文化还很有势力和市场,王侯士大夫的卜筮占梦等迷信活动相当盛行,史官自然也要记述,预言、梦兆之类也就进入各国"春秋"。至于战国,私人著书立说,而其时尚无"史记"之外的史书观念。《国语》应是缀集而成,不同篇卷并无统一的纪实要求,引入的史料或多或少,为凸显古人善言,羼入诸多虚造之语。《左传》为《春秋》作传,由于引入大量"史记"而被后人视为编年史书。但在先秦,为经文作"传"并无特定体式,引入瞽史、传说,发表个人议论,乃至主观想象、蓄意造作以增加内容的生动性和丰富性,在作者看来均无不可。总之,两书的作者或编者不将编撰之书视为今世之谓史著,造成文体比较杂驳,从而产生某些后世之谓小说或小说成分,不足为怪。

与《左传》相较,《国语》多卷产生在前,虚拟成分的比重明显为多。它既非一人一时之作,不同篇卷与史著的距离也就不同。《郑语》与《越语下》大半虚拟,当非史著;《周语》多为预言与虚论,其所录早期史料虽颇难得，而杂入太多虚拟成分难于区分，也难于取信，似为子史掺杂之作；《楚语》《吴语》《齐语》半为纪实，半多虚拟，与史著也有不小的差异；唯《鲁语》《晋语》《越语上》似多据史料，明显的虚拟成分较少，占了全书的大半篇幅。《四库全书》将《国语》隶属杂史类，不为贬损。其虚拟部分多由议论文字构成，可称早期教化小说。《左传》虽也羼入不算很小的虚拟成分，所占比例毕竟不大，由于保存了春秋时期的大量珍贵史料，今存的各类文献少可伦比，其为传解《春秋》的经典史书地位毋庸置疑。由于它对塑造人物、结构情节与运用文学笔法的重视与讲求，不独成为后世小说的重要借镜，某些虚拟而独立成章之作也是我国小说的滥觞。

(原载《中国典籍与文化》2011年第2期)

《庄子》寓意文体辨析

一 关于小说与寓言

先秦时期不仅产生了我国小说的开山之作《穆天子传》和《晏子春秋》等某些诸子书中的拟实小说，还产生了小说类型中的另一大类——表意小说。表意小说分寓意与写意两种。作为"战国到秦汉之际庄子学派著述汇集"的《庄子》[1]，含藏许多寓意小说。

我们这里说的"小说"，不是《汉书·艺文志》之谓包括"街谈巷语，道听涂说者之所造"的"刍荛狂夫之议"[2]在内的"小说"，其非但不在诸子"可观"者之列，也没有文体方面的特征和规定性。将"古史官记事"的《青史子》与说明、论议之文的《封禅方说》《心术》《未央术》等一并列入"小说"就是明证。我们说的"小说"，是当今文学分类的小说文体。即便是其童年时代的先秦小说，也具有散文性、叙事性、自觉虚构性和非寓言性等基本形态特征。《穆天子传》和《晏子春秋》中的部分篇章有此特征，因而被认作中国早期小说作品。又因其摹写的人事为生活样态，所以多为拟实小说。与《晏子春秋》相比，《庄子》的叙事有如下三点分别：第一，摹写虚造的故事、意象不是为表现其人其事，而是为表现庄子学派的人生见解、哲学观点；第二，叙事诸篇大多含有作者所发的议论文字，少数几篇

---

[1] 崔大华：《庄学研究》，人民出版社1992年版，第71页。
[2] 《汉书》卷三十《艺文志》，中华书局1962年版，第1745页。

还以此种文字统领篇中作品;第三,除去某些摹写生活样态的人事,多数故事内容为超验形态即非现实形态。因此,有些研究者便不承认书中叙事的独立性,除了显示哲理的寓言,以为没有别种文体,更没有小说,或只承认有"小说因素",甚或将书中史实之外的所有叙事概称为"寓言"。其实,以这些理由否定其中有小说作品不能成立。所谓寓意小说,就是以超验的文学意象显示作者对人生的思想认识或哲理观念,与第一、第三两点非但不矛盾,还恰相契合。不仅古代小说中有寄寓"人生如梦"观念的《枕中记》之类,现代与后现代的某些作品制作的很难理解的奇特意象也是不可知论、感觉复合论或存在主义观念的意象体现。可见区分书中叙事为何种文体,不能只看这两点,更不能因这两点否定其为小说。第二点则要区分情况。现存《庄子》三十三篇,既非一人之作,也非一时之作,旨趣与形式也多种多样。《骈拇》《马蹄》《胠箧》《刻意》《善性》《天下》等六篇,纯为论议之文,没有任何完整的叙事,当然更不会是小说。与此相反,《秋水》《山木》《田子方》《让王》《盗跖》《说剑》《渔父》等七篇没有一句作者的议论,通篇都是记叙文字。其中《说剑》和《渔父》,还都是全篇自成一体首尾完整的单一叙事,自觉虚构性与非寓言性显而易见(后面再谈),即使产生在今天,也是地道的寓意小说。此外的二十篇中,开篇即为叙事而不置作者议论者又有十篇,少量的议论文字或在篇中,或在篇尾,或与某章故事相关,或为偶尔爆出的思想火花,自成章节,与各个故事全不相干。各章叙事的结构与寓意也自有其独立性,《则阳》《徐无鬼》等无不如此。《人间世》前置六章叙事,结尾只有三十六字议论,实如《史记》之"太史公曰"或《聊斋志异》的"异史氏曰",并不影响前面叙事的文体品格。作者议论置于篇首者只有十篇,其中《天地》《天道》《天运》《外物》《寓言》五篇经陈鼓应先生考定:各由多节文字"杂纂而成,各节意义不相关联"①,就是说,篇中故事均独立于议论之外。这考察或有出入,但其大半故事与议论无关则是可以肯定的。此外只有《养生主》《大宗师》《在宥》《至乐》《达生》等五篇的篇首议论与篇中某些故事相关联,但也只是

---

① 陈鼓应:《庄子今注今译》,中华书局1983年版,第294页。

意义的关联,结构与文字都各自独立,从而使各章的叙事仍有其相对独立性,也有各自相应的文体。需要特别说明的是,寓言与小说一样,乃古今文学中的独立文体,而非论议之文的附庸。研究者既然概称《庄子》的叙事为"寓言",并不因为篇首或有议论文字而否定其为寓言体式,那么,如果某些叙事之文不属寓言,而是小说,也就不能因其篇首的议论文字而否认其为小说。这样看来,《庄子》中的叙事属何种文体,关键在于本身的品格与意象形态,那些与之全无结构、文字关联的议论对其文体并无关碍,就像它们并不妨碍人们称其叙事为寓言一样。

将《庄子》叙事概称为"寓言"非始于近代,自古而然。此书《寓言》篇就有"寓言十九"之语,当是"寓言"一词在古文献中的最早出处。《史记》谓庄子"著书十余万言,大抵率寓言也"①,被历代庄学引为经典,直至于今。在庄周、司马迁时代,文体学还处于蒙昧状态,文体意义之"小说"观念还远未诞生,人们把文中所写一切出自虚拟的叙事称为"寓言"是自然的事,也是一种新异的创造。后来学者尽管对寓言的理解也颇宽泛,甚至有人将"寓言十九"之语用之于《诗经》,但大多还是把别具喻义而意象荒诞的短小故事称为寓言,内涵日趋明朗,外延便大大缩小。唯独谈及《庄子》,仍以"寓言"概称其摹写的全部虚幻故事。又有讨论先秦小说之文在阐明小说与寓言的区别之后特地申明:"《庄子》中的某些寓言又当别论。"这是说,不能以其确立的小说与寓言较为科学的概念和两者的区别看待《庄子》中的"某些寓言",否则那些寓言就不能称为寓言,而成了小说。由此可见历史习惯称谓的惯性力量,也从而显出以现代文体观念辨析《庄子》叙事之文的意义所在。

在文体学大为发展的现代,虚构的散体叙事分成拟实与表意两大类型。前者主要指拟实小说及容有虚构的人事传说(如历史传说之类)。它们以人生世事为蓝本,叙事遵循现实的逻辑,合于日常生活事理。后者——表意之作,意象形态超越现实,有神话、寓言、童话、寓意小品及寓意、写意小说。才华横溢的庄周及其后学处在百家争鸣的战国中后期,为

---

① 《史记》卷六十三《老子韩非列传》,第 2143 页。

了充分有效地昭示其对人生和宇宙的独特思考,造文"汪洋自恣",无拘无束,别开生面地推出多种寓意文体,在创造某些寓言与寓意小品的同时,也不期然而然地创造了各种寓意小说,使《庄子》的部分作品成为我国寓意小说的先河。

在辨析《庄子》故事的文体之前,有必要弄清寓言与寓意小说两种文体的重要区别。两者都是寓意之作,既相似又不同。综合某些辞书和相关论著的界定,寓言的特征表现在三个方面。其一,意象形态异常荒诞,动物寓言自不必说,人物寓言也无不如此。涸辙之鲋、刻舟求剑、揠苗助长之类的荒诞极为醒目,一望可知,与寓意小说的非现实性有着显而易见的区别。又者,意象虽然荒诞、虚幻,却丝毫不带宗教性鬼神迷信色彩,这又使它区别于神异类寓意小说。寓言绝少用真人姓名,也是其意象特别荒诞所决定的,与《庄子》中时见真人故事适成对照。其二,寓意方式采用"比喻的艺术形式"①,即"有比喻寄托,言在此而意在彼"②,从而区别于那些直接显示类寓意小说(《庄子》中正多)。其三,所寓之意,具有鲜明的单纯性和被普遍认同的常识性,前者与寓意小说的多义性和模糊性大相径庭,后者区别于或一学派的艰深寓意和偏颇之见(在《庄子》中大量存在),也构成寓言的通俗性。"寓言的观点对全体读者而言都很清楚"③,它是"表现人类行动或希求的范围中某一普遍意义,某一伦理的教训,或某一种为人处世的箴言"④,"就是在后世若干年间,这些故事与教训还是为世人所理解和尊重"⑤。诸如此类的学者论断,正是指寓言的通俗性和常识性。有无常识性和通俗性也是寓言与寓意小说的重要区别。由于每篇寓言都具有以上三种特征,而寓意小说则至少缺少其中一种或一种以上特色,我们便可由此辨明《庄子》中原被称为寓言的寓意小说。

---

① 黑格尔:《美学》第 2 卷,商务印书馆 1979 年版,第 103 页。
② 陈蒲清:《中国古代寓言史》,湖南教育出版社 1983 年版,第 2 页。
③ 《大美百科全书》,台北,光复书局 1990 年版,第 21 册,第 261 页。
④ 黑格尔:《美学》第 2 卷,第 105 页。
⑤ 周作人:《关于〈伊索寓言〉》,《全译伊索寓言集》附录,中国对外翻译出版公司 1999 年版,第 173 页。

二 神异式寓意小说

寓意小说的意象形态也是超现实的。或超越现实的自然性，称幻异型；或超越现实的社会性，称变态型。就《庄子》而言，幻异型又有两种形态：神异式（也称神话式）和奇幻式。前者有神怪灵异成分，后者没有，而为超自然的奇幻人事。本节考察第一种类型：《庄子》中的神异式寓意小说。

《应帝王》第五章载，郑国出了个精于相面的"神巫"季咸，能知人的"生死存亡，祸福寿夭"，预期月日应验无爽。"列子见之而心醉"，归告其师壶子，以为季咸比"夫子"道术还高。壶子让他把神巫领来，给自己相面。季咸先后四见壶子。第一次，壶子示之以"地文"，即"杜德机"，季咸谓其不出十日必死。第二次，壶子示之以"天壤"，即"善者机"，季咸说他又有救了。第三次，壶子示之以"太冲莫胜"，即"衡气机"，使季咸无迹可循，"无得而相"。最后一次见壶子，"立未定，自失而走"，列子追之不及。壶子说，我对他并未显示大道的根本，只是随机应变而已。列子这才明白自己的肤浅，回到家中三年不出，煮饭，喂猪，返璞归真。现存的《列子》卷二亦载此篇，大同小异，当是作伪者抄袭《庄子》。这个玄而又玄的委曲故事显然是虚幻的，超现实的，但又不是我们今天所说的寓言。它既缺乏寓意的单纯与明晰，更着意渲染本不存在的道家玄功。"地文""天壤""太冲莫胜"以及三"机"等词语，历代注家多有歧解①，而谁也说不明白玄功究竟是怎么回事。因为那完全是作者的玄想，带有浓重的神秘感和迷信色彩。对神巫相术的嘲讽也只是壶子道术的陪衬，小巫大巫，并非根本予以否定，从而兼有道术与相术的双重迷信成分。这种形态并非只是警示列子的寓意手段，也是直接显示道术宏大、高妙的玄虚意象，无法被人广泛认同，与寓言品格南辕北辙。需要指出的是，这种意象的创造符合作者的思想状况，有前篇《大宗师》关于"道"和"真人"的议论为证："古之

---

① 参见崔大华《庄子歧解》，中州古籍出版社1988年版，第291、293、294、285页。

真人"不仅能达到人力所及的"不知说（悦）生，不知恶死"等多种理想境地，还具有"入水不濡，入火不热"等超现实神奇特质；与"众人之息以喉"不同，"真人之息以踵"，此与本章壶子示季咸以"天壤"时"机发于踵"若合符契。更奇妙者，"先天地"而生的道，能"生天生地"、生鬼神与上帝，谁得到它谁就能够超凡为神："堪坏（神名）得之，以袭昆仑；冯夷（河伯）得之，以游大川；肩吾（山神）得之，以处大山；黄帝得之，以登云天；颛顼得之，以处玄宫；禹强（神名）得之，立乎北极，西王母得之，坐乎少广，莫知其始，莫知其终……"那么，壶子得之，自然也就道术无边。可见本章大肆张扬壶子的道术与玄功乃是作品思想的组成部分。最后落于列子醒悟，"自以为未始学"，回家从头做起，"食豕如食人，于事无与亲，雕琢复朴，块然独以其形立"，学的仍是道家之道。内有学无止境的寓意，则构成作品又一种意涵。此等多重意涵在寓意小说中屡见不鲜，而寓意单纯的寓言却不能承担。从多方面说，本章都是寓意小说，而不是寓言。

《徐无鬼》第十章也是关乎相面之作。楚国的子綦有八个儿子，请来九方歅为他们相面，结果是名叫梱的最有福气，其福"将与国君同食，以终其身"。子綦听了转喜为悲，黯然下泪，说梱不是真的有福，不过有酒肉吃而已。又解释说，他与儿子遨游天地之间，"邀乐于天"，"邀食于地"，不图建立功业，也不谋划世事，一切顺乎自然，怎么会有酒肉报偿？感到会有天降之灾，所以悲泣。不久，梱被派往燕国，途中为强盗掳获。强盗要卖掉他，又怕他逃跑，便砍去其足卖到齐国，给富室看门，肉食而终。作品既表现相面之灵，又显出天命难违，同时也昭示子綦所持的尊崇自然与无为的道家人生观，寓意是多层次、多方面的。相面是当时的习俗，是现实性活动；渲染相面之神、命运无可逃遁，却是唯心的，带有超现实的迷信色彩，并非人所共识之理。其不合寓言品格显而易见，也是一篇寓意小说。

《徐无鬼》第三章写轩辕黄帝以六位圣贤为驾，往具茨之山去见大隗。行至襄樊之野，七圣迷路，无处问津。询问所遇牧马小童，他全知道。黄帝诧异，便问如何治天下。小童说他自小游于六合之内，因有目眩之病，长者教他乘日车去游襄樊之野，如今病渐痊愈，将再游于六合之外。最后说："夫为天下亦若此而已，予又奚事焉？"黄帝再问，小童不答。问至再三,小童说:治天下与牧马没有什么不同,"亦去其害马者而已矣"。黄帝再拜,"称天师而退"。注家对"大隗"有多种解说,或谓"神名",或谓"大道"①,或谓"古之至人"②,从他能变化小童、以日为车、"游于六合之外"来看,自然不是人,而是神,是道化之神,即道的神化。形态超越现实自不待言,而浓重的神异色彩又使它与寓言意象恰相背反。小童之言即大隗之道,把"无为而治"的理念具象化也艺术化了。所谓"去其害马者",就是要除去《马蹄》中所写"善治马"者加给马的"橛饰之患""鞭策之威",让马保持自然的"真性"。其文言简意赅,寓意发人深省,但又不是被人普遍认同的观念,而是道家的宇宙观和处世哲学。类乎神话的形态和道家独具的寓意使作品远离寓言,成为一篇相当精致的寓意小说。

《在宥》第三章载,"黄帝立为天子十九年,令行天下",闻广成子在空同山"达于至道",故往见之,求"至道之精",以治天下,以"养民人"。广成子说他治天下以来,云雨失常,日月少光,"佞人之心翦翦者,又奚足以语至道哉?"黄帝退回,"捐天下,筑特室,席白茅,闲居三月",再度往见,"膝行而进"。这次不言治天下,而问"治身奈何而可以长久?"广成子这才高兴地赞曰:"善哉问乎!"遂即告之:"至道之精,窈窈冥冥;至道之极,昏昏默默。无视无听,抱神以静,形将自正。必静必清,无劳汝形,无摇汝精,乃可以长生。目无所见,耳无所闻,心无所知,汝神将守形,形乃长生。"说他自己已如此"修身千二百岁矣"而"形未常衰"。黄帝再拜稽首,赞"广成子之谓天矣!"广成子说:"得吾道者,上为皇而下为王;失吾道者,上见光而下为土",他自己则"与日月参光","与天地为常","人其尽死,而我独存乎!"原来,广成子就是道家大道的体现和象征,远在《大宗师》中那位得道登仙的黄帝之上,难怪能"与日月参光"。从黄帝上推一千二百年,近乎古人对人类历史想象的极限,而后又能"与天地为常",所

---

① 陆德明:《经典释文》卷二十八《庄子音义》下《徐无鬼》注,清乾隆五十六年(1791)卢氏抱经堂刊本。
② 郭庆藩:《庄子集释》卷二十四《徐无鬼》成玄英疏,中华书局1961年版,第830页。

谓"前无始而后无终,与有数者异"①,从而象征了道的永恒。这篇约五百字的神异荒诞之作,对道的神化和美化无以复加,与力避迷信成分的寓言大相径庭。无论黄帝"捐天下,筑特室,席白茅",还是借广成子之口正面谈道,都属显示和表现之笔,没有另外的比喻意义,而广成子对道的象征则属隐晦的非通俗手段,也是寓言之所避忌。从多方面看,本章都不是寓言,而是宣道的寓意小说。后被宣扬神仙实有、长生可求的葛洪略作简化与改动,以《广成子》题列为《神仙传》之首。

《外物》第六章写宋元君(即宋元公)半夜做梦:有人披发窥门,自称是清江使者,欲往河伯之所,却被渔夫余且捉住。元君醒后占梦,得知托梦者乃是神龟。问明渔夫中确有余且,便召来询问,答以网得周圆五尺的大白龟。元君得此神龟,想杀又想养。为此占卜,卜辞则说:"杀龟以卜,吉。"于是"刳龟"。用以占卜七十二次,无不应验。孔子听说此事,议论说:"神龟能见梦于元君,而不能避余且之网;知能七十二钻而无遗策,不能避刳肠之患。如是,则知有所困,神有所不及也。"这故事写梦象的灵应,占卜的神奇,自是现实不可能发生的神异之笔,而与先秦之民普遍相信梦兆和占卜之术相应相合,是具有浓郁时代特色的超现实意象。其寓意固如孔子所论:"知有所困,神有所不及。"但这寓意又不是"对全体读者而言都很清楚",如不借孔子之口点出,很多读者都领悟不到,反倒注重于托梦与占卜的灵应,为其迷信神怪梦卜的意蕴所困扰,从而与寓言品格拉开距离,属构思新巧的寓意小说。宋元君与孔子不仅是有名的历史人物,两人还处于同一时期,从而增加了寓意形态的似史性和亲切感。

《至乐》第四章载,"庄子之楚,见空髑髅",便以马鞭敲它,叩问其原来的几种死因,然后头枕髑髅而睡。夜半,髑髅托梦给庄子说:听你谈话像个辨士,可说的都是"生人之累",死后就没有这些牵累,"无君于上,无臣于下,亦无四时之事","以天地为春秋,虽南面王乐不能过也"。庄子不信,说让主宰生命者使其复生于世,问他是否愿意。髑髅深深皱起眉

---

① 褚伯秀:《南华真经义海纂微》卷三十一《在宥》第二辑陈祥道注,《正统道藏》,台北,艺文印书馆1977年版,第20299页。

头:"吾安能弃南面王乐而复为人间之劳乎!"叩问髑髅,已是怪事,枕之而睡,更属超常。而髑髅显于梦境,高谈阔论,自是超自然的荒诞意象。用以揭示生者劳、死者乐则是某些道家的极端观念,绝难成为世人广泛共识的寓言,它只能是表达道家独特生死观的寓意小说。再者,作品的思想均由髑髅和盘托出,别无"比喻寄托"可言,从这方面看,它也没有寓言品格,而属"显示"型寓意小说。

《达生》第七章为齐桓公故事。桓公田猎于泽,忽而见鬼,而问驾车的管仲,他却什么也没看见。桓公由于惊恐,回去就病倒了,"数日不出"。齐国士人皇子告敖说桓公不是为鬼所伤,而是"自伤"。桓公问他是否有鬼,皇子说"有",还一气数出十来种,数到最后说:"泽有委蛇。"桓公问委蛇是何模样,皇子说:大如车轮,长如车辕,紫衣朱冠,厌听雷声,闻雷即"捧其首而立,见之者殆乎霸"。桓公兴奋地笑道:"此寡人之所见者也。"于是整衣理冠"与之坐",当天病就好了。委蛇自是时人幻想的鬼怪,见之殆可称霸更是虚想的荒唐之言,当是桓公称霸以后传闻的造作。全篇寓意并非道家之道,而是宣扬霸主有定,为霸业张目,同时以超现实意象写出桓公渴望成为霸主的精神和心态,不仅全无寓言品格,也并非纯寓意之作,而是寓意与写意(表现人物)相结合的表意小说。林疑独注曰:"'见之者殆乎霸',其言中桓公之心,其疑遂释,而不知病之去也。"①中肯道出作品刻画人物的得力之笔。

三 奇幻式寓意小说

《田子方》由十一章组成,因各章意义"不相关联",有人便谓其"属于杂记体裁"。杂记体应为记述闻见之作,而《庄子》此篇十一章中有九章完整叙事,内容多属有意虚拟,难为"杂记"。本篇第五章写庄子见鲁哀公。虽无神异、玄虚色彩,意象却也离奇荒诞,超越时空的自然规律:鲁哀公死后近百年庄子才出生,作品让这样两个人物会面、对话,自是别具匠

---

① 褚伯秀:《南华真经义海纂微》卷五十九《达生》第二辑林疑独注,《正统道藏》,第20490页。

心的虚造。哀公自夸"鲁多儒士",庄子则谓"鲁少儒",理由是"有其道者未必为其服","为其服者未必知其道"。他建议哀公号令国中:"无此道而为此服者,其罪死!"哀公发出此令五天,"鲁国无敢儒服者,独有一丈夫儒服而立乎公门",哀公问以国事,"千转万变而不穷"。庄子说:"以鲁国而儒者一人耳,可谓多乎?"这是一篇构思新奇的寓意之作。意在讽喻真儒之少,滥竽者多,同时也显出真儒的可贵。这一切都是直接表现,不用比喻,没有任何寓言意味,是地道的寓意小说。其构思之巧首先在于让否定儒学的庄子去见儒学发祥地与发祥期的鲁国之君,哀公时鲁国之儒尚只一人,他时或别国自不必说。成玄英以为"一人"隐"谓孔子",王夫之也说"唯夫子之奔逸绝尘,为能独立于儒门"①。此等颇具意味的联想也是由鲁国和哀公时代引发而出。另一构思技巧是让鲁君发布其不可能发布的奇特的号令,此令一出,真假立见,充分显出寓意小说的表现艺术。

《田子方》第九章写列御寇为伯昏无人表演射箭:拉满弓,置杯水于肘上,箭即一枝接一枝连续发出,犹如象人,杯水不倾。伯昏无人说:"是射之射,非不射之射也。"随即登上高山,步踏险石,使脚的三分之二悬于半空,邀列御寇上前来射。列子伏在地上,汗流至踵。伯昏无人说:"夫至人者,上窥青天,下潜黄泉,挥斥八极,神气不变。今汝怵然有恂目之志,尔于中也殆矣夫!"列御寇的射箭表演已属天开异想,伯昏无人的履险相邀更匪夷所思,都是寓意的荒诞意象。而所寓之意为何?谁也难于说清。关键在于"射之射"与"不射之射"区别何在。成玄英认为前者"仍是有心之射,非忘怀无心"②。吕惠卿以为"不射之射,则所谓纯气必守,非知巧果敢之列"③。陆长庚谓前者"能以巧用,而不以神用也"④。张湛注《列子》云:"射之射"为"虽尽射之理,而不能不以矜物也","不射之射"则

---

① 王夫之:《庄子解》,中华书局1964年版,第180页。
② 郭庆藩:《庄子集释》卷七下《田子方》成玄英疏,第725页。
③ 吕惠卿:《庄子义》卷七《田子方》本章评注,陈任中辑校本,民国二十三年(1934)北京太平书局铅印本。
④ 陆西星:《南华真经副墨》卷之五《田子方》注语,明万历七年(1579)刊本。

"忘其能否,虽不射而同乎射也"①。真是越说越糊涂。其中吕氏之注,原是袭用《庄子·达生》中关尹回答列子之语"是纯气之守,非知巧果敢之列",而列子所问是关于"至人"何以能"潜行不窒,蹈火不热,行乎万物之上而不慄"等虚幻之事。由此可见"不射之射"也是同样玄虚难解。其实,本章寓意乃在道术缥缈的玄想,缺乏寓言题旨的明晰性、实在性和通俗性,既难于意会,更无法言传,文体只能是耐人寻味的寓意小说,而非明白如话的寓言。

《养生主》第二章写道:

> 庖丁为文惠君解牛,手之所触,肩之所倚,足之所履,膝之所踦,砉然响然,奏刀騞然,莫不中音,合于《桑林》之舞,乃中《经首》之会。文惠君曰"嘻,善哉!技盖至此乎?"庖丁释刀对曰:"臣所好者道也,进乎技矣。始臣之解牛之时,所见无非全牛者;三年之后,未尝见全牛也。方今之时,臣以神遇而不以目视,官知止而神欲行;依乎天理,批大郤,导大窾,因其固然,技经肯綮之未尝,而况大軱乎?良庖岁更刀,割也;族庖月更刀,折也。今臣之刀十九年矣,所解数千牛矣,而刀刃若新发于硎。彼节者有间,而刀刃者无厚,以无厚入有间,恢恢乎其于游刃必有余地矣。是以十九年而刀刃若新发于硎。虽然,每至于族,吾见其难为,怵然为戒,视为止,行为迟,动刀甚微,謋然已解,如土委地,提刀而立,为之四顾,为之踌躇满志,善刀而藏之。"文惠君曰:"善哉!吾闻庖丁之言,得养生焉。"

如此美妙的解牛,人的技艺永远无法达到,也是奇幻的超自然意象。其寓意自然是道家一切顺乎自然的养生经。然而,如果除去篇题和文惠君结尾所言的"得养生焉",恐怕很少有人会将解牛情境与养生之道联系在一起。解牛意象给人的明显寓示,首先在于熟悉客观——牛的结构和解牛的规律,依规律行事最为省力,事半功倍;其次是功到自然成,须经三年,而后才能目无全牛;再次是艺高也须谨慎,每至"难为,怵然为戒"。就是

---

① 杨伯峻:《列子集释》卷二张湛注,上海龙门联合书局1958年版,第32页。

说,意象本身的寓意颇多,而以道家之道养生则隐晦不明,定要费词点出,让人循此路径深长思之,才可达到豁然而解。这与寓言寓意的单纯性、鲜明性大相龃龉。西方和中国那些被公认的寓言,寓意一目了然,倘被作者在结构之外特别点明(如《伊索寓言》),反倒令人有蛇足之感。而寓意小说虽可明白易懂,更提倡蕴藉含蓄,晦涩难解也时有所见。像庖丁解牛之类的作品无疑应属寓意小说。

《德充符》首章即为叙事,写鲁国有个被砍去脚的王骀,跟他求学的人数与孔子之徒不相上下。孔门弟子常季问孔子:王骀"立不教,坐不议",弟子们却能"虚而往,实而归",果有"不言之教"否?他是怎样的人呢?孔子称骀为"圣人",说自己也要以他为师,并要引导普天下人都跟他学。常季又问其用心,孔子说,死生之大、"天地覆坠"都不能变易其心,他是守着物化的根本,"游心乎德之和",把失脚只看作失去一块泥土而已。此文围绕《德充符》篇"遗形弃知,以德实之验"的主题虚造意象[①]。其所谓"德",不同于儒家和世俗之所谓"德",而是"真能外形骸,丧耳目,独以守宗保始为事者"[②],实际就是道家的道心。为了强调道心的力量,把老子说的"行不言之教"加以神化和神秘化,使"不教""不议"而具道心的断足人王骀从者如流,与孔子"中分鲁",从而造成甚为玄虚的奇幻意象。而作品的寓意,非但不被广泛认同,也不易被人理解,与寓言的明晰品格、通俗功能大相抵牾,当是道家渲染道心伟力的寓意小说。

《庚桑楚》首章载,老聃弟子庚桑楚独得老子之道,居于畏垒之山,仆人炫耀聪明者被他辞去,侍妾标举仁爱者被他疏远,纯朴者与之同居,勤劳者留下使役。住了三年,畏垒丰收,百姓议他近乎圣人,欲立为主。庚桑子得悉很不高兴,说被人关注并被当作贤人来敬奉有违"老聃之言"。弟子说尧舜也是这样,劝他顺从百姓之意。庚桑楚却说:尧舜"又何足以称扬",他们"举贤则民相轧,任知则民相盗","大乱之本必生于尧舜之间","千世之后其必有人与人相食者也!"如此《庚桑楚》,即《史记》之谓

---

① 陆德明:《经典释文》卷二十六《庄子音义》上《德充符》引崔譔语。
② 陆西星:《南华真经副墨》卷之二《德充符》篇首注语。

《亢桑子》者。司马迁谓其"空语无事实"①,当指空幻的玄虚笔墨。庚桑子居于畏垒,绝仁去知,三年行老子之道,"处无为之事"②,其地即可丰收,以致百姓欲举之为主。其间虽无鬼神迷信,也带有超自然的奇幻力量,实为道家理想使然。庚桑之玄、畏垒之虚,都是超现实的荒诞意象,用以否定儒家崇奉的尧舜举贤任知之道,反衬道家的"无为而治"。而诋毁尧舜不得人心,否定举贤任知则违逆贤哲与民众的良知与共识,可见作品绝非寓言,只是崇道一家言的寓意小说。再者,作品的寓意均由庚桑子的言行呈现给读者,别无寄托,也与"言在此而意在彼"的寓言了不相涉。

《盗跖》首章写孔子见盗跖事,约一千八百字,是《庄子》叙事的最长作品。写盗跖之后,还有写子张、无足两章,而马叙伦据郭象于首章之末注有"此篇"字样与《渔父》之注相同,证其原本独立成篇,"其后子张、无足两章盖为别一篇之辞,亡其篇首,遂缀于《盗跖》之末"③。这里还可补充一证:叙盗跖之文有两个"恒"字均照写不避,而子张故事中即改田恒为田常,焦竑谓其"避汉文帝讳"④,这就表明两者并非一人一时所作,后者作于或抄于文帝之时或之后⑤。若然,则《盗跖》与《说剑》《渔父》一样,不仅全无作者议论,在形式上也与其他叙事毫无关联,原是自成一篇的作品。

再看内容。孔子与友人柳下季相遇,责备这位名贤对其胞弟柳下跖疏于教诲,说自己要去见盗跖,说服他改邪归正。柳氏劝他不要去自讨其辱。孔子不听,带了颜回、子贡径奔盗跖休兵的"太山之阳",求见盗跖。"盗跖闻之大怒,目如明星,发上指冠",谓孔子为"擅生是非"的"巧伪人","罪大极重"。要他赶快离开,否则将杀以充膳。孔子又以其兄柳下季之友请见,盗跖才"案(按)剑瞋目"而见。听了孔子的一番恭维和开导之后,长言斥之,说上古"耕而食,织而衣,无有相害之心",乃"至德之

---

① 《史记》卷六十三《老子韩非列传》,第2144页。
② 《老子道德经》上篇第二章,《百子全书》,第4413页。
③ 马叙伦:《庄子义证·自序》,民国十九年(1930)上海商务印书馆铅印本。
④ 焦竑:《焦氏笔乘》卷二《外篇杂篇多假托》,《金陵丛书》,民国四年(1915)上元蒋氏慎修书屋铅印本。
⑤ 先秦典籍多经汉代学者传抄、整理,避汉帝之讳不足为怪,不能以此论证其产生于汉代。

隆",而自黄帝与蚩尤争战,"流血百里",而后尧、舜、禹、汤、文、武、比干、伯夷、叔齐……凡被孔子推崇的圣王贤士,非"以强陵弱,以众暴寡",即反其情性,危害自己,连受教于孔子的子路也遭杀身之祸;说人生就是为了养生和悦志,"不能说(悦)其志意、养其寿命者,皆非通道者也"。最后总而言之:"丘之所言,皆吾之所弃。"命其"走归,无复言之"。孔子急忙上车,"执辔三失,目芒然无见,色若死灰",见到柳下季,说自己简直是"无病而自灸","料虎头,编虎须,几不免虎口哉!"这自然是借盗跖之口大诋孔子,大贬儒家之道。如此一个学派对另一学派的直接攻击,全无比喻寄托,与寓言是不相干的,非但不被普遍认同,还遭到历代儒士的指斥和批驳,谓其"直斥谩骂"①,若"妒妇詈市,瘈犬狂吠之恶声"②。我们至今还称此篇为"寓言",实在是历史惯性造成的文体错位。

　　这里要特别说明两点。其一,孔子是春秋末期鲁襄公至哀公时人,柳下季即展禽,"鲁大夫展无骇之后,柳下惠也"③,据《国语》《左传》所载,生当春秋前期鲁庄公、僖公之时,"至孔子生八十余年,若至子路之死百五六十岁"④,两人何得为友(至于让死于子路之前的颜渊在子路死后还随侍孔子,也颇滑稽,而比之前者,乃是小巫,自可不论)?其二,柳下季不姓柳或柳下,"氏展名获字禽,柳下是其所食之邑名"⑤,盗跖与展禽全无同姓兄弟瓜葛。盗跖的活动时代无明确记载,或谓"黄帝时大盗",或谓"秦大盗",所以俞樾说"孔子与柳下惠不同时,柳下惠与盗跖亦不同时"⑥。作品不仅出于虚构,而且别出心裁,将时代不同的人物拼合在一起,造成奇幻的意象形态,以表现所要表现的思想主题,讽喻孔子与儒学经义,此与《田子方》第五则庄子见鲁哀公为同类结构,是对寓意小说荒诞意象的大胆创造。现代作家把东汉桓帝时的卖药隐士与宋代西门庆拉在一起创作的《韩康的药店》,让孔夫子在国难当头之际逃进桃花源的《洞天》,以

---

① 姚际恒:《古今伪书考·庄子》,民国十八年(1929)北平景山书社铅印,第54页。
② 王夫之:《庄子解》,第196页。
③ 《国语》卷四《鲁语》上韦昭注,第54页。
④ 陆德明:《经典释文》卷二十八《庄子音义》下《盗跖》注。
⑤ 《春秋左传正义》卷十六孔颖达"正义",载《十三经注疏》,第1821页。
⑥ 郭庆藩:《庄子集释》卷九下《盗跖》俞樾注,第990页。

及使马克思与孔子对话的《马克斯进文庙》等,艺术构思皆师承《庄子》的《盗跖》和《田子方》。我们承认这些作品为现代寓意小说,也就不能不承认《盗跖》等作在古代寓意小说中的开拓地位。

四 夸诞式寓意小说

《庄子》故事中有些人事不是人力达不到的,而是社会的正常人不去做的,这种意象虽不超越现实的自然性,却超出现实的社会性,构成变态型寓意之作。其中以夸诞式较为常见,最突出的就是《说剑》。

《说剑》,被多位学者论为伪作。不仅不是庄子所作,也非道家之笔,而属战国策士所为,"祇似战国陈轸、犀首辈之言"[①]。但这与我们辨析《庄子》中的叙事文体并无妨碍。《说剑》写战国之赵惠文王爱好剑术而极尽夸张:养剑士三千余人,"日夜相击于前",三年而"国衰",太子赵悝"患之",请庄周说服文王。庄周却聘金,治剑服,见王不拜,告以比剑。文王便令剑士比试七天,选出五六人"奉剑于殿下"。庄子却不比剑,而说他有三种剑,"唯王所用",即天子剑、诸侯剑和庶人剑。前者以各国为锋、锷、剑身,"包以四夷,裹以四时,绕以渤海,带以常山",此剑一用,"天下服矣";中者以智勇士、清廉士、贤良士、忠圣士、豪杰士为锋、锷、剑身,"上法圆天以顺三光,下法方地以顺四时,中和民意以安四乡",此剑一用,国中"无不宾服";后者——庶人之剑,不过"上斩颈领,下决肝肺","无异于斗鸡"。最后说:"大王有天子之位,而好庶人之剑,臣窃为大王薄之。"从而说服了赵惠文王,使其三月不出宫,剑士全都"服毙其处"。如此夸诞、玄虚之事,自然是现实中不存在的,且与庄周的思想大相悖谬。作品是以变态意象构成寓意品格,鞭策国君树立争天下、图霸业的雄心大志。褚伯秀谓"《说剑》一篇,辞雄旨微,铿鎝千载"[②],独具见地。但它显

---

① 谭元春:《庄子南华真经》,转引自张心征《伪书通考》,上海书店出版社1998年版,第716页。

② 褚伯秀:《南华真经义海纂微》卷九十七《说剑》末《褚氏统论》,《正统道藏》,第20747页。

然不是寓言,因为作品的思想都被人物的行动和语言和盘托出,全无言外的比喻寄托。主要人物庄子和赵惠文王不仅实有其人,还活动于同一历史时期,从而又有贴近现实的一面,与寓言品格亦不相侔。它是一篇篇幅较长,情节曲折又独立成篇的地道的夸诞式寓意小说。

《天地》第十一章载,子贡南游于楚,返回晋国,路过汉阴,见一老丈在园中凿隧道入井,抱瓮取水灌菜畦,用力甚多而收效甚微。子贡告诉他,有一种机械叫桔槔,后重前轻,俯仰省力,一天能灌百畦,事半而功倍。老者听了,"忿然作色而笑曰:'吾闻之吾师,有机械者必有机事,有机事者必有机心。机心存于胸中,则纯白不备;纯白不备,则神生不定;神生不定者,道之所不载也。吾非不知,羞而不为也。'"后知子贡是"孔丘之徒",又予以嘲讽,说他自身尚不能治,"何暇治天下"?子贡惭愧,茫然若失,走了三十里才缓过神来,对弟子夸赞老者是不顾天下毁誉的"全德之人",而自己则是随波逐流者。拒绝使用桔槔灌园乃是笑话,挖隧道取井水更不可思议。作品倘以如此夸诞意象讽喻抱残守缺,不思进取,自是为人共识的寓言。但它不仅系于真人子贡之所遇,还让子贡对他大加赞赏,将他奉为载道的高人,而贬损自己,从而造成另一种夸诞变态,使整体意象复杂化。子贡"利口巧辞",机敏善辩,是孔门有名的外交家,又投机经商,"与时转货赀",致"家累千金"①。让这样极富心计之人由衷赞美极端守旧的老丈对"机心"的可笑议论,自是反常的生活变态。全篇寓意不仅否定儒家入世的观念与作为,还笼统地否定由机巧推进的技术进步,不仅"试图借那位"老丈"来宣传道家反对技术革新的观点"②,同时也借助子贡的言语和形象为这种道家之道张目,非但不为社会认可,还屡被后人反诘和讥评。王安石的一首诗说得最为中肯:"赐也能言未始真,误将心许汉阴人。桔槔俯仰妨何事?抱瓮区区老此身。"③把拒绝使用桔槔的抱瓮老圃立为体现主旨的正面形象,谬加赞许,不可能成为世人共识的寓言,而是宣道的寓意小说。

---

① 《史记》卷六十七《仲尼弟子列传》,第2195、2201页。
② 孙中原:《墨子及其后学》,新华出版社1991年版,第27页。
③ 王安石:《临川先生文集》卷第三十《赐也》,中华书局1959年版,第338页。

再看《秋水》中的两章:

> 庄子钓于濮水,楚王使大夫二人往先焉,曰:"愿以境内累矣。"庄子持竿不顾,曰:"吾闻楚有神龟,死已三千岁矣。王以巾笥而藏之庙堂之上。此龟者,宁其死为留骨而贵乎?宁其生而曳尾于涂中乎?"二大夫曰:"宁生而曳尾涂中。"庄子曰:"往矣!吾将曳尾于涂中。"

> 惠子相梁,庄子往见之。或谓惠子曰:"庄子来,欲代子相。"于是惠子恐,搜于国中,三日三夜。庄子往见之,曰:"南方有鸟,其名为鹓鶵,子知之乎?夫鹓鶵发于南海,而飞于北海,非梧桐不止,非练实不食,非醴泉不饮。于是鸱得腐鼠,鹓鶵过之,仰而视之曰:'嚇!'今子欲以子之梁国而嚇我邪?"

这是两篇构思精巧的微型表意小说。庄子只做过漆园吏,"对世故有极深的洞察,对人生有极深的体验,但他绝无韬略,也无权术"①,倘然生前有些名声,也是由于他那以"无为"治天下的骇俗之道和极端鄙薄王侯的孤傲性情,"故自王公大人不能器之"②。被聘于楚王,见搜于惠施等事皆属作者有意虚造。两者笔法极尽夸诞,有悖常理,以表现庄子其人并从而寓意。前者仿文王聘太公于渭滨之事,而庄子之答出语惊人,人物品格与作品主旨一并凸现,是写意又兼寓意的小说。惠子即惠施,与庄子同时而略早,虽生于宋,却长期从政于魏。《庄子》中有关惠施与庄周交往的记述或多属后人虚拟,谓惠施怕庄周夺其相位,"搜于国中,三日三夜",更是荒诞。有人以此证明惠施当时"还不了解庄子的为人",是把虚造当成了实事。其实,了解其为人不会搜,不了解其为人也不会搜,以惠施的政治智慧与本领怎会畏惧一个他"不了解"的人以至到处搜寻呢?夸诞是显而易见的,所以历来认它为"寓言"。但它写的是两个同时代的真实人物,以至被人认假为真,可见不具寓言品格。与前者一样,也是写意与寓

---

① 崔大华:《庄学研究》,第 14 页。
② 《史记》卷六十三《老子韩非列传》,第 2144 页。

意相结合的小说,既表现了庄周的人格,又显示了道家的清高。庄周关于鹓鶵与腐鼠的精彩譬论将其观念与品格同时推向崇高境地,遂成文学的千古绝唱。还应指出,两章的庄子言语均用比喻,虽甚精辟,却只构成局部意象,全文思想则是直接显示给读者,言在此,意也在此。从这方面看,也不是寓言,而是包含寓言的寓意小说。

《大宗师》第五章写子祀、子舆、子犁、子来四人为友,而其为友的前提条件竟是各人都能"以无为首,以生为脊,以死为尻","知死生存亡之一体",生不喜死亦不哀。后来子舆得病,"曲偻发背",不成模样,子祀去看他,他还赞美造物的伟大:竟把自己变成那种样子。说他对此毫不嫌恶,死后无论成为何物,都随时而化,安之若素。不久子来也生了病,"喘喘然将死,其妻子环而泣之"。子犁去看他,斥其妻子,倚门与语,赞扬造化。子来说:"大块载我以形,劳我以生,佚我以老,息我以死",如"大冶铸金","以天地为大炉",我随造化所需,去哪里都行。对死亡如此旷达,正是道家的生死观。但能达到如此境界,对崇道者也非易事,而是以夸诞之笔有意造作的超现实的理想之境。题旨都由形象显示给读者,别无寓意,自然不是寓言品格。它展示人在病中或死前的状况,也有令人凄楚的一面,意蕴既不单纯,更非人之共识,由此也不能视为寓言,而是夸诞变态的寓意小说。本篇下章写子桑户、孟子反、子琴张三人为"莫逆"之交:"相与于无相与,相为于无相为","登天游雾,挠挑无极,相忘以生,无所终穷"。这种相交本身就带有道家对生与死看法的神秘感。后子桑户死,孔子使子贡往吊,见孟子反等人不但不哀,反在那里"或编曲、或鼓琴,相和而歌",谓桑户"已反其真"。这种乐观与旷达也是建立在死即反真的认识之上,故其歌词以"我犹为人"为憾事。生死观念与前章或有差异,而夸诞意象的超现实性及其寓意不被广泛认同是一样的。写入真人孔子与子贡有关此事的对话,虚中有实,也是寓意小说的一种形态。以上两章均写朋友之死,而《至乐》第二章写"庄子妻死",庄子非但不悲,还"鼓盆而歌",其远离社会常态更进一步。故而往吊的惠施批评庄子"不亦甚乎?"庄子说:她本来"无生",后来变化而生,"今又变而之死",如春夏秋冬随时而化,如今躺在天地的大房子里,得以安息,我反倒哭哭啼啼,未免太不通达生命之理。然而庄子力主"齐物","所谓齐者,生时安生,死时安死"①,不需为死悲戚,也不必为死乐庆,妻死何能"鼓盆而歌"? 其实,本章大约是庄子后学据上面《大宗师》两章生发而作,以夸诞之笔张大庄子的生死观念和特异个性,是将寓意与写意融为一体的表意小说。

《天地》第六章写尧到华地游观,守边人"请祝圣人":一祝其寿,再祝其富,三祝"多男子"。尧一概"辞"之,理由是"多男子则多惧,富则多事,寿则多辱",三者"非所以养德"。祝者反驳说:"多男子而受之职,则何惧之有? 富而使人分之,则何事之有?"至于长寿,圣人"鹑居而鷇食,鸟行而无彰。天下有道,则与物皆昌;天下无道,则修德就闲;千岁厌世,去而上仙,乘彼白云,至于帝乡。三患莫至,身常无殃,则何辱之有?"尧被传为治天下的圣君,三拒华人祝福,"舍有趋无"而向道,甚乖世情。"千岁厌世,去而上仙"等语出自守边百姓之口,更为反常。"道"话联翩,意象虚妄,夸诞变态是显见的。而寻其寓意,先以华人三祝显示尧的道心,所谓"封人所祝,世俗所贵,尧不惑而辞之"②;而后华人所作的反驳,则从另一高度发明道意,将道家思想宣示得更为充分、透彻,也更理想化,带有后期道家向往成仙的色彩。这种颇费匠心的结构,尽寓思想于意象之中,并无另外的比喻寄托;宣示的也只是道家的人生哲理,不是人所公认的常识。无论从哪方面说,它都不是寓言,而是一篇寓意小说。

五 假实式寓意小说

假实小说的意象形态介乎拟实与荒诞之间:邻近拟实,又不尽合理,与现实有距离感;造作醒目,却不涉虚妄,思想明显大于形象。题旨不在显示特定的人物与人生,而在假借类乎人事的意象结构彰显作者的意念

---

① 郭庆藩:《庄子集释》卷六《至乐》郭象注,第3册,第619页。
② 褚伯秀:《南华真经义海纂微》卷三十六《天地》第三辑陈景元注,《正统道藏》,第20333页。按:此语应出陈景元《南华真经章句音义》卷八《天地》之《圣人不惑》目下,而查此书道藏本和指海本第八卷均于"《在宥》十七"之后径接"《至乐》二十二",漏掉《天地》《天道》《天运》《秋水》四篇。

与哲理。其外观只有近实的假象,故称假实,而实属寓意。

《庄子》中假实式寓意小说首推《渔父》。孔子与弟子在林中杏坛读书弦歌,忽来貌似渔父者,先向子路、子贡询问,随即觌面指斥孔子非君非臣而"擅饰礼乐,选人伦,以化齐民"是太"多事"了。如此言行虽非荒诞,却也突兀与莫名,与生活常态颇有距离。其人言谈不像渔父,也不像隐士,更像传道的寓意符号。孔子谦恭求教:"丘再逐于鲁,削迹于卫,伐树于宋,围于陈蔡。丘不知所失,而离(罹)此四谤者何也?"这是孔子的现实遭遇和难解的心结。而渔父将他比作以快跑来逃避身影的愚人,"绝力而死"也逃不掉;要他抛开世俗的"仁义","谨修而身,慎守其真",回归自然,以释"所累"。孔子听了渔父的高论,"再拜而起",动问居址,意欲"受业"而"学大道"。渔父却以他"不可与往","刺船而去"。全文用一千六七百字描述这一邻近拟实的生活场面,独立而完整,不合于寓言的荒诞品格。作品的思想意涵也并不单纯,而是相当复杂多面。其贬抑孔子,抑儒扬道,反对积极入世,提倡消极避世,是全文的主导思想。而渔父指责孔子重在"多事",不是简单否定其儒学。他肯定孔子"仁则仁矣",只"恐不免其身",与否定"仁义"本身大有分别。渔父认为,天子、国君、大夫、庶民应各司其职,也各有所忧,孔子之忧乃是前三类治国治民者之所当忧。这与道家的"无为而治"也不尽同,有其合理的一面。他倡言"法天贵真,不拘于俗",不拘于礼,"事亲则慈孝,事君则忠贞,饮酒则欢乐,处丧则悲哀",与儒教只差一个"礼"字,已属大同而小异,加之对孔子谦恭向道的渲染,是儒的成分也颇可观。如此复杂的意涵既得不少学者的赞赏,甚而因此谓庄子为"神人"[①],同时又被另一些学者否定,宋代苏轼承太史公之意,谓此篇"若真诋孔子者"[②],王夫之甚至将它与《盗跖》并斥为"妒妇詈市"。此与寓意单纯又广被认同的寓言品格相去悬殊。另外,其抑儒扬道的主导思想全由人物言行显示出来,毫无"比喻寄托"的寓言性,应是一

---

① 吕惠卿《庄子义》卷十《渔父》后注:"观后世得孔子之迹者,而考其所为,则庄子之言千载之下犹亲见之,得不谓之神人乎?"按:此书吕注辑自褚氏《华南真经义海纂微》,而所引之言《纂微》道藏本与《四库全书》本有异,后者无"人乎"二字。

② 苏轼:《苏东坡全集》前集卷三十二《庄子祠堂记》,中国书店 1986 年影印本,第 392 页。

篇受了儒家影响又主张消极避世的寓意小说。

《德充符》第二章写兀者申徒嘉与执政子产的矛盾与争竞。两人"同师于伯昏无人",而子产羞与刖者并行,乃与申徒嘉相约"我先出则子止,子先出则我止",并责备他不避执政。申徒嘉曰:"先生之门固有执政焉如此哉!"说自己从夫子伯昏十九年,从未感到是个少足者,"今子与我游于形骸之内,而子索我于形骸之外,不亦过乎!"说得子产惶愧无地,"改容更貌"。这个故事虽并不明显地违反生活逻辑,但贤者子产蔑视刖足同学并形诸言语则显系造作,伯昏也被理想化了,不但是史无其事的虚拟,且是意象假实的虚拟。子产和伯昏的设计都是道家寓意的需要,强调"离形",注重内质的"道"与"德"。但作品不仅利用真实历史人物子产为批评对象,还采用邻近现实的非荒诞意象显示主旨,则与寓言格格不入。作品的思想与《渔父》一样,全由人物言行显现,无关寄托,当是显示型寓意小说。本篇下章写鲁之兀者叔山无趾"踵见仲尼"以求学,主张"有教无类"的孔子却责备他"不谨","犯患若是",遭到无趾反驳,孔子急忙道歉。其意象形态和寓意主旨与前章同属一类,只是将子产易为孔子,也是一篇昭示道家离形体、弃声名、推重道心的寓意小说。

《山木》首章载,"庄子行于山中",见有大木,却不为伐木者所取,问其原因,才知那大木"无所可用";出山宿朋友家,朋友命仆杀雁"烹之",说要杀那只"不能鸣者"。第二天,弟子问庄子:面对无用之木不被砍伐而不鸣之雁却被杀掉,"先生将何处?"庄子笑曰:"周将处乎材与不材之间。"随后又说,这也"未免乎累",如果秉持自然之道,无誉无毁,"与时俱化",什么祸患都不存在了,"此神农、黄帝之法则也"。前面所遇的两件事看似可能,实则不为展示那种世事与人生,而是为庄子的抉择和宣道所设,拟实是假,寓意是真。两件事都显出对人生的某种警示,但互相矛盾,将两者放在一起又抵消了各自的寓意,致使庄子的选择处于两者之间。最后连这种选择也否定了,把主旨落实于不求毁誉的自然之道,从而成为传道的寓意小说。前面的意象均为铺垫。无论近实的意象,还是意蕴的消长、转移,都与寓言的荒诞、单纯、明晰不相吻合;以庄子之口直言其道,别无比喻之意,更与寓言意象不相关涉。

《田子方》首章写"田子方侍坐魏文侯"。子方数次称赞谿工,致使文侯以为谿工是他的老师,后来知道田的老师是东郭顺子,便问他为何不称其师。田子方说"其为人也真,人貌而天虚,缘而葆真,清而容物",如此契合自然的真人、高人,自己不配称颂他。田子方走后,魏文侯颇感自失,"终日不言",后对臣子说:"始吾以圣知之言、仁义之行为至矣",而闻子方之师,"吾所学者直土梗耳。夫魏真为我累耳!"此文看似顺乎人情物理,实则夸大了魏文侯对道家的崇拜,也夸大了道的力量。田子方谈东郭顺子的话,不会使这位君侯终日若失,更不会觉得魏国是他的妨碍。此种假实意象不过是否定"圣知""仁义",抬高"天虚""葆真"的符号和载体,也是正面贬儒褒道的寓意之作,不同于借此喻彼的寓言。又者,魏文侯享国五十年,被称为战国时期最贤"世主"①,以"好学"②、礼贤著称于世,卜商、段干木、田子方皆其师友。本章魏文侯受田子方言语启迪,虽属假实意象,亦有近真之嫌。从这方面看,也不类寓言,而是寓意小说。

此篇第八章写周文王在渭水臧地遇一垂钓而又无意钓鱼的老丈。文王欲请他来授以国政,又恐大臣和族人不安,便对大夫们谎称他做了个梦,见一长者"黑色而顊,乘驳马,而偏朱蹄",告他:"寓而政于臧丈人,庶几乎民有瘳乎!"大夫们惊呼为"先君王也!"文王还欲占卜,众大夫都说"先君之命",无须再卜。于是"迎臧丈人,而授之政"。三年,国即大治,文王"以为大(太)师"。文王问他能否将其善政"及于天下",丈人含糊不答,"朝令而夜遁,终身无闻"。这应该是根据周文王迎请太公吕尚的传说改造而成。《史记·齐太公世家》记曰:

> 吕尚盖尝穷困,年老矣,以渔钓奸(干)周西伯。西伯将出猎,卜之,曰:"所获非龙非彲,非虎非罴,所获霸王之辅。"于是周西伯猎,果遇太公于渭之阳,与语大说,曰:"自吾先君太公曰:'当有圣人适周,周以兴。'子真是邪?吾太公望子久矣。"故号之曰"太公望",载

---

① 《战国策》卷二十二《魏文侯与田子方饮酒而称乐》鲍彪注:"周衰,世主无如魏文侯之贤者。"

② 《史记》卷一百二十一《儒林列传》:"是时,独魏文公好学。"

与俱归,立为师。

随后又以"或曰"记吕尚事周的别种传闻,并说:"言吕尚所以事周虽异,然要之为文、武师。"这充分表明,上述记载乃是传说。《庄子》所改造者虽不一定与之尽同,却仍可见两者的联系。注家也指出"此一节寓言文王用太公之事"[①]。如果说文王伪托做梦尚有合于逻辑的情理可寻,那么,臧丈人在使周大治之后忽然离去,"终身无闻",就不可思议,而是一种假实的造作。其用心或在显示老子之谓"功遂身退天之道"[②],与庄子的"无为"之论并不契合,然毕竟落实于退隐,背于儒家的积极入世。大概由于与世人皆知的吕尚辅佐武王伐纣并终身事周反差太大,不得不隐去姓名,改用臧丈人。但太公事周终生世人尽知,本章变换称谓,改作隐退,"把太公事"用来"妆撰别个话头"[③],非但没有成为普遍认同的寓言,反倒造成令人费解的神秘结尾,致使"功成身退"的寓意十分乏力,且与前面以钓干进互相抵牾。作品较有意味的形象是文王谎称做梦的情节,其所显示的政治权谋和思想意蕴,并无寓言的比喻意义,也冲淡了"功成身退"的主题。全文是将传说改造得并不成功的寓意小说。

《徐无鬼》首章写山林隐士徐无鬼"因女商见魏武侯",以谈论相狗术和相马术引武侯大笑,"劳"其君主。在徐无鬼看来,武侯如果"盈耆欲,长好恶",性命之质就要受损;如果去除嗜欲与好恶,"则耳目病矣",所以需要无鬼这样的慰劳。事后女商说他平时对武侯讲论的尽是诗、书、礼、乐等儒学和《金板》《六弢》等兵法,而武侯从未笑过。"今先生何以说(悦)吾君,使吾君说若此乎?"徐无鬼答,君主离开日常的事物和话题太长久、太遥远了,听到他的家常话就如久处荒山之人忽然听到脚步声,"跫然而喜"。作品将这次会面和谈话安排得十分紧凑,环环相扣,好像合于生活逻辑。而隐士徐无鬼无端跑来"劳"君,就令人莫名,显出一种蓄意的造作。此等"劳君"假象恰可表达道家对困于权力牢笼的君主们的独

---

① 褚伯秀:《南华真经义海纂微》卷六十五《田子方》第三首章末辑林疑独注,《正统道藏》,第 20532 页。
② 《老子道德经》上篇第九章,载《百子全书》,第 4416 页。
③ 林希逸:《庄子口义》卷二十二第十三,台北,弘道文化事业有限公司 1971 年影印本。

特认识:他们对嗜欲无论追求与去除,都是病态;争天下、治天下、保天下更使他们终日陷于儒术与兵法之中难于自拔。这种没有精神"自由"的状态才需要徐无鬼式的慰劳与舒解。下章仍写徐无鬼"劳"魏武侯。武侯以为他是"欲干酒肉之味",他却说是来"劳君之神与形"的,谓人生在世,"天地之养也一",居高"不可以为长",居下不可以为短","独为万乘之主,以苦一国之民,以养耳目鼻口",精神就经常处于病态,故需"劳之"。这对君主精神病态的指斥又深入一层。而后针对武侯的"爱民""偃兵"之谈,指出"爱民"乃"害民之始","偃兵"即"造兵之本",只有"修胸中之诚,以应天地之情",实行无为的自然之道,才能使民摆脱苦难。两章的主旨,无论贬君主、寓道义,都明明白白地形之于言,全无"言在此而意在彼"的特征,更不是人所公认的常识,所以也都不是寓言,而是早期寓意小说。

《则阳》第四章写戴晋人说服魏王事。魏惠王与齐威王原有盟约,后者背约,惠王一怒之下想使人刺杀威王。将军公孙衍"闻而耻之",请带兵攻打齐国。魏臣季子反对,说公孙衍是"乱人",其言"不可听"。华子"闻而丑之",说"善言伐齐者乱人也,善言勿伐者亦乱人也,谓伐之与不伐乱人也者又乱人也"。魏王无所适从,惠施便引见戴晋人。戴氏以蜗牛角上建立的两个国家的争战比喻魏齐之争,使魏王若有所失,对戴钦佩之至,谓"圣人不足以当之"。惠施更说在戴晋人面前,尧舜是不足称道的。历史上齐与魏有过多次争战,也有过短暂的联合。齐曾因魏背约险些杀掉在齐为质的董庆。① 本章所写之约,成玄英谓"在齐威二十六年,魏惠八年"②,而作品内容大都是悖理的假实意象:华子怎会谓三种人都是"乱人"? 戴氏以蜗牛之论说服魏王,享誉何能超过圣人? 惠施贬损尧舜之语更属无稽。诸如此类,都是抬高道家高人、宣示道学观念而造的寓意符号。但其中人物,多用真人姓名,所造的两国纷争也有类乎战国实际的一面,与寓言的荒诞形态迥异。借高贤戴晋人矮化列国之争、贬低先圣尧舜

---

① 参见《战国策》卷二十二《齐魏约而伐楚》,上海古籍出版社1985年版,第796页。
② 郭庆藩:《庄子集释》卷八下《则阳》成玄英疏,第888页。

等寓意并不单纯,更非社会人之共识,又由人物之口正面说出,毫不隐晦,与寓言品格大异其趣,是包含了"蜗角之争"寓言的寓意小说。

本篇下章写"孔子之楚",住在蚁丘卖浆家。邻家的主仆都登上高处,子路不明其故。孔子臆测当是隐于民间的圣人之辈,不愿见孔子,很可能是市南宜僚。子路想去请他。孔子说:他怕我向楚王推荐,召他出山,又"以丘为佞人",怎么会来见我?子路往视,那屋子果然空无一人。除去此篇,《庄子》还在《山木》《徐无鬼》中两次出现市南宜僚。后者与孙叔敖、孔子并出,时代错乱,姑且不论。《山木》中的宜僚见鲁侯,劝其"去国捐俗","游于无人之野",是个虚拟的道家人物,与本则宜僚若合符契。道家的隐者不愿见孔子,不难理解,而怕孔子向楚王举荐就全家逃离则是作者的匠意造作;孔子一切先知,亦与拟实形态相左,视为表意的假实意象则均可不计。作品通过宜僚的清高避世与孔子的入世奔忙形成比照,但这一切又是从孔子口中说出,从而削弱了对于两者的褒贬色彩,缺乏寓言思想的单纯性与鲜明性,更无社会共识可言,归之寓意小说便没有这些拘泥。再者,这里的褒贬倾向、所寓之意都由意象直接呈现,全无寓言笔法,也应属于寓意小说。

六 余论

《庄子》中的寓意小说不止这些,这里只是辨其大略。此外,还有少量拟实小说,诸如《秋水》篇孔子游匡被围、《达生》篇孔子观于吕梁之类,均合人情事理与现实逻辑,不能谓之寓言或寓意小说。本文未涉及全由故事组成的《让王》,因为它很可能不是《庄子》作者们的造作,多是与道家思想相关的传说的集合。另外,书中有些章节以对话形式大发道家之论(如《大宗师》第六章孔子答颜回问话之类),只是变换一种议论的形式,并不构成形象和意趣,不能视为小说或别种文学作品。

宣道的《庄子》何以创作如此多的早期寓意小说?究其原因,首先是战国时期思想、学术与文章都很开放,写作不拘一格的产物。当时,除编年史书,还未形成较为固定的文体规格,各家以其自以为有效的文章形式著书立说,从而造成各自不同的文体风貌。但在这个大背景下,别家子书并没有如此众多的寓言和寓意小说。《庄子》何以独多创造?这除了庄子及其追随者的个人文学才能之外,还有一种特别的共同因素,即道家学理的玄虚性、思辨性和唯心成分,所谓"老庄,极道之玄者也"①,用直白的语言难说清楚。所以太史公说:"老子所贵道,虚无,因应变化于无为,故著书辞称微妙难识。"②《庄子》的作者们各崇道学,用虚造的意象寓示玄虚、思辨的难解之道,光怪陆离、多姿多彩的寓意故事便应运而生,从而使其不仅成为先秦诸子中文学性最强的一部奇书,还创造了多种寓意文体,除了寓言、寓意小品,还推出寓意小说的多种体式。尽管《庄子》中的某些论议艰涩难懂,但大量的寓意故事却好懂得多。形象是常绿的生命之树,小说形象更具思想的多义性,从而大大丰富了《庄子》的义涵和文学价值。

以今之衡文标准来看,《庄子》实在是各篇各章很不统一的文体杂烩,这除了产生于文体蒙昧时代和多人之手等因素之外,则是充分发挥奇想与文体创造力的艺术结晶。其首篇首章,即描述只在想象中存在的大鹏形体和起飞气势,极尽形容,又以拟人化的鹍雀对比,构成"小大之辩"的奇特意象。后面各篇被拟人化者不仅有自然之物河(河伯)、海(北海若)、云、风、雾气、社树、井蛙、影子,还有想象之物鸿蒙、浑沌以及儵、忽、知、离朱、喫诟、罔象、无为谓、狂屈等抽象观念。如此丰富多彩的意象奇观即在后世的表意文学中也罕有其匹,可谓运用了作者们想象所及的一切手段,从而产生部分寓意小说也就势所必然。上述拟人意象部分为寓言,另一部分则非寓言所能包括。看下面两章:

> 南海之帝为儵,北海之帝为忽,中央之帝为浑沌。儵与忽时相与遇于浑沌之地,浑沌待之甚善。儵与忽谋报浑沌之德,曰:"人皆有七窍,以视、听、食、息,此独无有。尝试凿之。"日凿一窍,七日而浑沌死。(《应帝王》)

---

① 龚士尚:《老子道德经》序,《文渊阁四库全书》,第1055册,第47页。
② 《史记》卷六十三《老子韩非列传》,第2156页。

> 黄帝游乎赤水之北,登乎昆仑之丘,而南望还归,遗其玄珠。使知索之而不得,使离朱索之而不得,使喫诟索之而不得也。乃使象罔,象罔得之。黄帝曰:"异哉,象罔乃可以得之乎?"(《天地》)

这是两则短小精粹的拟人之作,都有喻道之意。但前者所喻之道——不可违逆自然,否则好心也会办坏事——通俗而明晰,能被广泛认同,故可称为寓言。后者寓意用象征手段,含蓄而晦涩的象征符号"玄珠""喫诟""象罔"之类,均有模糊性和歧义性。"象罔"或被解作"无心","不用心";或谓"象则非无,罔则非有,非有非无,不皦不昧";或将"离形去知,黜聪明,忘言说,谓之象罔"①。《庄子·达生》中的皇子告敖对齐桓公历数鬼物也说"水有象罔"。诸如此类,分明显出本文的多解和难解,作品也就不具寓言所需的通俗性、明晰性及含义的广被认同性,成为《庄子》拟人化的别种文体。它其实就是我国最早的象征型寓意小说。拟人之作尚有这样的文体分别,大批以人事寓意的委曲叙事自然也就不止于寓言,而含有多种类型的寓意小说。以丰富的艺术想象力创造了前所未有的多种意象和寓意文体,乃是《庄子》一书最重要的文学价值,也是对中国文学所作的独特贡献。所谓"宏才命世,辞趣华深"②,当之而无愧,足可称为中国文学史上寓意小说的鼻祖。

(原载《国学研究》第 20 卷,题作《〈庄子〉"寓言"辨析》)

---

① 参见崔大华《庄子歧解》,第 372 页。
② 陆德明:《经典释文·序录·庄子》。

先秦四部子书之小说考辨

我们曾辨析《晏子春秋》的虚拟成分与文体品格,又曾辨析《庄子》"寓言"实则多为寓意小说。那是两部早期小说与小说成分比较集中的所在。此外蕴涵小说或小说成分的先秦子书还有多部,这里考辨《墨子》《荀子》《韩非子》和《吕氏春秋》。在对它们进行考辨之前,在排除现代意义寓言的情况下,还需要明确两个区别:传说与小说的区别,小说与小说成分的区别。传说可能是真实的或基本真实的,也可能是虚假的或大半虚假的,其虚假的部分不是出自个人有意的虚构,而是在传说过程中不自觉的虚构,是集体积累的虚构。小说及小说成分不然,它不仅须有充分的虚构性,其虚构还应是个人的和自觉的,作者特意营造虚事以表现某种思想和人物。这也正是小说的本质特征。有此特征且为独立的作品,就是小说;有此特征却不是独立的作品,只是全书或全篇的一个有机部分,它就不成其为小说,而是一种小说成分。如果它不是作者自创,而是引述现成的作品,那么,作品对征引之书或其篇章而言是小说成分,而对作品自身而言则原本就是独立的小说。上列四种子书所包含的小说成分大多属于这种情况,即其自身多是独立的小说作品。下面分别考察与辨析。

一 《墨子》中的小说

以墨翟为首的墨家学派是战国时期与儒家并立的显学。《墨子》与其他子书不同,它不仅探讨社会政治、伦理道德与人生哲学,还论及自然科学、军事谋略、技术和逻辑学，内容的广泛与丰富非先秦其他子书可比。其多数篇章注重论说，少有叙事。今存五十三篇之中只有《耕柱》《贵义》《公孟》《鲁问》《公输》等五篇全属叙事，而前四篇是弟子记述的墨子与各类人物交谈的断片，虽多事后追忆，却都类乎纪实或传说；只有《公输》在墨子事迹的基础上加入颇多显见的虚构成分，写成首尾完整、独立成篇的叙事作品。先看《战国策》卷三十二的记述：

> 公输般为楚设机，将以攻宋。墨子闻之，百舍重茧，往见公输般，谓之曰："吾自宋闻子，吾欲藉子杀王。"公输般曰："吾义固不杀王。"墨子曰："闻公为云梯，将以攻宋。宋何罪之有？义不杀王而攻国，是不杀少而杀众，敢问攻宋何义也？"公输般服焉，请见之王。墨子见楚王曰："今有人于此，舍其文轩，邻有弊舆而欲窃之；舍其锦绣，邻有短褐而欲窃之；舍其梁（粱）肉，邻有糟糠而欲窃之。此为何若人？"王曰："必为有窃疾矣。"墨子曰："荆之地方五千里，宋方五百里，此犹文轩之与弊舆也；荆有云梦，犀兕麋鹿盈之，江、汉鱼鳖鼋鼍为天下饶，宋所谓无雉兔鲋鱼者也，此犹粱肉之与糟糠也；荆有长松、文梓、楩、楠、豫樟，宋无长木，此犹锦绣之与短褐也。臣以王吏之攻宋，为与此同类也。"王曰："善哉！请无攻宋。"①

这就是由汉刘向辑录的先秦史书对墨子阻止楚国攻宋所作的记述。《墨子·公输》中的部分内容和文字与上文相似或相同，说明两者用的是同一史实与史料，甚或《公输》用的就是《战国策》此篇所本之文。但《公输》又对其人物、情节作了重大的改造与发展：其一，公输般虽被墨子说服，却仍坚持攻宋，理由是其造云梯攻宋"已言于王矣"；其二，楚王被墨子说服之后，也顽固坚持攻宋，理由是公输般为他造了攻宋的云梯；其三，增加了墨子"解带为城，以牒为械"与公输般比试攻守之术，公输般九攻而"械尽"，墨子九拒而"有余"，公输般只好认输；其四，认输后的公输般仍不肯放弃攻宋，而欲杀死墨子以成攻宋之功，直到被墨子拆穿其阴谋，并说明墨徒

---

① 《战国策》，上海古籍出版社1985年版，第1146—1148页。

禽滑釐等已早做准备,等在宋城,楚王才表示"无攻宋矣"。与《战国策》所记相较,这些重要改造大大强化了公输般与楚王好战的顽固性,也强化了墨子此次反战游说的难度,从而大大提升了墨子形象的思想高度和斗争精神。不过,《公输》展示的并非真实的历史,而是墨子弟子对墨子事迹的生发和想象,是艺术的放大和虚构。首先,"解带为城,以牒为械"的攻防比试尽管被历代多种史书引录和称誉,却是根本不能成立的虚想与假说,实际攻防战斗的胜负决定于多种复杂的因素,岂是两人示意性较量可以看得明白的?这只要读读《墨子》中《备城门》以下各篇就会清楚,墨家不只研究、设计各种守城的器械与方略,还重视动员、组织全城的男女老少参加守城的事务和战斗,以便达到以少胜多,以弱胜强,被研究者誉之为"全民动员"的"人民战争"①。这岂是一条腰带和几枚牒片可演示的?有人以为这种演示含有诸多守城之"术",以至怀疑《墨子》"五十二篇以下皆兵家言"系由本篇"公输般九攻、墨子九拒之事"演绎而出,"其徒因采撷其术附记于末"②。这就把真的和假的搞颠倒了。任何人也无法依据那种演示写出具体的守城措施与战备状况。其实,墨子与公输般根本不可能做此儿戏般的比试,更不会以此决定输赢。至于公输般要杀墨子更是墨徒的凭空虚造。看《鲁问》中墨子和公输般的下述对话:

  公输子与子墨子曰:"吾未得见之时,我欲得宋。自我得见之后,予我宋而不义,我不为。"子墨子曰:"翟之未得见之时也,子欲得宋。自翟得见子之后,与子宋而不义,子弗为,是我予子宋也。子务为义,翟又将予子天下。"

前面说过,《鲁问》是墨徒追忆墨子与各类人物谈话的断片,这段显示墨子与公输般有关是否取宋的言论与《战国策》的记述完全吻合。公输般的转变是服于墨子阐述的"义",不关其他任何因素。《公输》的生发与想象既改变了人物,也改变了历史,成了虚构成分颇多的小说作品。今之墨学研究者陈述墨子"成功游说"楚王与公输般放弃攻宋的事迹,不据《战

---

① 秦彦士:《墨子考论》,巴蜀书社 2002 年版,第 225 页。
② 《四库全书总目》,中华书局 1965 年版,第 1006 页。

国策》,而据《墨子·公输》,是把小说当史书用了。鲁迅将《公输》改编为《非攻》,称"故事新编",尽管鲁迅很少另加虚拟,《非攻》还是具有充分虚构性的历史小说,因为其虚构成分来自原作《公输》。

《墨子》另一篇厕入叙事作品的是《非儒下》。此篇与全书各篇格调不同:前半议论,后半叙事。议论部分非难儒家的几种观点——"驳君子必古服、言,驳君子胜不逐奔揗启,驳君子若钟"①——虽"所举或涉琐细",而"儒、墨道不同,交相非毁,诚无足怪"②;其后的叙事,所言孔子行事多妄,"大氐诬诋增加之辞"③,"与上文就事立论者显然有别,不类一篇文字,疑经后人补缀窜乱,非墨书之旧"④。前人这些见解不仅指出本篇前后格调迥异,还特别强调虚造孔子行事的诬妄性质,其在所存《墨子》全书中也只此半篇,绝无仅有。它非但不是墨子所作,也不是严肃的墨徒所为,应是游戏笔墨的后世墨者"增加"的续貂之作。内有三个完整的故事,其中两个同时又属晏子事迹,与《晏子春秋》的关系值得研讨。

其一,齐景公以"孔子为人"问晏子,两问而晏子不对。景公究其原因,晏子说自己"不足以知贤人",随后讲述孔子访楚,知白公胜的叛乱阴谋,便推荐石乞为其党徒。白公叛乱,使楚"君身几灭,而白公僇"。孔子"入人之国","劝下乱上,教臣杀君,非贤人之行也"。最后说:"臣婴不知孔某之有异于白公也,是以不对。"景公听后恍然大悟:"非夫子,则吾终身不知孔某之与白公同也。"

其二,"孔子之齐见景公,景公说(悦),欲封之以尼溪",晏子"不可",谓"儒浩居而自顺","好乐而淫人","立命而怠事","宗丧寻哀",既"不可以教下""导众",又"不可以期世"、治国。景公"于是厚其礼,留其封,敬见而不问其道"。孔子"怒于景公与晏子,乃树鸱夷子皮于田常之门,告南郭惠子以所欲为,归于鲁"。嗣后,闻齐将伐鲁,孔子便遣子贡入齐,"因南郭惠子以见田常,劝之伐吴;以教高、国、鲍、晏,使勿得

---

① 王焕镳:《墨子集诂》,上海古籍出版社2005年版,第963页。
②④ 吴毓江:《墨子校注》,中华书局1993年版,第401页。
③ 孙诒让:《墨子间诂》卷九《非儒下》题解,《诸子集成》,第4册,第178页。

害田常之乱";又劝越伐吴。"三年之内,齐、吴破国之难,伏尸以言术数,孔某之诛也。"

上述有关晏子的两则,现存《晏子春秋》的多种版本都只存有后者的前半,即卷八首章,内容大同小异,于景公"不问其道"之后,以"孔子乃行"作结。孙星衍的《晏子春秋音义》疑《墨子》此则"本《晏子春秋》,后人以其诋讥孔子,乃删去其文"。他还认为,前一则"亦《晏子春秋》本文,后人删去者"。不过,孙氏并未申明这两则本于《晏子》的理由,如能联系《孔丛子·诘墨》,问题就会比较清楚。《诘墨》驳斥《墨子》而涉及晏子与孔子关系者计有六则,除上述第一则和第二则后半,其余四则半均见于《晏子》第八篇,即前四章及第六章。这既说明现存的《墨子》内容有缺,不存的四则或在佚篇《非儒上》中①,同时也有理由怀疑《非儒》中有关晏子的叙事均非作者自创,而是取自《晏子》,只是后来有人将《晏子》中的那一章半给删去了。删去的原因非只由于"诋讥"孔子,更由于白公之乱与范蠡称鸱夷子皮两事都被认为与孔子时代不合,显系伪造②。又者,《诘墨》中还有"墨子之所引者矫晏子"之语,既称为"引",则有所本,而所本只能是《晏子》。《诘墨》还引述《晏子》多章内容驳诘《墨子》,亦可证明"所引"之书当为《晏子》。如此看来,《非儒》这两则故事是为《晏子》保存了两章完整之作。其中第一则全属虚造。第二则前半写晏子阻止景公封孔子,既合于晏子识见,又有《史记·孔子世家》为证,当属可信;后半写孔子因不封之恨报复齐国,不仅"树鸱夷子皮于田常之门"乃无稽之谈,派子贡入齐与田常联系,支持田常之乱,更与孔子思想、言行大相悖逆。据《论语·宪问》,田常弑其君,孔子"沐浴而朝",向哀公"请讨之"。《左传·哀公十四年》亦载:"甲午,齐陈恒弑其君壬于舒州,孔子三日齐(斋),而请伐齐,三。"力主"君君、臣臣"的孔子绝不可能支持弑君篡国的

---

① 《墨子》所缺四则于《孔丛子·诘墨》中的位置均在《非儒下》现存两则之后,也在《晏子春秋》现存的半则(即第八篇第一章)之后。从这方面看,现存的《非儒下》或为《非儒上》之讹,佚篇才是《非儒下》;另一种可能则是《诘墨》作者因白公之乱在孔子卒后,显为虚造,故从《非儒下》诘出。

② 《非儒下》之谓鸱夷子皮并未指明范蠡,或为传说人物,由于《史记·越王勾践世家》关于范蠡称鸱夷子皮适齐的记述,遂被学者认作范蠡。

田常之乱。至于将"齐、吴破国"伏尸不可数计的灾难归于"孔子之诛",更是不着边际的虚妄之语。

需要指出的是,这样两则虚造的故事并非民间传说。因为两者含蕴较多春秋末期的政治形势与历史知识,诸如楚国的白公之乱,齐国的田常之乱,鲁、齐、吴、越的复杂关系与战事,以及石乞为人、子贡善辩之类,绝非一般民众所能把握,应是非儒非孔之士所作。故意虚造这等并非传说的完整叙事,应属小说,被用于《墨子·非儒下》就成了小说成分。或许有人会问,这种故意诬人之作怎能称为小说?这关涉创作动机与作品文体的关系问题。其实,各类文体都与创作动机并无关联。即使在小说渐趋成熟的唐代,也产生了侮辱欧阳询为猿猴之子的《补江总白猿传》和以诬陷牛僧孺为目的的《周秦行纪》,何况尚无艺术自觉的先秦战国时代的童年小说?鲁迅在评述《周秦行纪》时说"自来假小说以排陷人"①,可见诬蔑人的小说仍是小说,只是价值卑微罢了。

二 《荀子》中的小说

被韩愈誉为"大醇而小疵"的《荀子》,计三十二篇。前二十四篇是荀子本人撰著的论议之文,或重立论,或重驳论,议论为主,各有重心,文体相当整齐。偶引史事,三言五语,融于议论之中,既不单独成篇,也无相对独立性,都是论文的组成部分。第二十五和二十六两篇为词赋韵文,是荀子的文学创作。而至第二十七《大略篇》,格调一变,注家谓"盖弟子杂录荀卿之语,皆略举其要"②,不仅互不关联,且间杂某些独立叙事。其后《宥坐》《子道》《法行》《哀公》《尧问》五篇,议论甚少,"皆荀卿及弟子所引记传杂事"③,各自独立。而汪中则认为,其"杂记仲尼及诸弟子言行,盖据其平日之闻于师友者"④。其实,无论"引记传杂事",还是"闻于师

---

① 鲁迅:《中国小说史略》,人民文学出版社1958年版,第67页。
② 杨倞:《荀子·大略篇》题注,《诸子集成》第2册,第321页。
③ 杨倞:《荀子·宥坐篇》题注,《诸子集成》第2册,第341页。
④ 汪中:《荀卿子通论》,载其《述学·补遗》,清同治八年(1869)扬州书局刊本。

友",都难于肯定其为实事。如《大略篇》所记晏子为曾子送行并赠言一事,与《晏子春秋》大同小异。由于曾子比晏子小七八十岁,必无其事。笔者在考察《晏子》时已作辨析,此不复赘。这里考察另一些作品。

先看《大略篇》如下记述:

> 子贡问于孔子曰:"赐倦于学矣,愿息事君。"孔子曰:"《诗》云:'温恭朝夕,执事有恪。'事君难,事君焉可息哉?""然则赐愿息事亲。"孔子曰:"《诗》云:'孝子不匮,永锡尔类。'事亲难,事亲焉可息哉?""然则赐愿息于妻子。"孔子曰:"《诗》云:'刑于寡妻,至于兄弟,以御于家邦。'妻子难,妻子焉可息哉?""然则赐愿息于朋友。"孔子曰:"《诗》云:'朋友攸摄,摄以威仪。'朋友难,朋友焉可息哉?""然则赐愿息耕。"孔子曰:"《诗》云:'昼尔于茅,宵尔索绹。亟其乘屋,其始播百谷。'耕难,耕焉可息哉?""然则赐无息者乎?"孔子曰:"望其圹,皋如也,巅如也,鬲如也,此则知所息矣。"子贡曰:"大哉,死乎!君子息焉,小人休焉。"

这里写的子贡是什么都不想干的懒汉,企图摆脱一切人际牵累的"超人",不只积极入世的孔门弟子不会有这等人,普天下也不会有这等人。孔子对其无端之问不予斥责,居然逐一解答,而且开口必称"《诗》云"。两者都不像生活中的人,而像在作者指挥下完成一组问答的符号和载体,非但远离历史的实际,也远离民间传说,是掉书袋作者精心虚拟的游戏之笔,构成一篇别有意趣的寓意小说。《韩诗外传》卷八将它略加变化与扩充,更见完整,凸出"学而不已,阖棺乃止"的主题,是本章的改造与发展。

《宥坐篇》第二章写"孔子为鲁摄相,朝七日而诛少正卯"。少正卯是"鲁之闻人",孔子为政之始即行诛杀,门人便提出"得无失乎?"孔子回答:人有五大罪恶,还不包括盗窃,即"心达而险""行辟而坚""言伪而辩""记丑而博""顺非而泽",五者有一就"不免于君子之诛,而少正卯兼有之",乃"小人之桀雄","不可不诛",并列举七个被圣王君子诛杀的先例。孔子无诛少正卯事,已为钱穆、匡亚明等多位学者做过论证。这里再补充两点:其一,《荀子》该篇最早记述此事,而所列五点"不可不诛"的理由居然全是空洞的人格问题,没有一项犯罪事实,何得而诛? 其二,在《论语·尧问》中,孔子将"不教而杀"列为从政者"四恶"之首,其为政七天就以人格很差为由杀少正卯,岂不正是"不教而杀"的典型,夫子怎肯为此大恶? 宋代理学家朱熹在《舜典象形说》中写道:"若少正卯之事,则予尝窃疑之,盖《论语》所不载,子思、孟子所不言,虽以左氏《春秋》内外传之诬且驳,而犹不道也,乃独荀况言之。是必鲁齐陋儒愤圣人之失职,故为此说,以夸其权耳。"①朱熹在"窃疑"孔子诛少正卯事为假的同时,还推断假造此事的是齐鲁之陋儒,其造假缘由是夸耀孔子大权在握,使其诛杀"乱政"小人,以快己意。而清之崔述以为是"申、韩之徒言刑名者诬圣人以自饰"②。两说各执一词,各有其理。但无论何者,都出自蓄意造作,是自觉虚构的产物,从而创作了这篇童年小说。

本篇另一章写孔子厄于陈、蔡间事。师徒"七日不火食","弟子皆有饥色"。子路乃问孔子:人说"为善者天报之以福,为不善者天报之以祸",夫子一向"累德积义",何至于此? 孔子以比干、关龙逢、伍子胥忠谏被杀说明贤而"不遇世者"正多;随后又以晋重耳、齐桓公和越王勾践的称霸之心分别生于曹、莒、会稽等困境之中,阐明困厄乃是磨炼,正可借以励志而图远。文中有"吴子胥不磔姑苏东门外乎"一语,显与史实不符,这且不论。更醒目的"硬伤"是时序错位。孔子说这话当在鲁哀公六年,伍子胥还健在于世(据《左传》记载,伍员是在鲁哀公十一年才被夫差赐死的,《史记·十二诸侯年表》记作哀公十年),从而露出虚造的马脚。至于越王勾践称霸,更在孔子死后多年,孔子何得预知未来? 这样两处时序错位充分表明此章对话的虚构性。后至《韩诗外传》卷七,则将此章孔子之言的前半大为扩充,除比干、关龙逢、伍子胥,又将伯夷、叔齐、鲍叔、叶公子高、鲍焦、介子推等人之"不遇时",虞舜、傅说、伊尹、吕望、管仲、百里奚、虞丘、孙叔敖等人之各有所遇,以及千里马之遇伯乐与造父,一一罗列,篇幅增加一倍半,题旨却高度集中,将遇与不遇之意发挥得淋漓尽致。

---

① 《晦庵先生朱文公文集》卷第六十七,《四部丛刊》本。
② 《洙泗考信录》卷之二,《崔东壁先生遗书》。

《外传》增加的这些人物及其事迹,除鲍焦与子贡同时,或晚于孔子,其余都是孔子说得出的,但作为孔子的话语自然也是作者的虚拟。如果说《荀子》中的虚构成分已使叙事初具小说品格,后来的加工和再创造,近乎以《荀子》的记述为题材,将广泛的历史内容装入孔子话语,蓄意造作的小说品格更为分明。再至《说苑》(卷十七),除将《外传》那一篇略作生发,又将《荀子》此章的后半充实情节、内容,发展成又一篇独立作品,展示孔子面对困境的积极态度和进取精神。《孔子家语》卷五《在厄》也是在《荀子》该章基础上另有发挥,并增加了与子贡、颜回的对话,以张大孔子的圣者形象。上述衍化过程清楚显示了我国早期小说产生、衍变、发展的轨迹。

再看《子道篇》所记:

> 子路入,子曰:"由,知者若何?仁者若何?"子路对曰:"知者使人知己,仁者使人爱己。"子曰:"可谓士矣。"子贡入,子曰:"赐,知者若何?仁者若何?"子贡对曰:"知者知人,仁者爱人。"子曰:"可谓士君子矣。"颜渊入,子曰:"回,知者若何?仁者若何?"颜渊对曰:"知者自知,仁者自爱。"子曰:"可谓明君子矣。"

子路、子贡、颜渊是孔子三个性格不同、思想境界也有差异的著名弟子。但他们对儒学基本理念的回答却未必不同。"仁"就是儒学的基本理念。便是粗犷的子路,也应知道"仁者爱人"之意,不可能答作"仁者使人爱己"。至于把"自爱"摆在"爱人"之上,也是强加于颜渊和读者。"士君子"与"明君子"又有什么区别?大约《孔子家语》的作者也为此踌躇,袭用这一章时,把"明君子"删掉了。但又产生出新的问题:子路与子贡成了同等的"士",颜渊则降为"士君子",这就改变了原作者的创作意图。其实,这是好事者为表现三个人物不同思想境界费心虚构的一篇微型小说,由于设计水平不高,漏洞迭出,难以乱真,才被我们识破其虚造的根底。这里还要补充说明:就此则而论,是《家语》袭用《荀子》,而非《荀子》袭用《家语》,因为《家语》将《荀子》中后两处重复的"智者若何?仁者若何?"都简化作"问亦如之",并省掉"赐""回"两个称呼。其为后出显而易见。

另外,《荀子》第二十卷采录了二十几件有关孔子及其弟子的逸事,虚构之作一定不止上述几章,只是由于叙事合情入理,而我们又不了解根底,难于辨别真假罢了。

这里所谓《荀子》中的小说成分出于"自觉虚构",并非说写作《荀子》的荀卿及其弟子就是它们的虚构者。无论"引记传杂事",还是"闻于师友",都是作为实事记述的。而其事的原作者却是出于蓄意造作,《荀子》作者们只是将这种自觉虚构的作品记录与保留了下来而已。

三 《韩非子》中的小说

《韩非子》二十卷,五十五篇,是先秦法家的经典之作,阐释的帝王治国之经、驭臣之术与儒家仁治礼制相反而又相成,成为后世法治思想的先河。其书不仅内容宏富,笔力遒劲,文体、格调也多姿多彩,既多纯为论议之文,也有史事与传说集锦的《说林》,更有以众多完整叙事显示观点的《十过》、《喻老》、内外《储说》和质疑某些事例的《难》,故能"纤者、钜者、谲者、奇者、谐者、俳者、欷歔者、愤懑者、号呼而泣诉者,皆自其心之所欲为而笔之于书","一开帙,而爽然、春然、愫然、渤然,精英晃荡,声中黄宫",使读者"耳有闻,目有见"①。不过,此书与《庄子》不同,叙事虽夥,却多据史书,或为史事的传闻异辞。因此,我们有理由认为,其中的寓言、传说、故事性作品也多非韩子自造,大都取自现成之作。这样,就不能将它们只视为韩子观点的例证,它们同时又是被保存下来的先秦文艺作品,包括其中羼入的小说成分和早期小说。当然,这并不排除韩非对史料与作品的改造与加工,这种加工正是最后完成某些早期小说的一个因素。书中或有韩非自作的虚构故事,以为某种观点的例证。但该书的部分篇章,只是列出思想要点,并不展开论述,而后列举大量事例,从而使事例本身具有明显的相对独立性。韩非杜撰之作也就不只是小说成分,还可能成为早期小说。

---

① 茅坤:《韩子迂评后语》,《韩子迂评》,明万历六年(1578)吴郡俞氏刊本。

且看《十过》记述的"好音"故事。"卫灵公将之晋",宿于濮水之滨,夜闻"鼓新声者而说(悦)之",乃命师涓"听而写之"。至晋,为平公献此新乐。师旷闻而止之,谓系当初师延为纣所作的"靡靡之乐""亡国之声"①,后"武王伐纣",师延自投于濮水,"故闻此声者必于濮水之上",并警告"先闻此声者其国必削"。平公不听,令师涓奏完其曲。下面写道:

> 平公问师旷曰:"此所谓何声也?"师旷曰:"此所谓清商也。"公曰:"清商固最悲乎?"师旷曰:"不如清徵。"公曰:"清徵可得而闻乎?"师旷曰:"不可。古之听清徵者皆有德义之君也。今吾君德薄,不足以听。"平公曰:"寡人之所好者音也,愿试听之。"师旷不得已,援琴而鼓。一奏之,有玄鹤二八,道南方来,集于郎门之垝;再奏之而列;三奏之,延颈而鸣,舒翼而舞。音中宫商之声,声闻于天。平公大说(悦),坐者皆喜。平公提觞而起,为师旷寿,反坐而问曰:"音莫悲于清徵乎?"师旷曰:"不如清角。"平公曰:"清角可得闻乎?"师旷曰:"不可。昔者黄帝合鬼神于泰山之上,驾象车而六蛟龙,毕方并辖,蚩尤居前,风伯进扫,雨师洒道,虎狼在前,鬼神在后,腾蛇伏地,凤凰覆上,大合鬼神,作为清角。今主君德薄,不足听之。听之将恐有败。"平公曰:"寡人老矣,所好者音也,愿遂听之。"师旷不得已而鼓之。一奏之,有玄云从西北方起;再奏之,大风至,大雨随之,裂帷幕,破俎豆,隳廊瓦,坐者散走。平公恐惧,伏于廊室之间。晋国大旱,平公之身遂癃病。

如此委曲的奇幻故事,不仅在《韩非子》中少见,在《庄子》之外的先秦诸子中也不多见。作品的虚构性自不待言。不只诸多神异情节是明白的虚构,卫灵公见晋平公也并无其事。据《左传》记载,昭公二年(前540),即"晋韩宣子为政,聘于诸侯之岁",卫襄公嬖人"婤姶生子,名之曰元"②,他就是后来的卫灵公;而晋平公卒于鲁昭公十年,姬元虽已为国君两年,却

---

① "师延",《史记》作"师涓"。《史记》卷三《殷本纪》:"帝纣……使师涓作新淫声,北里之乐,靡靡之音。"(第105页)

② 《春秋左传正义》卷四十四,《十三经注疏》,第2051页。

只是个九岁的孩子,两年以后,才与齐侯、郑伯"如晋,朝嗣公(即晋昭公)"①,哪有可能会晋平公?通篇都是好事者的虚想之词。不过,此作也并非空穴来风。灵公和平公都是春秋后期的昏昧之君,平公且以"好乐"著称;师旷则是当时晋国著名的主乐太师,对平公多所讽谏。不仅如此,《国语》还有如下记载:

> 平公说(悦)新声。师旷曰:"公室其将卑乎?君之明兆亦衰矣!夫乐以开山川,以耀德于广远也。风德以广之,风山川以远之,风物以听之,循诗以咏之,循礼以节之。夫德广远,而有时节,是以远服而迩不迁。"②

这段史笔的思想基调与上列奇幻故事和谐一致。故事的作者显然是对历史和音乐都颇熟悉的知识阶层,对平公"好乐"与师旷讽谏的体认与《国语》作者若合符契。其所谓"新声",显然就是师涓为纣所作"新淫声"之类能令国君沉沦失志的靡靡之音,师旷因而慨叹"公室将卑""明兆亦衰",文公时期远迩皆服的旧日霸主地位一去不返。如果说《国语》的这段文字近于史迹的实录,《韩非子》引述的虚幻故事就是对同一种历史状况的幻化和艺术化。它对《十过》而言只是一种小说成分,而其自身却是一篇既具历史意涵又富文学美感的小说作品。

《韩非子》另有《喻老》记述的楚庄王故事。"庄王莅政三年,无令发,无政为",右司马对王发出隐语:"有鸟止南方之阜,三年不翅不飞不鸣,嘿然无声,此为何名?"王曰:"三年不翅,将以长羽翼;不飞不鸣,将以观民则。虽无飞,飞必冲天;虽无鸣,鸣必惊人。"半年后,亲自听政,"所废者十,所起者九,诛大臣五,举处士六,而邦大治。举兵诛齐,败之徐州,胜晋于河雍,合诸侯于宋,遂霸天下"。韩非借这个故事作为《老子》"大器晚成,大音希声"之句的例证。但它并非史实。楚庄王立于鲁文公十四年(前613)七月,曾分别为其师、傅的大司马斗克和公子燮随即发动内乱,

---

① 《春秋左传正义》卷四十五,《十三经注疏》,第2062页。
② 《国语》卷十四《晋语八》,第165—166页。

"八月,二子以楚子出,将如商密,卢戢黎及叔麇诱之,遂杀斗克及公子燮"①,庄王才得复归于郢。其后又有人"谮析公臣于王",说他了解"二子之乱",而"王弗是,析公奔晋"②。史书所载的这些情况,显出庄王在即位之初就被卷入复杂的内乱斗争,很不轻松。尔后不足两年,即鲁文公十六年八月,"楚大饥,戎伐其西南","又伐其东南","庸人帅群蛮以叛楚,麇人率百濮聚于选,将伐楚",以致"楚人谋徙于阪高",而终出师"伐庸"。庄王"乘驲(传车),会师于临品","秦人、巴人从楚师,群蛮从楚子盟。遂灭庸"③。面对楚国遇到的危困之境,庄王不可能"无令发,无政为",实际他是亲临楚师,与群蛮会盟,终至"灭庸",大有作为,成为楚庄霸业的前奏。既然如此,有关"三年不翅不飞不鸣"的隐语和问答只能出于虚想。又者,楚庄王与齐无征战,而据《史记·楚世家》,楚威王七年"伐齐,败之于徐(徐)州"。作品是将威王的武功移给庄王,以突出后者"霸天下"的业绩。看来这篇故事产生在战国中后期,作者既了解楚庄霸业,也了解威王武功,并巧用当时士大夫喜用的隐语,造就这篇独具特色的虚构之作。对《喻老》而言,它只是一种小说成分,而它在被引述之前显然就是独立的小说。记录了这个故事的还有《吕氏春秋·重言》《史记·楚世家》和《新序·杂事第二》,都是此篇的传闻异辞,也是本篇的艺术发展。这不仅由于《韩非子》产生在前,其所记内容也有原创形态的粗略和稚拙。后来经过流传,虽各有不同,却都具有增添情节与细节以使内容更趋具体、缜密与意趣化的共性。至于《滑稽列传》又记齐威王"喜隐","淫乐","沉湎不治",淳于髡以有鸟"三年不蜚(飞)又不鸣"的隐语启悟威王,情节与文字几乎是庄王故事的翻版,则又衍化为一篇仿作,更属好事者个人的蓄意造作。这一系列的故事衍变告诉我们:早期的小说与传说,有时是很难区分的。最早由个人创作的非寓言虚拟人事当然属于小说;经过传说,衍化成各种形态,则既是小说,也是传说;而仿作则是仿拟小说。在虚构性的人事传说中,这类小说与传说互相转换、难解难分的情况时有所

---

① 《春秋左传正义》卷十九下,《十三经注疏》,第1854页。
② 《国语》卷十七《楚语上》,第194页。
③ 《春秋左传正义》卷二十,《十三经注疏》,第1859页。

见,也就不需对两者特别加以区分。

《内储说上》载:"鲁人烧积泽,天北风,火南倚",鲁哀公怕火烧到曲阜,亲自领人救火,而"左右无人,尽逐兽而火不救",于是召来孔子询问。孔子说:"逐兽者乐而无罚,救火者苦而无赏,此火之所以无救也。"并说:"事急,不及以赏。救火者尽赏之,则国不足以赏于人,请徒行罚。"哀公称善。孔子下令:"不救火者比降北之罪,逐兽者比入禁之罪。"结果,"令下未遍而火已救矣"。这也是不可能发生的事。大火危及曲阜,市民怎会不急着救火而去"逐兽"?火烧城郊,住在宫中的国君怎么会亲自跑去救火?主张仁爱的孔子也不可能想出对不救火者和逐兽者施以"降北之罪"和"入禁之罪"的严厉惩罚。它也不可能是民间传说,哪个百姓会造这种极不合情理的离奇故事?只有热衷于赏罚功效之人才会挖空心思杜撰出这种作品,以显示惩罚效力之大。它或许就是法家韩非虚造的寓意之作。

《外储说右上》载有晋文公斩罚颠颉事。左僖二十八年载,晋军"入曹",因早年重耳出亡过曹时,曹共公无礼,而曹大夫僖负羁"馈盘飧,置璧焉"①,文公故"令无入僖负羁之宫而免其族"。魏犨与颠颉不服,抗命"爇僖负羁氏"。文公"欲杀之",而爱魏犨之才,遂"杀颠颉以徇于师"②。而到《韩非子》中,情事大变。文公与狐偃讨论怎样使民"足以战"。文公分别提出多项关心民瘼的措施,狐偃皆答以"不足",说这些措施都只利于百姓之"生",而作战是要人勇于去死。文公向他求计,他说:"信赏必罚,其足以战。"再问"刑罚之极",答以"不辟亲贵,法行所爱",文公称善。"明日,令田于圃陆,期以日中为期,后期者行军法焉。公有所爱者曰颠颉后期,吏请其罪,文公陨涕而忧。吏曰:'请用事焉。'遂斩颠颉之脊,以徇百姓,以明法之信也。而后百姓皆惧曰:'君于颠颉之贵重如彼也,而君犹刑法焉,况于我则何有矣?'"此后文公数战皆捷,终致称霸而会盟。这个委曲的故事与《左传》所记的颠颉之死互为水火,两不相容。斩脊即断

---

① 《春秋左传正义》卷十五,《十三经注疏》,第1815页。
② 《春秋左传正义》卷十六,《十三经注疏》,第1824页。

脊，即便不死也不能再领兵，岂有再次被斩之事？实际上，与魏犨相比，颠颉并非文公所爱，所以被杀。撰者为表现"法行所爱"的主题，不仅将颠颉被斩之事移花接木，还将颠颉特地派作文公之所爱。这都是后来小说家常用之法。

《外储说左下》记阳虎见赵简子云：

> 阳虎去齐走赵。简主问曰："吾闻子善树人。"虎曰："臣居鲁，树三人，皆为令尹。及虎抵罪于鲁，皆搜索于虎也。臣居齐，荐三人，一人得近王，一人为县令，一人为侯吏。近王者不见臣，县令者迎臣执缚，侯吏者追臣至境上，不及而止。虎不善树人。"主俯而笑曰："夫树桔柚者，食之则甘，嗅之则香；树枳棘者，成而刺人。故君子慎所树。

令尹即楚国之相，鲁无令尹。阳虎不会说三人"皆为令尹"的话。终姜齐之世，均未称王，"近王"之说亦属呓语。据左定九年载，鲁国阳虎于六月"奔齐，请师以伐鲁"，由于鲍文子进谏反对，齐侯即"执阳虎"，"囚诸西鄙"。阳虎两次乘"葱灵"辒车以逃，才得"奔宋，遂奔晋，适赵氏"。在齐历时很短，又如此狼狈，哪能荐人？可见其为后之好事者凭空虚造。不过作者编排的人物与国度还大体不差。后至《韩诗外传》（卷七），变成"魏文侯之时"子质与赵简子的谈话。而战国时的魏文侯与春秋时的赵简子邈不相及。魏之子质怎得与赵简子对谈？当是对《韩非子》上作的改头换面。子质所树之小人竟多至"堂上之士半"，"朝廷大夫半"，"边境之人亦半"，如此夸张，似求与篇末所引《诗经》"无将大车，维尘冥冥"二句契合①，如此则颇像韩婴改作，或其"引事以明《诗》"之特例②，属仿改小说。

《韩非子》中也有仿改之作。《外储说左下》载有西门豹为邺令事。其先"清剋洁慤"，不谋私利，且简慢君之左右，遂遭"恶之"。年终"上计"，被魏君收印。西门豹又请治邺一年，"重敛百姓，急事左右"，年终上

---

① 《毛诗》序《无将大车》云："大夫悔将小人也。"韩婴亦持同类见解，故引此诗以证其事。
② 王世贞《弇州山人四部稿》卷一百十二《读韩诗外传》云："《外传》大抵引《诗》以证事，而非引事以明《诗》。"

计,文侯迎拜。西门豹曰:"往年臣为君治邺,而君夺臣玺;今臣为左右治邺,而君拜臣。臣不能治矣!"纳玺给文侯。文侯不受,说现在了解他了,请他勉为治之。这事是不可能发生的,纯属虚造。因为像西门豹那样的清官,宁可不做官,也不会"重敛百姓,急事左右"。《晏子春秋》卷五与卷八各有一章写晏子两宰东阿的情境,先是治理有方,使民"无饥",而"毁闻于国",险被免职;后则不治,"重赋税","饥之过半",反"誉闻于国",景公"召而赏之"。晏子当然不会有这等事,是好事者表现晏子的异想天开。本篇效仿《晏子》,极为显见,也是照猫画虎的早期小说,被韩非用为"誉所罪、罚所赏"之例,则是该篇的小说成分。

《外储说左上》又有讽名人田仲之作。田仲即陈仲子,战国田齐时期的廉士,"兄戴,盖禄万钟",仲子"以兄之禄为不义",避居於陵,称於陵仲子,"身织屦,妻辟纑",自谋生计①。对这个人物的评价,当时就差异很大,或颂其廉,或称其节。孟子一面说他是齐人之"巨擘",一面又将他比作靠土水活命的蚯蚓,说称不上"廉";赵威后则因其"上不臣于王,下不治其家,中不索交诸侯",谓为"率民而出于无用者",以至问齐使"何为至今不杀乎?"②本章所记田仲故事,正是承此"无用"之说,杜撰一位好事者屈谷来见仲子,说他有"树瓠之道",其瓠"坚如石,厚而无窍",愿献给仲子。仲子说,"瓠所贵者,谓其可以盛也",坚厚无窍之瓠既不能盛物,又不能斟饮,于我无用。屈谷说,你说得很对,我将把它扔掉。作者最后说:"今田仲不恃仰人而食,亦无益于人之国,亦坚瓠类也。"现实中自然不会有如此好事之人和荒诞之事。无论作者是韩非,还是别人,本篇都是颇用心力虚造的讽刺小说。

《难二》记赵简子的一次围卫之战。简子"犀楯、犀橹立于矢石之所不及,鼓之而士不起",便扔下鼓槌,怨"士数弊也"。行人烛过"免胄而对曰:'臣闻之,亦有君之不能耳,士无弊者。'"随即列举献公、文公的武功霸业和惠公败于秦国,而三公皆"是人之用也",可见胜负不在士卒,而在

---

① 《孟子》卷六《滕文公章句下》,商务印书馆1936年影印本,第54页。
② 《战国策》卷十一《齐王使使者问赵威后》,第418页。

其君。"简子乃去楯、橹,立矢石之所及,鼓之,而士乘之,战大胜。"《吕氏春秋·贵直》亦作是记,大同小异。其实,不可能有文中所写之事。赵简子是晋国的上卿、伐卫总指挥,亲自于阵前擂鼓,已足够鼓舞士气,将士怎会也怎敢一概"不起"?显然是一种表意的造作。"烛过"虽被收入《汉书》的《古今人表》,实则并无其人,看那名字便知是为表意而设,"烛"简子屏蔽之"过"。这种在后来小说中常见的人物命名之法早在《庄子》中就已屡见不鲜了。《难二》于此章之下以"或曰"批驳了烛过,说他只见惠公之败,文公之霸,而"未见所以用人也"。用人在于赏罚严明,而简子"未可以速去楯、橹也"。这正是法家韩非的观点,也很有道理。上述故事只是反证这种观点的小说成分。但"或曰"之言也清楚表明,为表意而虚造之人不是韩非。作品另有造作者,让它处于未被引述的自然状态便是一篇先秦的表意小说。

四 《吕氏春秋》中的小说

由吕不韦总其众多宾客撰写的《吕氏春秋》,是先秦最后也最系统的一部大型子书,被《汉书·艺文志》列入"兼儒墨,合名法"的杂家。因其"罗古今图书,刺取众说,采精录异","瑰玮宏博"[1],某些方面遂得"大出诸子之右"[2],以至被今世学者誉为"先秦诸子的集大成"者[3]和"百科全书式的帝王教科书"[4]。全书十二纪、八览、六论,计一百六十篇,论议与叙事并重。大约吕不韦意在为将要统一中国的秦王提供一部切实可行的王者修身治国之书,所取的事例,更注重史实。只是"其所采摭,今见于周、汉诸书者,十不及三四,其余则本书已亡,而先哲之话言,前古之佚事,赖此以传于后世"[5],从而增加了该书的史料价值。但这只是问题的一

---

[1] 徐时栋:《吕氏春秋杂记序》,《烟屿楼文集》卷一,清光绪元年(1875)刊本。
[2] 高诱:《吕氏春秋序》,《诸子集成》第6册。
[3] 孙以楷、刘慕方:《〈吕氏春秋〉——先秦诸子的集大成》,《学术界》1992年第6期。
[4] 张富祥:《王政全书——〈吕氏春秋〉与中国文化》,河南大学出版社2001年版,第19页。
[5] 汪中:《吕氏春秋序》,载其《述学·补遗》,清同治八年(1869)扬州书局刊本。

面。另一方面,吕不韦"使其客人人著所闻"①,以充实事例。而"所闻"并不全是史实,也杂有虚事。既有集体积累的虚事,也有自觉虚构的虚事。后者除了"刻舟求剑"之类的寓言,也不乏小说和小说成分。不仅如此,让众多宾客各著"所闻",也难免不以杜撰敷衍,这也是其羼入小说成分的另一种因素。

《仲秋纪·爱士》载有秦穆公施恩得报故事。穆公一次出行,"车为败",一马走失,为"野人取之"。穆公"往求",见野人正"食之于岐山之阳",因叹其无酒而易伤身,遂"遍饮而去"。一年后,秦晋战于韩原,晋军包围了穆公,晋将"梁由靡已扣穆公之左骖","石奋投而击穆公之甲,中之者已六札矣"。在此危急关头,三百多吃过马肉的野人赶来,"疾斗于车下",救了穆公,大败晋军,秦军"反获惠公以归"。记此故事的还有《韩诗外传》卷十、《淮南子·氾论训》、《史记·秦本纪》、《说苑·复恩》等,而以本书为最早。岐山是秦国之地,在今陕西西部;韩原是晋国之地,"在韩城县"②,即今韩城市,位于陕西东部。两地相距数百里,野人怎能临时赶来助战?秦穆公与晋惠公的韩原之战发生在公元前645年,左僖十五年对其始末作了明白的记述:"秦伯伐晋",径至韩原,晋侯迎战,而"戎马还泞而止",惠公急呼庆郑援救;其时,晋将"梁由靡御韩简,虢射为右",迎战秦伯,将欲擒获,而"郑以救公误之,遂失秦伯。秦获晋侯以归"③。这是说,如果惠公不被泥泞所困,使庆郑"救公"误了时机,梁由靡等就很有可能将穆公擒获。结果,既未救得惠公,又走了秦伯,全局大败。看来,故事作者对这场战斗相当熟悉,连梁由靡几乎捉得穆公也颇了然,从而将穆公脱难、转败为胜的真实原因换作野人赶来拼死"疾斗",使善待野人的穆公得到报答。作品也因此成了有意虚构的寓意之作。

《孟冬纪·异用》写道:

　　孔子之弟子从远方来者,孔子荷杖而问之曰:"子之公不有恙

---

① 《史记》卷八十五《吕不韦列传》,第2510页。
② 李贤:《明一统志》卷三十二,明万历十六年(1588)杨氏归仁斋刊本。
③ 《春秋左传正义》卷十四,《十三经注疏》,第1805—1806页。

乎?"搏杖而揖之,问曰:"子之父母不有恙乎?"置杖而问曰:"子之兄弟不有恙乎?"杙步而倍(背)之,问曰:"子之妻子不有恙乎?"

作者以此显示"孔子以六尺之杖,谕贵贱之等,辨疏亲之义"。但这场面十分滑稽,孔子虽讲求礼仪,也绝不会在"远方来"的弟子面前接连作出这套"荷杖"、"搏(扶)杖"、"置杖"、弃杖"杙(曳)步"的杖礼表演。作品为表现孔子的好礼和懂礼,却虚构出一篇滑稽可笑的微型小说,带有明显的娱乐性质。

《仲冬纪·至忠》记述两章荒诞故事。首章,楚庄王猎于云梦,射中随兕,申公子培夺之。庄王欲"诛之",左右大夫进言,谓子培贤者,"此必有故",乃罢。"不出三月,子培疾而死"。后楚与晋"战于两棠,大胜晋",归而行赏。子培之弟为兄请赏,谓子培"尝读《故记》曰:'杀随兕者,不出三月'(必死)",子培是"犯不敬之名"为庄王长寿夺随兕而死的。庄王令人检视,"于《故记》果有,乃厚赏之"。申公子培,未见先秦史书有载,陈奇猷先生考作左宣十二年和《国语·楚语》所载的申叔时,可备一说。然而无论有无其人,都不可能产生上述事迹。子培相信"杀随兕者"必死,而射杀随兕的乃是庄王,子培夺之又有何用?岂非多此一举?此其一。庄王要诛子培,子培本该说明原委;大夫们奏说"此必有故,愿察之",庄王就该察问缘故。为何子培不说,庄王也不察问?此其二。"不出三月"必死是迷信之说,子培怎会应时而死?此其三。子培之弟在子培生前或死后不向庄王说明、请赏,为何要在大战之后庄王赏战功时为兄请赏?此其四。凡此种种,违逆事理,其为虚造显而易见。注家据《易》随卦有"随有获贞凶""随有获其义凶也"等语,以为"此篇系阴阳家之言,故用《易》为说也"①。若然,则是阴阳家的虚意造作。《说苑·立节》也记述此事,"随兕"作"科雉",亦谓"读《故记》曰:'射科雉者,不出三月必死。'"②这说明,不只随兕、科雉可以随意而造,古书之言也可随意而变。两者的不同自然可解作传闻异辞,但不是史事的传闻,而是为阴阳家或别家编造的

---

① 陈奇猷:《吕氏春秋校释》,学林出版社1984年版,第581页。
② 《百子全书》,第572页。

小说的传闻,其本质还是自觉虚拟的早期小说。

另一章更为荒诞。齐湣王"疾痏",太子请来宋国的文挚为王看病。文挚说:要治愈王病,就要使王发怒,最后王会杀挚。太子"顿首强请",说届时他和母亲"以死争之",王就不会杀挚。文挚曰:"请以死为王。"他约好时间,却三次都不如期而至,齐王因而发怒。文挚来后,"不解屦登床,履王衣。问王之疾,王怒而不与言。文挚因出辞重怒王,王叱而起,疾乃遂已"。王欲烹文挚,太子与王后"急争而不能得",遂烹文挚。"衅之三日三夜,颜色不变。文挚曰:'诚欲杀我,则胡不覆之,以绝阴阳之气?'王使覆之,文挚乃死。"痏是"恶疮",能用发怒治愈,实属奇闻;治愈恶疮者又为那患恶疮的齐王所烹,奇而又奇;烹之三日而不死,向王传授烹死自己的要诀,则非人事之奇,而是神异之奇了。尽管十二纪中不难见到阴阳家的虚妄之说,此种荒诞故事在全书叙事中却极为罕见。它是一篇精心结撰的寓意小说。窥其意旨,与其说是渲染"至忠"或"舍生取义",毋宁说是讽喻齐湣王的昏聩和横暴。结末特别显示隔绝"阴阳之气"的作用,似与上文同为阴阳家之笔。文挚其人,虽是治病的高手,却通神秘的"阴阳之气",作品不点明其为医者,或暗喻其为阴阳家耶?《三国志·华佗传》记云:

> 又有一郡守病,佗以为其人盛怒则差,乃多受其货而不加治,无何弃去,留书骂之。郡守果大怒,命人追捉杀佗。郡守子知之,属使勿逐。守瞋恚既甚,吐黑血数升而愈。

梁玉绳以为:"此实事,与挚怒齐王类。"[①]仔细斟酌,当是有人仿文挚故事为华佗编造奇异传说,而被陈寿采入《华佗传》的。此传共引十五例,除去一位路遇的病人,其余十三人,上至曹操,下至县吏,皆书其姓字和病征,有的还写出具体府县,唯此郡守既无姓名,也无府县,更不知得了何病,情节也与文挚故事十分相似,模仿之迹显而易见。

《仲冬纪·忠廉》有记叙要离刺杀王子庆忌之文,也是今天所能见到

---

① 梁玉绳:《吕子校补》卷一,清光绪四年(1878)会稽章氏刊本。

的记录此事的最早的文字。春秋末期,吴公子光使专诸刺杀王僚夺得王位之后,又"欲杀王子庆忌"。要离自荐,并请吴王阖闾助之,于是"加要离罪焉,挚执妻子,焚之而扬其灰"。要离"往见王子庆忌于卫",诳其回吴夺权。庆忌信而从之,渡江时被刺,却将要离投之于江,三浮三投,放其回吴。阖闾"大说(悦),请与分国",而要离以为为此焚杀妻子"不仁",为故主杀新主"不义",被庆忌赐而不杀"已辱",乃"伏剑而死"。文中未写庆忌之死,只能从阖闾的"大悦"中体会。但其临死还能三投要离于水,又放而不杀,何可思议?要离本属自荐,事后却说自己的作为"不仁""不义",自相抵牾。后至《吴越春秋·阖闾内传》,故事就更为离奇:要离乃伍员所荐,曾羞辱过与水神"决战"的勇士椒丘䜣,刺庆忌被放后无颜回吴,当即自杀。这两处记述影响很大,后世之文广为征引。而《春秋》三传及《史记·刺客列传》等史书均不见采录。《左传》哀公二十年即吴夫差二十一年,更有如下记述:

> 吴公子庆忌骤谏吴子,曰:"不改,必亡。"弗听。出居于艾,遂适楚。闻越将伐吴,冬,请归平越,遂归。欲除不忠者以说于越。吴人杀之。

这里的吴公子庆忌不论是吴王僚子、王僚弟之子,还是夫差之子(史家有此三说),并未死于阖闾之时,而是死于夫差二十一年。他不是被要离刺死,而是由于"欲除不忠者以说于越"被"吴人杀之"。由此,清代史家李锴和高士奇均否定两种"春秋"对此记述的真实性。李锴断言"庆忌非王僚之子",并说:"太史公传《刺客》而无要离,有所见夫。"①高士奇则说:"公子庆忌,左氏载于夫差将亡之日,而诸书皆以为阖庐时人,误矣!"其所撰《左传纪事本末》"仍以《传》为主,而附要离事于末简,以资见闻"②。就是说,要离刺庆忌故事只被视为好事者虚造的趣味之作,也就是我们今天之谓小说了。

---

① 李锴:《尚史》卷六十三《吴诸臣传·鱄设诸(要离附)》,《文渊阁四库全书》,第 405 册,第 116 页。

② 高士奇:《左传纪事本末》卷五十一,中华书局 1979 年版,第 793 页。

《仲冬纪·长见》记云：

> 吕太公望封于齐，周公旦封于鲁。二君者甚相善也，相谓曰："何以治国？"太公望曰："尊贤上（尚）功。"周公旦曰："亲亲上恩。"太公望曰："鲁自此削矣。"周公旦曰："鲁虽削，有齐者亦必非吕氏也。"其后齐日以大，至于霸，二十四世而田成子有齐国；鲁日以削，至于觐存，三十四世而亡。

让周初的吕望和姬旦预言数百年后齐、鲁的政治形势，互相贬损，并合于未来的发展状况，是绝不会有之事，显然出自虚构和蓄意的造作。研究者指出："不但所记太公、周公的对话不可信，即有关齐强鲁弱的预言性说法亦足证其出于战国中晚期无疑。"① 如将全篇视为有机整体，则当产生在鲁亡之后。楚灭鲁在公元前249年。秦庄襄王同年"使相国吕不韦"灭周②。依孙星衍说，本书《序意》揭示的《吕氏春秋》成书年代——"维秦八年"，当从"庄襄王灭周后二年癸丑"算起，"至始皇六年，共八年"③，即公元前241年，本篇就产生在公元前249至公元前241这七八年间，恰是《吕氏春秋》撰著之时。若然，则应是此书作者为宣示"长见"（远见）杜撰的一篇寓意小说。与此相关的还有《史记·鲁周公世家》和《说苑·政理》分别所作的如下记述：

> 周公卒，子伯禽固已前受封，是为鲁公。鲁公伯禽之初受封之鲁，三年而后报政周公。周公曰："何迟也？"伯禽曰："变其俗，革其礼，丧三年然后除之，故迟。"太公亦封于齐，五月而报政周公。周公曰："何疾也？"曰："吾简其君臣礼，从其俗为也。"及后闻伯禽报政迟，乃叹曰："呜呼！鲁后世其北面事齐矣。夫政不简不易，民不有近；平易近民，民必归之。"

> 伯禽与太公俱受封而各之国。三年，太公来朝，周公问曰："何治

---

① 张富祥：《王政全书——〈吕氏春秋〉与中国文化》，第15页。
② 参见《史记》卷五《秦本纪》，第219页。
③ 孙星衍：《问字堂集》卷一《太阴考》，清光绪十年（1884）四明是亦轩刊本。

之疾也?"对曰:"尊贤,先疏后亲,先义后仁也。"此霸者之迹也。周公曰:"太公之泽及五世。"五年,伯禽来朝,周公问曰:"何治之难?"对曰:"亲亲者,先内后外,先仁后义也。"此王者之迹也。周公曰:"鲁之泽及十世。"故鲁有王迹者,仁厚也;齐有霸迹者,武政也。齐之所以不如鲁也,太公之贤不如伯禽也。

三章写的是同一事体,从思想到内容却很不同。这不是传闻异辞,而是由表现不同主题衍化出的不同意象结构。《史记》所记褒齐贬鲁,以周公之语张扬霸道;《说苑》所记褒鲁贬齐,通过周公与作者的评判宣示王道:两者针锋相对。而《长见》只是客观地显示齐鲁各自的短长,太公与周公说的都是对方的"短",作者并无明显的倾向。从这方面看,后两则很可能是从前则衍化而出,在表现作者思想倾向的同时,也将太公与周公的对谈变为太公与伯禽报政,以便看起来更贴近当时两国三人的实际状况。

《季冬纪·士节》还记述了晏子与北郭骚的故事。北郭骚求晏子给以帮助,供养老母。后晏子被景公怀疑而出走,北郭骚以自杀向景公表明晏子之贤。对其虚拟的小说品格,笔者已在考察《晏子》时做过辨析。这里要说的是,《士节》的记述对《晏子》作了必要的补充。在《晏子》中,北郭骚只谓悦晏子之义,"愿乞所以养母者",晏子就使人济之。《节士》不然,在北郭骚请乞晏子之后,加入晏子仆人的一段话:"此齐国之贤者也。其义不臣乎天子,不友乎诸侯;于利不苟取,于害不苟免。今乞所以养母,是说(悦)夫子之义也。必与之。"从而介绍了北郭骚其人,也使晏子的救济更自然合理。从这类后补的文字中,我们看到了早期小说在流传中的发展轨迹。

《季冬纪·序意》本是"十二纪"之序,后半却羼入一篇叙事。"赵襄子游于囿中",至桥而马不进。"青荓为参乘",奉命"进视梁下",见欲刺赵襄子为智伯报仇的豫让在那里"佯为死人",便对豫让说:"少而与子友,子且为大事,而我言之,是失相与友之道;子将贼吾君,而我不言之,是失为人臣之道。如我者惟死为可。"遂自杀。豫让刺赵襄子失败而死之事,《战国策·赵策》和《史记·刺客列传》都作了详细而相同的记载,并无青荓其人其事。如有如此死义之人,必为史家大书一笔。再者,豫让

"佯为死人"于桥下,襄子人马行之于桥上,其马何得视之而"不进"?即便见到桥下有"死"人,马在桥上也不会不进。此等违背事理的造作,也说明其为虚拟之笔,是一篇宣扬舍生取义的早期小说作品。

《先识览·先识》载有屠黍预言事。晋太史屠黍见晋君无德,谏而不听,便"以其图法归周"。周威公问他"天下之国孰先亡?"他答以"晋先亡"。理由是晋君不信"天妖",不恤百姓,不举贤良,也不听太史之谏。"居三年,晋果亡。"威公又问他"孰次之",屠黍答以"中山"。理由是其俗异常,为"亡国之风",而"其君不知恶"。二年后,"中山果亡"。威公再问"孰次之",他始而不对;"固问",对曰:"君次之。"威公乃惧,广求贤者,大减"苛令",因而得终其身,但死不得葬,"周乃分为二"。全文四百余字,篇幅较长。《说苑·权谋》也作了大体相同的记述。如果按《史记·六国年表》理解这里的所谓晋与中山之亡,则与史实大相抵牾。晋国亡于静公二年,即公元前 376 年韩、赵、魏三家分晋;中山则于公元前 295 年(《史记·赵世家》作惠文王三年,即前 296)被赵及燕、齐所灭。两者相距约八十年,不仅与上文无法合榫,威公与屠黍也不可能有此阅历。于是有前人作出新的解释:晋亡指"晋幽公之乱","幽公遇乱而亡";中山之亡指"魏文公所灭之中山"。但这解释也并非"与屠黍所言正合"①。晋幽公于其十八年(前 420)被杀,时当魏文侯二十七年,而魏拔中山,"使子击守之"②,是在文侯十七年(前 430),较晋幽公被杀还早十年,可见其与屠黍预言亡国之先后是颠倒的。其实,这样一篇神化屠黍其人的作品决然不是什么实事。在政治风云变幻莫测而信息又极不灵通的战国时代,预言各诸侯国兴亡的先后是极端困难的。一国或一君的败亡有其内部与外部的诸多因素,屠黍只凭所知一国之君的好歹或民俗状况就下判断,言之凿凿,怎么可能言而必中?分明是战国中后期有人把已经发生的晋与中山的败亡及周分东西之事随意加于早年太史屠黍之口,使他显得神乎其神,由此造成违逆史实或时序错乱。面对周威公,这位太史竟说下一个亡国

---

① 苏时学:《爻山笔话》卷四《吕氏春秋》,清同治三年(1864)五羊城刊本。
② 《史记》卷四十四《魏世家》,第 1838 页。

的就是你！这更不可能。通篇可见后来小说家常用的神化人物的夸诞笔法，不可认作实在的历史，而应视为虚拟的小说或小说成分。

《审应览·具备》载有宓子贱治亶父事，也是篇幅较长的情节委曲之作。宓子受命将行，恐鲁君听信谗言，干预其政，"请近吏二人于鲁君，与之俱至亶父"。宓子当众命"二人书"，而他又从旁"掣摇其肘"；吏写得不好，他又发怒。"吏甚患之，辞而请归"，把情况报给鲁君。鲁君叹曰："宓子以此谏寡人之不肖也。寡人之乱宓子而令宓子不得行其术，必数有之矣。"遂派亲信告诉宓子贱放手治理，"五岁而言其要"。宓子从而"得行其术"。三年，巫马旗短褐弊裘"往观化于亶父，见夜渔者，得则舍之"，问其故，对曰："宓子不欲人取小鱼也。所舍者小鱼也。"巫马旗归告孔子："宓子之德至矣，使民暗行若有严刑于旁。敢问宓子何以至于此？"孔子曰："丘尝与之言曰：'诚乎此者刑乎彼。'宓子必行此术于亶父也。"宓子名不齐，子贱其字，孔子弟子。孔子谓其"君子"（《论语·公冶长》），并慨叹："惜哉不齐所治者小，所治者大则庶几矣！"（《史记·仲尼弟子列传》）可见宓子贱确是闻名遐迩的贤宰。后来产生了其宰单父的多种传说，而以掣肘谏鲁君之举流传最广，被人常用的"掣肘"之典就出于此。不过，在有关宓子的多种传说中，掣肘故事最为虚妄。试想，既要人把字写好，又掣其肘给他捣乱，写不好又要发怒责备，这还像个正常的人吗？贤宰怎会如此荒唐？超越现实的人物形象有两大类，一类是超越人的自然性，神奇幻异皆属此类；另一类是超越人的社会性，所作所为不是人力达不到的，而是正常人不会做的。《当务》篇写两个"勇"夫互割对方之肉下酒，本篇宓子贱掣写字者之肘，都是后一类虚诞之事。前者是一望可知的寓言。后者的宓子实有其人，宰单父实有其事，从而远离寓言，而是一篇寓意小说。经过传说，益以巫马之访，孔子之教，遂成一篇委曲之作。这故事后被写进《孔子家语》，又多有生发，并增入贾谊《新书》有关宓子作宰的记述，内容与篇幅都是本篇的延伸与发展。

《开春论·期贤》记云：

  赵简子昼居，喟然太息曰："异哉！吾欲伐卫十年矣，而卫不伐。"侍者曰："以赵之大而伐卫之细，君若不欲则可也，君若欲之，请今伐之。"简子曰:"不如而言也。卫有士十人于吾所。吾乃且伐之,十人者其言不义也,而我伐之,是我为不义也。"故简子之时,卫以十人者按赵之兵,殁简子之身。卫可谓知用人矣,游十士而国家得安。简子可谓好从谏矣,听十士而无侵小夺弱之名。

乍看似乎合情合理,而与史书所记大相径庭。《春秋》经文和左氏传于定公十年、哀公五年、十四年、十七年四载赵鞅(即赵简子)"伐卫"和"围卫"。左定十三年杜预注云:"十年,赵鞅围卫,卫人惧,贡五百家,鞅置之邯郸。"①这充分说明《期贤》此章所记纯属子虚。便是该书《贵直论》所记"赵简子攻卫附郭"一章,也同此记相抵牾。此章想是欲为赵简子唱赞歌者虚拟的一篇粉饰之作。

《开春论·贵卒》写吴起之死。吴起受楚悼王重用,谓楚地广人少,乃"令贵人往实广虚之地,皆甚苦之"。悼王死,尸尚在堂,贵人皆来,共射吴起。"吴起号呼曰:'吾示子吾用兵也!'拔矢而走,伏尸插矢而疾言曰:'群臣乱王!'"吴起死,射者尽按"丽兵于王尸"而定重罪,"逮三族"。据《战国策》和《史记》记载,吴起相楚,多有作为,"罢无能,废无用,损不急之官,塞私门之请"②,因此,"楚之贵戚尽欲害吴起"。《贵卒》所写的移民于"广虚之地",即使有之,也不是吴起被害的主因。更重要的是吴起被害时的情况:"宗室大臣作乱而攻吴起,吴起走之王尸而伏之。击起之徒因射刺吴起,并中悼王。"事后,太子"尽诛射吴起而并中王尸者"达"七十余家"③。《贵卒》所写与《史记》此记全然不同,贵戚们只射中吴起,吴起将箭拔下,插在王尸上,还自我张扬这种急中生智的"用兵",实是愚不可及的"嫁祸",也是不可能发生的事。这就把一个惨烈攻杀吴起的场面变成吴起的借刀杀人,以关键环节的虚构性改变题材本质的真实性,从而把历史事件写成了小说。

---

① 《春秋左传正义》卷五十六,《十三经注疏》,第2150页。
② 《战国策》卷五《蔡泽见逐于赵》,第216页。
③ 《史记》卷六十五《孙子吴起列传》,第2168页。

结　　语

　　这里考察的四部子书与《庄子》不同,作品的主人公大都是历史的真实人物,其言行久被视为史实或史事的传闻异辞,具有一望可知的非寓言性。所以无须像对《庄子》那样,逐一辨明其非寓言。作品内容的虚构性和虚构的自觉性,足以确定其为小说或小说成分。它们与《穆天子传》及《晏子春秋》《庄子》中的同类作品,汇成一支数以百计的先秦小说之流,是中国小说的先河。中国小说的童年正是从这里蹒跚起步,走向未来。

　　战国中后期不仅是百家争鸣的时代,也是文体丛生的时代。非但不同子书体式差异很大,同一部子书的不同篇章也每见不同体式之文。在尚无文体规范的情况下,各为"达意"施展本领,发挥创造,而以叙事喻理明道最受青睐,成为当时子书的潮流。甚或通篇叙事,寓理其中(如《公输》《说剑》之类)。除征引大量史实和历史传说,还征引原本虚拟之作,或自行虚造多种故事(此以《庄子》为最),从而在尚无"小说"观念的时代,不自觉地保存与推出相当数量的早期小说。这是多部先秦子书文学价值的一个方面,小说史家不可不予以应有的重视。

(原载《国学研究》第 22 卷,题作《先秦四部子书小说成分考辨》)

《战国策》之小说考辨

《战国策》是刘向以多种名目古书汇纂、整理而成的一部典籍。原为三十三篇,后改篇为卷。至宋《崇文总目》已缺十一卷,曾巩访求而补,始足其数,流传至今。它是史书还是子书?宋以来学界就持论不一。马王堆汉墓帛书出土后,论者对这部曾被《汉书·艺文志》列入"春秋"类著作多倾向于纵横家书。无论属哪一类,其对后世的史料价值不容忽视。从司马迁著《史记》到今人写战国史,《战国策》都是最重要的史料依据。这固然是由于秦始皇的一把火焚毁了《秦记》以外的各国史记,同时也因为《战国策》全书属于叙事,而形态类乎纪实。马王堆出土的《战国纵横家书》计二十七章,内有八章又数段与《战国策》相同[1],这在得以证明后者有关苏秦的较多章节显为虚拟的同时,也证明了其书确有相当多的战国时期的史事记录。

最早把《战国策》由史部改隶子部"纵横家类"的晁公武《郡斋读书志》"谓其纪事不尽实录,难尽信"(卷第三上)。其后质疑其某章真实性者代不乏人,于今为盛。缪文远先生撰《战国策考辨》一书,对全书近五百章逐一考察[2],旁征博引,定为后人"拟托"之作有89章。由于年代久远,相关史料不足,难定真伪者还不在少数,故全书"拟托"之作远不止

---

[1] 参见杨宽《马王堆帛书〈战国纵横家书〉的史料价值》,《战国纵横家书》,文物出版社1976年版,第155页。

[2] 上海古籍出版社1985年出版的《战国策》计497章,缪著计考495章。

此。谓其"大半是小说",似嫌太过,或待深考;说它真伪参半,则庶几近实。

"拟托"即虚拟之文,自非史作。学界或称之散文,或称之寓言,或称之小说与传奇小说。广义的散文是对韵文或骈文而言,以称非韵非骈的《战国策》文自然不错。但在文体区分日趋细致与完备的今天,则易混同于狭义的散文。狭义散文,就其整体而言,一般不为虚拟的叙事,策中某些纪实之作(如《触龙说赵太后》)才是货真价实的散文。寓言倒是虚拟叙事,但其普遍的夸诞特征一望可知,无须考辨。《战国策》虽有画蛇添足、狐假虎威等寓言成分,但那只是文中人物所讲之事,是作品的一个部分,各章整体均非寓言。非但不是寓言,还有事体外观的拟实性,所以才须仔细辨别方知真伪,否则常被以假乱真。如此看来,那些原本冒充实事并骗过历代学者的虚拟叙事应是早期拟实小说,有些还是篇幅较长,人物、情节与结构相当完整的小说,较之《晏子春秋》《墨子》《荀子》中的拟实之作已有明显的艺术发展。本文拟对其部分作品加以辨析。引文据上海古籍出版社1985年出版的以姚宏注本为底本的《战国策》,参考鲍彪注本,择善而从。

一 虚拟纵横家游说之作

战国中后期,纵横家的游说活动盛极一时,或倡合纵,或主连横,主要代表人物当是苏秦和张仪。据《战国纵横家书》显示的情况,苏秦活动的时代较晚,后于张仪。由于《史记》将两人的时代搞颠倒了,又由于苏秦合纵抗秦的主张顺应秦汉人之心,并留下《苏子》三十一篇,遂成了纵横家之首。《战国策》中苏秦游说六国君主合纵抗秦之作计有六篇。它们包括《齐策一·说齐宣王》《楚策一·说楚威王》《燕策一·说燕文侯》及《赵策二》《魏策一》《韩策一》说三国君主各一篇。六篇之中,没有一篇纪实之作,都是后来好事者虚拟苏秦的合纵业绩。史家已指出其中许多史事之误和"拟托"之证①,此不赘述。这里再从写法和文笔解读其虚拟的根底。这六章的写法完全相同,各让苏秦讲一通合纵抗秦的道理,最后由被说服的国君表示"敬奉社稷以从"或"敬以国从"。苏秦各篇说辞全从该国地理之优越说起,随后罗列军队数量之多,战力之强,而后便对其国"西面事秦"或"欲西面事秦"或"臣于秦"表示惋惜。如此各篇一律,与《战国纵横家书》中苏秦游说燕王、齐王、赵王的十几篇书信、说辞各有旨趣而无雷同形成巨大反差和鲜明对比。这种缺乏个性的一般化说辞和各国君主如出一口的表态,正是后人只了解笼统的合纵之义,而无当时具体境况需要造成的,也是虚拟的一个重要内证。其实,在苏秦活动的时代,无论强齐、大楚,还是三晋魏、赵、韩,乃至实力较弱的燕,都各自图强,根本没有"西面事秦"之言之事,苏秦如此措辞等于面辱其王,诋毁其国,是决然不会发生的,乃是后人虚拟无端夸饰的产物。这些虚拟的游说之作,长者一二千字,短者也有六七百字,既有早期小说的规模,也有结构的完整性,而由于各篇大同小异,很少生气与特色,作为早期小说也价值无多。

令人瞩目的是写苏秦游说的别种作品。《秦策一·苏秦始将连横》,写苏秦最早以连横游说秦惠王事。他劝秦王"并诸侯,吞天下,称帝而治",十次上书而秦王不从,于是"黑貂之裘弊,黄金百斤尽,资用乏绝,弃秦而归"。至家,"妻不下纴,嫂不为炊,父母不与言"。苏秦慨叹之后,发愤读书,夜深"欲睡,引锥自刺其股,血流至足";一年后揣摩太公兵法而成,游说赵王,一举成名,"封为武安君,受相印,革车百乘,锦绣千纯,白璧百双,黄金万溢,以随其后。约纵散横,以抑强秦"。

> 将说楚王,路过洛阳。父母闻之,清宫除道,张乐设饮,郊迎三十里。妻侧目而视,倾耳而听。嫂蛇行匍伏,四拜自跪而谢。苏秦曰:"嫂,何前倨而后卑也?"嫂曰:"以季子位尊而多金。"秦曰:"嗟乎!贫穷则父母不子,富贵则亲戚畏惧,人生在世,势位富贵,盖可忽乎哉!"

---

① 参见缪文远《战国策考辨》,中华书局1984年版,第93—94、138—139、176—177、213—214、259、293页。

全文约一千三百字,不只写了主人公的游说活动与言词,还写了他的挫折、受辱、攻苦与成功后的荣耀,尤其写了家人对他特出的前倨与后恭,颇有意味。但作品亦非纪实之文。据《战国纵横家书》,"苏秦的主要活动是在齐湣王统治齐国的时期"①,与游说其前多年的秦惠王不合。而连横的另一代表人物张仪主要活动于秦惠王时期,被用为秦相,惠王用其联合韩、魏攻楚的策谋,夺取了楚的汉中。如此重视连横、重用张仪的秦惠王,不会对当时主张连横的苏秦十次上书而不理。凡此都是小说家的造作,是用以磨炼、表现苏秦的小说笔法。至于让苏秦说秦"北有胡貉、代马之用,南有巫山、黔中之限",则如史家所指出的,"胡、代在赵之北,并非秦地。秦取巫、黔中在昭王三十年,去惠王之死已三十四年"②,与当时地理形势龃龉难合,显然是后人照战国后期秦吞并了多国之后的地理状况杜撰而成。通篇用语多有夸饰,"以耸听闻","视为小说传奇可矣"③。这种小说的夸张笔法,把苏秦的荣辱与世情冷暖充分典型化了,对后世产生了很大影响。李白在《别内赴征》中写道:"归时倘佩黄金印,莫学苏秦不下机。"此后白居易、苏轼等多位诗人都在诗中用过这一典故。明代苏复之还以此为题材写了传奇《金印记》。还应指出,先秦诸子中的拟实之作表现人情世态的极为罕见,本篇成为后世此种主题小说之滥觞。

《齐策三·楚王死》是将纵横家苏秦游说本领极端化的作品。楚王死,楚太子在齐为质。苏秦建议薛公不放太子回楚,以求楚献近齐之地——下东国。薛公以为"郢中立王"而"我抱空质",妄"行不义于天下"。苏秦说可谓楚之新王:"与我下东国,我为王杀太子。不然,我将与三国共立之。"如此就能稳取欲得之地。作者在此竟插入以下直白:

> 苏秦之事,可以请行;可以令楚王亟入下东国;可以益割于楚;可以忠太子而使楚益入地;可以为楚王走太子;可以忠太子使之亟去;可以恶苏秦于薛公;可以为苏秦请封于楚;可以使薛公以善苏子;可

---

① 杨宽:《马王堆帛书〈战国纵横家书〉的史料价值》,《战国纵横家书》第165页。
② 缪文远:《战国策考辨》,第30页。
③ 诸祖耿:《战国策集注汇考》,江苏古籍出版社1985年版,第139页。

以使苏子自解于薛公。

随后苏秦向薛公请行,去楚说服了新王献出下东国;回头以此要挟太子对齐割地加倍以换取齐国"必奉太子";这又引起新王的惶恐,"益割地而献之,尚恐事不成"。苏秦再对新王表示,他可赶走太子这个祸根;而后谓太子割地乃是空名,以齐楚"交成"吓走了太子。不仅如此,又使人说服楚新王封苏秦为武贞君,使景鲤请薛公"以善苏秦"。总之是将上段直白一步步变为现实。这里所谓"楚王死",显然是指楚怀王,新王应为楚襄王(实际也就是在齐为质的楚太子横,在此被作者一分为二),薛公即齐相孟尝君田文。把纵横家的诡计多端渲染到如此地步,既与楚怀王被秦扣留期间齐归楚太子横立为襄王的史事大相径庭,又多悖于人情事理,其为"虚设之辞,不足深辩"①。实际是将作者代苏秦所能假设的种种情况一一作为实境写出,以显示苏秦极善谋与辞令。其表现方法很像把种种推测加以实写的现代推理小说。即此就有其特别的价值,谓为推理小说之先河亦无不可。齐思和说"此章胜境层出,奇变无穷"②,也是就早期小说艺术而言的。

与此相关的是《楚策二·楚襄王为太子之时》,也写楚怀王死,在齐为质的楚太子答应向齐献东地五百里才得归国立为襄王。后齐遣使索地,子良以为"不可不与",昭常以为"不可与",景鲤主张"索救于秦"。而慎子让襄王并用三人之策:以子良为献地之使,遣昭常为大司马"令守东地",派景鲤去秦求救。结果,齐王兴兵讨伐昭常,未临边界,秦军已到,谴责齐国不仁不义,齐即收兵。据《楚世家》,怀王被留于秦,齐归楚太子立为襄王,并无要楚献地之事。楚襄王三年,怀王死于秦,秦归其丧,"秦楚绝"。本章内容与此种史实处处抵牾,求救于所仇之秦更是荒唐。三策并用则近乎儿戏。作者想出这种完全脱离实际的纵横之术,恐怕不只是为了给致力于纵横之学的人提供学习的样本,在很大程度上还是出于兴趣,写着读着都颇有意味。这也正是虚拟作品能愉悦读者的审美功能。

----

① 马骕:《绎史》卷一百三十一注,清光绪十五年(1889)浦氏刊本。
② 齐思和:《战国策著作时代考》,《中国史探研》,河北教育出版社2000年版,第448页。

策中张仪游说六国君主连横之文亦有六章,列于苏秦游说六国君主各章之后。史家辨明,它们也全是后人的"拟托"①。张仪好像是苏秦的对手,逐一破坏苏秦的合纵。他比苏秦早死 25 年,在游说赵王和魏王时却两次谈到苏秦被车裂而死,岂不怪哉？张仪为秦游说各国,至少表面上应取平等"与国"联合的态度,而其说辞却大言不惭要各国"事秦",不"事秦"就要"下甲"来攻,轻则失地,重则危国。这不像连横说辞,更像居高临下的威胁、恫吓或最后通牒。更可怪者,各国之王闻其说辞,非但不怨不怒,反愿"敬以国从"、"割地以事秦",甚至表示"请比郡县"或"请称东藩",一片归顺之声,没有丝毫七国争雄的气息。这无疑是秦统一后或已形成统一大势情况下作者的虚拟。其中魏王回应之语为"请称东藩,筑帝宫,受冠带,祠春秋,效河外";韩王回应之语为"筑帝宫,祠春秋,称东藩,效宜阳",两者遣词用语同如版印。再看苏秦说魏王之语:"今乃有意西面而事秦,称东藩,筑帝宫,受冠带,词春秋,臣窃为大王愧之。"原来魏、韩二王回应张仪之语竟然照录苏秦讽喻魏王之言。这不仅说明张仪上列游说之文乃是后人的滥造,那滥造之人还可能就是苏秦游说六国之文的作者。在这些作品中,合纵与连横在很大程度上被作者写成以往的纵横家随意左右国君的政治游戏,国君也都顺乎纵横家之意,随意作答。不仅没有历史的真实性,也缺乏拟实小说应有的严肃性。

表现张仪之作也有富于小说意味者,那是《楚策三·张仪之楚贫》。张仪在楚,贫至"衣冠"破敝,舍人"怒而欲归"。张仪曰:"子待我为子见楚王。"

  张子见楚王,楚王不说(悦)。张子曰:"王无所用臣,臣请北见晋君。"楚王曰:"诺。"张子曰:"王无求于晋国乎？"王曰:"黄金珠玑犀象出于楚,寡人无求于晋国。"张子曰:"王徒不好色耳？"王曰:"何也？"张子曰:"彼郑、周之女,粉白黛黑,立于衢间,非知而见之者,以为神。"楚王曰:"楚,僻陋之国也,未尝见中国之女如此其美也。寡人之独何为不好色也？"乃资之以珠玉。

---

① 参见缪文远《战国策考辨》,第 94、139、178—179、213—214、260、296—297 页。

当时受楚王宠幸的南后与郑袖"闻之大恐",分别向张仪献黄金千斤与五百斤。张仪辞楚王,求王"赐之觞",又请"招所便习而觞之"。王乃召南后、郑袖同饮。张仪再拜而请曰:"仪有死罪于大王。"王问:"何也?"张子曰:"仪行天下遍矣,未尝见人如此其美也。而仪言得美人,是欺王也。"王曰:"子释之,吾固以为天下莫若是两人也。"张仪如此骗取楚王与南后、郑袖的财物,像个挖空心思的江湖骗子,而不像是纵横家。据《史记·张仪列传》,张仪未得志时,曾被楚相诬其盗璧而遭毒打,此后再至楚时,已贵为秦相,且"往相楚",何得曰贫?此章为后人杜撰显而易见。而作为早期小说,却是佳作。两个对话小场面写得跌宕起伏,风帆饱满,把张仪的骗术之高、足智多谋和楚王的好色、愚蠢、自以为是一并展示给读者。特别是最后一笔,在刻画楚王被张仪玩于股掌之上的同时,也充分显出这位国君自作聪明、自鸣得意的心理和憨态。

二 虚实参半的拟史之作

《战国策》中的小说并不全是凭空虚造的纵横家的游说活动与辞令,也有将战国时期的真人事迹加以想象与生发,或将虚拟的人物事迹置于切实的历史背景,形成亦假亦真、虚实参半的拟史之作,类乎后世的历史小说。

《秦策五·濮阳人吕不韦贾于邯郸》,写吕不韦立秦庄襄王事。在邯郸经商的吕不韦得遇在赵为质的秦王子异人,回家谓其父曰:"田耕之利几倍?"父曰:"十倍。"又问:"珠玉之赢几倍?"答曰:"百倍。"再问:"立国家之主赢几倍?"答以"无数"。不韦曰:"愿往事之。"随后就去见异人,并入秦游说王后之弟阳泉君:"王年高矣,王后无子,子傒有承国之业,士仓又辅之,王一日山陵崩,子傒立,士仓用事,王后之门必生蓬蒿",阳泉君也就"危如累卵";倘能让王后立异人为太子,则"王后无子而有子",阳泉君的富贵可保永久。阳泉君又去说服了王后,"王后乃请赵而归之"。赵不肯放,吕又晓以利害,"赵乃遣之"。因王后是楚人,吕使异人"楚服而见",改名子楚,终被秦王立为太子。后"子楚立,以不韦为相,号曰文信侯,食蓝田十二县",以"王后为华阳太后"。据《史记·吕不韦传》,在赵为质的子楚确是由于巨贾吕不韦的大力游说才得以返回秦国,做了太子,最后被立为秦庄襄王,封吕不韦和华阳太后。这一历史轮廓大体合于实际,但具体过程和情节、细节却远非如此,两书的差异既大且多。钱穆就曾指出三点:"《史》谓不韦入秦当昭王时,而秦策吕不韦为子楚游秦,已当孝文王世,一异也。《史》谓不韦先说华阳夫人姊,而秦策不韦所说乃秦王后弟阳泉君,二异也。《史》谓子楚于邯郸之围脱亡赴秦军,而秦策乃王后请赵,而赵自遣之,三异矣。"①非但此也,游说之世不同,人物身份也就大异。列传中的吕不韦为子楚游说直至与之归秦,子楚之父都不是国王,而只是太子安国君;其"甚爱姬"为华阳夫人,而非王后。游说对象不同,说辞也就大不一样,"王年高矣"云云尤其不着边际,因为孝文王只立一年就驾崩,何言"年高"? 既非年高,建立在"王年高"基础上的言语就都是虚造。这充分说明秦策此章违背历史,掺入太多的想象与虚构,而别有所据的《史记》所记则较为近理。又者,开头写吕不韦与其父论获利之大小,显非可以告人者,谁能知之? 当是小说家的臆想之词。总之,诸多方面都清楚地表明,篇幅曼长的此章乃是虚实参半的拟史小说。

《楚策四·庄辛谓楚襄王》,写庄辛的远见和说辞。楚之庄辛看到楚襄王宠幸佞臣,"左州侯,右夏侯,辇从鄢陵君与寿陵君,专淫逸侈靡,不顾国政",就警告他:"郢必危矣!"襄王非但不听,反谓其"老悖""楚国袄祥"。庄辛乃避之于赵。五个月后,"秦果举鄢、郢、巫、上蔡、陈之地,襄王流掩于城阳"。襄王于是把庄辛接回,表示懊悔,问他:"今事至于此,为之奈何?"庄辛对以俗语"亡羊而补牢,未为迟也",并说:"臣闻昔汤、武以百里昌,桀、纣以天下亡,今楚国虽小,绝长续短,犹以数千里,岂特百里哉?"随后以蜻蛉、黄雀、黄鹄只顾得意而飞终被人获反复为喻,说明只顾享乐必将失地或亡国之理,并举蔡圣侯被受命楚宣王的子发所灭与襄王失地迁都并论。襄王闻而"战栗",遂"以执珪而授之为阳陵君,与淮北之

---

① 钱穆:《先秦诸子系年》,中华书局1985年版,第492页。《史》为《史记》之简。

地"。《新序》卷二也有类同的记载,末云:"乃封庄辛为成陵君而用计焉,与举淮北之地十二诸侯。"此章向被史家奉为信史,或谓"丧乱之后,补败扶倾之计皆出于庄辛"①,甚至将庄辛与楚之申包胥、屈原并列②。只有姚鼐认为"以弋说襄王"及庄辛篇"并是设辞"③,但未讲明缘由,似难骤断。不过,我们虽不能确证全文之伪,却可辨析作为其主要部分的庄辛的说辞。其最初以"亡羊补牢"等语回答襄王之问,切中肯綮,合情入理。其后以虫鸟、蔡圣侯为喻作比,洋洋四五百言,只为说明一点:"淫逸侈靡"就会亡国。而这,正是他最初进谏就说明了的,如今王已知悔,再度宣讲则无的放矢。"左州侯,右夏侯,辇从鄢陵君与寿陵君"等语与初谏完全重复,且对襄王答非所问。此处虫鸟之喻源于《庄子·山木》所写的蝉、螳螂与异鹊,其间一物降一物的生物链原是一种整体意象,很能发人作哲理思考,经过本章作者的衍化与生发,变成三种虫鸟与人的关系:三者同样被人捕获,构成三种相同的意象,浅显、絮烦而又重复。此等说辞谁耐久听? 又者,蔡无圣侯,或声侯之讹,而声侯并非亡国之君;楚灭蔡,蔡君为蔡侯齐,时当楚惠王四十二年(前447),下距楚宣王当政(前369)尚有七十八年,楚臣庄辛不会如此无视楚国的历史,对国王信口开河,应是对楚、蔡历史一知半解者的胡乱杜撰。可见庄辛的说辞大半虚拟,全章倘非尽属"设辞",至少也是虚实参半的拟史小说。由于秦遣白起取楚之鄢、郢、巫诸地不在同一年,而在襄王二十年至二十二年,与此章谓庄辛避赵五月不合,前人乃疑"五月"为"五年"之误;而"此数年中,秦无取陈、蔡事",则又疑"上蔡或即上庸之讹"④。其实,不合者尚不止此,襄王流揜之地不是城阳,而是陈城,"若城阳,乃齐也"(鲍彪注语)。倘能识破本章乃是容有虚构的小说,诸如此类的挂碍也就不复存在了。

《楚策四·楚考烈王无子》,写李园进妹为后故事。春申君黄歇患楚王无子,"求妇人宜子者进之,甚众,终无子"。赵人李园欲进其妹,又恐

----

① 吕祖谦:《大事记解题》卷五,清同治十二年(1873)永康胡氏退补斋刊本。
② 参见黄震《古今纪要》卷一,《文渊阁四库全书》,第384册,第30页。
③ 姚鼐:《古文辞类纂》卷六十三《庄辛说襄王》按语,清同治八年(1869)苏州书局刊本。
④ 参见金正炜《战国策补释》卷三,民国十三年(1924)贵阳金氏十梅馆刊本。

无子而无宠,便求事黄歇为其舍人,后进妹给黄,怀孕后再让其妹与黄谋划将她献给楚王。楚王幸而生子,立为太子。李园怕黄歇泄漏,遂私养死士,准备行刺。考烈王病,朱英向黄歇揭露李园行刺的阴谋,并自告奋勇去杀李园,被执迷不悟的黄歇制止。考烈王死,李园终使死士刺死黄歇,又使吏灭其全家,李妹所生子被立为楚幽王。《春申君列传》《列女传》和《越绝书》均载此事,前两者同于《国策》,后者异文颇多,内有考烈王"取(娶)之,十月产子男"一语,遂被学者用以反驳《国策》与《史记》[1],谓幽王为黄歇子甚是可疑。但以《越绝书》驳之,似嫌乏力。是书不仅晚出于东汉,且多取传说,荒诞或悖于史者时有所见,其《外传春申君》所写全是李园之妹策划的诡计,通篇都是编造之语,极不可信。至谓楚怀王、楚顷襄王后于楚幽王,荒谬之甚。倘无别种旁证材料,难以此书之语证《国策》与《史记》之伪误。倒是《楚世家》末尾所记值得关注:"幽王卒,同母弟犹代立,是为哀王。哀王立二月余,哀王庶兄负刍之徒袭杀哀王而立负刍为王。"幽王既有同母弟,其弟又有庶兄,说明考烈王并非无力生子者,李园妹有身而进当是好事者所造,或"负刍谋篡构衅造谤"[2],作为考烈王弟兼楚令尹的春申君黄歇岂敢做此大逆之事? 作品较多篇幅都是李园妹撺掇黄歇的秘语,谁人可知? 此亦虚造之一证。李园之妹为考烈之后、幽王之母当属可信,李园将妹进给楚王或得黄歇之力,黄歇最后被争权的李园所害亦难否定。全章应是虚虚实实的拟史小说。

《赵策三·秦围赵之邯郸》,写鲁仲连故事。赵孝成王九年(前257),秦兵围困赵都邯郸,魏使晋鄙救赵,畏秦而"不进"。魏王又使辛垣衍入邯郸,告平原君曰:"秦所以急围赵者,前与齐湣王争强为帝,已而复归帝,以齐故。今齐湣王已益弱,方今唯秦雄天下,此非必贪邯郸,其意欲求为帝。赵诚发使尊秦昭王为帝,秦必喜,罢兵去。"平原君犹豫不决。其时齐之鲁仲连"适游赵",乃因平原君而见辛垣衍,纵论帝秦的弊害与耻辱,义正词严,终使辛服。"秦将闻之,为却军五十里。"适逢魏公子无忌"夺晋

---

[1] 参见黄式三《周季编略》卷九;钱穆《先秦诸子系年》第493页;缪文远《战国策考辨》第162页。

[2] 黄式三:《周季编略》卷九,清同治十二年(1873)浙江书局刊本。

鄗军以救赵击秦",秦军乃退。平原君欲封仲连,"终不肯受";又以千金"为寿",也被谢绝。这就是《战国策》的传世名篇《鲁仲连义不帝秦》。此事又见《史记·鲁仲连传》,文字大同小异。据《史记·六国年表》所载,秦昭王五十年(前257),遣王龁、郑安平围邯郸,"(魏)公子无忌救邯郸,秦兵解去"。《信陵君列传》更有无忌为救邯郸窃兵符、杀晋鄙、夺兵权等事,显示了本章的背景描述合于史实。但其真实的内容仅此而已。作为全章主体的鲁仲连舌战辛垣衍则是作者"横生枝节,拟作而插入者"[①]。司马光就曾指出:秦将闻仲连之言"为却军五十里"乃"游谈者之夸大也"[②]。缪文远先生更对本章多出于"悬拟"作了翔实的考辨。归纳起来,有如下几点:其一,辛垣衍谓"齐湣王已益弱",实则湣王已死二十七年,此非文字之误,而是"悬拟"所致。其二,以谥号称秦昭王,不是他人妄加,而是写作时代距围邯郸已远,不觉成错。其三,围邯郸前后,直至战国终局,秦并无称帝意向。其四,鲁仲连说辛垣衍有"昔齐威王尝为仁义矣,率天下诸侯而朝周……居岁余,周烈王崩,诸侯皆吊,齐后往"等语,求其实,不仅齐威王朝周于史无载,周烈王之死更远在齐威王当政之前,两不相涉,鲁仲连以齐人说齐事怎会如此错乱[③]?凡此种种,充分说明,义不帝秦之事,乃是后来好事者的杜撰。本章也是虚实杂陈的拟史小说。但它创造一个能持高节、大义凛然、不畏强秦的志士形象,并被后人信以为真,故能传诵千年而不衰。

三 模拟别文的仿改之作

如果将《战国策》与先秦别种子书加以比较,就会发现,某些作品的意象结构与前人著述既有种种差异,又有明显的相似与雷同,是对既有意象结构蓄意模拟与发展的仿改之作,其品格自然是虚拟的小说。

《齐策一·邹忌修八尺有余》,写邹忌谏楚威王事。齐臣邹忌颀长而

---

① 缪文远:《战国策考辨》,第191页。
② 司马光:《资治通鉴考异》卷一,民国十八年(1929)商务印书馆影印本。
③ 上列一、二、四点之误,钱穆《先秦诸子系年》也曾指出,参见其书第473—474页。

美,"窥镜"问妻与妾:他与城北徐公谁美,妻与妾都说他美过徐公。他不自信,又问客,客也说他比徐公美。明日,徐公来,熟视而"自以为不如"。对镜自视,"又弗如远甚"。于是"寝而思之",悟出道理,入朝见威王曰:"臣诚不如徐公美。臣之妻私臣,臣之妾畏臣,臣之客欲有求于臣,皆以美于徐公。今齐地方千里,百二十城,宫妇左右莫不私王,朝廷之臣莫不畏王,四境之内莫不有求于王。由是观之,王之蔽甚矣!"威王于是下令:能面斥其过者受上赏,上书谏者受中赏,"谤议于市朝"者受下赏。"令初下,群臣进谏,门庭若市",而后"时时间进",一年后则无言可进。"燕、赵、韩、魏闻之,皆朝于齐。"此亦传世名篇:《邹忌讽齐王纳谏》。再看《吕氏春秋·达郁》的如下记述:

> 列精子高听行乎齐湣王,善衣东布衣,白缟冠,颡推之履。特会朝雨,却步堂下,谓其侍者曰:"我何若?"侍者曰:"公娇且丽。"列精子高因步而窥于井,粲然恶丈夫之状也,喟然叹曰:"侍者为吾听行于齐王也,夫何阿哉!又况于所听行乎万乘之主,人之阿之亦甚矣,而无所镜,其残亡无日矣。"

又,《艺文类聚》卷二十三引《新序》云:

> 齐王聘田巴先生而将问政焉。对曰:"政在正身,正身之本在于群臣。王召臣,臣改制髼饰问于妾:'奚若?'妾爱臣,谀臣曰:'佼。'臣临淄水而观,然后自知丑恶也。今齐之臣谀王者众,王能临淄水见己之恶过而自改,斯齐国治矣。"

马骕《绎史》卷一百十九引录《类聚》此文后,加按语云:"《国策》之邹衍('忌'之误)、《吕览》之列精子高、此之田巴,其辞一也。"这个见地是不错的。三者有着显见相似的意象结构。但三者谁模仿谁?所见参差。从内容与文字来看,《战国策》此章包含了《吕览》与《新序》两篇,并作了较多的生发、铺陈和演义。列精子高只问侍者,未问妻、妾,且限于自省,未谏齐君;田巴只问妾,未问他人,且只限于讽谏齐王的话语,非客观叙事①,亦无自省;邹忌问妻、问妾又问客,既有自省,又力谏齐王,且由齐王下令,广为纳谏,并收到强国的显著功效,从而成为三者之中结构完整、篇幅可观、意象繁复,因而也更富于艺术美感的名篇。它应是模拟另外两篇而加以变化和大力发展的仿改佳作。当然,《战国策》此章仿拟的《新序》之文,不是经过刘向编纂之文,而是其编纂所据之文。

《魏策四·秦人使人谓安陵君》,写唐且使秦。韩、魏被秦灭后,秦王欲以五百里之地易五十里之安陵,而安陵君不肯,理由是"受地于先主,愿终守之",遂遣唐且使秦。唐对秦王先晓之以理。秦王大怒,并以"天子之怒,伏尸百万,流血千里"相威胁,唐且则以士之怒"伏尸二人,流血五步,天下缟素"回应,并"挺剑而起",吓得秦王"长跪而谢"。《说苑·奉使》亦载此事,安陵作鄢陵。此章记述具有明显的虚构性,前人多已言明。且不说文中多处夸诞不合情理,只唐且带剑见秦王严重违反"群臣侍殿上者不得带尺寸之兵"的"秦法"②,就足以证明此章之虚。吴师道且据《魏策四·秦魏为与国》章所写唐且九十岁时曾为魏国说秦请兵,谓距此章"凡四十二年,决不存矣"③。文中唐且之言有"专诸之刺王僚也,彗星袭月;聂政之刺韩傀也,白虹贯日;要离之刺庆忌也,苍鹰击于殿上"等语,可见其文的创作是从相关的刺客史迹与传说中受到启迪,而与此章最相近的传说则是《公羊传》所记曹子于鲁庄十三年(前681)齐、鲁君主在柯会盟之时劫齐桓公事。此虽属讹传,却流传甚广,并被太史公写入《刺客列传》之首,曹子作曹沫。曹子以剑劫盟桓公使其退回侵夺鲁国的汶阳之田,与本篇为守先主之地,以剑要挟秦王颇相仿佛。不过,曹子行劫,是事先策划好的;而唐且"挺剑而起",却是被秦王的威胁言语激发所致,从而

---

① 《太平御览》两引此文,异于《艺文类聚》。其卷六三所引还只多出"问从者,从者畏我,曰'美'"之语;卷三百八十二所引却将田巴话语所述之事变成作者客观叙事:"田巴先生改制新衣,拂饰冠带,顾谓其妾,妾曰:'姣。'将出门,问其从者,从者曰:'姣。'过临淄水,自照视,丑恶甚焉。遂见齐王……"不仅与《艺文类聚》引文大异,与《太平御览》前引亦大异,当是后人变改所致,非《新序》原文。

② 《史记》卷二十六《刺客列传》,中华书局1959年版,第2535页。

③ 吴师道:《战国策校注》卷七,元泰定二年(1325)刊本。

塑造一个不畏强权，宁死不屈的国士形象。在反对暴秦的历史潮流中遂成脍炙人口的名篇：《唐且不辱君命》。辨其文体，实是一篇有所仿拟又推陈出新的拟实小说。

《战国策》是由多种同类古书汇纂而成。据刘向《叙录》，原书有《国策》《国事》《短长》《事语》《长书》《修书》六种之多。彼此之间或不乏模拟、仿改之作，便是同一种原书也不排除甲仿效乙的虚拟之文，从而造成《战国策》内部意象结构部分相同或相似的篇章，而其作品的整体也有出色的发展与创造。

《齐策四》有两章说服齐宣王重士之作。说者一为颜斶，一为王斗。两作均以说者不肯趋前而要宣王趋前开头，谓说者趋前为"好势"，而王趋前为"好士"，用语也大同小异。王斗当即就使宣王趋前而迎。颜斶则为此大费周折。王"忿然作色"地质问："王者贵乎，士贵乎？"颜斶答以"士贵"，并举出"秦攻齐"时的命令为证："有敢去柳下季垄五十步而采樵者，死不赦。""有能得齐王头者，封万户侯，赐金千镒。"结论是："生王之头，曾不若死士之垄也。"王左右仍不服气，颜斶乃以古时尧、舜、禹、汤、文、武无不重士说服了宣王。王欲为其弟子，颜斶不受而去。王斗虽然顺利使王"迎之于门"，而说自己"生于乱世，事乱君"却让宣王"忿然作色"。随后他说起九合诸侯的齐桓公被天子"立为大伯"，谓宣王亦"有四焉"，宣王以为夸他，而王斗曰："先君好马，王亦好马。先君好狗，王亦好狗。先君好酒，王亦好酒。先君好色，王亦好色。先君好士，而王不好士。"而后又驳斥宣王"当今之世无士"说和"寡人忧国爱民"说，使王承认"有罪国家"，当即"举士五人任官，齐国大治"。后者又载于《说苑·尊贤》，王斗作淳于髡。上述两章不仅主旨相同，游说的对象同为齐宣王，要王趋前的意象更如一人之语，最后也皆以说服宣王重士而告终。故而其一当为另一章的仿改之作。但改动甚大，各有可观的独特意象，可以说是各有千秋。但两章都非实录，而是虚拟。前章引用"秦攻齐"令，而据《史记》两《年表》及相关史料，不仅春秋时期没有秦攻齐事，直至齐湣王十六年（前285）秦遣蒙武"击齐"以前，始终没有秦攻齐的记载（秦与齐远隔三晋，岂得轻易而攻伐），宣王时的颜斶何以能言？其为后人的杜撰自不待言。后章王斗将九合诸侯的姜姓桓公误认作田姓宣王的"先君",也是"昧于齐国史事者所为"①。又者,在列国诸王中,齐宣王不是轻士,而最重士。太史公说他"喜文学游说之士,自如驺衍、淳于髡……之徒七十六人,皆赐列第,为上大夫,不治而议论,是以齐稷下学士复盛,且数百千人"②。这样的宣王不会说"当今之世无士"之类的话。两者既都属于虚拟,哪章是仿拟之作就难以判断,但都是各有创意的小说作品则是显而易见的。

《赵策三·建信君贵于赵》,写魏牟讽谏赵王事。公子魏牟过赵,赵王迎入,请教"为天下"之道。其时"前有尺帛,且令工以为冠"。魏牟曰:"王能重王之国若此尺帛,则王之国大治矣。"赵王不悦。魏牟曰:"王有此尺帛,何不令郎中为冠?"王曰:"郎中不知为冠。"魏牟曰:"为冠而败之,奚亏于王之国?而王必待工而后乃使之。今为天下之工或非也,社稷为虚戾,先王不血食,而王不以予工,乃与幼艾……乃辇建信以与强秦角逐。臣恐秦折王之椅(鲍本'椅'作'轿')也。"至《赵策四·客见赵王》,变魏牟为"客",尺帛为冠化作买马:

客见赵王曰:"臣闻王之使人买马也,有之乎?"王曰:"有之。""何故至今不遣?"王曰:"未得相马之工也。"对曰:"王何不遣建信君乎?"王曰:"建信君有国事,又不知相马。"……对曰:"买马而善,何补于国。"王曰:"无补于国。""买马而恶,何危于国?"王曰:"无危于国。"对曰:"然则买马善而若恶,皆无危补于国。然而王之买马也,必将待工。今治天下,举错(措)非也,国家为虚戾,而社稷不血食,然而王不待工,而与建信君,何也?"赵王未之应也。

后者的意象结构显然是从前章翻出来的,某些文字也相似相同。而将尺帛为冠改作买马相马,并增加对话层次,给人以意象一新之感,明旨达意更见灵通与透彻,是一篇颇具意趣的仿改小说。而前章是否纪实,尚须考辨。策中有关建信君之文多达十章,可见实有其人。他是事赵王以色的

---

① 缪文远:《战国策考辨》,第117页。
② 《史记》卷十六《田敬仲完世家》,第1895页。

幸臣,一度为相,与秦文信侯、楚春申君同时。本章魏牟有"王之先帝驾犀首而骖马服以与秦角逐"之语,"则在孝成王之时明矣"①。而魏牟,"魏之公子,封中山,名牟"②。《汉志》道家类载《公子牟》四篇,班固谓其"先庄子"。《庄子·秋水》写公孙龙语魏牟"龙少学先生之道",则魏牟又是公孙龙的师辈,班固之言或非妄度。宋王应麟亦据此篇"公子牟称庄子之言以折公孙龙"谓其"与庄子同时"③。庄子约生于公元前369年,魏牟即便略小于庄子,至赵孝成王之时(前265—前245),也早已老耄,岂能"过赵王"而说之。可见此章也是后人借魏牟之口讽喻赵王宠幸建信君误国的小说作品。仿改作者或了解魏牟时代与之不合,改为所指无定的"客"耶?

策中还有些模拟、仿改之作,但很少创新,这里就不多谈了。

结　　语

史家谓战国为"纵横之世",体现纵横家思想的《战国策》最具纵横之世的时代特征。便是虚拟的小说作品,也是以表现刘向所谓"高才秀士"的"奇策异智"为主要内容,充分展示出那个"逞干戈,尚游说"的时代风貌,塑造了以苏秦、张仪为首的新兴暴发的士大夫——纵横家们的鲜明形象和战国君臣的形形色色。从这方面说,它在很大程度上就是时代的一面镜子。它与时代的密切关系超过了以往任何早期小说。

《战国策》又不同于其他先秦子书。它不是出自个人或某一门派人物之手,而是多种同类型书的集合体。虽多纵横家策谋之文,却远不限于演义纵横之术,不乏彰显志士仁人高风亮节的小说佳作。《鲁仲连义不帝秦》《唐且不辱君命》和《邹忌讽齐王纳谏》都是其中的佼佼者。

《战国策》中的小说,与其他先秦拟实小说一样,以人物对话为其主要表现手段而更加突出。由于游说的需要,文辞纵横奔放,气势恢宏,甚

---

① 吴师道:《战国策校注》卷六。
② 郭象:《庄子·让王》注引司马彪语,上海古籍出版社1989年版,第148页。
③ 王应麟:《汉书艺文志考证》卷六,清刊本。

或极尽发挥,痛快淋漓,大有"语不惊人死不休"之概,加之小说家的想象与虚饰,形成醒目的夸张以至夸诞的艺术特色,各类主人公的形象轮廓因而显得格外明晰,从而在我国早期拟实小说的发展中具有不容忽视的地位和价值。

(原载《中国古籍与文化》2009年第3期)

《管子》之小说考辨

由刘向校定的《管子》八十六篇,辗转佚脱,今存七十六篇。由于出自稷下学宫成立的战国中期至西汉前期近二百年间的众多学人之手,内容繁富而杂驳,而以关注经济与实学为其别于其他子书的突出特点。其文多为论说体与对话体,后者虽将为政之道托之于管仲答桓公之言,却不同于叙事中的对话,主旨仍在对政道的解说,少有情趣和意味,当属论说之列,而非美文。《管子》中也有部分记叙文字,张扬管仲的阅历和事迹。晚于管仲三四百年的作者们或汲取史料,或采录传说,更多的还是凭借想象,自觉虚拟,将其种种奇思异想附于历史人物管仲身上,构成一批远离寓言、类乎为古人立传的叙事作品,亦即后世之谓小说。《大匡》《中匡》《霸形》《戒》《小称》《小问》和《轻重》甲、乙、丁、戊诸篇都有多少不等的早期小说。本文对此略作考辨,以就教于大方之家。

《管子》"篇简错乱,文字夺误,不易董理"①,笔者考察与引文主要依据岳麓书社 1993 年出版的由刘皓宇先生校点的《百子全书》本(惜其印刷质量欠佳,许多引号只有半个),参考多种别本及郭沫若、闻一多、许维遹诸先生所著《管子集校》。

---

① 郭沫若:《管子集校·叙录》,科学出版社 1956 年版,卷首第 1 页。

一

《大匡》，除末段为后续的论说之文，前面四千余字是较完整地叙述管仲阅历与功业的长文。全文可分四段进行考辨。首段，"齐僖公生公子诸儿、公子纠、公子小白"，命鲍叔为小白之傅，"鲍叔辞，称疾不出"，管仲与召忽一起劝他。三人的相关对话近四百字。且不说在那以竹帛书写文字的时代，此等言语不可能有史料记述，即从管仲与召忽的话语中也能看出是后人的想象与造作。管仲谓小白"无小智，惕而有大虑①，非夷吾莫容小白"，又谓"纠虽得立，事将不济"，鲍叔才能"定社稷"。此时僖公还在世，公子纠与小白的兄长即后来的齐襄公还未当政，管仲怎能如此料定未来？更可怪者，在距继位之争还很遥远之时，召忽就说如果有人"废吾所立，夺吾纠也，虽得天下，吾不生也"，管仲更说"岂死一纠哉！"此等言语分明是了解齐桓公与公子纠夺权斗争结果之后所作的安排，是事后诸葛亮的文学造作。

第二段，写僖公死后到管仲任政的权势更迭。前半多处与《左传》吻合，特别是襄公的行事及其败亡与《左传》所记无异，许多文字也完全相同，说明作者熟悉《左传》，并抄录了它的某些记载。罗根泽对此做了有力的考证②。而在支持公子纠的鲁国"败绩"之后，描述鲍叔与小白设计从鲁国讨回管仲委以国政，复用并发展了首段用过的小说笔法，即铺陈对话，刻画人物：

> 桓公问于鲍叔曰："将何以定社稷？"鲍叔曰："得管仲与召忽则社稷定矣。"公曰："夷吾与召忽，吾贼也。"鲍叔乃告公其故图。公曰："然则可得乎？"鲍叔曰："若亟召则可得也，不亟不可得也。夫鲁施伯知夷吾为人之有慧也，其谋必将令鲁致政于夷吾。夷吾受之，则彼知能弱齐矣；夷吾不受，彼知其将反于齐也，必将杀之。"公曰："然

---

① "惕"原作"惕"，此从《管子集校·大匡》之王念孙说。
② 参见罗根泽《管子探源》，中华书局 1931 年版，第 59—60 页。

则夷吾将受鲁之政乎？其否也？"鲍叔对曰："不受。夫夷吾之不死纠也，为欲定齐国社稷也。今受鲁之政，是弱齐也。夷吾之事君无二心，虽知死，必不受也。"公曰："其于我也，曾若是乎？"鲍叔对曰："非为君也，为先君也。其于君不如亲纠也，纠之不死，而况君乎？君若欲定齐之社稷，则亟迎之。"公曰："恐不及，奈何？"鲍叔曰："夫施伯之为人也，敏而多畏，公若先反，恐注怨焉，必不杀也。"公曰："诺。"

对话如此细腻，显非史笔，应是作者的想象与铺展。下写施伯谏鲁君"致鲁之政"于管仲，"若不受，则杀之"，与鲍叔所料如出一辙。然未及施行，"而齐使至"，施伯只得劝鲁君放行管仲，并说："夫管仲，天下之大圣也，今彼返齐，天下皆乡（向）之，岂独鲁乎？"其实，管仲当时只是败亡的公子纠之傅，尚未主政而展其才，除与之多年为友的鲍叔，别人无法洞悉其治国本领，鲁国的施伯怎么可能如此器重，甚至誉为"天下之大圣"？这些或直接或间接通过施伯张扬管仲的戏剧性情节与对话分明是后世作者的虚拟和造作。其文源出《国语·齐语》，施伯谓管子为"天下之才"，建议鲁庄公"杀而以其尸授之"。这也是违逆情理的虚构，故被乾隆撰文讽为"记载强半诬"[1]。《大匡》采录而多肆铺陈，大添枝叶，遂成十足的小说之笔。另外，不依《左传》写召忽死于公子纠被杀之时之地[2]，让他与管仲一起被缚送往齐国，"入齐境"才"自刎而死"，也是作者的特地虚拟。行前召忽对管仲说"令子相齐之左，必令忽相齐之右"，"子生而霸诸侯"等语，均非召忽当时所能得知，显系作者为拔高人物所作的生发和想象。再后以"或曰"表明其下所记是小白与公子纠之争的另一种传说，却着力表现鲍叔鼓动和保护小白由莒返齐的情景，彰显鲍叔乱中的勇毅和果敢，除去头尾个别文句，与前文并不抵牾，而是这场斗争或一侧面的写照，成为作品的生动补笔。如此汲取传说以充实作品内容乃后世小说的惯常笔法，屡见不鲜。

---

[1] 弘历:《御制齐语解》,《文渊阁四库全书》,第406册,第1页。
[2] 《左传·庄公九年》载:"鲍叔帅师来言曰:'子纠,亲也,请君讨之。管、召,仇也,请受而甘心焉。乃杀子纠于生窦,召忽死之。管仲请囚,鲍叔受之,及堂阜而税（脱）之。"

第三段,逐年叙写齐桓最初几年管仲与桓公的政见和施为。元年(前685),桓公召问管仲:"社稷可定乎?"管仲曰:"君霸王,社稷定,君不霸王,社稷不定。"桓公"不敢至于此其大",管仲则谓"社稷不定",则臣不敢"不死纠也",请辞而出。桓公"汗出",乃曰:"其勉霸乎。"管仲这才"承命,趋立于相位"。这就不仅把管仲写成为政之初就对辅齐称霸充满信心,而且在社稷方定未定之时就逼迫桓公作出称霸称王的宣示,实属违逆情理之举,应是春秋之后习知齐桓霸业又洞悉田齐称王的作者虚拟之文。与之比照,本书《霸形》首章写桓公就鸿鹄"四方无远",欲至辄至,问管仲与隰朋"非惟有羽翼之故",二人不对。桓公问不对之故,管仲对曰:"君有霸王之心,而夷吾非霸王之臣也,是以不敢对。"这里的管仲和桓公之言与本篇二人所言全然颠倒,恰相抵牾。此即黄震批评的"自相矛盾"①,其实都是作者以意为之的虚造之笔。此后,写桓公反复主张"修兵""伐宋""伐鲁",而反复遭到管仲的反对,桓公坚持施为,结果均以失败告终,以显示管仲政见之高、治国之能。这不仅于史不合,且与史书所记多相悖逆。齐桓二年,写桓公因被宋夫人"荡船",怒而"出之,宋受而嫁之蔡侯",次年桓公"欲伐宋",管仲"不可"。桓公"不听,果伐宋,诸侯兴兵而救宋,大败齐师"。而据《左传》僖公三年(前657)、四年载,"荡公"的不是宋夫人,而是蔡姬;时间也不是齐桓二年,而是二十九年;桓公不是被诸侯"大败",而是"以诸侯之师侵蔡。蔡溃,遂伐楚"②。如果说误蔡为宋或传闻异辞,其余多项错乱、悖逆就只能是为衬托管仲所作的蓄意变改和造作。下写"三年,桓公将伐鲁",原因是"其救宋也疾"。管仲复"不可",桓公亦"不听",结果败于长勺。无论长勺之战为前一年事,即鲁"救宋"之事非但无有,其时鲁、宋还连年交战:齐桓二年鲁"大败宋师于乘丘",次年"宋为乘丘之役故"侵鲁,"败诸鄑"③。为突出管仲,如此乱造,自是小说,而非史作。下至"四年",写桓公不顾管仲的反对与警告,修兵再次伐鲁。鲁"去国五十里"为关请盟,桓公中计,被鲁庄公和曹刿持剑行却,只

---

① 黄震:《黄氏日抄》卷五十五,清乾隆十二年(1767)新安汪佩锷刊本。
② 《春秋左传正义》卷十二,《十三经注疏》,中华书局1980年影印本,第1792页。
③ 《春秋左传正义》卷八、卷九,《十三经注疏》,第1767、1769页。

好答应退还所侵之地,"以汶为境"。此与《公羊传》《史记》所记曹刿(《史记》作曹沫)于柯劫桓公之盟同中有异。而据《左传》相关记载,齐鲁两国除为纳公子纠所进行的乾时之战及次年的长勺之战,前后多年无战事,长勺之战又以鲁胜齐败告终,侵地与劫盟均属子虚。宋代经学家孙觉(著《春秋经解》)、叶适(著《习学记言》)、叶梦得、王应麟和吕大圭等都对曹刿劫盟之记予以否定,谓"其事皆无有"①,乃"游士之虚语"②、"六国辩士假托之言"③、"春秋之后好事者之浮说"④,加之后世诸多学者的附议,应成定论。《大匡》采取这种"虚语""浮说",再加变改与增饰:鲁求"去兵"(不佩带兵器)而盟,桓公应允,管仲一再告诫而桓公"不听",终被劫盟;自此桓公改弦更张,"修于政,不修于兵革,自圉,辟人,以(已)过⑤,弭师"。这就把"虚语"纳入改造桓公、表现管仲的创作意图,构成《大匡》作者自觉虚造的重要环节。

第四段写管仲佐桓公所行霸迹,年代大为错乱,记事也多违背历史。"五年,宋伐杞",桓公起初欲伐宋救杞,管仲以"内政之不修,外举义不信"而谓"不可",主张"令人以重币使之,使之而不可,君受而封之",即"存亡继绝"之意。桓公依管仲之言,在宋伐杞之后,"筑缘陵以封"杞。"明年"即齐桓六年,"狄人伐邢,邢君出致于齐",齐亦未救,只"筑夷仪而封之"。而据《春秋》和《左传》,春秋间只有莒和鲁曾经"伐杞",宋从无伐杞之事。"诸侯城缘陵而迁杞",时当鲁僖十四年(前 646),即齐桓四十年,原因是"淮夷病杞",迁都以"辟淮夷"⑥。宋倘非"城缘陵"的诸侯之一,至少与杞之迁都无涉。谓齐桓五年"宋伐杞",纯属虚构与滥造。"狄伐邢"始于鲁庄三十二年(前 662,齐桓二十四年)冬,翌春,管仲即请救邢,言于齐侯曰:"戎狄豺狼,不可厌也。诸夏亲昵,不可弃也。宴安鸩毒,

---

① 叶梦得:《春秋三传谳·公羊传谳》卷二,商务印书馆 1934 年影印本。
② 王应麟:《困学纪闻》卷七,清同治九年(1870)扬州书局刊本。
③ 叶梦得:《春秋考》卷十,清光绪二十一年(1895)福建布政司署刊本。
④ 吕大圭:《吕氏春秋或问》卷八《公会齐侯盟于柯》,《文渊阁四库全书》,第 157 册,第 555 页。
⑤ "已",止。从张佩纶说。见郭沫若等《管子集校》,第 280 页。
⑥ 《春秋左传正义》卷十三,《十三经注疏》,第 1803 页。

不可怀也。"并引《诗经·出车》二句"岂不怀归,畏君简书",谓"简书,同恶相恤之谓也。请救邢以从简书"①。桓公从之。故《春秋》经文于鲁湣元年(前661)春下大书"齐人救邢",两年后即僖公元年,《春秋》与《左传》又分别而书:"春……齐师、宋师、曹伯次于聂北救邢","夏,邢迁于夷仪,诸侯城之,救患也"。《大匡》所写狄伐邢不只年代大谬,事亦甚违:邢君原未奔齐,只是送来求救的"简书";齐非未救,只筑城而"封之",而是帅诸侯反复施救后封之。更重要的是,管仲不是多劝桓公勿"外举义",而是劝他勿贪安逸与享乐,要勇于抑强拯弱,以图霸业。杜预注曰:"以宴乐比之鸩毒。"孔颖达疏曰:"齐侯纵心宴乐,不欲征伐,安则自损其身,故言鸩毒以劝之。"②这才是桓公与管仲其时的实际状况,与本文前面多写桓公时欲修兵强军,管仲反复"不可"的情形恰好相反。其总体虚构性于此可见。接写"狄人伐卫",齐"筑楚丘以封之",系于齐桓七年,实当鲁湣二年和鲁僖元年即齐桓二十五年与二十六年,相差十八九年。下写齐派开方、季友、蒙孙博等分别游于卫、鲁、楚,使"诸侯附",亦多妄言。卫既承齐所封,自然归附,应非开方之游所致。而据《左传》,季友为鲁之"庄公母弟"、"相鲁",庄公薨,庆父杀公子般,季友"奔陈";湣公元年,"秋八月,公及齐侯盟于洛姑,请复季友,齐侯许之,使召诸陈";僖公三年,季友自鲁"如齐"莅阳谷之盟,十六年卒。谓此季友以齐游鲁,岂非荒诞?至于楚之"附"齐,只能理解为桓公帅诸侯"伐楚"而与屈完"盟于召陵"之事,绝非派"游"者所致。可知三者多属虚造。再后写"狄人(疑'入'之讹)伐"(房玄龄注:"谓入伐齐"),桓公请诸侯"救伐",齐"卒先致缘陵",而"北州侯莫来",桓公败狄后"遇南州侯于召陵","请诛于北州之侯,诸侯许诺,桓公乃北伐令支,下凫之山,斩孤竹,遏山戎"。这里所写一系列征伐都起自狄人"伐齐",而据《春秋左传正义》,终齐桓四十三年,狄虽有伐邢、伐卫、伐晋、伐郑、灭温等多种入侵,却无"伐齐"之事,自然也无桓公求救之说。"北伐令支……遏山戎",实际就是北伐山戎,《春秋》《左传》《国语》与《史记》均有记载,但不是为"北州之侯莫来",而是为了救

---

① ② 《春秋左传正义》卷十一,《十三经注疏》,第1786页。

燕。左庄三十年（前664）谓齐桓与鲁庄"谋山戎"，"以其病燕故也"①。《齐太公世家》说得更为详明："（桓公）二十三年（前663），山戎伐燕，燕告急于齐。齐桓公救燕，遂伐山戎，至于孤竹而还。"同篇又谓"（齐）北伐山戎、离枝（即令支）、孤竹"。可见史书所载与《大匡》所写是同一场战争。《大匡》作者以主观虚想的缘由（"北州之侯莫来"）扭曲了北伐山戎的历史。其写桓公败狄后"遇南州侯于召陵"，因无其事，房玄龄乃为注曰："谓伐楚盟于召陵也。"而齐楚盟于召陵，在齐桓三十年即北伐山戎七年之后，此时请伐，岂非笑谈？不唯时序颠倒，且将齐桓"伐楚"于召陵订盟变成齐桓败狄于召陵"遇南州之侯"，如此南辕北辙，了不相涉，实是胡乱虚造之笔。文中还出现了"南州侯"与"北州侯"的陌生称谓，在现存的电子版先秦文献中查无其语，只楚辞《远游》中有"南州"一词，而"北州"至西汉文献中始见，《史记·三王世家》引武帝《燕王策》称"北州以绥"，《匈奴列传》亦有"北州已定"之语，其"北州"皆指已被征服的原匈奴聚居之地。而本篇桓公所称"北州"指随即被伐的令支、孤竹及被遏的山戎，亦属北面边塞异族。本篇倘非汉人所作，汉代至少有所增益。其后又写"吴人伐谷（房注：'齐之下都'），桓公告诸侯未遍，诸侯之师竭至"，吴人乃逃，"诸侯而罢"。作者似不知吴的兴起很晚，"寿梦立而吴始益大，称王"，次年"始通于中国"②，时在齐桓之后半个多世纪，桓公时不可能有吴人侵齐之事。

　　此后还有一段，时间、结构与前四段不相连属，单述桓公时期的某些任命和举措。谓"桓公使鲍叔识君臣之有善者，晏子识不仕与耕者之有善者，高子识工贾之有善者，国子为李"；后又写"令鲍叔进大夫"，"令晏子进贵人之子"，"令高子进工贾"，"令国子以情断狱"；再后写管仲逐一晓谕鲍叔、晏子与高子，分述他们各自所"识"的人群何者属于"有罪无赦"，而对高子晓谕尤多。高子与国子是受命于天子的齐国世袭守臣，位居正卿，在管仲之上，《国语·齐语》谓齐设"士乡十五"，桓公与高子、国子各

---

① 《左传》，第43页。
② 《史记》卷三十一《吴太伯世家》，第1447、1448页。

帅五乡。如此高、国，怎么会被"令"作"进工贾"和"断狱"这类具体事务？管仲又何得对高、国谆谆晓谕？除春秋后期的晏婴，不知还有哪个齐臣也称"晏子"，大约是不知吴国兴起很晚的作者也不知晏子的生活时代，便连同高子、国子一起，来个乱点鸳鸯谱。

总之，或经汉人之手最后成文的《大匡》，是将某些有关管仲的史料与传说作为素材，为体现作者拔高管仲的创作意图，不仅对史料多加变改与铺展，并加入大量虚构与错乱的内容，从而远离历史，成为一篇似史而非的拟史小说。

二

《中匡》第二章写桓公请管仲饮酒。为礼敬仲父，"掘新井而柴焉，十日斋戒"，宴前"公执爵，夫人执尊"。而"觞三行"，管仲即"不告"而"趋出"。桓公怒曰："寡人斋戒十日而饮仲父，寡人自以为修矣。仲父不告寡人而出，其故何也？"鲍叔、隰朋追回管仲，管仲对曰："臣闻之，沉于乐者洽于忧，厚于味者薄于行，慢于朝者缓于政，害于国家者危于社稷，臣是以敢出也。"桓公说"非敢自为偷"，因两人都已年长而力衰，"吾愿一朝安仲父也"。管仲仍不能谅，谓"壮者无怠，老者无偷"，三王失之"非一朝之萃，君奈何其偷乎？"说罢，"走出，君以宾客之礼再拜送之"。古时君"赐之爵"，有"礼已三爵而油油以退"之说，因为"饮过三爵则敬杀，可以去矣"①，但并不能"无告"而退，不辞而退，否则便是不敬。管仲对桓公如此不敬，是为谏君勿"沉于乐"，"厚于味"，以免"缓于政"，"危于社稷"。但从所写的情况看，桓公此次请酒，十分郑重，全无贪图享乐之意。管仲的不告而别和说辞也就显得极不合理，显为作者的蓄意造作。其实，管仲并不如此约束自己，孔子就说他"有三归，官事不摄，焉得俭？"这"三归"无论如皇侃解作"娶三国女为妇"②，还是如杨伯峻解作"他收取了人民的大

---

① 郑玄注：《礼记正义》卷二十九《玉藻》，清乾隆间（1736—1795）和珅刊本。
② 何晏、皇侃：《论语集解义疏》卷二，清乾隆五十二年（1787）武英殿刊本。

量市租"①,都属奢而不俭之事。桓公更被史家明书"好内,多内(纳)宠",除夫人三,还有"内嬖如夫人者六"②,此等事"管仲以为不害伯(即不碍霸业),不禁也"③。比起桓公的享乐,本文所写的请酒何得称"偷",管仲哪会如此做作。其为作者的虚造不言而喻。

《霸形》之题在流传中或与《霸言》题目相混而互易④,全文却是一篇完整叙事,多有小说意味。开头即写桓公就"二鸿飞而过之",慨叹其"有时而南,有时而北","四方无远",全凭羽翼,由此与管仲、隰朋展开有趣的对话。这等以鸿雁起兴之笔,当时的史官不会记录,纯属后世好事者的文学意趣。管仲谈到"税敛重""刑政险""上举事不时"三项民忧和民瘼,桓公异常重视,"将荐之于先君",乃"令百官有司,削方墨笔"以备"朝于太庙"之用。据罗根泽考证,"'笔'字产生甚晚",其时"盖在战国"⑤。春秋前期的桓公自然不会发"墨笔"之令,应是后世作者的虚拟。下写"宋伐杞,狄伐邢、卫",桓公称疾"姑乐"而"不救"。管仲一面讽桓公之"乐"为"哀",一面又为不救三小国而庆幸,谓"诸侯争于强者,勿与分于强",建议桓公:"何不定三君之居处哉?"桓公乃以缘陵、夷仪、楚丘封杞、邢、卫三国之君。前已说过,宋无伐杞之事;狄伐邢,齐以管仲之谏"救邢",均与本文所写相悖。据《左传》,封邢与卫在鲁僖元年(前659)与二年,迁杞于缘陵在鲁僖十四年,前后相差十二三年,管仲何时得言"定三君之居处"? 分明是后人虚想之词。其中描述桓公"裸体纫胸"称疾作乐云:

> 于是令县(悬)钟磬之榱,陈歌舞竽瑟之乐,日杀数十牛者数旬……桓公起行筍虡之间,管子从。至大钟之西,桓公南面而立,管仲北向对之。大钟鸣。桓公视管仲曰:"乐夫,仲父?"管仲对曰:"此

---

① 杨伯峻:《论语译注·八佾篇第三》,第34页。
② 《春秋左传正义》卷十四,《十三经注疏》,第1809页。
③ 苏辙:《古史》卷九,明万历四十年(1612)南京国子监刊本。
④ 张佩纶《管子学·霸形》云:"下篇《霸言篇》第一句'霸、王之形',《管子》多以首句名篇,如《牧民》、《山高》之类,疑此篇乃《霸言》,而《霸言》篇乃《霸形》。"见郭沫若等《管子集校》第375页。
⑤ 罗根泽:《管子探源》,第71页。

臣之所谓哀,非乐也。臣闻之,古者之言乐于钟磬之间者不如此。言脱于口,而令行于天下;游钟磬之间,而无四面兵革之忧。今君之事,言脱于口,令不得行于天下;在钟磬之间,而有四面兵革之忧。此臣之所谓哀,非乐也。"桓公曰:"善。"于是伐钟磬之县,并歌舞之乐,官中虚无人。

笔墨较细,场面清晰,有情有境,亦言亦行,富形象性,可见早期小说色彩。此后写"楚人攻宋、郑":大烧郑地,毁城焚屋,使郑人穴处"如鸟鼠";又拦截宋田,"夹塞两川,使水不得东流,东山之西,水深灭垝,四百里而后可田也"。管仲乃谏桓公"兴兵南存宋、郑"而"毋攻楚",后"与楚王遇于召陵之上",遂"以郑城与宋水为请于楚,楚人不许",乃"使军人城郑南之地,立百代城焉"。又"东发宋田,夹两川,使水复东流,而楚不敢塞也。遂南伐楚,逾方城,济于汝水,望文山,南致吴越之君"。写得如火如荼,却大半不是史实。据《春秋》三传和《史记》,在齐桓四十几年间,楚与宋并无战事,更无拦水淹田之事。宋乃小国,哪有四百里可淹?作者或将左庄十二年(前682)史有明载的天灾"宋大水"变为楚国害宋的人祸了。楚于鲁僖公之初倒是连年"伐郑",齐虽"谋救"而未动,直至鲁僖四年春齐桓才会七国之师"侵蔡"之后"伐楚",先"次于陉",后盟于召陵。《春秋》及《左传》记之甚详。管仲、桓公与楚使、屈完多有问答,却不提及"郑城",更不会谈原本虚无的"宋水"。其后的"南伐楚,逾方城"云云,均属子虚,更无"致吴越之君"的事。如果说《大匡》中还有抄录史书或改造史事的文字,本文所写则是好事者凭借对数百年前历史的一知半解或道听途说所作的主观想象与虚构,与真实的历史相距益远。文中还有这样的描述:"楚欲吞宋、郑而畏齐",楚王便明告国中:明君"莫如桓公",贤臣"莫如管仲","寡人愿事之。谁能为我交齐者,寡人不爱封侯之君焉"。于是"楚国之贤士皆抱其重宝、币帛以事齐。桓公之左右无不受重宝、币帛者"。如此荒诞的夸饰文字,只有小说之类的远离历史之文才会使用。学者以为,"《霸形》是一篇有深刻政治寓意的短篇小说"①。所谓"政治寓意",就是

---

① 胡家聪:《管子新探》,中国社会科学出版社 2003 年版,第 482 页。

在列国纷争之际,以"称疾作乐"为哀,以抑强扶弱、"令行于天下"为乐,此则合于桓公霸业的思想精神。尽管行迹多为虚拟,仍是一篇拟史小说。

《戒》与《小称》各有一章写管仲病重时与桓公论人之文。前者先论谁可为相,管仲不许鲍叔而许隰朋,谓鲍叔"为人好善而恶恶已甚",隰朋"好上识而下问",与《吕氏春秋》卷一《贵公》所记命意不差①,或非虚笔。但《戒》中所言繁细,生发较多,还旁及宁戚、宾胥无、孙宿,加入好事者的议论与发挥。而后又议易牙、竖刁、开方三佞臣,与《小称》所写大同小异。管仲说,易牙烹子为桓公进食,竖刁自阉以事公,开方弃卫公子千乘之位而臣事于公,皆属乖戾反常,居心叵测,并非为爱桓公,"君必去之"。两文所写的桓公均先照管仲之意将三佞(《小称》又加堂巫为四佞)斥逐,随后极感不便和不适,又将三人召回复职,以至于最后酿成在桓公病重及死后三人专权、乱宫、改立太子的祸害。而《韩非子·十过》《史记·齐太公世家》及《说苑·权谋》等均写管仲病中谏桓公不可重用三人,理由亦同于本文,但管仲并未建议"去之";管仲死后,桓公也未斥逐三佞,而是重用如故,终成乱宫贼子。两种记述相较,《十过》《齐太公世家》等更自然、合理,类乎史实;斥逐三佞又随即召回,不但于史无载,且有人工斧凿之迹,应为好事者的生发和演绎。《戒》中的管仲乃至以"东郭有狗嘊嘊,旦暮欲啮"形容易牙,又以"北郭有狗嘊嘊"与"西郭有狗嘊嘊"譬喻竖刁与开方,小说笔法更为显眼。《小称》还写一妇人得见被围的桓公,告他三佞及堂巫乱宫之事,谓"四人已分齐国","公子开方以书社七百下卫",桓公遂痛悔不听"圣人之言",自觉无面目"以见仲父于地下",后"援素幭以裹首而绝"。此等铺展与夸饰的摹绘明白显出其远离史实、以意虚拟的小说面目。《戒》又夹写管仲嘱桓公将近楚的江、黄两小国"归之楚",否则楚取之而"不救"就被动了。而《左传》记载,管仲还健在的鲁僖十二年(前648)夏,黄已被楚所灭,管仲病时哪会复嘱此事?《穀梁传》卷八于僖公十二年"夏,楚人灭黄"条追记"贯之盟"云:

　　管仲曰:"江、黄远齐而近楚,楚为利之国也。若伐而不能救,则

---

① 参见《吕氏春秋》,《诸子集成》第6册,第9页。

无以宗诸侯矣。"桓公不听,遂与之盟。管仲死,楚伐江灭黄,桓公不能救,故君子闵之也。

这里,将楚灭黄记作管仲死后,而据《左传》,"楚人灭黄"的鲁僖十二年冬,齐侯还"使管夷吾平戎于王","王以上卿之礼飨管仲……管仲受下卿之礼而还";又据《齐太公世家》,管仲卒于齐桓四十一年即鲁僖十五年,在楚灭黄之后三年。《穀梁传》的作者已将灭黄与管仲之死的时间颠之倒之,《戒》的作者或将这里的管仲之言加以变换,移作病时对桓公之言。凡此种种,都表明《戒》的本文与《小称》相应之文同《大匡》等篇相仿,既有某些史料依据,又与史实多相背离,是后世作者凭对历史的某些了解加以想象和虚构的产物,均为早期拟史小说。

《小问》篇有多章小说,前发拙文已有考辨。这里再辨析其第九章。"桓公北伐孤竹,未至卑耳之溪十里,闟然止,瞠然视,援弓将射",却"引而未敢发"。对左右曰:"见前人乎?"左右对以"不见"。桓公曰:"事其不济乎?寡人大惑。"遂诉所见:"长尺而人物具焉:冠,右袪衣,走马前疾。"管仲谓是"登山之神俞儿",又说:"霸王之君兴,而登山之神见。且走马前疾,道(导)也;袪衣,示前有水也;右袪衣,示从右方涉也。"行至卑耳之溪,有"赞水者"为之指路,一切都如管仲所言。"桓公立拜管仲于马前",谓"仲父之圣至若此,寡人之抵罪也久矣"。内容如此荒诞不经,自非史笔,而是小说,是后人为神化管仲的智慧和桓公的霸主地位虚拟的神异小说。《说苑·辨物》也载有此事,其文简约,且无"霸王之君兴"等语,应为这个故事的雏形。《小问》则是《说苑》所据之文的发展,意象趋于二元,作者在将神化管仲的意象表现得更趋完整的同时,又增强了神化桓公霸主地位的意象。文字只加少许,意蕴却陡然分明,成为一篇二重意涵的寓意小说。

三

《轻重》诸篇中的叙事之文多是士人以游戏或玩世的心理设计的种种不切实际的王霸之术和生财之道,并将这些空想、幻想或胡思乱想假托为管仲与桓公推行的政策，结成"硕果"，摹写为具体的人物言行和人生情境，从而造成自觉虚构的小说作品。

《轻重甲》第七章载，桓公欲北伐孤竹而担心南方的越国从水道来犯，谓"天下之国莫强于越"。管仲谏他于深渊"立大舟之都"，奖励游水之士。最终得善游者五万人。出兵北伐时，"越人果至"，齐乃"大败越人"。而据史书，齐桓时越还弱不知名，其强而霸在春秋之末，让桓公说"天下之国莫强于越"，岂非呓语？全文事体都建立在此等呓语之上，当然只能是虚造的小说。第八章谓齐乃"阴王之国"，即有自然资源之国，资源就是"渠展之盐"。管仲谏桓公征盐而"积之"，积到足够就下令停产，使盐价"坐长十倍"，而后"以令粜之梁、赵、宋、卫"诸国，"得成金万一千余斤"，再令纳税者"必以金"，金又"坐长而百倍"，最终万物"尽归于君"。这里"并言梁、赵，盖指三晋之魏、赵言，当管子时未为国也"①，管仲何得而言之？这种囤积居奇又竭泽而渔之法本是为齐桓图霸的管仲所反对的，安在管仲身上岂不滑稽？实是好事者的游戏之想。

《轻重乙》第六章载，管仲以"九月种麦，日至而获"之法为齐国多收"方都二"（八县）之粮，而后请桓公将"终岁之租金四万二千"全部"素赏军士"。桓公乃在泰州之野集其军士，只要谁勇于说自己能"陷阵破众"或能得敌之"卒长"，就"赐之百金"，说自己能"执将首者，赐之千金"。结果四万多金一次赏完。桓公"惕然叹息"，管仲劝他"勿患"，还让各"将"优礼其人，各乡优礼其家，要让军士及其全家都有建功的荣耀感。后桓公"举兵攻莱"，"未出金而赏"，却能轻易"破莱军，并其地，擒其君"，谓"此素赏之计也"。所谓"素赏"，就是空赏，无功而赏。这种培育士气之法或不无可取，但只能用于少数敢死之士，以"终岁租四万余金"广泛"素赏"，任何当政者都不会做这等傻事，只能是在野之士不关痛痒地空想为文，游戏而已。据《春秋》载，齐灭莱在鲁襄公六年（前567），上距桓公百年左右。错位如此，也可见其臆造的随意与玄虚。

《轻重丁》与《轻重戊》是小说的集中所在。前者头两章各有小题。

---

① 金廷桂：《管子参解》卷三《轻重戊》，民国十一年（1922）常熟金氏铅印本。

首章《石璧谋》，写桓公"欲西朝天子而贺献不足"，乃问管仲："为此有数乎？"管仲对曰："请以令城阴里，使其墙三重而门九袭。因使玉人刻石而为璧，尺者万泉（钱）"，下依尺寸渐小而价递减。"璧之数已具"，管仲西朝天子曰："敝邑之君欲率诸侯而朝先王之庙，观于周室。请以令天下诸侯：朝先王之庙观于周室者不得不以彤弓石璧；不以彤弓石璧者，不得入朝。"天子许之，"号令于天下"。于是，"天下诸侯载黄金、珠玉、五谷、文采、布泉输齐，以收石璧。石璧流而之天下，天下财物流而之齐"。齐国八年无税，"阴里之谋也"。这显然是好事者的主观臆想，与史实全无瓜葛。无论何如璋谓"桓公之一匡九合，并未朝周"①，其与桓公、管仲所秉持的治国图霸之道也大相悖逆。桓公与管仲既要尊周室，又要对诸侯"拘之以利，结之以信"，使后者"就其利而信其仁"②。这是令诸侯归服的重要途径与手段，怎么可以指使天子，坑害诸侯？一望可知是凭空虚造。

第二章题《菁茅谋》，写桓公忧虑"天子之养不足"。管仲对曰："江淮之间有一茅而三脊贯至其本，名之曰菁茅。请使天子之吏环封而守之。夫天子则封于泰山，禅于梁父，号令天下诸侯曰：'诸从天子封于泰山、禅于梁父者，必抱菁茅一束以为禅藉，不如令者不得从。'"于是，"天下诸侯载其黄金争秩而走，江淮之菁茅坐长而十倍，其贾（价）一束而百金。故天子三日即位，天下之金四流而归周若流水。故周天子七年不求贺献者，菁茅之谋也"。菁茅，又称三脊茅，是周天子祭祀用以滤酒之物，向为楚之贡品。故桓公伐楚时，管仲对楚使有"尔贡包茅不入，王祭不共，无以缩酒，寡人是征"等语，杜预注曰"茅，菁茅也"③，《穀梁传》则径谓"菁茅之贡不至，故周室不祭"④。正是菁茅的这种特殊功用，使作者生出如此异想。其为荒诞不经之小说显而易见，不需费词。

第三章载，桓公想了解国中"富商蓄贾"的"称贷"状况，"以利吾贫萌（氓）、农夫，不失其本事"，管仲便派宾胥无、隰朋、宁戚、鲍叔分驰南北东

---

① 见郭沫若等《管子集校·轻重丁》，第1253页
② 《国语》卷六《齐语》，第86页。
③ 《春秋左传正义》卷十二，《十三经注疏》，第1792页。
④ 《春秋穀梁传注疏》卷七，《十三经注疏》，第2393页。

西。回报的结果,四方举贷者五六千家,贫民债台高筑,利息 20% ~ 100% 不等。管仲慨叹百姓负债太重,是国贫、兵弱之源。桓公求计,管仲谏其"令贺献者皆以镂枝兰鼓"(一种精美的丝绸),则此种丝绸"必坐长十倍",桓公所储存的也贵十倍,而后以此丝绸代民还息。桓公从其谏,"令召称贷之家",酌酒行觞,表明此意,最后仅用不到三千纯的丝绸就还清了整个齐国举债贫民的利息,使百姓甚为感激。作者虑及借贷之民,殊为可贵,解决的办法则是主观的虚幻之想。其所反映的高利贷榨取应为或一时期的真实状况,而管仲之谏和桓公之令均属幼稚的无稽之谈,都是作者的一相情愿。作品是一篇篇幅较长情节也较曲折的荒诞小说。第十章,写"峥丘之战,民多称贷负子息,以给上之急"。战后,管仲与桓公对称贷之家以高其门闾、"式璧而聘"的虚荣换取他们"皆折其券而削其书",统统放弃债权,并"发其积藏,出其财物,以赈贫病"。由于地无峥丘,史无其战,注者猜度纷纭。其实与第三章同为并无实事的空幻之想,也是一篇虚拟的荒诞小说。

《轻重戊》第二章载,桓公以鲁、梁临近齐国,如"蜂虿",如"齿之有唇",欲下两国,问计于管仲。管仲谓:"鲁、梁之民俗为绨,公服之,令左右服之,民从而服之。公因令齐勿敢为,必仰于鲁、梁,则是鲁、梁释其农事而作绨矣。"桓公为服十日"于泰山之阳"。管仲向鲁、梁商人大批预订,使其民为多产绨而奔走于道。而后让桓公"服帛,率民去绨"。鲁、梁之民无粮,"饥馁相及"。两年,"归齐者十分之六,三年,鲁、梁之君请服"。此文游戏于荒诞之想自不待辨。值得注意的是张佩纶之论:"鲁、梁二国,地不相接,春秋时梁国近秦,《汉志》'左冯翊夏阳地'";左哀四年(前491)所载楚"袭梁及霍"之梁,在河南梁县西南,"亦与齐鲁甚远。惟《汉志》'东平国,故梁国……属兖州,在今泰安府东平州东三十里',所谓'故梁国'者,乃汉之梁孝王故国,非春秋梁国。此节即汉人伪托《管子》,不应并汉郡国不知而疏舛至此"①。马元材附议云:张氏看法"极为有

---

① 张佩纶:《管子学·轻重戊》,民国间(1912—1949)手写影印本;又见郭沫若等《管子集校》第 1293 页。

见",并以《汉书》之《三王传》与《贾谊传》阐明文帝用贾谊之言于十二年（前168）将刘武自淮阳王"徙梁","北界泰山,西至高阳",谓"此文言梁及鲁既皆在泰山之阳,更足证其所谓梁者,不仅为近齐之梁而非近秦之梁",而且确为汉文帝十二年之后才有的"北界泰山"之梁①。这里不惮其烦引述两位前人的论,固然是为说明本篇虚想之作产生的时代很晚,必在汉文帝十二年之后,同时也是由于《管子》的产生时代还有争议,如果能充分关注前人这类无可辩驳的论证,就不便概言《管子》"其书出于稷下之学的管子学派","《轻重》不作于汉代而作于战国田齐"。后面四、五、六、七各章,思想、意象都与此第二章相类:第四章写齐国贵买莱、莒之柴,第五章写齐国贵买楚国之鹿,第六章写齐国贵收代国之狐,第七章写齐国抢购衡山之械器,最后都使其国上当,屈服于齐。马元材考证,衡山国于秦汉始有,其文写作"不能在秦汉以前"②。这些构思相似的虚幻戏作或出于一人之笔,均属如法炮制的仿拟小说。故何如璋云:"《轻重戊》篇,鲁、梁绨一事耳,化作四五段,尤浅妄可笑。"③此篇惟第三章别具一格:齐民"饥而无食,寒而无衣",官征无给,室漏不治。桓公求计于管仲。管仲说:砍树枝。砍后一年,百姓有食有衣,官征有给,屋漏得治,问题都解决了。桓公问其故,管仲说,齐人喜欢在树荫下休息,闲聊,如今砍了树枝,"日无尺寸之荫",大家都去做自己的事了。把贫困归于怠惰,又把怠惰归于树荫,如此怪异之想,自然不是古人的幼稚,而是以文字在做游戏。从这方面看,也是小说。

  《轻重》各篇中的叙事之文大多带有游戏性质,故被古人、前人视为"鄙俗""浅妄"。朱熹评《管子》:"又有说的太卑,直是小意智处。"④大约也指这类文字,至少包括这类文字。而从文学发展来看,却是一种可喜的进步。先秦诸子中的虚构之作,或"冒充"写实,类乎人物传记（如《晏子

---

① 见郭沫若等《管子集校·轻重戊》,第1294页。
② 郭沫若等:《管子集校》,第1307页。
③ 何如璋:《管子析疑序》,载温廷敬辑《茶香室三家文抄》上册,民国十五年（1926）补读书庐印本。
④ 《朱子语类》卷一百三十七,清康熙（1662—1722）石门吕氏天盖楼刊本。

春秋》),或注重表意,传达哲理精思(如《庄子》),使虚构之作带有不同程度的实用性。虽是创作,却还没有从实用文字中完全脱身,还是带着镣铐的跳舞。而《轻重》各篇的叙事之文,不具任何实用目的,以种种虚想的情境和意象嬉笑为文,造成这批全无实用价值的"齐东野人之语"①,其功能只是供人读赏。这也是对早期小说的一种发展。

(原载《中国古籍与文化》2008 年第 1 期)

---

① 何如璋:《管子析疑总论》,温廷敬辑《茶香室三家文抄》上册。

《尚书》之拟史小说考辨

《尚书》在先秦名《书》,是与《诗》并列的早期文献,最迟孔子时就已成书,至战国又有续作或改作,计有百篇之多。秦焚书后,被伏生保存并传授二十九篇,因用其时通行的隶书写成,后称"今文尚书",西汉即被立于学官。汉景帝时①,从孔子堂壁中又得到一批用先秦古文字书写的典籍,其中《尚书》较今文篇数多十六篇(其《九共》九篇合一,实为二十四篇),称"古文尚书",东汉始兴。后经战乱与时代变迁,两者逐渐散佚。东晋元帝时,豫章内史梅赜(或作梅颐)献古文尚书五十八篇,并流传下来,即今所见《尚书》文本。其中略同于伏生所传的二十九篇被分为三十三篇,仍习称"今文《尚书》",另二十五篇被称为"古文《尚书》"。这二十五篇从宋代就有人质疑其为魏晋人伪作,至清乾隆间阎若璩刊出《尚书古文疏证》,逐篇逐条考辨其造伪根底——文句出处,遂被多数学者视为定谳,至今依然。

统观《尚书》文体,多为诰、命与誓辞,即王公发表的各类文告,《汉志》所谓"古之号令"。无论真伪,均非纪事之文,与本文要考辨的小说文体相去甚远。但这只是概而论之。仔细考较,今存《尚书》各篇不仅产生的时代不同,真伪纷纭,文体差异也不可以道里计,少数几篇不仅通篇叙事,还是有意虚拟、首尾完整且非寓言的拟史之文。这就不仅走近了小

---

① 《汉书·艺文志》作"武帝末",误。参见屈万里《尚书集释·概说》,台北,联经出版事业公司1983年版,卷首第18页。

说，就文体要素而言，与小说实无质的差别。此等堪称拟史小说的篇章在今文《尚书》和伪古文《尚书》中都有存在。

一 今文《尚书》中的拟史小说

虞书首篇《尧典》，属今文《尚书》，原与现存的《舜典》本为一篇，被梅氏所献之书照《尧典》开篇样式加了"曰若稽古，帝舜曰重华"等二十八字而分出《舜典》。今复其原，以辨其体。《尧典》全文约一千二三百字，分三部分：一是帝尧派四位属官住于四方，恭奉上天，"历象日月星辰"，以正四时；二是物色并考察帝位的继承人舜；三是舜摄政后巡视四方，处置"四罪"，为帝之后逐一商讨、确定禹、弃、契、皋陶、垂、伯夷、夔、龙等的职务和具体职责。除第一部分，后两部分大半是尧、舜与臣工的简短对话。显而易见，这篇叙事之文决非尧舜时所作，以"曰若稽古"开篇就清楚表明是遥远后世人的述古之作。但究作于何时？郭沫若先生在《释祖妣》中通过对《周易》《诗经》和两周金文的考证，认定"考妣连文为后起之事"，"当系战国时人语"，并指出："《尚书·帝典》'帝（放勋）乃殂落，百姓如丧考妣三载'，不独百姓字古无有（金文中作'百生'），三年之丧古无有（《孟子·滕文公上》定为三年之丧，父兄百官皆不欲……），即此考妣二字连文，亦可知《帝典》诸篇为孔门所伪托。"① 屈万里先生在《尚书集释》之《尧典》篇首更列举十证"以明其为战国时人述古之作"②。战国上距夏禹一千五六百年，距尧、舜更远。即便有些传说，史官也无法将它变成信史。有的学者认为"《尧典》所记尧舜禹的史迹基本上是可信的"，只是一种主观愿望。仔细推敲三个部分，主要是儒家作者或凭有限的传说和周代的诸多现实、观念对远古社会和君臣关系所作的理想化虚拟。

第一部分，写尧命羲仲、羲叔、和仲、和叔分居四方，敬日观星，以正仲春、仲夏、仲秋和仲冬，导引农事。如此将四方与四时相配，乃是五行说日

---

① 《郭沫若全集·考古编》第 1 卷，科学出版社 2002 年版，第 20—21 页。
② 参见屈万里《尚书集释》，第 4—6 页。

趋兴时的产物,也应出在战国时代,尧舜时不可能有此。据甲骨学家考证,在殷墟卜辞中,表示季节的"春"和"秋"两字甚夥,而无表示季节的"夏"字和"冬"字,可见其时一年中只有春秋两季。陈梦家和于省吾对此都作了有力的论证。于氏在《岁时起源初考》中写道:"《尧典》四时之说,人多信以为真,其实初民只有周而复始的岁度或某些节候观念,后来因为生产和生活的需要,才有春秋二时的划分。由于卜辞中只有春秋而无冬夏",并且"往往以春和秋为对贞",由此"可以看出商代的一岁只分为二时"。在对周代的金文、《诗》、《书》做了考察之后,于氏又说:西周上承商代"只实行着二时制,四时制当发生在西周末叶"①。这就从根本上否定了《尧典》第一部分的真实性,它是作者以东周的四季观念想象远古时代虚构出来的。又者,文中处于东西南北之人分别被写作"厥民析""厥民因""厥民夷""厥民隩",此与《山海经》中写的四方名即四方神名"东方曰折"、"南方曰因"、西方"有人曰石夷"、"北方曰鹓"恰好相应。胡厚宣先生对此作了缜密的考辨,不仅辨明《山海经》中的四方名源自殷墟卜辞,还进一步辨明《尧典》中四方之人的"析""因""夷""隩"乃从《山海经》的四方之神名变化而出:"在甲骨文仅为四方名某风某,《山海经》文略同,惟将四方之名神人化,至《尧典》则演为尧命羲、和四子掌四时星历,教民耕作之事。"②这种化用《山海经》神话内容之文,未必是"作者硬把他们不懂的神话材料变成历史的事实",而很可能是蓄意将这种神话材料历史化亦现实化,以渲染、虚拟古之圣人尧所治理的时代。此外,羲和也是《山海经》中的神话人物,她是"帝俊之妻,生十日(太阳)"。郭璞注曰:"羲和盖天地始生主日月者也……故尧因此立羲和之官以主四时。"③郭璞如此将羲和与《尧典》相连系,并非穿凿。《尧典》将羲和化为羲、和四子,也是特地将神话人物历史化,是作者蓄意创造这段小说类文字的又一明证。

　　第二部分着意表现帝尧物色、考察继承人。物色由一系列对话构成。

---

① 《历史研究》1961 年第 4 期。
② 《甲骨文四方风名考证》,《甲骨学商史论丛》初集,民国三十三年(1944)齐鲁大学图书研究所影印本。
③ 郭璞注:《山海经》,上海古籍出版社 1989 年版,第 109 页。

尧子丹朱和共工先被提出,被尧否定。四岳(四方诸侯之长)中有人举鲧治水,尧听取建议后同意试用,结果九载而"绩用不成"。尧便要把帝位让给四岳,被辞以"否德"。众臣遂举出鳏夫舜,谓其"瞽子。父顽,母嚚,象傲。克谐以孝,烝烝乂不格奸"。尧同意"试哉",便妻以二女,开始考察。结果"慎徽五典,五典克从;纳于百揆,百揆时叙;宾于四门,四门穆穆;纳于大麓,烈风雷雨弗迷"。如此三载,尧便要舜"陟帝位",舜"让于德,弗嗣",而代尧执政。尧禅帝位于舜,应该是有传说作基础的,但内容只能是个轮廓。禅让的具体方式、过程,以至众多人物的对话,多非传说所能提供,只能由作者以虚想进行创造。"五典",也称"五教",或以《左传》文公十八年之谓"父义、母慈、兄友、弟恭、子孝"为解①,或引《孟子·滕文公上》之谓"父子有亲、君臣有义、夫妇有别、长幼有叙、朋友有信"作传②。无论何者,都是儒家所倡导的成熟的封建伦理道德,尧时断不会有。顾颉刚先生写道:"战国时不但随便编造'伪事',而且已在著作'伪书'了。试看舜,在孔子时只是一个没有事迹的古帝,门弟子问孝的这般多,孔子绝没有说到舜身上,可见舜在那时还没有孝的名望。孔子之后,有人做了一部《尧典》,说了'父顽,母嚚,象傲,克谐以孝'一句话,在做书人原是要表出尧举舜的缘故,但舜从此成了一个孝子。"③这也充分说明《尧典》中舜的形象在很大程度上是战国时人的蓄意造作。

第三部分可分为两段。前段写舜受命代尧理政,叙述简略:巡四方,修五礼,设五刑,处置"四罪"。其间内容,如"五礼""五刑""同律度量衡""扑作教刑""金作赎刑"之类,也是周代特别是春秋、战国封建制度相当发达之时才有可能产生的规定,大多是从周礼或周后期现实敷衍而生。尧舜时尚无学校(后称序、庠),哪有"教刑"?"金"未作币,怎能"赎刑"?梁启超说:"三代以前未有金属货币,此语恐出春秋以后人手笔。"④言颇中肯。此段文字虽不多,也处处露出虚构的时代马脚。后段写舜为帝之

---

① 《尚书正义》卷三署汉孔氏《传》,《十三经注疏》,第 125 页。
② 蔡沈:《尚书集传》卷一,明正统十二年(1447)刊本。
③ 《论孔子删述六经说及战国著作伪书书》,《古史辨》第 1 册,海南出版社影印本,第 55 页。
④ 梁启超:《中国历史研究法》,东方出版社 1996 年版,第 117 页。

后商讨、任命诸多官员,几乎全是人物对话,只此即可知其出自臆想、虚拟无可避免。司徒、司空周代始有,舜岂能设？理州之牧、掌管山林之虞,商代卜辞均无,而《周官》则有,应非舜时之官。典帝三礼的"秩宗"大约也是从周之"宗伯"变化而出。在人的进化过程中,说话比造字不知要早多少年。如果"断竹,续竹,飞土,逐宍(肉)"真是黄帝时的古歌①,则应早于汉字的产生。即便如此,我们还是难以想象在那汉字史家认为很可能尚无汉字的时代,舜就说出"诗言志,歌永(咏)言,声依永,律和声,八音和谐,不可夺伦"一番话,那应是诗与乐相当发达、八音具备,而且产生了《诗》以后的春秋战国时期颇有理论头脑的人的总结性言论。至于对诸官进行"三年考绩,三考,黜陟幽冥",恐怕也是《周官》中"三岁则大计群吏而诛赏之"的翻版。

不但此也,典籍中还有与尧舜禅让悖逆的记述。《史记·五帝记》张守节《正义》引《括地志》曰:"《竹书》云:'昔尧德衰,为舜所囚也。'……《竹书》云:'舜囚尧,复偃塞丹朱,使不与父相见也。'"《广弘明集》卷十一法琳《对傅奕废佛僧表》引《汲冢竹书》云:"舜囚尧于平阳,取之帝位。"谓"今见有囚尧城"。刘知幾《史通·疑古篇》引《汲冢书》亦有"舜放尧于平阳"之语。上列唐人所引《竹书》或《汲冢书》后被学者辑入《古本竹书纪年》②,而洪颐煊《经典集林》和严可均《全上古三代文》均集入《汲冢琐语》。《琐语》和《纪年》皆出自魏襄王(卒于公元前269年)墓,前者虽属"诸国卜梦妖怪相书"③,其某些历史性记述仍有相当的史料价值。舜囚尧而取天下并"偃塞"丹朱,自然也是根据战国时的传说或传说的记录,其与被儒家虚构的理想化的《尧典》大相抵牾却很值得关注,并被一些史家用作否定尧舜禅让的史料依据。中国从夏代开始由原始社会的推选制进入奴隶社会"家天下"的继承制。而据《尚书》,尧、舜、禹是同时

---

① 赵晔:《吴越春秋》,江苏古籍出版社1999年版,第149页。
② 参见方诗铭、王修龄《古本竹书纪年辑证·附五帝纪》,上海古籍出版社1981年版,第63、65页。
③ 《汲冢琐语》题注,严可均《全上古三代秦汉三国六朝文》卷十五,中华书局1958年影印本,第107页。

人,故孙淼先生写道:"尧舜生活在原始社会的最后阶段,即将进入奴隶社会时期。这个时期,私有制已经形成了,阶级压迫已成为残酷的现实,战争也不断地出现,人与人的关系也发生了根本的变化。"在这样的背景下,上述记载"在一定程度上揭露了当时的历史真象"①。如果考虑到尧舜之间这种尖锐复杂的斗争,《尧典》中的禅让描述就更是地道的虚拟小说,其传说也只是反映了原始社会推选制的影子罢了。

综上所述,无论尧与舜相继为帝的真实情况如何,《尧典》,还有《舜典》,都全然不是史实的记录,学人谓之"述古之作",实是虚构的拟古之作,是虚拟远古历史的早期小说。

这里连带谈谈逸书《舜典》的文体。《舜典》虽逸,《孟子》《史记》和《尚书大传》(佚文)还保存了它的不少佚文。《孟子·万章上》有关舜的问答颇多,有的明载于《尧典》或《书》,有的被孟子斥为传言的"齐东野语"。而如下两段令人瞩目:

> 帝使其子九男二女,百官、牛羊、仓廪备,以事舜于畎亩之中。天下之士多就之者。

> 父母使舜完廪,捐阶,瞽瞍焚廪;使浚井,出,从而揜之。象曰:"谟盖都君咸我绩。牛羊,父母;仓廪,父母。干戈,朕;琴,朕;弤,朕。二嫂使治朕栖。"象往入舜宫,舜在床琴。象曰:"郁陶思君尔。"忸怩。舜曰:"惟兹臣庶,汝其于予治。"

前者为孟子所言,后者为万章所言而为孟子确认者。赵岐注云:"孟子时,《尚书》凡百二十篇,逸书有《舜典》之叙,亡失其文,孟子诸所言舜事,皆《尧典》及逸书所载。"②若然,上引文字既不见于《尧典》,即为逸书《舜典》之文。又据阎百诗考证:"父母使舜完廪一段,文辞古崛,不类《孟子》本文……其为《舜典》无疑。"③《史记·五帝本纪·舜纪》也有类似记述,

---

① 《夏商史稿》,文物出版社1987年版,第178页。
② 《孟子》卷九,上海商务印书馆1936年缩印本,第72页。
③ 阎若璩:《尚书古文疏证》卷二第十八,清乾隆十年(1745)朱续晫刊本。

两者同属《舜典》，互为旁证。《尧典》谓舜"父顽，母嚚，象傲"；又谓尧"釐降二女"，"嫔于虞"。上引两段文字与《尧典》这些语句有着明显的承递关系。可见《舜典》系承《尧典》而作，也是战国儒士的拟古之作。

再看上列具体描述，远非现实性文字。内中显示的尧对舜的器重与考察以及舜所受的磨难大为具体化并漫画化了。帝尧嫁二女给舜，已属非常之举，且让九子事舜（《尚书大传》也有"属其九子"之语），岂可思议？舜被帝尧如此器重，又赐百官、牛羊、仓廪，俗陋的瞽瞍夫妇及象非但不欣喜，不亲近，反倒谋其命而分其物，象还声言使尧二女"治朕栖"，怎么可能？只有夸诞小说之类多有诸如此类的情节，象等人物只是考验舜的工具而已。后至五代的《舜子变》和明代小说《盘古至唐虞传》，又从《孟子》和《史记》中拾起这些人物、情节，并大力生发，其为非现实的夸诞之作一目了然。

《五帝本纪》据《舜典》又有如下叙述："舜耕历山，历山之人皆让畔；渔雷泽，雷泽上人皆让居；陶河滨，河滨器皆无苦窳。一年而所居成聚，二年成邑，三年成都。"①这是谁都做不到的，却是后世夸诞文学常用的笔法。可见《舜典》不仅是模拟古史的小说类作品，还应是夸诞型拟史小说，至少有较多的夸诞之笔。

《尚书大传·虞夏传》还记有舜在禅位于禹之际与百官同唱"卿云"歌的热烈场景，随即写道："于时八风循通，卿云蘩蘩。蟠龙贲信于其藏，蛟鱼踊跃于其渊，龟鳖咸出于其穴，迁虞而事夏也。"②此等超现实的渲染笔墨，也很像是《舜典》的原文。倘此判断不错，则是夸诞的又一显例。

综上之辨，《舜典》应是多有夸诞之笔的拟史小说。

另一篇属今文《尚书》的《皋陶谟》原包括现存《尚书》中的《益稷》。梅赜所献之书分后者独立成篇，不仅无据，也毫无道理。因为后者全文很长，而全是皋陶、禹同舜的对话，益、稷不但未出现，言谈中提及两人也各

---

① 《史记》卷一，中华书局1959年版，第34页。
② 陈寿祺辑：《尚书大传》卷一下《虞夏传》，《四部丛刊》本。

只一句①。序者谓"以下文禹称益、稷二人佐其成功,因以名篇"②,乃曲为弥合,强为解说。现仍复其原状,以辨其文体。

《皋陶谟》的产生时代,屈万里亦有考辨,举出本篇与《尧典》雷同的多个语句及"俞""都""亮采"等独特用语,结论是"约与尧典同时而稍后","如非同出一手,亦必同地区之人所作也"③。如此战国时人的述古之作,依据只能是某些远古的传说或记述这类传说的简单文字。而这篇作品,从头至尾几乎全由对话构成,没有什么可供传说的故事性内容。它所依据的传说最多也只有题材的意义,不能为其提供具体内容。人物的言语都须作者发挥自觉的想象虚构出来。

全篇分为两部分。第一部分即"帝曰"之前,很像皋陶与禹的单独答问与交谈,实际还是两人在帝舜前的谈话,只是未着笔于舜而已。故《史记》转述本篇以"帝舜朝,禹、伯夷、皋陶相与语帝前"作开始语④。皋陶陈述的是治天下"安民"之道,倡言"九德",以德为本,"兢兢业业",和衷共济,谓"天聪明,自我民聪明;天明畏,自我民明威",集中阐释了儒家德治和民本的施政理念。宋儒史浩评曰:"窃尝谓《禹谟》《益稷》君臣之间皆有褒颂归美之词,独《皋陶谟》一篇(实即本篇第一部分)其始以正心诚意种明德之根本,其中以知人安民彰明德之功用,其末以恐惧修省保明德之钦崇,迄无一言见于褒美颂扬者。盖如是,然后可以为嘉谟也。"⑤由此足见这部分对话儒道之重、儒气之纯,确是儒者假借皋陶与禹问答的形式表达其施政理念之笔,虽乏小说意味,亦有虚拟对话的小说体式,多个叹词和语气词的使用也增加了小说语言的切实感。

从"帝曰:'来,禹!汝亦昌言'"转入较为活泼的第二部分。禹的答话两次讲到治水的奔波与勤苦,至"启呱呱而泣"而不顾。这应是最具传说基础的内容,也增加了本篇的叙事成分。禹提醒舜:"都!帝。慎乃在

---

① 禹曰:"洪水滔天……予乘四载,随山刊木。暨益奏庶鲜食。予决九川……暨稷播奏庶艰食、鲜食,懋(贸)迁有无化(货)居。"言中关乎益、稷各一句。
② 蔡沈:《尚书集传》卷一《益稷》题序。
③ 《尚书集释》,第32页。
④ 《史记》卷二,第77页。
⑤ 《尚书讲议》卷四,民国二十四年(1935)四明张氏约园刊本。

位","惟几惟康";"敷纳以言,明庶以功";"无若丹朱傲,惟慢游是好"。舜告戒禹:"吁!臣哉邻哉!邻哉臣哉!""作朕股肱耳目","予违,汝弼。汝无面从,退有后言"。此真所谓"君臣一堂之上,更相戒饬"①,平善而诚挚,似乎透露出原始社会部落首领与左右的平等关系,实际则是儒家理想中圣君贤臣融洽和谐关系的最高境界。最后,以舜和皋陶的讴歌把君臣振兴天下的一番谋议推到高潮:

> 帝……乃歌曰:"股肱喜哉,元首起哉,百工熙哉。"皋陶拜手稽首,飏言曰:"念哉!率作兴事,慎乃宪,钦哉!屡省乃成,钦哉!"乃赓载歌曰:"元首明哉,股肱良哉,庶事康哉。"又歌曰:"元首丛脞哉,股肱惰哉,万事堕哉。"帝拜曰:"俞。往,钦哉!"

作者怀着满腔热情为皋陶和帝舜创造了这几首歌,以为这篇虚构作品富于韵味的结尾。黄以周说它们"为十五国风之滥觞"②,显然是把《皋陶谟》看作远古纪实之作的产物。如今知道它是春秋之后战国时期拟古的造作,这几首歌就不是《诗》之滥觞,而成了十五国风的继承和发展,将它们用之于虚构的叙事作品,为创造圣君贤臣的高美形象、歌颂"舜之致治旷古而独绝"大添光彩③。这在早期小说中更是一种具有开拓性的艺术创造。

周书《金縢》是今存《尚书》中故事性最强的一篇,也是今文《尚书》中被历代学者斥为伪书最集中的一篇。它写周武王"克商二年",患了重病,太公、召公欲卜,周公谓"未可以戚我先王"。随后周公筑坛,秉圭置璧,祷告于太王、王季与文王,命史官"祝册",谓姬旦"能多材多艺,能事鬼神",请代武王去死,又卜以三龟,皆吉,归"乃纳册于金縢之中"。武王"翼日"即愈。武王死后,管叔等人散布流言,说周公"将不利于孺子"成王。周公避而"居东二年,则罪人斯得",于是作诗《鸱鸮》给王,王仍不

---

① 梅鷟:《尚书考异》卷三,清道光五年(1825)立本斋刊本。
② 黄以周:《敬季杂著·尚书讲义》,清光绪二十至二十一年(1894—1895)江苏南菁讲舍刊本。
③ 崔述:《唐虞考信录》卷四,清嘉庆二十二年(1817)陈履和刊本。

悟。再后天降大风雷,偃禾拔木,"邦人大恐",王与大夫遂开金縢之匮,发现了周公请代武王之文,成王感泣,乃亲迎周公。"王出郊,天乃雨,反风,禾则尽起。"情节如此离奇、玄虚,自然会不断有人提出质疑。唐宋以前的经学家大多曲为解释,而程颐已有"《金縢》尤不可信"之语①。明代马明衡则谓此篇"大有难晓",说周公"多材多艺,能事鬼神自是鬼话"②。王夫之《尚书稗疏》更提出十三点"可疑"之处。至袁枚撰《金縢辨》,开宗明义,否定其为史实,谓其"虽今文亦伪书也"。这些质疑和否定,大都由于作品情节、言语诸多悖理:周公以"未可戚我先王"为由阻止召公、太公卜,自己却仍求卜于三位先王,前后抵牾;"'尔''汝'者古人挟长之称,而圭璧者所以将敬之物也",周公"呼先王为'尔'不敬,自夸才艺不谦,终以圭璧要之不顺,若曰'许我则以璧与圭,不许我则屏璧与圭',如握果饵以劫婴儿,既骄且吝,慢神蔑祖,而太王、王季、文王甘其尔汝之称,又贪其圭璧之诱,于昭于天者,何其启宠纳污之甚也?"武王病愈,后至亡故,周公私祷之册却始终不毁,一直藏于太庙之金縢,"预为日后邀功免罪之计",此岂合于圣人之居心?册祝者乃为史官,百执事均在场,何能保密多年?③诸如此类,不一而足。至于《鸱鸮》,乃是豳风民歌,弱者以禽言诗抨击压迫者。《诗序》据《尚书》此篇将它安在周公身上,谓其"救乱",不伦不类,而历代多因之。如今论《诗》之文一般不再作此等牵强附会的理解。

上述悖谬都是社会性的,此外还有悖于自然性的迷信情节:大病不愈,册祝后"翼日乃瘳",岂非神力?周公受冤,天即"大雷电以风";其冤得雪,"天乃雨,反风",偃禾"尽起"。古之学者反复为此辩说:"周公之精诚上通于天"④,"圣人之学可以转移造化"⑤,而今谁信?此种情事都成了后人肆意虚造的明证。

---

① 《河南程氏遗书》卷二十二《伊川语录》,明成化十年(1474)张氏刊本。
② 《尚书疑义》卷五,民国二十四年(1935)商务印书馆影印本。
③ 参见《小仓山房集》文集卷二《金縢辨上》,清乾隆三十四年(1769)钱塘袁氏刊本。
④ 李杞《用易详解》卷三,民国二十四年(1935)商务印书馆影印本。
⑤ 陈经《尚书详解》卷二十六,清光绪二十年(1895)福建布政司署刊本。

总之，无论周公当初是否有求代武王去死之举，《金縢》叙述的离奇故事都不可能是史事的写照。它非但不是周公所作，也不是西周人所作。屈万里说："孟子公孙丑上引鸱鸮'迨天之未阴雨'五句后复引孔子曰：'为此诗者，其知道乎？'尚未以鸱鸮之诗为周公所作，似孔子孟子，均未见本篇。疑本篇之著成，盖当战国时也。"① 可见《金縢》也应是上距周初数百年后的儒者为宣扬周公圣德大力虚构的产物，是一篇地道的拟史小说。

二 伪古文《尚书》中的拟史小说

据宋以来经学家的大量考辨，今存古文《尚书》二十五篇，乃魏晋间人所作，各篇除作者的虚拟成分之外，还缀集了先秦古书中大量相关语句，其中一部分是古书引用的《尚书》逸句。如此撰著的古文《尚书》，在经学家看来自是伪作。其中多数篇章，都是诰、命与誓词，本文不论。而《大禹谟》《太甲》《说命》则是以记述历史人物事迹的形式呈现给读者，那事迹属于后世作者对某些历史传说或逸书内容的蓄意造作与仿拟，写出的自然是仿拟的"伪史"，倒成了实在的拟史小说。

被编入《虞书》的《大禹谟》也以"曰若稽古"四字开篇，"都""俞"等类用语也同于《尧典》和《皋陶谟》。如果说同出战国时代的《皋陶谟》与《尧典》开头及用语相类，可能是同出一人之手，远出于后世的《大禹谟》的这种状况就只能是仿拟之笔。作品由三个部分构成。第一部分是禹和益同帝舜谈理政安民之"谟"，即"德惟善政，政在养民"，"儆戒无虞，罔失法度，罔游于逸，罔淫于乐"之类，与《皋陶谟》之义多有雷同。另如"万邦咸宁"，"舍己从人"，"不虐无告，不废困穷"，"水、火、木、金、土、谷"，"正德、利用、厚生"，"六府三事"之类，则是分别袭用《周易》《孟子》《庄子》《左传》之文。"帝德广运，乃圣乃神，乃武乃文"，"戒之用休，董之用威，劝之以《九歌》，俾勿坏"，分别本于《吕氏春秋·谕大》及《左传·文公七

---

① 《尚书集释》，第127页。

年》所引《夏书》逸文,略作变改。这些袭用,明清多人都已指明,故黄以周说:《大禹谟》乃是"后人捃摭古语补缀成文。观其次节,摹抚《皋陶谟》为之"①。从这方面看,它具有仿拟、集句的特征。以虚拟的文句黏合诸多集句以成文章,费了很大工夫,却少鲜明的意象。谓其小说,亦属仿袭之笔。

第二部分写舜禅让天下给禹。这自然有传说的基础,但如尧禅让给舜一样,把远古的传说变成禅让的对话场面就只能借助想象和虚拟。舜提出禅让给禹,禹让皋陶,舜与皋陶交谈后,对禹说了如下的话:

> 来,禹!洚水儆予,成允成功,惟汝贤。克勤于邦,克俭于家,不自满假,惟汝贤。汝惟不矜,天下莫与汝争能;汝惟不伐,天下莫与汝争功。予懋乃德,嘉乃丕绩。天之历数在汝躬,汝终陟元后。人心惟危,道心惟微,惟精唯一,允执厥中。无稽之言勿听,弗询之谋勿庸。可爱非君?可畏非民?众非元后何戴?后非众罔与守邦。钦哉!慎乃有位,敬修其可愿。四海困穷,天禄永终。惟口出好兴戎,朕言不再。

这里除了嵌入多种先秦古书文句或其所引《夏书》、"先王书"逸句,最引人注目的是其竟将《荀子》所引《道经》之文——"人心之危,道心之微"——充作舜言,并将《论语》尧命舜之文断为三截以命禹。《荀子·解蔽篇》曰:"昔者舜之治天下也,不以事诏而万物成。处一之危,其荣满侧;养一之微,荣矣而未知。故《道经》曰:'人心之微,道心之微,危微之几,惟明君子,而后能知之。'"梅鹭在比较上述两文关系时中肯地指出:"荀卿称'《道经》曰',初未尝以为舜之言,作古文者见其首称'舜之治天下',遂改二'之'字为二'惟'字,而直以为大舜之言";"至于'惟精唯一',则直抄略荀卿前后文字而攘以为己有"②,即阎若璩之谓《荀子》"此篇前又有'精于道'、'一于道'之语,檃括为四字"③。梅、阎还特别指明:《荀子》引《书》若干,非曰"《书》云",即称篇名,无一不言明出处,此二语

---

① 《敬季杂著·尚书讲义》。
② 《尚书考异》卷二。
③ 阎若璩:《尚书古文疏证》卷三第三十一。

独标《道经》,至为可信。伪古文《大禹谟》"袭用"《荀子》当属显见。《论语》末篇尧曰:"咨,尔舜!天之历数在尔躬,允执厥中。四海困穷,天禄永终。"躬、中、穷、终四字谐韵,由于下文有"舜亦以命禹"之语,《大禹谟》便将《论语》中尧的这三句话纳入舜口以命禹。但若《论语》之"尧曰"出《大禹谟》,三句话应未增减一字,而本篇上列所引舜语,将三句分置三处,其间分别相隔四句与九句。这就如阎氏所说:"不惟其词之费、意之重,而于古人以韵成文亦大不识之矣。"①不惟说明乃是《大禹谟》改用《论语》,也充分显出其妄改妄增、蓄意造作的小说本质。

第三部分写禹执政后,按舜的嘱咐征讨三苗。禹乃誓师出征,三旬而苗"逆命"。益曰:"惟德动天,无远弗届。"禹即"班师"。"帝乃诞敷文德,舞干戚于两阶。"七旬,有苗来服。有关舜、禹服苗之事,古书有多种记载。首先,虞书几篇就有五记:《尧典》记舜先"窜三苗于三危",后又"分北三苗";《皋陶谟》中禹谓"苗顽不即工,帝其念哉";《禹贡》中记禹治黑水于雍州,"三危既宅,三苗丕叙";至《大禹谟》,舜又谓"有苗弗率",命禹"徂征"。其间不无龃龉,梅鷟、惠栋、崔述等对"丕叙"与"徂征"的矛盾就责有烦言。其实,前三篇也都是战国时人想象、虚拟的远古人事,除去《禹贡》多记地理山川,另两篇与《大禹谟》一样,都是后人造作的拟史小说,对传说的处理、发挥有很大的随意性,其间龃龉难合自然不免,无须顶真。再看他书的相关记载,《韩非子·五蠹》记云:"当舜之时,有苗不服,禹将伐之。舜曰:'不可。上德不厚而行武,非道也。'乃修教三年,执干戚舞,有苗乃服。"②这记载与本篇有相似点,又很不同:阻止禹伐三苗的不是益,而是舜,他是以德服人的圣君,禹的征讨并未成行。这或许出自先秦的《大禹谟》,而那也不是上古的纪实,而是战国时期儒者对舜与三苗关系的另一种合于理想的虚拟罢了。另一些相反的记载或能开阔我们的思路。《尚书·吕刑》载:"苗民……惟时庶威夺货,断制五刑,以乱无辜。上帝不蠲,降咎于苗,苗民无辞于罚,乃绝厥世。"③《战国策·魏策二》载:

---

① 《尚书古文疏证》卷五下第七十四。
② 《诸子集成》第 5 册《韩非子集解》,第 341 页。
③ 《尚书正义》,《十三经注疏》,第 249 页。

"禹攻三苗,而东夷之民不起。"①《淮南子·修务训》载:"舜……南征三苗,道死苍梧。"②《史记·吴起传》载:吴起对魏武侯曰:"昔三苗氏左洞庭,右彭蠡,德义不修,禹灭之。"③这些史书的记载虽也多有参差,却显示一个共同的结果:顽而不驯的三苗受到舜、禹的攻伐和严惩。这或许更接近历史事实。本篇和多种以德服苗的记述不过是儒者有意虚托的小说之笔。

商书《太甲》三篇。上篇写汤的嫡孙太甲嗣王位后不从于伊尹。伊尹作书警示,太甲置若罔闻。伊尹陈先王之德,望其仿效,太甲仍不悔改。伊尹曰:"予弗狎于弗顺",遂营桐宫而放太甲"居忧,克终允德"。中篇写三年后"伊尹以冕服奉嗣王归于亳"。太甲"拜手稽首"认错,伊尹乃予勉励,谓"先王子惠困穷,民服厥命,罔有不悦。并其有邦,厥邻乃曰:'徯我后,后来无罚。'"下篇写伊尹申诰于王:"惟天无亲,克敬惟亲,民罔常怀,怀于有仁";"德惟治,否德乱";以"一人元良,万邦以贞"褒之、勉之。这里所写的太甲失德被伊尹放逐、悔过后重掌王权的故事轮廓,与《孟子》和《史记》所记合榫。后两者所据或即《史记》之谓《太甲训》三篇,其与今存之《太甲》的差别比合榫之处更多。《孟子·万章上》谓"太甲颠覆汤之典刑",被放后"于桐处仁迁义";《尽心上》公孙丑复述太甲被放与返亳皆有"民大悦"之语。凡此,《太甲》三篇皆无。《史记》记太甲"既立三年,不明,暴虐,不遵汤法,乱德";被放期间(三年)"伊尹摄行政当国,以朝诸侯";归政以后,"太甲修德,诸侯咸归殷,百姓以宁",伊尹尊王为"高宗"。《太甲》三篇也全无这些文字。说明今之《太甲》非孟子、史迁所见之者。阎若璩曰:"二十五篇之书其最背理者在太甲稽首于伊尹",而伊尹"称字于君,冠履倒置,莫此为甚",更举移自他书而所用失当之语,以证其伪。"《文王世子》(《礼记》卷二十)语曰:'乐正司业,父师司成,一有元良,万国以贞,世子之谓也。'今入'元良'二语于伊尹口中,以训长君",殊属"不侔"。《孟子·梁惠王下》"齐人伐燕"章引《书》曰"徯我后,后来其苏",

---

① 《战国策》卷二十三,第830页。
② 《诸子集成》第7册,《淮南子》,第331页。
③ 《史记》卷六十五,第2166页。

与卷六《滕文公上》"宋小国"章引《书》曰"傒我后,后来其无罚",两者系引同一篇逸书的同一文句,意谓当初"汤一征自葛始,天下信之",都希望汤早来征讨自己所在之国,为其君后,以解民困。两处词语小有差异"乃古人文章不拘之处,亦何得疑其出于两书耶?……奈何'后来其苏'既窜入《仲虺之诰》中,'后来其无罚'复窜入《太甲》中篇中耶?"况且,此语"仅可仲虺用之,以解汤惭,今重出于伊尹口中以训太甲,迂远不切,殊属无聊填写"①。诸如此类,足见本篇乃后人所撰之"伪书",同时也可见出内容大半出自作者自觉的虚构与拼凑,实是以所传伊尹与太甲故事为轮廓造作的拟史小说。

不但此也,西晋太康间汲冢出土的战国时期魏人所记编年史书《竹书纪年》于商太甲之下还有如下记载:

> 仲壬即位,居亳,命卿士伊尹。
> 仲壬崩,伊尹放大甲于桐,乃自立。
> 伊尹即位,放大甲。七年,大甲潜出自桐,杀伊尹,乃立其子伊陟、伊奋,命复其父之田宅而中分之。②

汲冢出土的另一文献《琐语》也有"仲壬崩,伊尹放太甲,自立四年"之语③。仲壬方崩,太甲未承大位就被放逐,自然也是伊尹篡权所致,故与《纪年》所记相合。此等记述,"大与《尚书》叙说太甲事乖异",也与《孟子》《史记》的相关记述大相径庭。如果伊尹确是《太甲》所述的圣人,《纪年》似无理由写其因篡权而被杀。史学家孙淼认为,《纪年》《琐语》之记才更可信,因为"所谓'放太甲',就是把太甲禁闭起来,自己掌握政权,且历时数年之久。其性质很明显,这就是篡权"。而类似《纪年》所记这种篡权与反篡权的斗争,"在阶级社会的历史中,是常见的现象"④。倘从这种视点考量,就不只梅赜所献的《太甲》属于伪史类小说,司马迁所记的

---

① 参见《尚书古文疏证》卷二第三十一、卷四第六十一、卷二第二十七、卷一第十一。
② 朱右曾辑,王国维校补:《古本竹书纪年辑校》,辽宁教育出版社1997年版,第7页。
③ 《太平御览》卷八十三《皇王部八》,中华书局1960年版,第390页。
④ 孙淼:《夏商史稿》,第328、330页。

《太甲训》也都出自后人的造作,是与史相悖的小说类作品。

《说命》也是《商书》,上、中、下三篇。上篇写殷高宗武丁即位,三年不言,"恭默思道"。群臣"咸谏于王",王说"惟恐德不类",贻误四方,故而不言。他梦见天帝赐予"良弼",可代其言,便画影图形,"旁求于天下",乃得"筑傅岩之野"的说,"惟肖,爰立为相",置诸左右,"朝夕纳诲",以辅其德。中篇与下篇写武丁与傅说的言语交流,前者重在顺应天道,用贤理政;后者重在学法先王,师古多闻。君臣投合,融洽无间。这三篇摭拾或略改《国语·楚语》《礼记·缁衣、学记》等书所引多处《说命》之文,故能使读者看到一些与先秦《说命》相类的故事与文字。但仍与《史记》显示的傅说与武丁的故事有着明显的不同。《殷本纪》载:

> 武丁夜梦得圣人,名曰"说",以梦所见视群臣百吏,皆非也。于是乃使百工营求之野,得说于傅险中——是时说为胥靡,筑于傅险。见于武丁,武丁曰:"是也!"得而与之语,果圣人,举以为相,殷国大治。

此言梦中得其名"说",今存《说命》无之,至"说筑傅岩之野"始出其名,甚是突兀。以梦所见视群臣,皆非,乃自然之事,而今《说命》亦无。相见曰"是也!"乃惊喜必有之语,今《说命》无此语。武丁"与之语",始认定"果圣人",今《说命》未交一言就"爰立为相",岂合事理?《殷本纪》这些记载也应本于先秦产生的《说命》,而与今存《说命》偌多差异,足见后者并非前者。加之,"惟木从绳则正,后从谏则圣"改自《说苑》卷三引孔子语"木受绳则直,人受谏则圣";"若作和羹,尔惟盐梅"改自《左传·昭公二十年》"和如羹焉,水火醯醢盐梅以烹鱼肉";"若挞于市"改自《孟子·公孙丑上》"若挞之于市朝";"非知之艰,行之惟艰"改自《司马法·严位篇》"非知之难,行之难"……① 此篇的集句和造作显而易见。它也就成了以傅说辅佐武丁的故事传说为题材的有意虚构的拟史小说。

不仅如此,本篇最富小说意味的还是武丁寻求梦里天帝所赐圣人的虚无缥缈情节,它有无可争辩的虚构性和迷信色彩,是把圣人傅说大力神

---

① 参见惠栋《古文尚书考》卷下,清乾隆间(1736—1795)宋廷弼刊本。

化的产物。而这一情节在真伪《说命》中是一致的,所以两者都是后人虚造的拟史小说作品。

结　　语

　　我国汉字的产生被一些文字史家审慎地推定在夏代,而至今还未被实物证实。偃师二里头遗址被考古学家认定为夏的都城,出土文物甚夥,也只发现二十几个各自孤立的刻画符号,似非文字。殷代的文字状况表明,上推数百年前夏代产生的文字,应不可能达到写出虞书和夏书的水平。《尧典》《皋陶谟》《禹贡》等虽属今文《尚书》,也都出自东周中后期人的手笔,比之二十五篇伪古文《尚书》虽早出六七百年,而两者内容的实质,并无真与假的分别。前者也是一千几百年后之人凭借远古传说与现实状况大力虚想、造作的产物,与今文《尚书》中另一些纪实之作有质的不同。其中的纪事之文也就成了早期的拟史小说。

　　需要指出的是,文明发展到产生私人著述的战国时代,文化人的思想空前活跃,浮想联翩,面对日积月累的《诗》《书》篇章、"春秋"实录和某些远古的帝王传说,自然就会遥想那没有文字记载的时代,并会生出将那时代述诸文字的企望。但要具体描述那全无文字凭据的远古人事,除借助主观想象和虚拟以丰富传说,别无他途。这就是战国时人创作《尧典》《皋陶谟》等作品的根本原因。那应是古人积极探求、追述远祖状况莫可如何的产物。所塑造的尧、舜等人物形象及其时代背景虽然只是作者的理想,却也多少反映了帝王"家天下"以前远古部族选贤任能乃至禅让之类的推选制度,其想象与虚拟虽使描述远离实际,仍是难能可贵的创造,不仅为当时和后世了解远古祖先提供了一种虚想的参照,而且成为漫长的封建社会中人们渴望与追求的社会理想。就此而言,它虽是拟史小说,却非后世历史小说的价值所能比拟,成为两千多年的经典文献实所必然。想象与虚构在追述无文字材料可考的古史创作中发挥了无可代替的独特作用。

　　魏晋间人辛辛苦苦凑成的二十五篇伪《尚书》,自有历史学家予以评价。其中《大禹谟》《太甲》《说命》三者,又应视为后世的拟史小说。其中《大禹谟》,人物也处于尚无文字记录的时代,便是出自孔壁的真古文《尚书》的《大禹谟》,也绝不可能是严肃史官的记录之笔,而只能是《尧典》类的另一篇拟史之作,由于失传,后出的《大禹谟》如能突出传说中大禹的特色,亦可填补逸书的空白,有与《尧典》相类的价值。但它既属拼凑,又无特色,便落下乘,虽混同于经典流传百世,却影响有限。倒是《尧典》《皋陶谟》《禹贡》以及据汉存虞夏书撰写的《夏本纪》中的大禹成了后世人心目中的光辉形象。《太甲》与《说命》则不然,由于其基本内容和故事轮廓同于先秦之逸书,虽是拼凑之作,也在一定程度上填补了逸书的空白,其中的伊尹和傅说对后世产生了广泛的影响,两文都不是一个"伪"字可以了得。

(原载《中国古籍与文化论丛》第 15 辑)

《韩诗外传》之小说考辨

先秦列国的史乘与"杂说"虽被现存的先秦史书与子书广为采录,部分因而得以保存,失落的还是难以数计。幸而汉代学者对当时尚存的史料与"杂说"十分珍视,除被太史公大量采入《史记》之外,或借以传诗,或假以论道,或分门别类编校整理。虽不能排除其间汉儒所作的修改乃至造作,其使更多的先秦资料得以保存和流传则毋庸置疑。《韩诗外传》《新序》《说苑》都是其中的佼佼者。学者认为:"《韩诗外传》从保存古代文献资料讲,汉初是无第二部书勘与之比并的。"①

《韩诗外传》(下简称《外传》),汉前期今文学家韩婴撰著。其时,今文《诗》派有鲁、齐、韩三家,"并立学官"。韩婴"推诗人之意,而作内、外传数万言。其语颇与齐、鲁间殊"②,自成一家。《汉书·艺文志》著录其《诗》著四种:除《韩内传》四卷,《韩外传》六卷,还有《韩故》三十六卷和《韩说》四十一卷,传诵于两汉之世。"顾自魏、晋改代,毛、郑《诗》行,而三家之学始微。韩诗虽后亡,持其业者盖寡"③,韩婴《诗》著遂渐次亡佚。自宋迄今,唯存《韩诗外传》十卷,可见弥足珍贵了。

《外传》三百余章,另有少许佚文,可分为叙事与言论两类。两者的章数与篇幅大致相当,各章只在结尾引《诗》二句(间有一句、三句、四句

---

① 屈守元:《韩诗外传笺疏》前言,巴蜀书社1996年版。
② 《汉书》卷八十八《儒林传》,第3613页。
③ 陈寿祺:《韩诗遗说考》自序,清道光二十年(1840)刊本。

或更多者,少数缺如,或为佚夺),显出它与《诗经》的关系。《汉志》谓今文《诗》传"或取《春秋》,采杂说,咸非其本义",自然包括《外传》的这种情况。王世贞更谓《外传》"大抵引《诗》以证事,而非引事以明《诗》"①,虽未顾及言论部分,有以偏概全之弊,而论其叙事与《诗经》的关系却言中肯綮。屈守元先生还进一步将这种"引《诗》以证事"与后来的中国小说形式联系起来,说它"为以'有诗为证'做收场的我国古典小说,树立了楷模"②。然则,约150章《外传》叙事,有多少可以确定为自觉虚构的小说呢?这是本文要考察的问题。

在《外传》中,小说与史书纪实、历史传说错杂相间。要将前者与后两者区分开来,就须考察早期小说与史书纪实、历史传说的根本区别,亦即小说自觉虚构的品格特点。史实无虚构自不必说。历史传说或容有虚构,但那是在民间流传中不自觉融入的虚构成分,与小说的自觉虚构——蓄意造作仍有分别。《外传》除个别叙汉代之事,大都记叙先秦人事。现存史料与文献可证其为史实或基本属实之作有一大批,更多的则是虚实不明,真假待辨。限于资料或个人视野,无从辨其虚实或是否自觉虚构者也不在少数。在笔者可考察的篇章中,又有取自或略同于《晏子春秋》《庄子》《荀子》《韩非子》《吕氏春秋》的自觉虚拟之作,因已另文辨过,此不复赘。

所引《外传》本文,以巴蜀书社1996年出版的屈守元"笺疏"本为主,参考《文渊阁四库全书》本和中华书局1980年出版的许维遹"校释"本。

一 悖理与荒诞之作

《外传》中有一批悖理乃至荒诞的表意之作。最令人诧异的是卷一"孔子南游适楚"章,叙孔子在阿谷指使子贡用觞、琴、绤绤三次调戏洗衣

---

① 《弇州山人四部稿》卷一百十二《读韩诗外传》,明万历间(1573—1619)世经堂刊本。
② 屈守元:《韩诗外传笺疏》前言。

少女而被婉拒,情事委曲,却极端悖逆孔子的理念与人格,"谬戾甚矣"①,致被多家所诟病。其为诋毁与揶揄大儒孔子的蓄意造作自不待言。战国时期,百家争鸣,对立面乃至互相诋毁,所谓"战国时造词以诬圣贤,何所不有"②。《墨子·非儒》就记有诬称孔子"知白公之谋而奉之以石乞","树鸱夷子皮于田常之门"以助其谋篡弑君之类的事。乃今观之,均为诬人之小说,如唐代《补江总白猿传》和《周秦行纪》然。这等诬孔之作不可能是自发的民间传说,应是非孔非儒之徒或好事者的自觉虚拟。后被刘向写入《列女传》,题作《阿谷处子》。再后还有效颦者,写孔子游行,见一"头戴象牙梳"的"路妇",问诸弟子:"谁能得之?"颜渊应声而出,与妇人暗比语谜,显系《外传》此章的模仿③。

卷七"昔者孔子鼓瑟"章,与诬陷孔子的前作相反,过于美化孔子奏曲和曾子听曲的能力和水平。孔子鼓瑟,曾子听出"瑟声殆有贪狼之志,邪僻之行,何其不仁,趋利之甚"。子贡将曾子之言告诉孔子。子曰:"嗟乎!夫参,天下贤人也。其习知音矣。"原来孔子鼓瑟之时,忽见老鼠出游而为猫所窥,其猫"厌目曲脊,求而不得"。孔子方才正是"以瑟为其音",曾参以为"贪狼邪僻,不亦宜乎?"然而,较之明白的语言文学,乐曲是抽象、模糊的艺术,善于表达的是人的情感和情绪。一曲弹奏或许能令高手领略出弹奏者"志在高山"或"志在流水",具体到"贪狼""邪僻""不仁"和"趋利",弹奏者则无能为力,闻之者也就无从辨别。本章的描述只是作者美化人物的主观造作,绝非纪实,亦非传说。难怪古人就提出质疑:"夫子见狸迹鼠而鼓瑟,曾子闻而识其有贪狼之心,其然乎?"④实际是说"岂其然也"。从作者的蓄意美化中即可见出其存心虚构的小说品格。

卷九有"孔子出卫之东门"章。其文云:

---

① 洪迈:《容斋续笔》卷第八《韩婴诗》,载其《容斋随笔》,吉林文史出版社1994年版,第243页。
② 张云璈:《选学胶言》卷二十,民国十七年(1928)上海文瑞楼书局、北平直隶书局影印本。
③ 参见《瑚玉集》卷十二,清光绪十年(1885)日本遵义黎氏东京使署刊本。
④ 《弇州山人四部稿》卷一百十二《读韩诗外传》。

孔子出卫之东门,逆姑布子卿,曰:"二三子引车避,有人将来,必相我者也。志之。"姑布子卿曰:"二三子引车避,有圣人将来。"孔子下步,姑布子卿迎而视之五十步,从而望之五十步,顾子贡曰:"是何为者也?"子贡曰:"赐之师也,所谓鲁孔丘也。"姑布子卿曰:"是鲁孔丘欤?吾固闻之。"子贡曰:"赐之师何如?"姑布子卿曰:"得尧之颡,舜之目,禹之颈,皋陶之喙。从前望之,盎盎乎似有王(土)者;从后视之,高肩弱脊,循循固得之,转广一尺四寸,此惟不及四圣者也。"子贡吁然。姑布子卿曰:"子何患焉?污面而不恶,葭喙而不藉,远而望之,羸乎若丧家之狗。子何患焉?子何患焉?"子贡以告孔子。孔子无所辞,独辞丧家之狗耳,曰:"丘何敢乎?"子贡曰:"污面而不恶,葭喙而不藉,赐以(已)知之矣。不知丧家之狗何足辞也?"子曰:"赐,汝独不见乎丧家之狗欤?既敛而椁,布器而祭,顾望无人,意欲施之。上无明王,下无贤士方伯,王道衰,政教失,强凌弱,众暴寡,百姓纵心,莫之纲纪。是人欲以丘为欲当之者也,丘何敢乎?"

姑布子卿"始见《荀子·非相》"①,被谓为古之相士。《史记·赵世家》言其为赵简子诸子相面,神乎其神。此章写孔子与姑布相遇,两人虽未见过面,却各自立即识出对方,一谓"必相我者",一谓"圣人将来",皆令从人"引车避"。孔子认为"形状,末也",自然不会信相面之术,而在这里,却让姑布前后相看各"五十步"。这等悖于情理和人物心性的描写自然不会实有其事,而是蓄意的人为造作。后面的文字不由我们不想到《孔子世家》记述的一则传说:"孔子适郑,与弟子相失,孔子独立郭东门。郑人或谓子贡曰:'东门有人,其颡似尧,其项类皋陶,其肩类子产,然自要(腰)以下不及禹三寸,累累若丧家之狗。'子贡以实告孔子。孔子欣然笑曰:'形状,末也。而谓似丧家之狗,然哉!然哉!'"《外传》上文后半虽与此传说相类,孔子对"丧家之狗"的态度却全然相反,非但不欣然认可,还惶然"独辞",并为此特发一番生硬难通的议论。其为好事者特地造作显而易见。后出的《白虎通·寿命》《论衡·骨相》用此传说均同于《史记》,不

---

① 梁玉绳:《人表考》卷五,清光绪十四年(1888)广雅书局刊本。

理会更早的《外传》。这种取舍和选择，也是《外传》荒诞所致。不过，抛开"纪实"的标准，将它作为虚构的寓意小说来看，姑布与孔子都是表意符号。将那则调侃孔子"形状"与遭际的传说装入相士姑布子卿之口，就使相士失去言而必中的神秘感，平添几分滑稽色彩和调侃意味。孔子独辞"丧家"狗之誉，表示无法治理这衰败的世道，更是对江河日下现实的讥讽。

卷二有"鲁监门之女婴"章，写纺绩的鲁国少女只为"闻卫世子不肖"，"中夜而泣涕"。这不仅使女伴奇怪，也令读者颇感莫名。一个普通百姓女，为别国世子"不肖"如此忧伤，岂可思议？她举两个事例说明别国之事常与切身利益相关。一是"宋之桓司马得罪于宋君，出于鲁"，马逸踏其园而食其葵。其实，桓魋作乱后并未奔鲁，而是"奔卫"，奔鲁的乃是其兄桓巢①。由于桓魋任司马，名声大，作者就随笔而用之。二是"越王勾践起兵而攻吴，诸侯畏其威，鲁往献女"，其姊"与焉"，其兄往视，"道畏而死"。如此遭际过于玄虚与巧合，亦为虚造。不过，这些姑且不论。使其泣涕的直接因由乃是卫世子"好兵"，而女有"男弟三人，能无忧乎？"如果鲁君"好兵"，鲁女还有理由为三个弟弟担忧；一个邻近小国的世子"好兵"，鲁女就忧心他日后成为卫君，可能与鲁征战，使鲁征其弟当兵，岂是正常人的思虑？可见所写当非实事，而是一篇蓄意倡导远虑的寓意之作。取此为《列女传·鲁漆室女》题材的作者深以原作一望可知的不实为病，便将"卫世子不肖"改为鲁穆公"君老而太子幼"，所举两个事例也加以改造或变通：桓司马改为"晋客"，姊被送给越王以致其兄"道畏而死"改作"邻人女奔随人亡，其家倩吾兄追之，逢霖水出，逆流而死"。尽管仍显生硬、造作，却比原作略较近理。然而，内容可以如此大变，正好说明两者都不是史实，也非"一事而歧传者也"②，而是可以由作者随意变改的虚拟之小说。至于晚出的《贞女引》，让鲁女的悲叹遭到邻人的误解，疑其"有淫心而欲嫁之"，鲁女"于是褰裳入山林之中"，"援琴而弦歌以贞

---

① 参见《左传·哀公十四年》，第411页。
② 屈守元：《韩诗外传笺疏》卷第二，第113页。

女之词",最后竟然"自经而死"①。这更是一篇取材于《鲁漆室女》而进行再创作的新小说了。

卷十"扁鹊过虢侯"章,写扁鹊为"尸蹶"死者治病事。虢侯世子暴病而死。扁鹊至其宫门,未见死者,即言"能治",并肯定死于"尸蹶",准确说出其目前状况:"股阴当温,耳焦焦似有啼者声",可谓"神医"。最后经过"砥针砺石,取三阳五输,为先轩之灶,八拭之阳"及"子同药,子明炙阳,子游按磨(摩),子仪反神,子越扶形",终使虢之世子"复生"。如此玄虚的记述,虽有《史记·扁鹊传》的同类文字为其佐证,也不可能是实事的记录,而是好事者渲染扁鹊医术的虚构之笔,是一篇不能以现实逻辑衡量的寓意之作。既然如此,"虢是晋献公时,先一百二十余年灭矣,是时焉得有虢"之类的问题②,也就迎刃而解。它只是本章不实的一个证明,无须追索与变改。后出的《说苑·辨物》所记,与《史记》多异,与《外传》大同,取自《外传》显而易见,而改虢为赵,改虢"世子"为"赵王太子",以解决上述年代问题,虽被注家肯定为"甚是",却并无根据,也远不相合。即便按《史记》扁鹊与赵简子同时,距赵氏称"王"还早百数十年,可见也是主观臆改。再者,《扁鹊传》谓其"为医或在齐,或在赵",改者怎知其所医为赵太子,而非齐太子?此种臆改,无论看似"合理"与否,都更显出主观虚造的随意性。

卷八有"黄帝即位"章,写黄帝"施惠承天,一道修德,惟仁是行",造成"宇内和平",而思见"凤象"。问于"天老",天老曰:

夫凤象鸿前麟后,蛇颈而鱼尾,龙文而龟身,燕颔而鸡喙。戴德负仁,抱中挟义,小音金,大音鼓,延颈奋翼,五彩备明。举动八风,气应时雨。食有质,饮有仪。往即文始,来即嘉成。惟凤为能通天祉,应地灵,律五音,揽九德。天下有道,得凤象之一,则凤过之;得凤象之二,则凤翔之;得凤象之三,则凤集之;得凤象之四,则凤春秋下之;得凤象之五,则凤没身居之。

---

① 载蔡邕《琴操》,清光绪十二年(1886)邵武徐氏刊本。
② 《史记·扁鹊仓公列传》裴骃集解引傅玄语,《史记》卷一百五,第2789页。

黄帝乃"服黄衣,戴黄冕,致斋于宫"。凤凰"蔽日而至","止帝东园","没身不去"。最后引录《大雅·卷阿》的诗句作结:"凤凰于飞,翙翙其羽,亦集爰止。"如此神异幻诞之事,自不会有。而从"八风""九德"等遣词用语来看,它不可能是民间传说,应是后世文士歌颂黄帝的想象之作。此章大力歌颂最受儒家崇敬而资料绝少的远古黄帝,如果产生于先秦,应为其时多种文献著录,而现存先秦典籍竟无一记述,这就说明它不大可能产生于先秦。既然首见于《外传》,就不能排除作者韩婴为"凤凰于飞"等诗句所作的传文。如果这一推断不错,则《外传》亦有特为明《诗》而造事之作。值得注意的是,"凤"与"凤凰"之词虽在经书中早已广为使用,形貌却只有《山海经》"其状如鸡,五彩而文"八字描述;以下"首文曰'德',翼文曰'义',背文曰'礼',膺文曰'仁',腹文曰'信'"①,与其说绘其形状,毋宁说写其神异,不能形成可感之象。其作为"瑞应鸟""神鸟"的形貌是在《外传》此章才得到具体、切实的描述:"鸿前麟后,蛇颈而鱼尾,龙文而龟身,燕颔而鸡喙。"而据宋罗愿《尔雅翼》所引《外传》,"鱼尾"之后,尚有"鹳颡而鸳思"一语。许慎的《说文解字》虽未标明引证之书,引文却与《尔雅翼》全同,可见也是录自《外传》。凤,这个出自古人想象的圣鸟的形貌,尽管在《说苑》和后世还有某些发展,却在《外传》的上述描写中基本定形。这不能不说是这篇早期神异型寓意小说的一个创造。

卷十"东海有勇士"章,写菑丘䜣与要离的荒诞故事。菑丘䜣"以勇猛闻于天下",遇神渊,饮马而马死,菑丘䜣"去朝服,拔剑而入,三日三夜,杀三蛟一龙而出。雷神随而击之,十日十夜,眇其左目"。要离闻而往见,逢䜣"送有丧者",乃"见䜣于墓",在广众之中斥其被雷所击而至今不能报复之耻。"墓上振愤者不可胜数"。

　　要离归,谓门人曰:"菑丘䜣,天下之勇士也。今日我辱之人中,是其必来攻我。暮无闭门,寝无闭户。"菑丘䜣果夜来,拔剑住要离颈,曰:"子有死罪三:辱我以人中,死罪一也;暮不闭门,死罪二也;寝不闭户,死罪三也。"要离曰:"子待我一言:来谒,不肖一也;拔剑不

---

① 《山海经》第一卷《南山经》,上海古籍出版社1989年版,第15页。

刺,不肖二也;刃先词后,不肖三也。能杀我者,是毒药之死耳。"菑丘䜣引剑而去,曰:"嘻!所不若者,天下惟此子耳。"

在今日科学发达的时代,人们自然不会相信有这等神异荒诞之事。它无疑是神化人物的虚拟之作。由于其人"侠"气十足,"文章曲折波澜",被誉为"古代的武侠小说"①。需要指出的是,在后来产生的《吴越春秋》之《阖闾内传》中,上述故事是从伍子胥口中道出的,只是要离故事的一个插曲。阖闾要刺杀吴王僚之子庆忌,同伍子胥谋划,子胥向他推荐勇士要离,就讲了这个故事(菑丘䜣作椒丘䜣),以凸显要离之勇。内容与此大同小异。要离后来请阖闾烧死自己的妻、子,假结为仇,刺死庆忌后又自杀而亡。这一"事迹"最早见于《吕氏春秋·仲冬纪·忠廉》,其中的要离非子胥推荐,也无与菑丘䜣使气斗勇等荒诞之事,而《春秋》三传和《史记·刺客列传》等史书均不见载。《左传》哀公二十年(前475)即吴王夫差二十一年,还载有"吴公子庆忌骤谏吴子",后因"欲除不忠者"而被"吴人杀之"等事。这就清楚地表明,渲染得玄之又玄的要离刺庆忌事也属子虚乌有的小说者流。《吴越春秋》将两者合而为一,小说之味更为浓厚,却被后世许多人信以为真,引以为典。后有吴士奇、李锴等清代史家识破虚拟真相,断言"无要离杀庆忌之事"②,所记"仍以《传》为主,而附要离事于末简,以资见闻"③。从而将它视为无根之说,实是虚造的"武侠小说"。最初或起自民间,后被采录与再创造,遂成可观的美文作品。

二 与文献相左之作

《外传》另有一些作品,并无显见的荒诞或悖理之处,需要对照资料作些考辨,才可见其并非史实,而是蓄意造作的小说。

卷五首章写子夏问孔子:"《关雎》何以为国风之始也?"孔子曰:"《关

---

① 屈守元:《韩诗外传笺疏》前言。
② 李锴:《尚史》卷六十三《吴诸臣传·鱄设诸(要离附)》,《文渊阁四库全书》,第405册,第116页。
③ 高士奇:《左传纪事本末》卷五十一,第793页。

雎》至矣乎！夫《关雎》之人,仰则天,俯则地,幽幽冥冥,德之所藏;纷纷沸沸,道之所行。如神龙化,斐斐文章。大哉,《关雎》之道也！万物之所系,群生之所悬命也……夫六经之策,皆归论汲汲,盖取之乎《关雎》。《关雎》之事大矣哉！冯冯翊翊,自东自西,自南自北,无思不服……天地之间,生民之属,王道之原,不外此矣。"子夏喟然叹曰:"大哉《关雎》,乃天地之基也。"孔子诚然称赏过《关雎》,但只赞它"乐而不淫,哀而不伤"[①],演奏其曲"洋洋乎盈耳"[②]。后至《毛诗序》,穿凿诗意,也只谓《关雎》,后妃之德也","风天下而正夫妇也"[③]。后人加以引申、附会,便说淑女"盖指文王之妃太姒为处子时而言也,君子则指文王也"[④]。即便如此,仍与男女、夫妇相关。而本章孔子论议《关雎》,全不关乎男女婚姻,抽象地大谈"德之所藏""道之所行",万物"所系",群生"悬命","至矣"无上,"大哉"莫比,并将《文王有声》篇"自西自东,自南自北,无思不服"等句引录于此,与《关雎》之义全不相干。这绝不可能是孔子的话,而是蓄意假孔子之口给《关雎》大戴高帽之文,从而虚构了这段对话,成为一篇对话式早年小说。孔子选《诗》与子夏传《诗》之说,由来已久,后被班固记入《汉志》,加之《论语》中有孔子称道子夏"可与言诗"等语,师徒二人便自然成为这篇作品中的虚构人物。又者,文中"六经"非先秦词语,校勘十三经的孙人龙说"汉时始标'五经'、'六经'之名"[⑤],则本文或作于汉代,至少经过汉初人的修改,其为韩婴自作也不无可能。

卷六"孟子说齐宣王"章,写孟子与淳于髡的一场舌战:

孟子曰:"今日说公之君,公之君不说(悦),意者其未知善者为善乎?"淳于髡曰:"夫子亦诚无善耳。昔者,瓠巴鼓瑟,而潜鱼出听;伯牙鼓琴,而六马仰秣。鱼马犹知善之为善,而况人君者也?"孟子曰:"夫雷电之起也,破竹折木,震惊天下,而不能使聋者卒有闻;日月

---

① 杨伯峻:《论语译注》,第32页。
② 同上书,第89页。
③ 《毛诗正义》卷首,《十三经注疏》,第269页。
④ 朱熹:《监本诗经》卷一,民国十年(1921)文成堂刊本。
⑤ 见《孟子注疏》卷首《孟子题词解考证》,《文渊阁四库全书》,第159册,第14页。

之明,遍照天下,而不能使盲者卒有见。今公之君若此也。"淳于髡曰:"昔者揖封生高商,齐人好歌;杞梁之妻悲哭,而人称咏。夫声无细而不闻,行无隐而不形。夫子苟贤,居鲁而鲁国之削,何也?"孟子曰:"不用贤,削固有也。吞鱼之舟,不居潜泽;度量之士,不居污世。夫蓺艺冬至必彫(凋),吾亦时矣。"

这场辩论,《孟子·告子下》也有记载,而言辞与重心各不相同。本章分前后两半,前半辩宣王是否"知善";后半辩孟子居鲁,何以鲁"削"。《孟子》此节全无宣王是否"知善"之辩。所辩三点,首即孟子未受重用,是否为仁者。此与本章后半既相关联,又有差异,文辞全不雷同。次辩贤者是否有用于国,三辩是否有功才为贤者。后两辩均与前者相关,淳于髡处于攻方,实是否定孟子,都被孟子一一批驳。《说苑·杂言》全用《孟子》之文,自是写实。本章大为变化,只有"杞梁之妻"一句相似,显系重起炉灶的虚拟之作。面对宣王及其臣子,将宣王比作"聋者"和"盲者",甚为无礼,绝非重礼的孟轲之语,其为虚造亦属显见。更显见者,淳于髡所说"昔者,瓠巴鼓瑟,而潜鱼出听;伯牙鼓琴,而六马仰秣""声无细而不闻,行无隐而不形"等语,都是从后出数十年的《荀子·劝学篇》中搬过来的(《荀子》"潜"作"流","细"作"小",其余全同)。这充分说明,本文是后人的蓄意造作,是一篇早期对话体小说。

卷六又有"卫灵公昼寝而起"章,写灵公"志气益衰,使人驰召勇士公孙悁"。御者道遇卜商,卜商谓自己"勇若悁者",便随御者见灵公。灵公不悦,留下卜商,又"趣召公孙悁"。公孙悁"入门",仗剑疾呼:"商下,吾存若头!"卜商斥之曰:"内(纳)剑,吾与若言勇。"便神气活现地讲三件事:一是"吾尝与子从君而西,见赵简子",简子"披发杖矛"见卫灵公,卜商乃"从十三行之后趋而进",斥简子失礼,欲"以颈血溅君之服",迫使简子"反朝服而见吾君"。二是"与子从君而东至阿,遭齐君重靷而坐,吾君单靷而坐"。卜商又出列趋前"揄其一靷"。三是"与子从君于囿中",忽有"两寇肩逐我君",卜商"拔矛下格而还"。每事讲完都问:"子耶?我耶?"公孙悁只得承认:"子也。"最后,灵公"避席抑手曰:'寡人虽不敏,请从先生之勇。'"其实,这三件事虽合于理,却又很"玄",故《尚史》作者病其"支离"而"不载"①。抛开此类情节不论，卜商与卫灵公所处的年代就不能合榫。据《史记·仲尼弟子列传》，卜商"少孔子四十四岁"，约生于公元前 507 年，而鲁哀公二年，即公元前 493 年，"卫灵公卒"②，卜商只有十四岁。灵公生前，卜商更小，何得事之？此篇系好事者为卜商溢美而虚造不言而喻。作品情事委曲，有戏剧性，人物虎虎如生，是早期出色的小说之一。

再看卷八"子贱治单父"章：

> 子贱治单父，其民附。孔子曰："告丘之所以治之者。"对曰："不齐时发仓廪，振困穷，补不足。"孔子曰："是小人附耳。未也。"对曰："赏有能，招贤才，退不肖。"孔子曰："是士附耳。未也。"对曰："所父事者三人，所兄事者五人，所友者十有二人，所师者一人。"孔子曰："所父事者三人，所兄事者五人，足以教（孝）弟矣。所友者十有二人，足以祛壅蔽矣。所师者一人，足以虑无失策，举无败功矣。惜乎！不齐为之大，功乃以尧舜参矣。"

此文看似顺理成章，实则所写并非实事。且不说"时发仓廪，振困穷，补不足"不是小小单父宰所能办到，也不论其并非"治"本，而是救穷，答非所问，只看其中孔子对"招贤才""所师者一人"的评论就知与孔子本人的思想大相抵牾。《论语·子路篇》载，弟子冉雍"为季氏宰，问政"，孔子回答的三项举措之一就是"举贤才"。这位特别尚贤的夫子怎么会将"招贤才，退不肖"的为政要领贬为只是"士附"而不予认可呢？"三人行，必有我师"是孔子的名言，强调择善而从、"转益多师"，绝不会说"所师者一人"，就"足以虑无失策，举无败功"的呓语。最后夸子贱说，倘"为之大，功乃以尧舜参矣"，如此吹捧弟子，岂是孔子之语？看《仲尼弟子列传》所记宓子贱与孔子的相关对话：

> 子贱为单父宰，反命于孔子曰："此国有贤不齐者五人，教不齐所

---

① 李锴：《尚史》卷八十四《孔子弟子传》，《文渊阁四库全书》，第 405 册，第 133 页。
② 《左传·哀公二年》，第 391 页。

以治者。"孔子曰:"惜哉不齐所治者小,所治者大则庶几矣。"

这才是真实的历史,真实的不齐与孔子,言语甚有分寸。与之相较,前者显然是故为夸张的虚拟之作。还应指出,《外传》和《说苑》都记有周公礼贤下士、亲近百姓的传说:"践天子之位七年,布衣之士所贽而师者十人,所友见者十二人,穷巷白屋先见者四十九人,教士千人,宫朝者万人。"(《外传》卷三)子贱"所父事者""所兄事者"云云,或仿此文而作之乎?

卷八"齐景公谓子贡"章,写子贡对齐景公称誉孔子。景公问:"先生何师?"子贡对以"鲁仲尼"。又问:"仲尼贤乎?"子贡答:"圣人也,岂直贤哉。"景公嘻笑而问:"其圣何如?"子贡则说"不知"。景公"勃然作色"。子贡曰:"臣终身戴天,不知天之高也。终身践地,不知地之厚也。若臣之事仲尼,譬犹渴操壶杓就江海而饮之,腹满而去,又安知江海之深乎?"景公曰:"先生之喻得无太甚乎?"子贡曰:"臣赐何敢甚言,尚虑不及耳。臣誉仲尼,譬犹两手捧土而附泰山,其无益亦明矣。"景公曰:"善,岂其然!善,岂其然!"此章是颂扬孔子的拔萃之作。《说苑·善说》有三章与此相关。且看其文:

> 子贡见太宰嚭。太宰嚭问曰:"孔子何如?"对曰:"臣不足以知之。"太宰曰:"子不知,何以事之?"对曰:"惟不知,故事之。夫子其犹大山林也,百姓各足其材焉。"太宰嚭曰:"子增夫子乎?"对曰:"夫子不可增也。夫赐其犹一累壤也,以一累壤增大山不益其高,且为不知。"太宰嚭曰:"然则子有所酌也?"对曰:"天下有大樽,而子独不酌焉,不识谁之罪也。"

> 赵简子问子贡曰:"孔子为人何如?"子贡对曰:"赐不能识也。"简子不悦曰:"夫子事孔子数十年,终业而去之。寡人问子,子曰'不能识',何也?"子贡曰:"赐譬渴者之饮江海,知足而已。孔子犹江海也,赐则奚足以识之?"简子曰:"善哉,子贡之言也。"

> 齐景公谓子贡曰:"子谁师?"曰:"臣师仲尼。"公曰:"仲尼贤

乎!"对曰:"贤。"公曰:"其贤何若?"对曰:"不知也。"公曰:"子知其贤而不知其奚若,可乎?"对曰:"今谓天高,无少长愚智皆知高。高几何?皆曰不知也。是以知仲尼之贤而不知其奚若。"

显而易见,《外传》此章是这三章的艺术综合,誉孔效应也超过了其中任何一章。这种艺术综合法是后来的小说家们常用之法。《说苑》是刘向整理的,材料却大都出自先秦。本章正是将《说苑》所本的三则材料融合为一的艺术成果。这不是说,《说苑》的三章就是写实,三者内容既不同,又相近,都是子贡称誉孔子之"不能识",虽不能断言三者均为虚造,则至少不会全为写实,或有传闻而异辞。值得关注的是,一部《论语》,诸弟子对人称孔子"将圣"者唯有子贡①,后来产生上述系列作品,或有实迹,而增之为小说,虚中有实,并非偶然。

《外传》佚文有"齐人崔杼弑庄公"章②,写陈不占赴君难事。在外地的陈不占"闻君有难,将往赴之",然"食则失哺,上车失轼。其仆曰:'敌在数百里外,而惧怖如是,虽往,其益乎?'占曰:'死君之难,义也。勇,私也。'乃趋车而奔之。至公门之外,闻鼓战之声,遂骇而死。君子谓不占无勇,而能行义,可谓志士矣"。为崔杼弑君的死难之官,左襄二十五年(前548)有载,无陈不占。《太平御览》卷四百九十九引《外传》此文,有"陈不占,东观渔者"之句,注者或谓即《左传》之"申蒯侍渔者"。两者姓名之异姑且不论,其被"鼓战之声"吓死,与崔杼弑君情境大相径庭。崔杼是在自己家中设伏杀死来与杼妻幽会的齐庄公的,时间很短。陈不占从"数百里"外赶来,哪里会听到"鼓战之声"?无论其人为谁,都不可能是文中所写的具体情境。陈不占或有其人,死难或有其事,而具体描写则是好事者的虚构之笔。《外传》卷八另有"齐崔杼弑庄公"章,写荆蒯芮欲死君难,其仆以"君之无道也,闻于诸侯"劝其勿死。荆蒯芮曰:"善哉而言也。早言,我能谏。谏而不用,我能去。""吾既食乱君之食,又安得治君而死

---

① 《论语·子罕篇》:"太宰问于子贡曰:'孔子圣者与?何其多能也。'子贡曰:'固天纵之将圣,又多能也。'"
② 《文选》卷十八马季长《长笛赋》李善注引《韩诗外传》,第253—254页。

之?"于是"驱车而入,死其事"。仆曰:"人有乱君,犹必死之。我有治长,可无死乎?"乃"自刎于车上"。此章不仅荆蒯芮名字与申蒯读音相近,主仆同死也类乎申蒯。《左传》这样记述其死:"申蒯侍渔者,退谓其宰曰:'尔以帑(孥)免,我将死。'其宰曰:'免,是反子之义也。'与之皆死。"①荆蒯芮事迹近乎申蒯之事的写照或传闻异辞,而有关陈不占之死的记述则是虚拟的小说作品。《太平御览》卷四百三十八引《新序》云:

> 崔杼弑庄公,申蒯渔于海而后至,将入死。其御止之曰:"君之无道闻于天下,不可死也。"申蒯曰:"告我晚矣,子不早告我。吾食乱君之食而死治君之事乎?子免之,子无死。"其御曰:"子有乱主,犹死之。我有治长,奈何勿死。"至于门曰:"申蒯闻君死,请入。"守门者以告,崔子曰:"勿内(纳)。"申蒯曰:"汝疑我乎?吾以汝臂。"乃断其臂以示其门者。门者以示崔子。崔子陈八列,曰:"令入。"申蒯拔剑呼天,三踊乃斗,杀七列,未及崔子一列而死。其御亦死之门外。君子闻之曰:"蒯可谓守节死义矣。"

此文径书申蒯,同于《左传》。而前半与《外传》卷八荆蒯芮事大同小异,用语亦与《外传》多同,略有变化。与其说可证荆蒯芮即为申蒯,毋宁说其承《外传》之文而改人名合于《左传》。后半写申蒯赴死则大肆渲染,甚违情理。临时自断一臂尚能"杀七列",人耶?神耶?申蒯既勇武如此,就无须与守门者周旋,更无须断臂自残,而可斩门直入,乘崔杼无备而杀之。其为烈士溢美而作的虚构与夸张显而易见,也是蓄意造作的小说。

三 仿改别文之作

《外传》中还有一批仿改小说,即模拟或改写别文,构成的场景与文辞变化不大,但人物或被表现的对象(如将《书》改作《诗》)变了,便形成另外一篇作品。

---

① 《春秋左传正义》卷三十六,《十三经注疏》,第1983页。

卷二"子夏读《诗》"章,系改《尚书大传》"子夏读《书》"之文而成。汉伏生所撰《大传》,原书已佚,《四库全书》所录为清孙之騄在明残本基础上补辑之本,于此章"不注出处",则属"残本之原文"①,但已不全。宋刘恕作《资治通鉴外纪》,亦引"子夏读《书》"之文,虽"未举所征,然《文选》注、《御览》、《困学纪闻》分引数条,并与此合,是为《书传》文无疑"②。其文头尾完整,而与别本相较,惜有夺句。但将两书本文合而观之,尚可窥其全貌。比较"读《诗》"与"读《书》",内容与文字均大同而小异。两者都是子夏回答孔子的问话(各有颜回一句插话)。《大传》之子夏赞《书》云:"昭昭如日月之代明,离离如参辰之错行,上有尧舜之道,下有三王之义。"③《外传》之子夏颂《诗》照搬了这些词句,只将"离离"改作"燎燎"。《大传》写子夏说自己"退而穷居河济之间、深山之中,壤室蓬户"而能"弹琴以歌先王之风,有人亦乐之,无人亦乐之"④。《外传》只将此文前半简化为"虽居蓬户之中",其余全同。《大传》中孔子谓子夏曰:"子殆可与言《书》矣。虽然,见其表未见其里,窥其门未入其中。"并说:"丘尝悉心尽志以入其中,则前有高岸,后有大溪,填填正立而已。"⑤《外传》只将"《书》"改为《诗》,将末句改作"泠泠然如此既立而已矣"。其余只有个别字词的变通,无关文义。这样,再加陈风四句诗"衡门之下,可以栖迟。泌之洋洋,可以乐饥",就将《大传》中一篇虚实不明的谈《书》赞《书》之文,改成一篇凭空虚构的谈《诗》赞《诗》的小说作品。诚如有的学者所说,《大传》中论《书》之言用以论《诗》,"亦自可通(实则只是勉强可通),古事传闻,每多歧出"⑥。但本章却不在"传闻"与"歧出"之列。两者上列文字如此一致,足以说明是据文而录,蓄意而改,与口头传闻而歧出者迥然有别。

卷三有"楚庄王寝疾"章。其文云:

---

① 《四库全书·尚书大传》提要。按:此据《文渊阁四库全书》本,后出的《四库全书总目》对"提要"作了改写,无此文句。
② 陈寿祺:《尚书大传》卷三按语,清光绪十四年(1888)上海蜚英馆刊本。
③ 《尚书大传》卷三,《文渊阁四库全书》,第68册,第419页。
④⑤ 刘恕:《资治通鉴外纪》卷九,商务印书馆1929年版。
⑥ 屈守元:《韩诗外传笺疏》卷第二,第212页。

> 楚庄王寝疾，卜之，曰："河为祟。"大夫曰："请用牲。"庄王曰："止！古者圣王制祭不过望。滩、漳、江、汉，楚之望也。寡人虽不德，河非所获罪也。"遂不祭。三日而疾有瘳。孔子闻之，曰："楚庄王之霸，其有方矣。制节守职，反身不贰，其霸不亦宜乎？"

《左传·哀公六年》载有楚昭王的同一事迹，"孔子"之前文字与《外传》大同，孔子之言则大不同："楚昭王知大道矣！其不失国也宜哉。"《说苑·君道》和《孔子家语·正论》所记与《左传》同为昭王，文字也只差几个字，显系《左传》传录之文。《外传》文字既与《左传》大同，就应是依据书面材料，而非口头传说，其改"昭"为"庄"，也就不是传讹，而是有意为之。后面大改孔子（庄王时还远未出生）之语更非所谓"传闻异辞"，明白显出改造的意图：凸显楚庄霸主之美点。一篇实录昭王事迹的文字就这样简单地被改造为歌颂庄王的虚构小说。值得注意的是，这种张冠李戴、移花接木之法，也是后来小说典型化的常用手段。

卷三又有"宋大水"章，写鲁使往吊。使者曰："天降淫雨，害于粢盛，延及君地，以忧执政。"宋应之曰："寡人不仁"，使"天加之灾，又遗君忧，拜命之辱"。孔子闻之曰："宋国其庶几矣。"弟子曰："何谓？"孔子曰："昔桀、纣不任其过，其亡也忽焉。成汤、文王知任其过，其兴也勃焉。过而改之，是不过也。"宋人听得此言，"乃夙兴夜寐，吊死问疾，戮力宇内三岁，年丰政平。乡（向）使宋人不闻孔子之言，则年谷未丰，而国家未宁"。此章前称"传曰"，表明有据，所据则是《左传·庄公十一年》所记：

> 秋，宋大水。公使吊焉，曰："天作淫雨，害于粢盛，若之何不吊？"对曰："孤实不敬，天降之灾，又以为君忧，拜命之辱。"臧文仲曰："宋其兴乎。禹、汤罪己，其兴也浡焉；桀纣罪人，其亡也忽焉。且列国有凶称孤，礼也。言惧而名礼，其庶乎。"既而闻之曰："公子御说之辞也。"臧孙达曰："是宜为君，有恤民之心。"

庄公十一年为公元前683年，下距孔子降生（前552）一百三十一年。换句话说，《外传》将臧文仲的话改为孔子之言，便将宋大水至少推后一百六七十年，这在小说是完全允许的，因为不拘史实，大水是哪年都可有的。

这样，作品就将历史上实有的大水和对话变成一种虚构之事，并生发出宋人闻孔子赞语之后的积极作为和圆满结局，形成一篇通体虚拟的仿改小说。《说苑·君道》也采录其事，但"非采之《左传》"①，而是采自《外传》。由于编纂者看出它与《左传》的关系和矛盾，便将"孔子"改作"君子"，"弟子曰"改用"问曰"，从而消去时代印记，使前半与《左传》之记大体相合，后半宋人的作为和结局却属虚拟，成为一篇半真半假之作，也还是小说。

《吕氏春秋·审应览·精谕》记有关周公的一则传说："胜书说周公且曰：'廷小人众，徐言则不闻，疾言则人知之。徐言乎？疾言乎？'周公且曰：'徐言。'胜书曰：'有事于此，而精言之而不明，勿言之而不成。精言乎？勿言乎？'周公且曰：'勿言。'故胜书能以不言说，而周公能以不言听。""殷虽恶周，不能疵矣。"这是表现言论自由在殷末遭禁情况下政治人物的聪明机智：有些话只可意会，不便言传。《外传》卷四末章仿此而作，写周公接待来客，言谈甚是怪异：

客有见周公者。应之于门，曰："何以道旦也？"客曰："在外即言外，在内即言内，入乎将毋？"周公曰："请入。"客曰："立即言义，坐即言仁，坐乎将毋？"周公曰："请坐。"客曰："疾言则翕翕，徐言则不闻，言乎将毋？"周公唯唯："旦也喻（谕）。"明日兴师而诛管、蔡。故客善以不言之说，周公善听不言之说。若周公，可谓善听微言矣。

从"明日兴师诛管、蔡"可知，客要说给周公的话必与管、蔡之谋相关，且很急迫，决不会如此卖关子。"立即言义，坐即言仁"也毫无道理。客人什么也没说，周公就明白一切，岂可思议？《说苑·指武》记述"王满生见周公"，于"言乎？不言乎？"之后，则写"周公俯念有顷不对。王满生藉笔牍书之曰：'社稷且危。'傅之于膺，周公仰视见书，曰：'唯唯，谨闻命矣。'明日诛管、蔡"，从而显得较为合理。不过，两者把有关殷末或实或虚的传说，改写为周公诛管、蔡事，都属虚构之文和蓄意造作，也就都成了早期

---

① 向宗鲁：《说苑校证》卷第一，中华书局 1987 年版，第 23 页。

小说。

卷七有"孔子游于景山"章,写子路、子贡、颜渊在夫子面前各言所愿。子路"愿奋长戟,荡三军","进救两国之患",被孔子评为"勇士"。子贡曰:"两国构难,壮士列阵,尘埃张天,赐不持一尺之兵,一斗之粮,解两国之难。用赐者存,不用赐者亡。"被孔子评为"辩士"。颜渊"愿得小国而相之。主以道制,臣以德化。君臣同心,外内相应",大倡仁义,"垂拱"而治,使由与赐无用武之地。被孔子评为"圣士"。三人除子路之言比较切合本人性情,子贡与颜渊都不会如此抬高自己,显系后人依照各自的长处编排的。相传"子贡一出",只凭"利口巧辞",取得"存鲁,乱齐,破吴,强晋而霸越"之效①。这便是作者让子贡在此自夸的因由。孔子于自己还说"若圣与仁,则吾岂敢",怎会将弟子颜渊评为"圣士"？其实,面对此章,熟悉《论语》的人就会想到《先进》篇"子路、曾晳、冉有、公西华侍坐"章,也是孔子让弟子各言所愿。《外传》此章就是《先进》篇的仿作小说。卷九又有"孔子与子贡、子路、颜渊游于戎山"章,与前章大同小异而稍简略。孔子多次用"尔何如"之语,模仿《先进》篇之迹更加明显。《说苑·指武》有"孔子北游东上农山"章,也是子路等三弟子相从,各人所言志愿虽同于《外传》,文字却有很大区别。除仿《先进》篇外,其"各言尔志"则是《公冶长》篇"颜渊、季路侍"章之语。三者无论产生先后,都是同类仿作小说,后出者又是仿作的衍化与发展。

卷八"梁山崩"章,写晋之梁山崩,晋君乃召大夫伯宗。伯宗路遇推车者翻车阻道,乃"使其右下,欲鞭之"。推车者谓其"不知事而行"。伯宗听了,反觉欣喜,问他住处,他说是绛(晋的都城)。问他听到了什么,他说:"梁山崩壅河,顾三日不流,是以召子。"问他"如之何",他说:"天有山,天崩之。天有河,天壅之。伯宗将如之何?"伯宗"私问之",对曰:"君其率群臣素服而哭之,既而祠焉,河斯流矣。"问其姓名,"不告"。伯宗至绛,"君问,伯宗以其言对。于是君素服率群臣而哭之,既而祠焉,河斯流矣。"这里写的"梁山崩",确有其事。时为晋景公十四年(前586),即鲁

---

① 《史记》卷六十七《仲尼弟子列传》,第2201页。按:此与《左传》所记并不相符。

成公五年。《左传》是年记曰：

> 梁山崩，晋侯以传召伯宗。伯宗辟重，曰："辟传！"重人曰："待我，不如捷之速也。"问其所，曰："绛人也。"问绛事焉，曰："梁山崩，将召伯宗谋之。"问："将若之何？"曰："山有朽壤而崩，可若何？国主山川，故山崩川竭，君为之不举，降服，乘缦，彻（撤）乐，出次，祝币，史词以礼焉。其如此而已，虽伯宗若之何？"伯宗请见之，不可。遂以告而从之。

《国语·晋语五》所记基本与《左传》相同。两者记述的是伯宗与当时一位颇有见地的车主的对话，没有任何神异成分。在那将重大自然灾变视为神的惩罚的时代，晋君只能按车主说的去做。没写那样做的结果，非常实际，因为也不会有什么结果。《外传》的记述文字，好像与《左》《国》差异不大，却把车主大大神化了，他不仅像巫祝一样肯定君臣只要"哭"与"祠"，被壅的河水就会重流，结果也与他所说的话完全相符。这就以少许的文字从根本上将"实话"变成"虚话"，把人言变成神言，把历史变成神异的小说。与《外传》记述相近的还有《穀梁传》，但后者的车主虽说了与《外传》车主相类的话，却没写晋君依其言而行，自然更没写那神异的结果。这就没把人物神化，也没把历史小说化。看来，《外传》或其所本袭用了《穀梁传》的文字，又加以发展，从而将史事改造为小说。又者，《外传》此章之末还有"孔子闻之，曰：'伯宗其无后，攘人之善'"等语，亦与《穀梁传》相似。其时距孔子降生还有三十六年，而伯宗又是"贤大夫"，被三郤"谮而杀之"[①]，即便仲尼数十年后"闻之"，也不会说这种话，当是后来作者套用《孟子》卷一仲尼谓"始作俑者，其无后乎"之语而炮制的。伯宗被杀，其子伯州犁奔楚，官为太宰，而据《左传》，至鲁昭公元年（前541），楚公子围谋篡，又"杀太宰伯州犁于郏"，州犁之孙伯嚭奔吴，为

---

① 《左传·成公十五年》，第 167 页。

逸佞之臣，吴灭或言被杀①。这大约就是本章所谓"无后"的缘由。总之，孔子云云，亦是后人无端虚造本章之证。

卷八又有"鲁哀公问冉有"章。哀公的问题是："必学而后为君子乎？"冉有的回答是肯定的。哀公又问："何以知其然？"冉有曰："夫子路，卞之野人也，子贡，卫之贾人也，皆学问于孔子，遂为天下显士。"随后又说"昔吴、楚、燕、代谋为一举而欲伐秦"，结果被"监门之子"姚贾出任秦使，"遂绝其谋"，姚贾后被秦王"立为上卿"。又举百里奚、姜太公和管仲，连同姚贾，"皆尝卑贱穷辱矣，然其名声驰于后世，岂非学问之所致乎？"《战国策·秦策五》有《四国为一将以攻秦》章，谓四国之谋被秦使姚贾以金宝化解，姚被秦王封为上卿，韩非入秦后亟攻姚贾，秦王信之，斥姚为"监门子、梁之大盗、赵之逐臣"，姚贾则以吕望、管仲、百里奚和"中山盗"四位"皆有诟丑"之士得遇明主说服了秦王，结果"复使姚贾而诛韩非"。姚贾当为姚贾，四国之"吴"是"齐"之讹②。了解这种情况，就会知道，"四国为一，将欲攻秦"，是战国末期之事，姚（姚）贾与鲁哀公、冉有的时代相去甚远。本章绝非实事，而是好事者变改《战国策》旧文，表现"必学而后为君子"的全新主题。所举四例，只用姚贾取代了"中山盗"，文字虽有改动，变化不大，脱胎之迹依稀可见。前面有关子路、子贡的文字原出于《尸子·劝学篇》，略作变化③。"尸子著书于周末"，"其书出周秦之间"④，本章应是其后产生的仿改小说。

（原载《北京大学学报》2007 年第 3 期）

---

① 《史记》之《吴太伯世家》和《越王勾践世家》皆记勾践灭吴"诛太宰嚭"，而《左传》哀公二十三年即勾践灭吴后两年，还有鲁国季孙之使"因太宰嚭而纳贿焉"之语，勾践诛嚭或在其后欤？
② 《战国策》有姚宏本与鲍彪本，姚本作"吴"，鲍本作"齐"。
③ 《尸子·劝学篇》原文为："是故子路卞之野人，子贡卫之贾人……孔子教之，皆为显士。"
④ 孙星衍：《〈尸子〉集本序》，《百子全书》，第 1593 页。

《新序》《说苑》之小说考辨

　　《新序》《说苑》是刘向辑校与编撰的两部文类大致相同之作。前者仅存十卷,为原作三分之一;后者二十卷,同于原作卷数。据刘向《说苑·叙录》,其所校皇家"中书"名《说苑杂事》,加上"向书、民间书",自然"事类众多",杂而又杂。尽管"别集以为《百家》",《说苑》之杂仍属显见。《新序》一书,《叙录》已佚,所存十卷,竟有五卷题作《杂事》。叙事广而杂确是两作的共同点。其大量内容是由原书编者和刘向从众多的书籍、资料中集合起来的,在保存先秦史料、传说方面与西汉前期的《韩诗外传》堪称伯仲。不同的是,两作没有《外传》那样近乎一半之多的论议之文,除去《说苑》之《谈丛》《杂言》《修文》几篇议论与解说为多,两书绝大多数都是叙事,而且多叙先秦之事。所含叙事文体也类乎《外传》:既有史书摘录,又有传闻记述,还有"好事者"有意虚造的小说作品。本文着重考察其中的小说。

　　小说是传写虚拟人生的文字语言艺术。便是它的童年时代,也以自觉虚构的人生状况为其内容的根本特点。童年的小说,篇幅大多短小,场景也很单纯,或只有不多的人物对话,称对话体,缺少曲折的故事情节,但这都无碍其为小说。即使在小说盛况空前的现代,只写对话的小说也不乏其例。除去寓言,只要传写出有意虚造的人生状况,都有资格被称为小说,而且也只能称之为小说。《新序》与《说苑》正有不少这样的作品,正如屈守元先生在为向宗鲁《说苑校证》写的《序言》中所说,"可以认为其中有些作品属于古代短篇小说"。

然而,《新序》与《说苑》大都是传写先秦各国君臣大夫的言行事迹,只有部分内容见诸尚存的史书典籍,更多内容的真实与否较难确定,自觉的虚构之作就更难辨明。几种古代小说选本虽多选入两者的某些作品,却并未说明其为小说的缘由,有些也未必是小说。笔者就此课题对两书可考为小说之章依其次序予以考辨,以就教于大方之家。

本文所据两书的版本主要是赵仲邑先生的《新序详注》和向宗鲁先生的《说苑校证》,均由中华书局出版。参考两者的《四库全书》本和《百子全书》本。

一 《新序》中的小说

先看《左传·襄公三年》的一段记载:

> 祁奚请老,晋侯问嗣焉。称解狐,其仇也,将立之而卒。又问焉,对曰:"午也可。"于是羊舌职死矣,晋侯曰:"孰可以代之?"对曰:"赤也可。"于是使祁午为中军尉,羊舌赤佐之。君子谓:祁奚于是能举善矣。称其仇,不为谄;立其子,不为比;举其偏,不为党。《商书》曰:"无偏无党,王道荡荡。"其祁奚之谓矣。解狐得举,祁午得位,伯华得官,建一官而三物成,能举善也夫。唯善,故能举其类。《诗》云:"唯其有之,是以似之。"祁奚有焉。

这里的晋侯是晋悼公。午为祁奚之子。赤为羊舌职子,字伯华。后来由这段史实衍化出多个荐仇主题相类而人物或官职不同的故事。《吕氏春秋·去私》晋侯被改作晋平公,祁奚荐解狐代已为中军尉变为荐其为南阳令。《韩非子·外储说左下》除将悼公改作平公,祁奚也变成赵武,被荐者为邢伯子,官职换作中牟令。《韩诗外传》卷九更把被荐的解狐充作荐仇的祁奚,被荐者亦是邢伯柳即邢伯子,官职为西河守,而国君则由春秋时的晋悼公换成战国时的魏文侯。此等混乱情况未必出自有意虚构,有可能产生于口头传说,结果越传越乱,离原来的历史也就越远,其中的虚拟成分可能是不自觉的,因而也就难于确定其为小说。但《新序·杂事第一》之第六章则与之不同。且看其文：

> 晋大夫祁奚老，晋君问曰："孰可使嗣？"祁奚对曰："解狐可。"君曰："非子之雠耶？"对曰："君问可，非问雠也。"晋遂举解狐。后又问"孰可以为国尉？"祁奚对曰："午也可。"君曰："非子之子耶？"对曰："君问可，非问子也。"君子谓：祁奚能举善矣。称其仇，不为谄；立其子，不为比。《书》曰："不偏不党，王道荡荡。"祁奚之谓也。外举不避仇雠，内举不回亲戚，可谓至公矣。唯善，故能举其类。《诗》曰："唯其有之，是以似之。"祁奚有焉。

从后半"君子谓"以下的文字可以断定，此章决然袭用《左传》，故引《书》《诗》的文句也一字不差。但作者对前面的史实却作了修改。其一，《左传》原文所荐解狐与祁午是同一官职，即祁奚原任的军中尉，因解狐未及上任而卒，祁奚才荐其子午。而《新序》不言解狐之死，使两人各就一职，从而突出祁奚荐仇与荐子各得其所。其二，增加晋君与解狐关于荐仇与荐子的对话，以突出"外举不避仇雠，内举不回亲戚"的主题。其三，删去羊舌职之死，代以其子羊舌赤等事。这也是为了突出上述主题，因为荐羊舌赤既非荐仇，也非荐亲。如果说第三点只是选材，并未变更事实原貌，前两点却是有意改作，将原来的史实作了改变，从而掺入虚拟成分，也就将原来的史实改为虚实相间的拟史小说。

同卷第十二章，晋卿中行寅"将亡"，而欲"加罪"其太祝，乃责其祝神"牺牲不丰泽"，"抑斋戒不敬"。祝简对曰："昔者吾先君中行穆子，皮车十乘，不忧其薄也，忧德义之不足。今主君有革车百乘，不忧德义之薄也，唯患车不足也。夫车舟饰则赋敛厚，赋敛厚则民怨谤诅矣。且君苟以为祝有益于国乎？则诅亦将为损世亡矣。一人祝之，一国诅之，一祝不胜万诅，国亡不亦宜乎！祝其何罪？"中行寅听了惭愧无语。中行寅即荀寅，晋六卿之一。其时晋君势弱，六卿势强，互相攻伐。《左传》载，哀公四年（前491）"九月，赵鞅围邯郸"；"冬十一月，邯郸降，荀寅奔鲜虞"，被纳于柏人；翌春，"晋围柏人"，荀寅"奔齐"。这就是"中行寅将亡"时的情景。忙忙如丧家之犬，哪有工夫去罪太祝？这且不论。太祝即大祝，乃天子所置之官:"下大夫二人、上士四人"①,"掌六祝之辞"②,为晋国之卿的中行寅何得有之? 本章其实是好事者仿拟《左传》或《晏子春秋》虚构之作。《左传·昭公二十年》记齐景公久病"不瘳",梁丘据与裔款谓"祝史之罪",要景公"诛于祝固、史嚚"。晏子反对,谓关键在于国君之德:"若有德之君,外内不废,上下无怨,动无违事,其祝史荐信,无愧心矣";"其适遇淫君,外内颇邪,上下怨疾","民人苦病,夫妇皆诅。祝有益也,诅亦有损,聊、摄以东,姑、尤以西,其为人也多矣。虽其善祝,岂能胜亿兆人之诅?"从而说服了景公,"修德"而不诛祝史。《晏子春秋》卷一与卷七由此衍为两篇大同小异之作。《新序》此章所写人事既不可能存在,又与《左传》《晏子》的内容如此相似,自是一篇有意仿拟的虚构小说。

下章写"秦欲伐楚,使使者往观楚之宝器"。楚王问令尹子西是否示以和氏璧与随侯珠,子西答以"不知";又召昭奚恤问之,对曰:"此欲观吾国得失而图之",所观"不在宝器在贤臣"。楚王"遂使昭奚恤应之"。昭奚恤"发精兵三百人,陈于西门之内",又筑六坛以待之。秦使至,就位东面客坛,南面四坛依次为令尹子西、太宗子敖、叶公子高和司马子反。昭奚恤自居西面之坛,致词曰:"客欲观楚国之宝器,楚国之所宝者贤臣也。"随后一一介绍五人的官职和司务。秦使回报秦王:"楚多贤臣,未可谋也。"遂不伐楚。昭奚恤是战国时期楚宣王的令尹,名震一时,以至宣王对群臣有"吾闻北方之畏昭奚恤也"之言③。子西与子高都是春秋时期楚昭王、惠王之臣,子西在吴王阖闾伐楚以后为令尹,为乱后复国立过汗马功劳,故子高说:"微二子(子西、子期)者,楚不国矣";子高则在平定白公之乱中起了重要作用,令尹子西和司马子期被白公胜杀害之后,他竟身"兼二事",一旦安定,就"使宁(子西之子)为令尹,使宽(子期之子)为司马",自己归老"于叶"④,是位勇于担当又德高望重的长者。至于子反,乃楚庄王、共王时期以多经征战闻名的领军司马。作者让偌多不同时期相

---

① 《周礼》卷十七,《十三经注疏》,第755页。
② 《周礼》卷二十五,《十三经注疏》,第808页。
③ 《战国策》卷十四《荆宣王问群臣》,第482页。
④ 《左传》卷十二,第416页。

隔百数十年的楚国著名人物聚会一处，向强秦夸示其人才济济，不可侵犯，乃是一种表意的方法，如《庄子》写庄周之见鲁哀公、展禽与孔丘为友一样，并非不知他们所处的时代。作品自然也就成了自觉虚构的寓意小说。

《杂事第二》之第六章云："楚人有献鱼楚王者"，说"今日渔获，食之不尽，卖之不售，弃之又惜，故来献也"。楚王左右都说他太不会说话。楚王却说这位渔者乃是"仁人"，是来开导国君的："盖闻囷仓粟有余者，国有饥民；后宫多幽女者，下民多旷夫；余衍之蓄聚于府库者，境内多贫困之民。皆失君人之道。故庖有肥肉，厩有肥马，民有饿色。是以亡国之君，藏于府库。寡人闻之久矣，未能行也。渔者知之，其以此谕寡人也。且今行之。"于是，"遣使恤鳏寡而存孤独，出仓粟、发布帛而振不足，罢去后宫不御者，出以妻鳏夫。楚民欣欣大悦，邻国归之"。不要说楚国没有出过如此聪慧、仁明的君主，别国也没出过这样的君主。作品应是一位读过《孟子》的文士从其"庖有肥肉，厩有肥马，民有饥色，野有饿莩"之句受到启发①，发挥奇想，杜撰出以渔者献其多余之鱼的有趣情节，讽喻和启发那些将大量财物"藏于府库"而不顾百姓死活的"亡国之君"和非亡国之君，是一篇宣扬孟子"仁义"观念与"民本"思想的小说作品。

同卷第九章是一篇超现实的神异之作：

> 晋文公出猎，前驱曰："前有大蛇，高如隄，阻道竟之。"文公曰："寡人闻之，诸侯梦恶则修德，大夫梦恶则修官，士梦恶则修身，如是而祸不至矣。今寡人有过，天以戒寡人。"还车而反。前驱曰："臣闻之：喜者无赏，怒者无刑。今祸福已在前矣，不可变，何不遂驱之？"文公曰："不然。夫神不胜道，而妖亦不胜德。祸福未发，犹可化也。"还车反。宿斋三日，请于庙曰："孤少牺不肥，币不厚，罪一也。孤好弋猎无度数，罪二也。孤多赋敛，重刑罚，罪三也。请至今以来者，关市无征，泽梁无赋敛，赦罪人，旧田半税，新田不税。"行此令未半旬，守蛇吏梦天帝杀蛇，曰："何故当圣君道为？而罪当死。"发梦，视蛇

---

① 《孟子》卷一《梁惠王章句上》，第6页。

臭腐矣。谒之,文公曰:"然,神果不胜道,而妖亦不胜德。奈何其无究理而任天也,应之以德而已。"

如此神怪灵异之事,当然属于子虚乌有。但它是蓄意造作还是民间传说,则须考辨。在《新序》之前,记述这一故事的还有贾谊《新书》中的《春秋》。其记文公之语曰:"吾闻之曰,天子梦恶则修道,诸侯梦恶则修政,大夫梦恶则修官,庶人梦恶则修身。"这四句显然是从《周书》的如下四句翻出来的:"天子见怪则修德,诸侯见怪则修政,卿大夫见怪则修职,士庶人见怪则修身。"《周书》虽逸,《后汉书》卷五十四《杨赐传》和《群书治要》卷四十四等多引录其文。可见这篇故事的最早作者是见过《周书》或了解《周书》这些话的。其所用的四句还很可能是《周书》的原文,因为故事所写的文公见大蛇事正是"见怪",而非"梦"怪。"梦恶"云云,或是后来传写之讹;至《新序》,又省去"天子"一句,剩了三句。如此看来,本章原是熟悉《周书》的文士为宣示其中"诸侯见怪则修政"等观念而虚拟的神异型寓意小说,几经流传和修改成为《新序》这般样态。《新书·春秋》这一章,后半文公罪己虽多,但很抽象:"孤实不佞,不能遵道,吾罪一;执政不贤,左右不良,吾罪二;饰政不谨,民人不信,吾罪三;本务不修,以究百姓,吾罪四;斋肃不庄,粢盛不洁,吾罪五。请兴贤遂能而张德行善,以导百姓,毋复前过。"①《新序》虽只言三罪,却都很具体,改革措施也实惠于民。这或许体现了刘向的思想和主张。

同卷第十一、十二两章都写晋文公出猎逐兽。前者文公"砀入大泽,迷不知所出",渔人将他送出后,戒之曰:"鸿鹄保河海之中,厌而欲移徙之小泽,则必有九(丸)缯之忧。鼋鼍保深渊,厌而出之浅渚,则必有网罗钓射之忧。今君逐兽砀入至此,何行之太远也?"劝他赶快"归国"。后者文公失其所逐之兽,问农夫老古。老古"以足指"之,文公不悦。老古振衣而起曰:"一不愿人君如此也!虎豹之居也,厌闲而近人,故得。鱼鳖之居也,厌深而之浅,故得。诸侯厌众而亡其国。"两作立意相同而意象相若。其实,无论渔人还是农夫,都不可能虑及国君远离都城就可能被人篡

---

① 《百子全书》,第362页。

位之类的问题。只有那些官场的士大夫和读书人才有这类思虑,才会造出这等警示国君的作品,经过流传,异而为二。而其最早成篇还是蓄意造作的产物,所以应在小说之列。后者中的文公"归遇"晚他三代的晋成公之臣栾武子,自然是不可能的。《太平御览》卷九百六引作栾贞子,大约也是看出纰漏,顺笔而改。其实,早年的小说作者,并不那样认真考究人物的年代,将晋国颇有名声和清望的栾武子信手拈来,让他向文公进善言,造成的荒诞或茫然不觉,或在所不计,而大学问家兼作家的刘向对此或无暇考索,或不予深究。这正是其为早期小说的一个标志,与史书讹误或传闻异辞不可同日而语。

同卷末章写丑女无盐嫁齐宣王事。"齐有妇人,极丑无双","臼头深目,长壮大节,昂鼻结喉,肥项少发,折腰出胸,皮肤若漆",故"行年三十",而"炫嫁不售",但竟"自诣宣王",请做王的姬妾。正在渐台"置酒"的宣王问她"有何奇能",她说没有,问她"何喜",她说"常喜隐"。要她"试一行之",她就"忽然不见"了。"宣王大惊,立发隐书而读之,退而惟之,又不能得"。明日再"召而问之",她"又不以隐对",连说"殆哉!"宣王问其缘由,他讲了"西有衡秦之患,南有强楚之雠"的齐国有四个危机:一是宣王"春秋四十,壮男不立,不务众子,而务众妇";二是"渐台五重,黄金白玉",而"万民疲极";三是贤者伏匿于山林,谄谀强于左右,邪伪立于本朝,谏者不得通入;四是"女乐俳优",纵情淫乐,"外不修诸侯之礼,内不秉国家之治"。于是,宣王顿悟,"立停渐台,罢女乐,退谄谀,去雕琢,选兵马,实府库,四辟公门,招进直言,延及侧陋,择吉日,立太子,进慈母,显隐女,拜无盐君为王后"。最后说:"而国大安者,丑女之力也。"《列女传》中的《齐钟离春》与此大同小异。本属极违情理绝不可能存在的怪诞奇闻,也无任何一部先秦史书或典籍做过记载,却被后世反复作为史迹引用与宣扬。不要说隐身术乃无稽之谈,渐台属于楚国的建筑,即其描写丑女的渲染笔法,便非写实;让如此丑女自荐于国君,更是异想天开。再者,据史料记载,齐宣王从其立国为齐侯,就是颇有作为之君,救韩伐魏取燕,起田忌,用孙子,倡稷门学士之风,周旋于纵横家之间,并非只图享乐之君,与作品所写甚不相符。他更不会因为听了几句刺耳的危言,就要个奇丑的女人做王后。本章是儒士以重德轻貌的极端意象感化腐败君主的虚拟之作,是篇不折不扣的小说。

《杂事第四》之第四章写魏文侯选相事。文侯欲在其弟季成与友人翟黄之间选相而不能决,"以问李克"。李克对曰:"君若置相,则问乐商与王孙苟端孰贤。"文侯曰:"善。"因翟黄所进之王孙苟端不肖,季成所进之乐商为贤,"故相季成"。《韩诗外传》卷三与《史记·魏世家》《说苑》卷二也写了同一件事,李克的回答却迥然不同:"居则视其所亲,富则视其所与,达则视其所举,穷则视其所不为,贫则视其所不取。五者足以定之矣。"(《史记》无"则"字,其余全同;《说苑》言其五者之四)李克之言没有触及任何个人,量人的标准又具体全面。文侯听了当即选定季成为相。《新序》本章的李克让文侯只看两人所举某一个人的贤与不肖,很是片面,是后之好事者将"达则视其所举"一句具体化为乐商与王孙苟端造成的一篇虚拟的微型小说。

再看同卷第十四章:

> 梁尝有疑狱,群臣半以为当罪,半以为无罪,虽梁王亦疑。梁王曰:"陶之朱公以布衣富侔国,是必有奇智。"乃召朱公而问曰:"梁有疑狱,狱吏半以为当罪,半以为不当罪,虽寡人亦疑。吾子决是,奈何?"朱公曰:"臣鄙民也,不知当狱。虽然,臣之家有二白璧,其色相如也,其径相如也。然其价一者千金,一者五百金。"王曰:"径与色相如也,一者千金,一者五百金,何也?"朱公曰:"侧而视之,一者厚倍,是以千金。"梁王曰:"善。"故狱疑则从去,赏疑则从与。梁国大悦。

"陶之朱公",出自《史记·越王勾践世家》所记有关范蠡的传说。他在辅佐勾践灭吴之后,功成身退,变换姓名,至齐"止于陶",经商致富,"赀累巨万",称"陶朱公"。然而,勾践灭吴在周元王三年(前473),而"魏迁都大梁,魏王开始称为梁王在周显王二十九年(前340)"①,两者相距133

---

① 赵仲邑:《新序详注》,中华书局1997年版,第123页。

年,即便真有陶朱公,也早已作古,怎么可能为梁王分剖疑狱?此乃主张施政须"厚"的儒者利用陶朱公的传说匠心构筑的表意小说。作者随后议论说:"由此观之,墙薄则亟坏,缯薄则亟裂,器薄则亟毁,酒薄则亟酸,夫薄而可以旷日持久者,殆未有也。故有国蓄民施政教者,宜厚之而可耳。"这议论与前文的意象结构高度一致,也可说是构思的出发点和落脚点。它显然不是民间传说,而是富于政见与文化修养的读书人精心巧构的小说作品。

同卷第二十、二十一两章分别写齐桓公出游于郭和"晋文公田于虢"。两人都问当地人:虢(郭)因何而亡?回答桓公的当地人说:郭氏"善善而不能断,恶恶而不能去"。回答文公的当地人说:"虢君断则不能,谏则无与。"桓公归语管仲,文公归语赵衰。管仲与赵衰又分别埋怨自己的国君:只听其善言,却不重视其人,于是二公分别赏了那个当地人。一望可知,两位霸主所遇所为不可能如此相像,应有一篇是原作,另一篇则是仿拟之作。即便原作写实,拟作也是有意虚构,属于小说。虢在历史上有东、西、北之分,且都在齐桓公之前就先后为别国所灭,但都远离齐国,桓公不易"出游"到那里。据《左传》载,北虢(在今三门峡市、平陆一带)于鲁僖公五年(前655),被晋献公假途而灭,后来的文公自然有可能到那里田猎。从这方面看,写晋文公那篇或为原作,写齐桓公的则更可能是仿拟小说。

《刺奢第六》之第八章写"魏文侯见箕季"。文侯见"其墙坏而不筑",问之,答以"不时";又见其墙"枉而不端",问之,答以"固然"。"从者食其园之桃,箕季禁之。"后又为文侯"进粝餐之食,瓜瓠之羹"。仆人以为文侯此来"无得于箕季矣"。文侯曰:"吾一见季而四得焉:其墙坏不筑,云待时者,教我无夺农时也;墙枉而不端,对曰'固然'者,是教我无侵封疆也;从者食园桃,箕季禁之,岂爱桃哉?是教我下无侵上也;食我以粝餐者,季岂不能具五味哉?教我无多敛于百姓,以省饮食之养也。"国君到臣子家里,臣子的答话和作为全是对国君的隐谏,另有意涵。尽管有的隐语曲折、生硬(如谓墙"固然"与禁从者食桃之喻),国君却都能一一理解。这自然不会是生活实事,也不可能是民间传说。一般百姓既不关心"下无侵上""无侵封疆"之类的问题,更不在此等隐语上百般琢磨,玩文字游戏。当是读书人或士大夫的蓄意造作,是费心虚构的微型小说。

《节士第七》之第八章写卫宣公之子:伋、寿与朔。"伋,前母子也;寿与朔,后母子也。"寿母与朔谋,"欲杀太子伋以立寿",乃"使人与伋乘舟于河中,将沉而杀之。寿知不能止也,因与之同舟",舟人遂"不得杀伋"。伋之傅母忧伋此次乘舟的命运,作《二子乘舟》之诗。"寿闵其兄之且见害,作忧思之诗,《黍离》之诗是也。"后又"使伋之齐",约盗见载旌节者"要而杀之"。寿知其谋,止伋勿往,伋不肯"弃父之命"。寿又与之同往,寿母"不能止",戒之曰"寿无为前也",而"寿又为前,窃伋旌以先行。几及齐矣,盗见而杀之"。伋至,"痛其代己死,涕泣悲哀,遂载其尸,还至境而自杀"。此章是有本事的。《左传·桓公十六年》记曰:

> 初,卫宣公烝于夷姜,生急子,属诸右公子。为之娶于齐,而美,公取之,生寿及朔,属寿于左公子。夷姜缢。宣姜与公子朔构急子。公使诸齐,使盗待诸莘,将杀之。寿子告之,使行。不可,曰:"弃父之命,恶用子矣!有无父之国则可也。"及行,饮以酒,寿子载其旌以先,盗杀之。急子至,曰:"我之求也,此何罪?请杀我乎!"又杀之。二公子故怨惠公。十一月,左公子泄、右公子职立公子黔牟。惠公奔齐。

急子即伋,宣姜即寿、朔之母,惠公即朔,黔牟为原太子急之弟。《史记·卫世家》对此也有详细的记述。《新序》此章写的就是这一真实的历史事件,却作了如下虚拟与改动。其一,作者据对《诗经·邶风·二子乘舟》的一种理解,杜撰出借乘舟之机陷害太子伋的情节和伋之傅母作诗之说。实则并无其事。《毛诗》序是篇云:"《二子乘舟》,思伋、寿也。卫宣公之二子,争相为死,国人殇而思之,作是诗也。"①借乘舟害伋和傅母作诗应是其时尚颇兴盛的今文诗派之说,或即刘向所习《鲁诗》之见②,而据

---

① 《毛诗》卷第二,《四部丛刊》本。
② 据何楷《诗经世本古义》卷二十《二子乘舟》题注,申培于此诗即有"宣公立少子朔,使伋、寿如齐而沉河"之说。

《诗》说杜撰亦属虚拟。其二,将《诗经·王风·黍离》作为"寿闵其兄"之作,并引其中一段充实其内容。不管这是否也为当时某派《诗》说的一种理解,亦属牵强附会的造作,为史实增添了虚构成分。其三,将伋为盗所杀的结局改为自杀,以强化人物的死义形象,更是有意化实为虚。这些虚拟与改写将真实的历史事件衍为半真半假、虚实相间的拟史小说作品。其中有关两首诗的内容非一般百姓所能造作,应是了解《诗》之解读的儒者所为,所以不是传说,而是有意加入虚构成分的小说。

同卷第二十七章是篇千多字的曲折故事。"晋赵穿弑灵公,赵盾时为贵大夫,亡不出境,还不讨贼,故《春秋》责之,以盾为弑君。"有屠岸贾者,"幸于灵公",至晋景公时为司寇,拟"讨灵公之贼",而赵盾已死,乃联合诸将,欲诛盾子赵朔等。大夫韩厥曰:"灵公遇贼,赵盾在外,吾先君以为无罪,故不诛。今诸君将妄诛,妄诛谓之乱。臣有大事,君不闻,是无君也。"屠岸贾不听。韩厥促赵朔出逃,赵朔不肯,曰:"子必不绝赵祀,予死不恨。"韩厥许诺,"称疾不出"。屠氏"不请而擅与诸将攻赵氏于下宫,杀赵朔、赵同、赵括、赵婴齐,皆灭其族"。赵朔"妻成公姊,有遗腹,走公宫匿"。朔客有公孙杵臼和程婴者。杵臼问婴:"胡不死?"婴说等朔妻分娩,"若幸男,吾奉之;即女也,吾徐死耳"。后朔妻生男。屠岸贾闻而"索于宫",朔妻"置儿袴中"躲过。尔后杵臼与程婴经过谋划,"取他婴儿"藏匿山中充赵氏孤儿,杵臼守护,婴去"出首",诸将"并杀杵臼与儿",真孤儿终得与程婴"俱匿山中"。十五年后,"晋景公病,卜之",乃"大业之胄者为祟",景公询问韩厥,厥曰:"大业之后,在晋绝祀者,其赵氏乎?夫自中衍,皆嬴姓,中衍人面鸟噣,降佐帝大戊及周天子,皆有明德。下及幽、厉无道,而叔带去周适晋,事先君缪侯,至于成公,世有立功,未尝绝祀。今及吾君,独灭之赵宗,国人哀之,故见龟策,唯君图之。"景公问:"赵尚有后子孙乎?"韩厥"具以实告"。于是君臣"谋立"孤儿赵武,将其"召匿于宫中",使诸将见之。诸将"遂俱与程婴、赵武共攻屠岸贾,灭其族。复与赵氏田邑如故"。后赵武"冠而成人",程婴以为完成了扶孤的使命,辞武而自杀,"下报赵孟(即赵盾)与公孙杵臼"。在尚存的文献中记述这个故事最早的是《史记·赵世家》,《新序》与之大同小异。《说苑》

卷六《复恩》所记则是《史记》的节本，无公孙杵臼，也无程婴之死，而有《新序》所无、《史记》却有的赵盾所作其先祖叔带"持要（腰）而哭"之梦，预示悲剧将要发生。三者的总体结构出入不大。

首先应该肯定，这故事在历史上并不存在，是后人的虚拟之作。理由有二。其一，它与《左传》的多处记载大相径庭。赵同、赵括、赵婴是赵盾的三个异母兄弟，皆赵姬所生。赵朔则是赵盾之子，庄姬（晋成公之女，《新序》《史记》等误作成公之姊）是赵朔之妻。据《左传》成公四年（前587）及五年所记，赵婴私通于庄姬，赵同与赵括将弟赵婴放逐于齐国。至成公八年，庄姬"为赵婴之亡故，谮之于晋侯，曰：'原（赵同）、屏（赵括）将为乱。'栾、郤为征。六月，晋讨赵同，赵括。武从姬氏畜于公宫。以其田与祁奚。韩厥言于晋侯曰：'成季（赵衰）之勋，赵盾之忠，而无后，为善者其惧矣……'乃立武，而反其田焉"。这些记录将赵盾之后赵氏几至覆亡的缘由和脉络讲得十分清楚：赵婴乱伦被放，赵同、赵括被讨而死。《左传》又载，赵朔于宣公十二年（前597）尚"将下军"参加邲之战，至成公二年，栾书代他"将下军"，"则于时朔已死矣"，"不得与同、括俱死也"①。赵武从母畜养于宫，就在讨伐同、括之年，被立为赵氏之后，收回前"与祁奚"之田。何来屠岸贾攻杀赵氏家族，公孙杵臼与程婴救养赵武等事？其二，《新序》《史记》的此等记述，纰漏重出，多处悖理。攻杀国之上卿，何得"不请"于国君？屠氏"不请"，韩厥为何也不报，而"称疾不出"？既"不请"于君，何敢进宫搜索孤儿？林西仲云："屠岸贾为司寇，则刑官也，兵权非其所属，安能胁令韩厥诸将俾悉从己？"②孔颖达谓："于时晋君明，诸臣疆（强），无容有屠岸贾辄厕其间，得如此专恣。"③焦竑更指出："《赵世家》载，晋景公三年屠岸贾攻赵氏于下宫，杀赵朔、赵同、赵括、赵婴齐，皆灭其族。《晋世家》载，景公十二年以赵括与韩厥等五人为卿，自相抵

---

① 《春秋左传正义》成公八年孔颖达"正义"，《十三经注疏》，第1905页。
② 林云铭：《增订古文析义合编》卷二《晋杀其大夫赵同赵括》，清康熙五十五年（1716）宝文堂刊本。
③ 《春秋左传正义》成公八年孔颖达"正义"，《十三经注疏》，第1905页。

悟,不足信矣。"①诸如此类,不一而足,都充分说明其文不实,乃属虚造。这虚造非只出于无意的传说,还融有学者的精心造作。作者很熟悉《春秋左氏传》,不仅点出《春秋》之名,还准确地引用了《左传》之言;前后写到赵氏多人,名字均与左氏契合,无一差错。至于韩厥那段讲赵氏始祖由来的宏论,非但韩厥不会了然,赵氏兄弟也未必知晓,只有能撰写《秦本纪》《赵世家》,洞悉大业是秦与赵之共同祖先的太史公才写得出那一番话,将韩厥之言与《史记》相关文字对照一下就会明白,两者那样妙合无间,当出于一人之手。退一步说,即便原有本事传说,也被太史公大大改造重新创作了。它是司马迁撰写的一篇"文工而事详"②、颇有规模的小说作品。至于这位大文史家在写赵氏这段历史的时候,为什么舍弃《左传》的明白记述而另撰此虚构之文,表达了作者何种理念,就需学者另作研究了。

二 《说苑》中的小说

《说苑》二十卷,各有两字卷题。卷二《臣术》第六章写"田子方渡西河",得遇翟黄。翟黄"乘轩车,载华盖",随驷"八十乘"。子方以为国君,"下抵车而待之"。翟黄至,见子方,"自投下风"。子方问他车马何至如此之盛?他说都是国君所赐,"积三十岁,故至于此"。随即缕述其功:"昔者西河无守,臣进吴起,而西河之外宁。邺无令,臣进西门豹,而魏无赵患。酸枣无令,臣进北门可而魏无齐忧。魏欲攻中山,臣进乐羊而中山拔。魏无使治之臣,臣进李克而魏国大治。是以进此五大夫者,爵禄倍,以故至于此。"子方曰:"可。子勉之矣!魏国之相不去子而之他矣。"翟黄对曰:"君母弟有公孙季成者,进子夏而君师之,进段干木而君友之,进先生而君敬之。彼其所进,师也,友也,所敬者也。臣之所进者,皆守职守禄之臣也。何以致魏国相乎?"子方曰:"吾闻身贤者贤也,能进贤者亦贤

---

① 焦竑:《焦氏笔乘》续集卷五《左氏史记之异》,清道光三年(1850)南海伍氏刊本。
② 高士奇:《左传纪事本末》卷三十一,第450页。

也。子之五举者尽贤,子勉之矣,子终其次也。"这篇作品是有来由的。《韩诗外传》卷三与《史记·魏世家》及《说苑·臣术》都载有魏文侯欲置相事。置相"非成(魏成子,即季成)则黄(翟黄)",请李克一言而定去取。李克只讲了看人的几个方面,就知文侯选了魏成子。翟黄不服,对李克夸示几次荐人之功。与此篇对田子方缕述者多同而少异。李克反驳他,说他无法与魏成子比。成子"食禄千钟,什九在外,什一在内,是以东得卜子夏、田子方、段干木",文侯"皆师友之";而"子之所进五人,君皆臣之"。翟黄听后,愧服而罢。将两文比较一下就会清楚:《说苑》此篇乃是改写《韩诗外传》或《史记》之文而成。不仅翟黄缕述之言,是两文的翻版,推崇成子之言也是照抄两文李克之语,从而将很不服气的翟黄变得颇有自知之明。但这不是听了李克谈话之后,而是在文侯置相之前,所以田子方才说相位非翟黄莫属的话,即使在翟黄说了自己不如成子的情况之后,田氏仍坚持自己的看法,说他终能至于相位。如此改写,无论是何用意,本章都是作者蓄意造作的小说。就择相而言,是反《韩诗外传》与《史记》原作之意而用之的。

卷三《建本》第六章写伯禽与康叔封见周公事。二人"见周公,三见而三笞"。康叔封"有骇色",与伯禽商议后,一同向贤人商子请教。商子让他们去南山之阳看一种桥树。二子见桥,其树"竦焉实而仰",乃归告商子。商子曰:"桥者,父道也。"又让他们去南山之阴看梓树,二人往见,其树"勃焉实而俯"。归告商子,商子曰:"梓者,子道也。"二人明日又见周公,"入门而趋,登堂而跪",周公"拂其首,劳而食之",问:"安见君子?"二人对以"见商子"。周公曰:"君子哉,商子也!"此章原出《尚书大传》,传文已佚。此为最早完整之本,后之《文选》卷四十六任彦升《王文宪集序》李善注与《艺文类聚》卷八十九等所引均较简略。然而,如李善转述任氏之见:"王公有孝友之性出自天成,岂惟见桥、梓而知也?"周公之子伯禽与周公之弟康叔岂是无礼之辈?子弟失礼,周公何不明训?商子又何必故弄玄虚?诸多违逆常理,绝非史实,亦非传说,而是读书人从桥、梓二木悟出委曲构思,从而创作的寓意小说。

卷六《复恩》第五章写晋文公与舟之侨事。晋文公出亡,舟之侨"从焉"。文公返国。"择可爵而爵之,择可禄而禄之,舟之侨独不与焉。"文公酌酒,请诸大夫作赋。舟之侨曰:"君子为赋,小人请陈其辞。"辞曰:"有龙矫矫,顷失其所。一蛇从之,周流天下。龙反其渊,安宁其处。一蛇耆乾,独不得其所。"文公曰:"子欲爵耶?请今命廪人。"舟之侨曰:"请而得其赏,廉者不受也。言尽而名至,仁者不为也。"言毕"历阶而去。文公求之不得,终身诵《甫田》之诗"。本章之前,即载介子推因从文公而未得赏,与母偕隐于绵山之事。"从者怜之",乃悬书于宫门,其词有"有龙矫矫,顷失其所,五蛇从之,周遍天下","四蛇入穴,皆有处所,一蛇无穴,号于中野"等语。此章舟之侨的遭际同介之推极其相似,其辞更是介氏"从者"书词的袭改。而据《左传·僖公二十八年》记载,城濮之战,"舟之侨先归"。文公还师入晋,"杀舟之侨以徇于国,民于是大服"。宋叶大庆从而指出:"夫侨既犯师律,文公戮之以徇,民乃大服,安有所谓'文公求之不得,终身诵《甫田》之诗'乎?"①其时,上距文公返晋赏从亡者已四年之久。可知绝无《复恩》所写舟之侨之事,是好事者将记介之推之文略加改篡与点缀,遂成美化舟之侨的虚构之作,亦即小说。

卷七《政理》第八章写卫灵公问政。他先问史䲡:"政孰为务?"史䲡对以"大理为务",因为"听狱不中",则"死者不可生,断者不可属也"。稍后,"子路见公",公乃告以史䲡之言。子路曰:"司马为务。"因为"一斗不当,死者数万"。随后,"子贡入见",公告以二子之言。子贡曰:"不识哉!昔禹与有扈氏战,三陈而不服,禹于是修教一年,而有扈氏请服。故曰:'去民之所事,奚狱之所听?兵革之不陈,奚鼓之所鸣?'故曰教为务也。"卫灵公时,子路与子贡只是跟随孔子亡卫做客,不是卫臣,岂得随意"入见"灵公?更不能对卫之贤臣史䲡的政见妄加非薄。及子路为卫臣,灵公早已亡故,史䲡更卒于灵公之前,自不会有上述场面。本文显系儒士蓄意宣扬儒家重教观念的虚拟之作,非但不是史实,也不是传说,是存心造作的寓意小说。

同卷第九章云:

---

① 叶大庆:《考古质疑》卷四,清同治十三年(1874)江西书局刊本。

齐桓公出猎,逐兽而走,入山谷之中,见一老公而问之曰:"是为何谷?"对曰:"为愚公之谷。"桓公曰:"何故?"对曰:"以臣名之。"桓公曰:"今视公之仪状,非愚人也,何为以公名之?"对曰:"臣请陈之。臣故畜牸牛,生子而大,卖之而买驹。少年曰:'牛不能生马。'遂持驹去。傍邻闻之,以臣为愚,故名此谷为愚公之谷。"桓公曰:"公诚愚矣!夫何为而与之?"桓公遂归。明日朝,以告管仲。管仲正衿再拜曰:"此夷吾之愚也。使尧在上,咎繇为理,安有取人之驹者乎?若有见暴如是叟者,又必不与也。公知狱讼之不正,故与之耳。请退而修政。"

《艺文类聚》卷九"谷"字下引《韩非子》内容相同之章的前半,后半大约与"谷"无关而被省略。《说苑》此章应取自《韩非子》,文字略有变化和发展。全文的荒诞、虚拟自不待言。这种极尽委曲的寓意之作并非流传中可以形成,也是一般百姓想不到的,应是读书人煞费苦心构思的小说。

同卷第二十五章写孔子与两弟子的问答。孔蔑"与宓子贱皆仕"。孔子过蔑,问他入仕以来"何得何亡"?孔蔑说他无所得,而亡者有三:"王事若袭",学不得习,"以是学不得明也";"奉禄少",不足以照应亲戚,"亲戚益疏矣";"公事多急,不得吊死视病,是以朋友益疏矣"。孔子不悦,又往问子贱,入仕以来"何得何亡"?子贱说他无所亡,所得有三:一是"始诵之文,今履而行之,是学日益明也";二是"奉禄虽少",尚能照应亲戚,"是以亲戚益亲也";三是"公事虽急,夜勤吊死视病,是以朋友益亲也"。孔子谓子贱曰:"君子哉若人!君子哉若人!鲁无君子者,斯焉取斯!"孔蔑与宓子贱在不同时间与不同地点回答孔子的同一问题,其言恰好各为三点,又正相反对。一看即知无此可能,是作者的蓄意造作,也是一篇地道的寓意小说。结尾用《论语·公冶长》中孔子赞宓子贱语作结,以证其真,亦是后来小说作者的常见笔法。

卷八《尊贤》第三十二章写"田忌去齐奔楚"事。楚王问田忌:楚、齐都是大国,"常欲相并,为之奈何?"田忌对曰:"齐使申孺将,则楚发五万人,使上将军将之,至禽(擒)将军首而反耳。齐使田居将,则楚发二十万人,使上将军将之,分别而相去也。齐使眄子将,则楚悉发四封之内,王自出将而忌从,相国、上将军为左右司马,如是则王仅得存耳。"此后齐楚发生三次战争①,双方领军人物、楚之所发人数及战争结果均如田忌所言,分毫不差。楚王问曰:"何先生知之早也?"田忌对曰:"申孺为人侮贤者而轻不肖者,贤不肖俱不为用,是以亡也。田居为人,尊贤者而贱不肖者,贤者负任,不肖者退,是以分别而相去也。眄子之为人也,尊贤者而爱不肖者,贤不肖俱负任,是以王仅得存耳。"向宗鲁先生考证,此处申孺与《战国策》之申缚皆申繻之讹,眄子为盼子之误②。决定战争胜负的因素是多方面的,田忌只从将领素质预言齐楚三战的胜负状况而皆言中,一望可知是作者的蓄意造作。而据《战国策》,田忌是在齐宣王二年(前341)齐魏马陵之战以后"亡齐而之楚的",楚王用杜赫之计,将他"封之于江南"③,不可能从王而征。又据《史记·六国年表》,终楚威王、齐宣王之世,两国只有一次徐(徐?)州之战,何来齐楚三次战争?更无发倾国之兵而由楚王领军的抗齐之战。全文为作者虚拟显而易见。再看《战国策》卷八对徐州战后有关申缚与盼子的论评:

> 楚威王战胜于徐州,欲逐婴子于齐。婴子恐,张丑谓楚王曰:"王战胜于徐州也,盼子不用也。盼子有功于国,百姓为之用。婴子不善,而用申缚。申缚者,大臣与百姓弗为用,故王胜之也。今婴子逐,盼子必用,复整其士卒以与王遇,必不便于王也。"楚王因弗逐。

婴子即田婴,时为齐相。张丑是田婴的谋士,其言看似为楚着想,实则利于田婴。但他对申缚(繻)与盼子的评说合于实际,故被楚王采纳。《说苑》此章或从张丑之评生发而出,杜撰一篇颂扬田忌的小说作品。

卷九《正谏》第六章写孺子巧谏吴王事。吴王欲伐楚,且谓"敢有谏者死"。舍人"有少孺子者,欲谏不敢,则怀丸操弹,游于后园,露沾其衣,如是者三旦"。吴王见之,呼曰:"子来!"问:"何苦沾衣如此?"孺子对曰:

---

① 本文只写申孺将与眄子将的两次,故俞樾《读书余录》曰:"有脱文。当据上补云:'齐使田居将,楚发二十万人,使上将军将之,分别而相去。'如此方与上下文相应。"向宗鲁按:"俞说是也。《旧事》(指《渚宫旧事》)云:'又使田居、盼子将,皆如忌策。'即约此文,则古本此下必有田居将一段。"

② 向宗鲁:《说苑校证》卷八,第202页。

③ 《战国策》卷八《田忌亡齐而之楚》,第203页。

"园中有树,其上有蝉,蝉高居悲鸣饮露,不知螳螂在其后也;螳螂委身曲附欲取蝉,而不知黄雀在其傍也;黄雀延颈欲啄螳螂,而不知弹丸在其下也。此三者皆务欲得其前利,而不顾其后之有患也。"王曰:"善哉。"乃不伐楚。这故事最早见于《庄子·山木》,"黄雀"作"异鹊"。但那只是以物喻理的一般意义的寓言。后至《韩诗外传》(卷十),有"楚庄王兴师伐晋"章,亦言"敢谏者死无赦"。孙叔敖以螳螂扑蝉黄雀在后的寓言谏楚庄王,阻止了一场战争。那实际就是运用《庄子》寓言的一篇小说。因为孙叔敖早于庄子近二三百年,不可能用其书中的寓言,自然是后世文化人的虚造。本篇又将谏者改为无名的"少孺子",即将谏者与弹雀小儿合而为一,显然费了一番心思,以致造成小儿能谏吴王的荒谬情事。作者既熟悉《庄子》,又熟悉《外传》的那篇原作,是仿拟并改写后者的仿改小说。

同卷第九章写诸御己谏楚庄王事。"楚庄王筑重台,延石千重,延壤百里。士有反三月之粮者。"谏者七十二大臣,皆死。有名为诸御己者,"违楚百里而耕",谓其耦曰:"吾将入见于王。"其耦曰:"吾闻之,说人主者,皆闲暇之人也,然且至而死矣。今子特草茅之人耳。"诸御己"委其耕而入见庄王"。庄王曰:"诸御己来!汝将谏邪?"诸御己曰:"君筑重台,延石千重,延壤百里,民之胼胝,血成于通涂(途),然且未敢谏也,己何敢谏乎?"下举"昔者"三天子六诸侯"皆不能尊贤人辩士之言,故身死而国亡"。其中诸侯之例有"虞不用宫之奇而晋并之,陈不用子家羁而楚并之","莱不用子猛而齐并之,吴不用子胥而越并之";天子之例有"纣杀王子比干而周王得之"。终于说服了庄王,"遂解层台而罢民"。宋黄震即已指出"楚庄王贤君,而谓其筑台杀谏者七十二人"乃属"附会"①。叶大庆考云:据《左传》,楚庄王"卒于宣公十八年"(前591),越并吴事乃哀公二十二年(前473),"相去凡一百十八年,安得诸御己预以子胥事谏庄王也?"又云:"齐之灭莱……在襄公六年(前567)","亦是楚庄既卒之后,

---

① 黄震:《黄氏日抄》卷五十六。

其误亦与上子胥事一同"①。至于陈为"楚并之"②,事在左哀十七年,也在楚庄卒后百余年。此三诸侯恰当六诸侯之半,充分说明其为后人虚造。而作者对春秋时期的历史又比较熟悉,除时序错位,六诸侯之危亡多合于史实,所以不会是民间传说,而是读书人的蓄意造作。向宗鲁先生《校证》本引录上列各家见地之后,又"谓此文中数语,明见《荀子》尧问篇",疑或"即出《荀子》"。其疑不为无理。《荀子》原文为"虞不用宫之奇而晋并之,莱不用子马而齐并之,纣剖王子比干而武王得之",与本文相应三句只差二字("猛"作"马","杀"作"剖"),其余文字、句式全同,末以"不亲贤用知,身死国亡也"作结,与本文相应之句亦大同而小异。《荀子》罗列三例,《说苑》罗列九例,向先生因谓《荀子》"有脱佚耳"。即便《荀子》无脱佚,《说苑》此篇与《荀子》的关系也是显而易见的,至少是《尧问》该章的运用、仿拟、扩大和发展,自然也是读书人有意为之。其实,文中无论楚王,还是耕者诸御己,都是极端反常之人,情事的离奇足以显出本文是有意虚造的表意小说。

卷十《敬慎》第五章云:

> 常摐有疾,老子往问焉,曰:"先生疾甚矣,无遗教可以语诸弟子者乎?"常摐曰:"子虽不问,吾将语子。"常摐曰:"过故乡而下车,子知之乎?"老子曰:"过故乡而下车,非谓其不忘故耶?"常摐曰:"嘻!是已。"常摐曰:"过乔木而趋,子知之乎?"老子曰:"过乔木而趋,非谓敬老耶?"常摐曰:"嘻!是已。"张其口而示老子曰:"吾舌存乎?"老子曰:"然。""吾齿存乎?"老子曰:"亡。"常摐曰:"子知之乎?"老子曰:"夫舌之存也,岂非以其柔耶?齿之亡也,岂非以其刚耶?"常摐曰:"嘻!是已。天下之事已尽矣,无以复语子哉。"

常摐,或作"商容"。不论其为"神人"(高诱《淮南子》卷十注)、"殷之贤人"(高诱《淮南子》卷九注)、"商礼乐之官"(郑玄《礼记》卷三十九注),

---

① 叶大庆:《考古质疑》卷四。
② 此句前文"陈不用子家羁",于史未见有载。子家羁,鲁大夫,昭公不用其言,败于季氏而出亡。此其误耶?向宗鲁按云:"春秋时同名同字者多,安知陈不别有子家羁也?"

都不得为东周老子之师。惟解作"凡主商礼之官,皆得谓之'商容'","不害其为周室礼官"①,才与为老子师的时间不相抵牾。然而,这位老师在"病甚"之际留"遗教"之言,还不直截了当说出,而让弟子逐一猜谜,甚违情理。亏得老子心有灵犀,否则,怎悟得出"过乔木而趋"即是"敬老",而不是敬高或崇上?从老子之悟如此"会心"也可看出,本章乃是文化人为表达"不忘故"、"敬老"、尚柔之意精心拟制三个迷面,附会为老子之师对老子的临终遗教,无论确当与否,都得让老子"领悟"不差。其实就是虚拟的表意小说。《战国策·楚策四》有一段"或谓黄齐"之言:"公不闻老莱子之教孔子事君乎?示之其齿之坚也,六十而尽,相靡也。今富挚能,而公重不相善也,是两尽也。"学者以为:"老莱子即老子,盖以闻于常摐者教孔子也。"②这是将《说苑》本章认作纪实而发的议论,倘视为虚拟的小说,则无论老莱子是否老子,也无论常摐生当何时,其人都与本章内容全无瓜葛。倒是两篇作品存在着某种传承与衍变的关联。《战国策》该文所引显非出自本章,应另有由本章原文衍化与发展之文为其所出,那倘非蓄意变改之小说,便是本章原文的传闻异辞即传说也。至于《孔丛子·抗志》又将"齿坚刚,卒尽相磨;舌柔顺,终以不弊"的话记作老莱子教子思语,妄则妄矣,却进一步证明由本章原文衍化之文的存在——这里的老莱子于齿"卒尽相磨"之外,又有舌"终以不弊"之语。大约《孔丛子》作者并不认同老莱子可教孔圣,便不顾年代是否错位,就借用其文,改教孔子为教孔子之孙,并遭到子思的反讥,谓"吾不能为舌"。

卷十一《善说》第十七章,以五百字写张禄与孟尝君事。张禄见孟尝君,谓"贵则举贤,富则振贫",即可达到"衣新而不旧,仓庾盈而不虚",并请推荐他给秦王。他入秦后,受秦王"大遇",使秦国大治,而后又向秦王荐赞孟尝君为"贤人",要秦王为他"友之",秦王乃"奉千金以遗孟尝君"。孟尝君因此而悟所谓"衣新而不旧,仓盈庾而不虚者也"。一封荐书就能令秦王重用张禄,可见秦王对孟尝君的器重,岂待张禄荐赞孟尝君于秦王耶?此中抵牾显而易见。而据史传,孟尝君卒后多年,困于齐之范雎更名

---

①② 向宗鲁:《说苑校证》卷十,第244页。

张禄,因秦使王稽得见秦昭王,终为秦相。如将本章视为史实,范雎就是冒名张禄而入秦,以至有人疑为张禄"固尝闻于诸侯,秦人特俾雎冒其名,以诳骇乎诸侯耶?"其实,范雎是在被魏相使人打得半死后逃离了虎口,为躲避魏相"复召求之","伏匿,乃改名张禄"①。非但不是为"诳骇诸侯",而是为了隐名藏身,即乾隆《咏史》所云:"姓名易张禄,伏匿恐人知。"可见在范雎之前,秦国并无张禄为相。仔细参详,不是范雎冒了张禄之名,而是后来的好事者从范雎的事迹受到启发,杜撰了张禄与孟尝君互相推荐的离奇故事。"一饭之德必赏,睚眦之怨必报"的范雎为秦相以后,使秦王"召王稽,拜为河东守",且"三岁不上计"②。此与张禄之报孟尝君,亦颇相似。然则,本章是否为传闻之讹?答案是否定的。只要看看作者为张禄初见孟尝君杜撰的"衣新而不旧"等委曲的说辞,便知其为文化人的精心虚拟,当非传闻,而是小说。

同卷第二十四章,赵襄子言于孔子:"先生委质以见人主,七十君矣,而无所通不识,世无明君乎?意(抑)先生之道固不通乎?"孔子不答。异日,襄子见子路曰:"尝问先生以道,先生不对。知而不对则隐也,隐则安得为仁?若信不知,安得为圣?"子路曰:"建天下之鸣钟而撞之以梃,岂能发其声乎哉?君问先生,无乃犹以梃撞乎?"赵襄子为赵简子之子,孔子卒后二十余年的战国时期始为赵君,何得与仲尼对谈?子路早于孔子六年而亡,与襄子更不相及。无疑当是虚拟的对话。又者,"七十君"之说最早见于《庄子·天运》孔子之言"所奸(干)者七十二君",后被取为整数,称"七十君"。那么,本文最早也当产生于《庄子》是篇之后。而无论"七十君""七十二君",都是比较熟悉典籍的读书人才得以了然,所以此章不可能是传说,而是有意虚拟的对话体小说。

卷十二《奉使》第十七章云:

秦楚毂兵,秦王使人使楚。楚王使人戏之曰:"子来亦卜之乎?"对曰:"然。""卜之谓何?"对曰:"吉。"楚人曰:"噫!甚矣,子之国无良龟也。王方杀子以衅钟,其吉如何?"使者曰:"秦楚毂兵,吾王使

---

①② 《史记》卷七十九《范雎蔡泽列传》,第 2401—2402、2415 页。

我先窥。我死而不还,则吾王知警戒,整齐兵以备楚,是吾所谓吉也。且使死者而无知也,又何衅于钟?死者而有知也,吾岂错秦相楚哉?我将使楚之钟鼓无声,则将无以整齐其士卒而理君军。夫杀人之使,绝人之谋,非古之通议也。子大夫试孰计之。"使者以报楚王,楚王赦之。此之谓造命。

这又是一篇仿制小说。据《左传·昭公五年》记载:"楚子以驷至于罗汭,吴子使其弟蹶由犒师,楚人执之,将以衅鼓。"下面双方的对话大意与《说苑》上文相同。由于蹶由的勇于面对和辞令精当,结果楚王并未杀他。《韩非子·说林》也记述了这个故事,内容、文字与《左传》相仿。《说苑》上文改吴为秦,因无史实依据,便无法点出人名、地点,只好笼统而言,从而将写实之作变成一篇虚拟的小说。

卷十三《权谋》第四章云:

> 孔子与齐景公坐。左右白曰:"周使来,言周庙燔。"齐景公出,问曰:"何庙也?"孔子曰:"是釐王庙也。"景公曰:"何以知之?"孔子曰:"《诗》云:'皇皇上帝,其命不忒。天之与人,必报有德。'祸亦如之。夫釐王变文、武之制,而作玄黄宫室,舆马奢侈,不可振也。是以知之。"景公曰:"天何不殃其身?"曰:"天以文王之故也。若殃其身,文王之祀无乃绝乎?故殃其庙,以章其过也。"左右入报曰:"周釐王庙也。"景公大惊,起,再拜曰:"善哉!圣人之知,岂不大乎!"

《左传·哀公三年》记载:"司铎火,火逾公宫,桓、僖灾。""孔子在陈,闻火,曰:'其桓、僖乎?'"本章当据此生发。但《左传》记载的是鲁庙,本章却误作"周庙"。这里通过将原来孔子的不确定判断改为确定性预言,神化了孔子。大约由于孔子在陈受困,不便渲染陈湣公如何尊崇孔子,便改为齐景公,被误作周庙的鲁庙火灾因而提前了二十几年。齐景公待孔子虽远胜于陈,也远未将他惊为"圣人"。为突出孔子对釐王的指责,同焚的桓宫也被删去。这样,便将原来的实事化为虚事。作者不仅引用《诗》的逸句,对周的历史演变也有所了解,非读书人不能为之。可见不是传说,而是蓄意造作的小说。《孔子家语》卷四《六本》篇又在《说苑》的基础上添枝加叶,孔子的言语也就更多,是这篇早期小说的延伸和发展。

卷十五《指武》第四章写吴起与屈宜臼的交谈。"吴起为苑守,行县,适息",问屈宜臼:"先生何以教之?"屈公不对。一年后,王以吴起为令尹,"行县,适息",谓屈宜臼:他将实行"均楚国之爵而平其禄","厉甲兵"以争天下等重大改革。屈公极力反对,并陈明利害,致使吴起"惕然",问:"尚可更乎?"屈公曰"不可",谓"成刑(形)之徒,不可更已。子不如敦处而笃行之"。先秦至汉代已有这样的作品:作者对历史上的某位政要及其政迹甚为反感,但不直接予以评判,而借时人之口予以抨击,那位时人无论史书上有无其名,都属虚拟。本篇屈宜臼就是被作者用来抨击吴起在楚国进行政治改革的虚拟人物。这位屈公既然在吴起改革之前就已预见到"行之不利","逆德"必将祸人而终将祸己,又为什么煞有介事地告吴起"不可"变更,只能"笃行"呢?说穿了就是吴起的改革已成为历史,作者无法改变它,虚拟的屈宜臼自然也无法改变它,结果只能写成这样。如此人为造作,当然只能是小说。

卷十七《杂言》第八、九、十等三章有大致相同的主题和相似的情节,连带关系显而易见。第八章,惠子欲往梁为相,渡河而落水,被船夫救起。船夫揶揄他:"子居船楫之间而困,无我,则子死矣。子何能相梁?"惠子曰:"子居艘楫之间,则吾不如子。至于安国家,全社稷,子之比我,蒙蒙如未视之狗耳。"第九章,西闾过东说诸侯,"中流而溺",被船人救起后,同样遭到船人的揶揄。西闾过曰:"无以子之能相伤为也。子独不闻和氏之璧乎?价重千金,而以之间纺,曾不如瓦砖。随侯之珠,国之宝也,然用之弹,曾不如泥丸。骐骥骒骍,倚衡负轭而趋,一日千里,此至疾也,然使捕鼠,曾不如百钱之狸。干将镆铘,拂钟不铮,试物不知,扬刃离金,斩羽契铁斧,此至利也,然以之补履,曾不如两钱之锥。今子持楫乘扁舟,处广水之中,当阳侯之波,而临渊流,适子所能耳。若试与子说诸侯王,见一国之主,子之蒙蒙,无异夫未视狗耳。"两章皆似虚拟之文。如果说对前者的虚构性还不能提出有力的证明,姑且视为史事或传说,那么,后者则分明是对前者的仿拟,连末句文字也不差。其借和氏之璧、随侯之珠等物为喻,为读书人的蓄意造作则更显见。东方朔"答骠骑难"之佚文剩有如下两句:"干将莫邪,天下之利剑也,水断鸿雁,陆断马牛,将以补履,曾不如一钱之锥。骐骥、绿耳、蜚鸿、骅骝,天下良马也,将以捕鼠于深宫之中,曾不如跛猫。"①第九章"骐骥"二句显然是由东方朔文变改而成。作者无疑是见过东方朔此文的汉代读书人,作品自然也就是有意虚拟、仿改之小说。第十章,人物换成秦之甘戊(茂),"使齐",不能自渡大河,船人问他:"君不能自渡,能为王者之说乎?"甘戊谓"物各有短长",亦举骐骥绿耳捕鼠不如狸、干将治木"不如斧斤"为例。这说明它也产生在东方朔之后,不是先秦传说,是读书人又一照猫画虎的仿改之作,亦是有意虚构的小说。

同卷第二十三章云:

> 孔子观于吕梁,悬水四十仞。环流九十里,鱼鳖不能过,鼋鼍不敢居。有一丈夫方将涉之。孔子使人并崖而止之曰:"此悬水四十仞……意者难可济也。"丈夫不以错意,遂渡而出。孔子问:"子巧乎?且有道术乎?所以能入而出者何也?"丈夫对曰:"始吾入,先以忠信;吾之出也,又从以忠信。忠信错我躯于波流,而吾不敢用私。吾所以能入而复出也。"孔子谓弟子曰:"水而尚可以忠信,义久而身亲之,况于人乎?"

这是从《庄子·达生》"孔子观于吕梁"章翻出来的。《庄子》此章前半与《说苑》大同,后半,即丈夫答孔子问"蹈水有道乎"之后又大不同。丈夫对曰:

> "亡,吾无道。吾始乎故,长乎性,成乎命。与齐俱入,与汨偕出。从水之道,而不为私焉。此吾所以蹈之也。"孔子曰:"何谓始乎故,长乎性,成乎命?"曰:"吾生于陵而安于陵,故也。长于水而安于水,性也。不知吾所以然而然,命也。"

真是绝妙的对比。同一场景同一人物回答同样的问题,言语却如此不同。

---

① 欧阳询:《艺文类聚》卷九十三,上海古籍出版社1999年版,第1615页。

道家借以宣扬自然之道,儒家又将它改作宣扬忠信。两篇都是显见虚拟的寓意小说。尤其是《说苑》,改丈夫之言为"先以忠信""从以忠信",极为造作,蓄意改写一望可知。《列子》将两者分别收入《黄帝》与《说符》,也是其多为伪书而杂收的一个明证。

卷十八《辨物》第二十三章云:晋平公出猎,"见乳虎伏而不动",以为是见霸主而伏。师旷曰:"豹食驳,驳食虎。夫驳之状有似驳马,今者君之出,必骖驳马而出畋乎?"公曰:"然。"师旷曰:"臣闻之,一自诬者穷,再自诬者辱,三自诬者死",谓平公的虎伏之言是"一自诬"。平公他日出朝,有鸟环绕不去,平公以为是凤为霸主而"下之",师旷说他是"再自诬"。平公不悦。"异日,置酒虒祁之台",令人"布蒺藜于阶上",让师旷解履上堂,结果"刺足,伏刺膝,仰天而叹"。师旷曰:"夫肉自生虫,而还自食也;木自生蠹,而还自刻也;人自兴妖,而还自贼也。五鼎之具,不当生藜藿;人主堂庙,不当生蒺藜。"谓"君将死矣",并期以"来月八日"。至期,平公果死,"乃知师旷神明矣!"本章所写三事,均颇荒诞,历史上自不会有,无疑属于虚拟。《管子·小问》记一传说:"桓公乘马,虎望见之而伏",桓公向管仲问其缘故。管仲对曰:"意者君乘驳马而洀(盘)桓,迎日而驰乎?"桓公曰:"然。"管仲曰:"此驳象也。驳食虎豹,故虎疑焉。"①这传说只展现一种荒诞物象,如《山海经》之某些物象一样。《说苑》此章,则是对《管子》所记传说的运用和发展,成为平公"自诬"的意象道具,即将传说用之于新的表意,从而成为自觉的虚拟。下面又将"自诬"之事扩展为三,委曲婉转,达到题意的充分显示。其为自觉虚拟之作更为显见。《淮南子·说林训》有"山生金反自刻,木生蠹反自食,人生事反自贼"等俗语。本章是运用了已有的传说和俗语,将其发展为平公"自诬"、师旷神明的多种意象,构成一篇自觉虚拟的表意小说。

同卷第二十七章云"孔子晨立于堂,闻哭者声音甚悲",乃"援琴而鼓之,其音同也"。颜回发出"吒"声。孔子问他"为何而吒",颜回曰:哭者"其音甚悲,非独哭死,又哭生离者"。孔子问"何以知之",颜回谓似完山

---

① 《管子》,《百子全书》,第 1376—1377 页。

之鸟:"完山之鸟生四子,羽翼已成,乃离四海,哀鸣送之,为是往而不复返也。"孔子使人问哭者。哭者曰:"父死家贫,卖子以葬父,将与其别也。"孔子曰:"善哉,圣人也!"这是一篇读书人故弄玄虚美化颜回的虚构之作。人为生离而哭,其声不可能像鸟的分别而鸣叫,何况哭者兼生离与死别乎?完山之鸟与别处之鸟又有何不同?此皆故弄玄虚之笔,均属虚构,且有意为之。当非实事,而是小说。至于孔子将善于识音的颜回叹为"圣人",就更是胡乱编造之词,也是其为小说的一个证明。

卷二十《反质》第五章云:

> 卫有五丈夫,俱负缶而入井,灌韭,终日一区。邓析过,下车而教之曰:"为机,重其后,轻其前,命曰桥。终日溉韭百区,不倦。"五丈夫曰:"吾师言曰:'有机知之巧,必有机知之败。'我非不知也,不欲为也。子其往矣,我一心溉之,不知改已。"邓析去,行数十里,颜色不悦怿,自病。弟子曰:"是何人也?而恨我君,请为君杀之。"邓析曰:"释之。是所谓真人者也,可令守国。"

本章仿拟《庄子·天地》所写汉阴丈人故事。改楚为卫,改丈人为五丈夫,改子贡为邓析,除将原文大为精简,主要内容几乎没有变化。《庄子》原文,人物大发哲理议论,篇幅很长。本文则深得故事要领,只用五分之一的文字,就将《庄子》其文的生动意象和人物精神明白地传达出来,堪称上古仿改小说的简捷之作,但无《庄子》的原创性,故而失色。

《说苑》还有少许佚文,其中显为蓄意造作者是"晋灵公骄奢"章(见向宗鲁《说苑校证》所附《佚文辑补》)。晋灵公"造九重之台","费用千亿"而"不成",谓左右曰:"敢有谏者死。"孙息求见,为之"累十二博棋,加九鸡子于其上",使灵公连呼"危哉"。孙息因言筑台造成的晋国危局更甚于此,灵公"即坏九层之台"。孙息即荀息(如孙卿之为荀卿),《左传》记他于僖公九年(前651)即晋献公亡故之年死于公子卓之难,至晋灵公时(前620—前607),自不会有孙息之谏。注家由于将此等事视为史实,便猜恻"晋有二荀息";倘将孙息为灵公所作的"累卵之危"视为虚造,便不存在人物时代是否相符的挂碍了。"以棋子置其下,而加九鸡子于其上",可以写成文字,却无法付诸实施,所以也是荒诞意象。作者是将出自想象的奇特场景形诸笔墨,写成这篇寓意小说。

结　　语

《新序》与《说苑》中的小说远不止这些,其中有很大一部分与《晏子春秋》《墨子》《荀子》《韩非子》《吕氏春秋》《韩诗外传》等书的篇章互相重复或基本重复,内容与文字大同小异,笔者在对上列诸书的考察中已有辨析,此不复赘。限于资料,也限于个人的识见和视野,还有一部分篇章难于确定虚实以及虚拟是否自觉。但凭作出考辨的这些小说,我们也可得出结论:两书的部分篇章属于早期小说作品,不能笼而统之地谓为史实与传说。

这些小说的原作者已不可考。刘向所作的加工和程度不同的创造,却不能忽视。《汉书艺文志》儒家类列"刘向所序六十七篇",班固自注:"《新序》《说苑》《世说》《列女传颂图》也。"下面又列"扬雄所序三十八篇",注为"《太玄》十九,《法言》十三,《乐》四,《箴》二。"[1]这种"所序"之书在《汉志》所列大量书目中很是特别,可谓无独有偶。大约比于扬雄之著《太玄》等书,《隋志》以下的书目文献便将《新序》《说苑》《列女传》注为"刘向撰"。近代学者则特别强调刘向对《新序》等作只是校编,并非作者。这就两书的总体而言当不为错,"序"本就有"编次"之意。但班固是删刘歆所作《七略》而为《汉志》,"所序"云云,很可能是刘歆用语。而同是刘向校编的《晏子春秋》《战国策》《荀子》《管子》之类,并未列入"所序"之列。这说明,在刘歆或班固看来,刘向对《新序》等书所做的工作与其对《晏子春秋》等只作校编是有显著区别的。这里的"所序",既有别于"所撰",也不同于"所校",是介乎两者之间的含混用语,表明有刘向的撰著成分,故又类乎扬雄之著。这不仅能从书中的说教文字可以看出,还如有的学者所说,刘向对某些人格的塑造是"通过想象的方法","使他固锁

---

[1] 《汉书艺文志》,第24—25页。

于心的时代郁闷从虚构的历史渠道宣泄而出,强化了创作的个性力量"①。当然,刘向为两书所尽的撰著之力只限于某些局部成分,与扬雄之撰《太玄》《法言》远不可以同日语。

(原载《文艺研究》2008 年第 4 期)

---

① 许结:《汉代文学思想史》,南京大学出版社 1990 年版,第 188 页。

《列女传》之小说考辨

汉代是儒家思想在全国取得统治地位的时代，也是三纲五常、三从四德等道德伦理观念最后确立和定型的时代。由刘向编撰的《列女传》就是这一时代的产物。刘向是汉室宗亲——汉高祖刘邦同父异母弟楚元王刘交的玄孙，元帝时因与阉党、外戚不懈斗争，被罢黜官职以至"入狱"；成帝时"乃复进用"，迁光禄大夫，被诏"领校中五经秘书"①。他在广校皇家"中书"之余，从经史典籍和诸子杂说中选取妇女的突出事例，"种类相从为七篇，以著祸福荣辱之效，是非得失之分"②。这便是历代传诵的《列女传》，宋以后又称《古列女传》。是书记事七篇，颂一篇，故被《汉书》谓为"八篇"。《隋志》析前七篇各为二卷，作十五卷，曹大家注。宋时两本并存。而今所见多为八卷（偶有七卷者），前七卷是刘向编撰，每卷一类，分母仪、贤明、仁智、节义、贞顺、辩通、孽嬖七类，卷十五章，唯首卷《母仪》仅十四章，显有佚缺；第八卷为后人所作《续列女传》，计二十章，无汉以后事，当为后汉人所续。本文只考察前七卷。

《列女传》向被视为史书，列在史目，而一百余章合于史料者不足半数（以《孽嬖》为多），也有几章出自上古传说。刘知幾谓其"广陈虚事，多构伪词"③，是不错的。纵观其文，于史无据又明显悖理者有之；虽有史据

---

① 《汉书》卷三十六《楚元王传》，第1949—1950页。
② 徐坚等编：《初学记》卷二十五注引刘向《别录》。
③ 刘知幾：《史通》卷十八，辽宁教育出版社1997年版，第148页。

却肆意变改或虚增者有之;今文学家对《诗经》某些篇什的臆度也被作者付诸想象,构成完整的叙事作品;仿改别文照猫画虎之作也时有所见。凡此种种,都是蓄意造作之笔,不属史传,也不是寓言与传说,应是自觉虚拟的小说。本文拟对这些作品加以考察,力求辨明其虚拟状况和文体品格。以前在对《晏子春秋》《韩诗外传》《新序》等多部子书的考察中,已辨明与《列女传》相重的《齐相御妻》《齐伤槐女》《阿谷处女》《鲁漆室女》《齐钟离春》等五篇为小说作品,此不复赘。

《列女传》有多种版本。笔者考察与引文采用以下几种:辽宁教育出版社1998年出版的刘晓东先生校本、《笔记小说大观》本和《文渊阁四库全书》本,并参考元和顾氏小读书堆于嘉庆二年(1797)刊印的顾广圻补正本和福建萧氏于光绪三十四年(1908)刊印的萧道管集注本。

一 于史无据的悖理之作

《阿谷处女》《齐钟离春》都是极端悖理之作。前者写仲尼指使弟子调戏妇女,后者写齐宣王纳四十而"衒嫁不售"的"极丑"之女为"正后",均类乎荒诞小说。《列女传》中另有些作品虽非如此荒诞,却也明显悖理,且查无史据。《辩通传》的《齐宿瘤女》《齐孤竹女》《楚处庄侄》和《仁智传》的《鲁臧孙母》都是令人瞩目之例,《母仪传》的《邹孟轲母》《鲁之母师》和《辩通传》的《齐威虞姬》亦属此类。

《齐宿瘤女》写貌丑德高之女,被齐湣王拔为王后,与《齐钟离春》大同小异。"项有大瘤"的"东郭采桑之女"被湣王看中,原因有三:一是湣王出游东郭,"百姓尽观,宿瘤采桑如故";二是湣王惜其"宿瘤",而女却说"婢妾之职,属之不二","宿瘤何伤?"三是湣王"命后车载之",女不从,必受父母之命,备礼之聘。湣王乃以为贤,"使使者以金百镒往聘迎之"。这样三点就使湣王聘娶"项有大瘤"的采桑女,岂不可怪?作品又强调她不肯"变容更服","如故随使者"去,加上宿瘤,令宫中"诸夫人皆掩口而笑,左右失貌,不能自止",使王"大惭",谓"不饰耳",又谓"饰与不饰,固相去千百也"。如此看重外貌和修饰的湣王怎会聘娶大瘤之女?前后抵悟显而易见。宿瘤女曰:"夫饰与不饰,相去千万尚不足言,何独千百也?"王问其故,对曰:"昔者尧舜桀纣,俱天子也。尧舜自饰以仁义,虽为天子,安于节俭,茅茨不剪,采椽不斫,后宫衣不重采,食不重味,至今数千岁,天下归善焉。桀纣不自饰以仁义,习为苛文,造为高台深池,后宫蹈绮縠弄珠玉,意非有餍时也,身死国亡,为天下笑,至今千余岁,天下归恶焉。"于是"湣王大感",即立瘤女为后。其实,瘤女之言无非称颂尧舜,斥责桀纣,此亦人人得而言之,何足为奇? 在诸侯割据的东周,国君立后乃政治联姻,多选异国君主之女或其姊妹,以联姻强化国与国的关系。《田齐世家》载,湣王"四年,迎妇于秦"就是这种联姻的一部分。其次则选卿大夫之女,以强固某种特殊的君臣关系,岂有立寻常百姓之丑女为王后者? 瘤女此番言语,将称颂尧舜、斥责桀纣同女子"饰"与"不饰"联结起来,则属甚为奇巧的转轨,大约只有富于联想的读书作文之士才想得出。下写湣王效法尧舜,"出令卑宫室,填池泽,损膳减乐,后宫不得重采。期月之间,化行邻国,诸侯朝之",这更是为凸显瘤女之贤而大力粉饰湣王的虚造之笔。湣王是骄妄之君,当政共十八年,前继威、宣二王之治,又有孟尝君田文为佐,国势尚强。后田文见疑而退,湣王受秦怂恿,妄自称帝,又滥杀无辜①,遂被燕之乐毅将五国之兵伐取七十余城,身死名裂。本传将此等败亡之君美化为"克己复礼"的正面形象,大肆虚拟,构成的作品自然不是史传,而是小说。这类国王娶贤德丑女之作多是按黄帝以嫫母为妃的传说模式构想的,虽属仿拟,却也各有新异的想象和创造。

　　《齐孤竹女》中的女主人公与钟离春一样,也是"三逐于乡,五逐于里,过时无所容"的"甚丑"之女,居然趁"齐相妇死"之机,上门与齐襄王谈了三日。首日,谓王为栋,而相为柱,"柱不正则栋不安","国家安与不安在乎相";第二日,谓国相为"比目之鱼",须"朋其左右,贤其妻子";第三日,谓襄王之相"中才也",而目前无"过之者",比照"燕用郭隗而得乐毅"之法,亦可"推一而用之"。襄王称"善",一面"尊相",一面将此丑女

---

① 《战国策》卷十三《齐六》记云:"齐负郭之民有孤狐咺者,正议湣王,斲之檀衢,百姓不附。齐孙室子陈举直言,杀之东闾,宗族离心。司马穰苴为政者也,杀之,大臣不亲。"

妻其国相,"齐国以治"。一望可知,这是不可能存在的悖理之事。首先,丑女无端得见国王,攀谈三日,就甚荒诞。其次,国王并未轻视国相,丑女何来游说？其目的自然是趁"齐相妇死"而自售,在那极重媒妁的封建时代,绝无如此攀高自售的丑女。再者,丑女所言都是尽人皆知的老生常谈,不可能得到国王的赏识,国王更不会自作主张将丑女配给国相。否则,那位"中才"的国相面对如此荒唐的君主,岂不厌之恨之,何来"齐国以治"？文中没说国相为谁,而据《战国策·齐六》所载,"襄王立,田单相之"。终襄王之世,未见有他相。而史书对田单之记,与本传大相径庭。他不是什么"中才",而是在齐湣王败亡覆国之后凭借即墨小城出奇兵大败入侵燕军,复齐"七十余城","迎襄王于莒",从而被封为安平君的再造齐国的大功臣和大英雄①。此后,"田单将齐国之良,以兵横行于中十四年"②。从这方面看,本章所写的齐相也是地道的虚构。孤逐女曰:"楚用虞丘子而得孙叔敖,燕用郭隗而得乐毅。""齐桓公尊九九之人,而有道之士归之；越王敬螳螂之怒,而勇士死之；叶公好龙,而龙为暴下。"偌多史迹、典故,绝非孤女所能掌握,分明是饱学之士的蓄意造作。无论从哪方面说,本传都是虚拟的小说。

《楚处庄侄》写楚顷襄王时一个外地县令十二岁之女不顾父母劝阻拦驾进谏,被襄王纳为夫人事。她陈述拦驾而谏的理由是:"王好淫乐,出入不时。春秋既盛,不立太子。今秦又使人重赂左右,以惑我王使游五百里外,以观其势。王已出,奸臣必倚敌国而发谋,王必不得反国。"这哪里是外县孩子能够了解和思虑的问题,便是老成谋国的卿大夫也未必看得这样透彻,实际是将后来史家对襄王和楚国形势的见解融入一个孩子之口,纯属虚造。庄侄"以缇竿为帜"拦住王驾之后,又不直抒己见,而先对以隐语:"大鱼失水,有龙无尾。墙欲内崩,而王不视。"王曰"不知",庄侄才作解释:"大鱼失水者,王离国五百里也。乐之于前,不思祸之起于后也。有龙无尾者,年既四十,无太子也。国无强辅,必且殆也。墙欲内崩

---

① 《史记》卷八十二《田单列传》,第2455页。
② 《战国策》卷十九《赵策二·秦攻赵》,第648页。

而王不视者,祸乱且成,而王不改也。""王必遂往,国非王之国也。"这类隐语之谏,一般大夫也绝少使用,多是好事者为了文字的生动才煞费苦心构想出来,也是有意虚拟的证明。庄侄又为襄王所遭"三难"列出原因,是为"五患":"宫室相望,城郭阔达,一患也;宫垣衣绣,民人无褐,二患也;奢侈无度,国且虚竭,三患也;百姓饥饿,马有余秣,四患也;邪臣在侧,贤者不达,五患也。"这又是一派卿大夫口气,且是《说苑》写晋大夫谏晋平公好乐所用之语①,已成套语。一直不知其所谓的襄王却大悟称善,"命后车载之,立还反国",而"门已闭,反者已定。王乃发鄢郢之师以击之,仅能胜之。乃立侄为夫人,位在郑子袖之右,为王陈节俭爱民之事,楚国以强"。且不说郑袖乃怀王之姬,父冠子戴,也不说怀、襄两王统治的楚国江河日下,不闻有"节俭爱民"而强之时,只说其时楚国并未发生过文中所写的佞臣造反、楚王调兵弹压之事,就足证本传是凭空虚造的小说作品。

再看《鲁臧孙母》,写春秋前期著名鲁大夫臧文仲之母。文仲将为鲁使齐,其母便说他在鲁得罪不少朝臣,而齐鲁是"壁邻之国",鲁之宠臣"皆通于齐高子、国子,是必使齐图鲁而拘汝留之",要他"施布恩惠而后出以求助焉"。文仲于是"托于三家,厚士大夫而后之齐"。结果不出其母所料,"齐果拘之,而兴兵袭鲁"。文仲"阴使人"寄鲁公书,怕被齐军劫去,书中全用隐语:"敛小器,投诸台。食猎犬,组羊裘。琴之合,甚思之。臧我羊,羊有母。食我以同鱼,冠缨不足带有余。"鲁公与众大夫"相与议之",均莫能解。而其母一见此信,泪下沾襟曰:"吾子有木治矣!"随即解开全部隐语:"'敛小器,投诸台'者,言取郭外萌(氓)内之于城中也。'食猎犬,组羊裘'者,言趣飨战斗之士,而缮甲兵也。'琴之合,甚思之'者,言思妻也。'臧我羊,羊有母',是盖告妻善养母也。'食我以同鱼',同者其文错,错者所以治锯,锯者所以治木也。是有木治系于狱矣。'冠缨不足带有余'者,头乱不得梳,饥不得食也。故而知吾子拘,有木治矣。"鲁

---

① 《说苑》卷九《正谏》记苔犯谏晋平公:"一也,遍游赭尽而峻城阙;二也,柱梁衣绣,士民无褐;三也,侏儒有余酒而死士渴;四也,民有饥色而马有粟秩;五也,近臣不敢谏,远臣不得达。"鲁

乃以臧母之言"军于境上"。齐正遣兵将袭鲁,闻鲁兵已在境上,"乃还文仲而不伐鲁"。《春秋》对鲁国记述较多,以至臧孙辰(即臧文仲)的卒年月日都被这极为简略的编年史大书一笔①。而本章内容在详解《春秋》的"三传"中却没有留下任何痕迹。据《左传》记载,臧文仲主政的数十年中,仅出使过一次齐国,即鲁庄公二十八年(前666)因鲁国闹饥荒而"告籴于齐"。《国语》说他携玉而往,"齐人归其玉而与之籴"②,根本没有难为他。倘有齐国囚禁鲁使并将偷袭鲁国之事,《春秋》《左传》不会不载。可见其事于史无据。再看臧母,其开头对形势的推测就很玄虚,后解文仲信中隐语,神乎其神,以至被她解过之后,读者仍有莫名之感,对"同鱼"解释的委曲婉转尤难服人。又者,六条隐语中只有前两条是军事秘密,其余无须隐晦,何妨直言。其实,全文就是读书人玩的文字游戏,是为这种游戏编排的曲折故事,应被视为存心虚造的小说。

《邹孟轲母》写了四件事,有三件悖理。第一件谓孟母为孟轲的健康成长三次搬家。最初"其舍近墓",孟母发现幼年的孟轲"嬉游为墓间之事,踊跃筑埋",于是"去之",舍于市旁;后又发现孟轲"嬉戏为贾人炫卖之事",便又搬家,"舍学宫之旁";直到孟轲的嬉戏"设俎豆揖让进退",才定居下来,使孟轲"卒成大儒之名"。而就居住习惯而言,即便家在乡村,居舍一般都远离墓地。近墓者除为父母"庐墓"的孝子,就只有为人守墓的穷苦人,至少是生活艰难无力购置房产者。此等人家从"近墓"移居"市旁",谈何容易,岂是说移就移的?一移再移,更不可想象。前后家境之矛盾显而易见。"其舍近墓"云云,乃作者为张大孟母教子之功的虚设之词。这里还涉及孟父是否早卒问题。本传虽未写明孟子自幼丧父,但从幼年三迁到青年娶妇,皆由其母决定与教诲,读者自然会得出"幼孤"的结论。陈镐《阙里志》遂谓孟子三岁丧父。③而《孟子》有鲁平公嬖人臧仓谮孟子"后丧逾前丧"之语。赵岐注:"前丧父约,后丧母奢。"乐正子

---

① 《春秋左传正义》卷十九,《十三经注疏》,第1848页。
② 《国语》卷四《鲁语上》,第53页。
③ 孟广均、陈锦:《三迁志》卷二,清光绪十三年(1887)山东书局刊本。

遂向平公辩曰:"所谓逾者,前以士,后以大夫;前以三鼎,而后以五鼎与?"①此等谱与辩充分说明孟父之卒在孟子为士之后,即狄子奇之谓"孟子成立之时"②。如此,则孟母岂得随意迁徙?其为虚造亦不言而喻。第二件,孟子"既学而归",其母"方绩",问其"学何所至矣",孟子曰:"自若也。"孟母乃以刀断织,谓"子之废学,若吾断斯织也"。此即后世《三字经》所书"子不学,断机杼"也。其前的《韩诗外传》(卷九)亦载此事:

> 孟子少时诵,其母方织。孟辍然中止,乃复进。其母知其諠也,呼而问之曰:"何为中止?"对曰:"有所失,复得。"其母以刀裂其织,以此戒之。自是之后不复諠矣。

"諠"者,忘也。孟轲诵书一时忘记而中断,孟母就割断所织喻而诫之,未免过于悖理。如崔述所论:"且诵且思岂无中止之时?"③这可能就是本传将孟轲忘而中止改为"废学"的缘故。这种改写虽较近情,却更露出原本不实、随意变改的小说马脚。此事之末,言孟子"师事子思",已有多位前儒指出其谬,此不复赘。第三件,孟子娶妇后,一次"将入私室,其妇袒而在内,孟子不悦,遂去而不入"。其妇辞孟母而求去,曰:"妾闻夫妇之道,私室不与焉。今者妾堕在室,而夫子见妾,勃然不悦,是客妾也。妇人之义,盖不客宿,请归父母。"孟母乃召孟子而责之:"夫礼,将入门,问孰存,所以致敬也。将上堂,声必扬,将以戒人也。将入户,视必下,恐见人过也。今子不察于礼,而责礼于人,不亦远乎?"孟子遂留其妇。这首先把大儒孟子写成不懂"夫妇之道,私室不与"的书呆子,待妇如客,反不如其妇懂事知礼。随后孟母对孟轲的责难也甚违情理。《礼》经所谓"将入门""将上堂""将入户"云云④,都是指宾朋入主家之礼。故《礼记大全》曰:"上堂,升主人之堂也。""入户,入主人之户也。"⑤将宾朋之礼用于夫妇之

---

① 《孟子》卷二《梁惠王章句下》,第 20 页。
② 狄子奇:《孟子编年》卷一,清道光十年(1830)安雅斋刊本。
③ 崔述:《孟子事实录》卷上,清光绪元年(1875)上湘龟山别墅刊本。
④ 《礼记》只有"将上堂,声必扬""将入户,视必下"。《仪礼》乃有"将入门,问孰存。将上堂,声必扬。将入户,视必下"。
⑤ 胡广等:《礼记大全》卷一,《文渊阁四库全书》,第 122 册,第 16 页。

"私室",岂不荒谬? 此段或出《韩诗外传》(卷九),两者主要不同在易"踞"为"袒",妇在私室只"踞"就被孟子要求出妻,更为悖理。改"袒"似乎强化了孟妇之过,其实没有质的差异,既在"私室",偶"袒"亦所不免,改动本身倒更显出原非实事,故可随意而造的虚拟面目。它应是为宣示《礼》经教条有意虚造的寓意小说。崔述早就中肯地指出:妻子"非有大过,岂得辄去? '声扬'、'视下'亦谓朋友宾客间耳,房帏之内安得事事责之? 此盖后人之所附会,必非孟子之事"①。又者,《荀子》有"孟子恶败而出妻,可谓能自强矣"之语,杨倞注云:"孟子恶其败德而出其妻,可谓能自强于修身也。"②然在《列女传》后,各书"皆称孟子欲去妻而不果,与《列女传》无异",而"荀去孟之世未远,其言然邪否邪?"③本传此节或因孟子出妻之事变化而出亦未可知。无论何者,其为悖理的虚造之文毋庸置疑。第四件,孟子"道不用于齐",欲远行而忧母老。孟母问明后,大讲妇女"三从之道":"年少则从乎父母,出嫁则从乎夫,夫死则从乎子,礼也。今子成人也,而我老矣。子行乎子义,吾行乎吾礼。"这里所用的有关妇女"三从"一语在三《礼》经书中是没有的。《礼记》只有"三从"的内容:"幼从父兄,嫁从夫,夫死从子。"④而《史记·儒林传》曰:"礼固自孔子时,而其经不具,及至秦焚书,散亡益多。于今只有《士礼》。"而后治《礼》者大兴,至十三家,"三从"一语及三从之说才广为流播。先秦典籍直至《吕氏春秋》均未见用。可知其说自汉中后期才得以流行。而孟母大讲"三从之道",自是汉人的虚拟之笔,特为宣扬"三从"之义尤其是"夫死从子"而虚设的。虽则合情入理,用语却与时代相违。如此看来,四段都是故意虚造的孟母故事,它显然融入某些有关孟母的传说,同时又以主题的需要对传说作了增补与改造,造成一篇篇幅较长的早期小说作品。研究者说:"尽管这样的母亲形象是脱离现实的、歪曲的形象,但自《列女

---

① 崔述:《孟子事实录》卷上。
② 《荀子》卷十五《解弊篇》,《诸子集成》第 2 册,第 268 页。
③ 陈士元:《孟子杂记》卷一,清光绪十七年(1891)湖北三余草堂刊本。
④ 《礼记正义》卷二十六《郊特牲》,《十三经注疏》,第 1456 页。

传》成书以来,历经几千年岁月,至今仍在发挥着强大的影响力。"①实际上,这种形象就是早期小说的人物形象,其"强大的影响力"也正是某些早期小说价值和作用的社会体现。

与此相关的是《鲁之母师》。九子之寡母腊日欲回娘家,"悉召诸子"告曰:"妇人之义,非有大故,不出夫家。然吾父母家多幼稚,岁时礼不理,吾从汝谒往监之。"诸子皆顿首许诺。寡母又召诸妇,曰:"妇人有三从之义,而无专制之行,少系于父母,长系于夫,老系于子。今诸子许我归视私家,虽逾正礼,顾与少子俱,以备妇人出入之制。诸妇宜慎房户之守,吾夕而反。"回来时,"天阴,还失早,至闾外而止",至夕始入。被鲁大夫"望见",使人问其缘由。母对曰:妾"与诸妇孺子期夕而反",早归恐见其"酺醵醉饱","故止闾外,期尽而入"。大夫"言于穆公,赐母尊号曰'母师'"。寡母按礼行事可以理解,将"从子"写成事事都要儿子同意,就显得滑稽可笑,且与孝道相抵牾。寡母腊日回家看看,当日即回,还要经过九子同意,岂可思议?强调回娘家是"吾从汝(诸子)"尤为可怪。寡母按礼行事,不需处处讲礼。什么"妇人之义,非有大故,不出夫家","妇人有三从之义,而无专制之行",正常人怎么会在行动之前发这等议论?而"三从"之语已如前述,《礼》经所无,至汉才渐行于世,鲁穆公时的"母师"也不会讲。后面归来的造作、大夫"望见"的巧合姑且不论,只前面言词的悖理和不合于时就足以说明本传所写人事之虚,是为大力宣扬寡母"从子"的虚构之笔,当非史传,而是小说。

《齐威虞姬》写齐威王姬的一件冤案。"威王即位,九年不治,委政大臣。佞臣周破胡专权擅势,嫉贤妒能。即墨大夫贤而日毁之,阿大夫不肖反日誉之。"虞姬谏王退破胡,用"贤明有道"的北郭先生。破胡乃恶虞姬,谓其"幼弱在于闾巷之时,尝与北郭先生通"。威王"疑之",遂"闭虞姬于九层之台",使有司"验问"。破胡重赂执事者,"诬其词而上之",威王视其词"不合于意,乃召虞姬而自问焉"。虞姬于是慷慨陈词,终使威

---

① [韩]宋贞和:《从神话中的处女到历史中的母亲》,《东亚女性的起源》,人民文学出版社2005年版,第73页。

王"大寤","封即墨大夫以万户,烹阿大夫与周破胡,遂起兵收故侵地。齐国震惧,人知烹阿大夫,不敢饰非,务尽其职,齐国大治"。本传篇幅较长,也较委曲,似乎威王"九年不治"后的醒悟功在虞姬。而这不仅全无史据,情事发展也极不合理。虞姬不能干政,就不了解大臣的状况,何得骤贬周破胡而荐北郭先生?虞姬幼时是否曾与人私通,关系她为姬时是否处子。对此,威王自己最为清楚,周破胡怎敢诬其清白?威王又何须闭之于重台,使人"验问"。虞姬的长篇大论反倒大而无当,并不能证其清白。这一切都不可能在生活中发生,不过是作者虚应故事的造作而已。如果寻其来由,就是《史记·田敬仲完世家》如下之文:

> 威王初即位以来,不治,委政卿大夫,九年之间,诸侯并伐,国人不治。于是威王召即墨大夫……封之万家……烹阿大夫,及左右赏誉者皆烹之。遂起兵西击赵、卫……于是齐国震惧,人人不敢饰非,务尽其诚。齐国大治。

本传首尾即用此文,连一些词语也照搬不改,而将作者虚构的虞姬故事嵌入其中,从而将史传变成了小说。周破胡及其专权亦出自虚想。他在本传中的地位比治理一方的即墨大夫与阿大夫更高、更重要,如果烹了如此要人,《史记》绝不会不书其名,可见是出于作品的需要而临时构想的小说人物。这篇作品还启示我们,其产生肯定在《史记》行世之后,作者也有可能是距太史公生活年代并不太远的刘向。

二 增改史书的拟史之作

《列女传》中取材于历史人事的部分作品,并未按史书原貌来写,为了彰显某种思想观念,对原来的记述蓄意增益与变改,从而大大增加了虚构成分,甚或悖于历史,衍为小说,当是历史小说的前驱,不妨称之为拟史小说。

《贞顺传·息君夫人》云:

> 夫人者,息君之夫人也。楚伐息,破之,虏其君,使守门。将妻其

夫人而纳之于宫。楚王出游,夫人遂出见息君。谓之曰:"人生要一死而已,何至自苦?妾无须臾而忘君也。终不以身更二醮。生离于地上,岂如死归于地下哉?"乃作诗曰:"谷则异室,死则同穴。谓予不信,有如皦日。"息君止之,夫人不听,遂自杀。息君亦自杀,同日俱死。楚王贤其夫人守节有义,乃以诸侯之礼合而葬之。君子谓夫人说于行善,故序之于《诗》。

据《左传》载,息夫人即息妫,陈人,鲁庄十年(前684)为息侯夫人。四年后,楚文王"灭息,以息妫归,生堵敖及成王焉,未言。楚子问之,对曰:'吾一妇人,而事二夫,纵弗能死,其又奚言?'"①这就是历史上有名的息夫人故事。本传让这位被迫为楚文王生了两个儿子而始终无语的忍辱负重的女子誓不二醮,慷慨陈词,自杀殉节,从而将她提高到封建时代女性道德的最高境界,是明明白白地小说创作,以至将不相干的《诗经·王风·大车》之句随意安在息夫人身上,谓其所作。由此也可看到《列女传》的作者为了宣示、张扬某些观念是怎样大胆变改历史和虚构《诗经》作者的。

《贤明传·晋赵衰妻》写晋文公之女赵姬的贤明事迹。赵衰当年随文公出亡于狄,娶狄女叔隗,生赵盾。归晋后,文公又以女妻之,即赵姬,生原同、屏括、楼婴。赵姬请迎盾及其母,赵衰"辞而不敢"。赵姬曰:"不可。夫得宠而忘旧,舍义;好新而嫚故,无恩;与人勤于隘厄,富贵而不顾,无礼。君弃此三者,何以使人?虽妾亦无以侍执巾栉。"并两引《诗经·谷风》的诗句,加以发挥,说服赵衰。赵衰遂迎叔隗母子。后赵姬"以盾贤,请立为嫡子",使自己所生三子下之;又以叔隗为嫡妻,赵姬"亲下之"。上述情节基本同于左僖二十四年的记述,是历史的复述。而占了近一半篇幅的赵姬话语,《左传》中只有"得宠而忘旧,何以使人?必逆之"两句,其余全是作者猜度、生发和虚拟。虽其所言合于情理,引述弃妇诉怨的《谷风》的诗句也颇适切。但它是作者的想象之词、虚构之语,很像后来某些以历史真实情节为骨干,加入对话细节的历史小说。署"东海犹

---

① 《春秋左传正义》卷九,《十三经注疏》,第1771页。

龙子演义"的白话小说《古今列女传演义》亦有此篇,除将文言衍为文白夹杂的叙述语言,情节亦无明显的生发,而赵姬的话语只有原作的三分之二,所引《谷风》及相关议论均被删去,就其增添的虚构分量而言还不及《列女传》。本传实是虚实相间的拟史小说。

《贞顺传·齐杞梁妻》先写左襄二十三年(前550)所记齐国杞梁殖妻之事。齐庄公袭莒,"殖战而死"。庄公归,遇杞梁妻,使使吊之于路。杞梁妻曰:"今殖有罪,君何辱命焉?若令殖免于罪,则贱妾有先人之弊庐在,下妾不得与郊吊。"庄公"乃还车,诣其室,成礼然后去"。这些记述与《左传》相合,并无增删。但也仅止于此。下写"杞梁之妻无子,内外皆无五属之亲。既无所归,乃枕其夫之尸于城下而哭,内诚动人,道路过者莫不为之挥涕。十日而城为之崩",这不仅全无根据,也颇荒诞。杞梁是为伐莒而死之将,国君致吊,其尸运回怎么可能弃置城下?哭倒城墙更是怪事,都是作者对《左传》记述所作的虚幻性延展。所谓"无五属之亲",也是为其最后自杀预作准备。杞梁妻曰:"吾何归矣!夫妇人必有所倚者也,父在则倚父,夫在则倚夫,子在则倚子。"一无所倚,遂赴淄水而死。此处的"三倚",实际是《礼记》所记"从父兄""从夫""从子"之意的翻新。本传是将汉代人的言语装入春秋时期的妇人之口,出自虚拟自不待言。不过,有关杞梁妻悲剧的虚想结构,蕴有表现苦难妇女的艺术潜力。蔡邕的《琴操·芑梁妻叹》略有发展,让女主人公援琴而叹,曲终投水。后世的民间传说,孟姜女千里寻夫,哭倒长城,亦由此作生发、扩大①,融入新的时代背景,造成"长城遗址犹可没,姜女之名终不灭"②的不朽形象。

《节义传·楚昭越姬》表现越王勾践之女做楚昭王姬的"节义"事迹。昭王燕游云梦,"蔡姬在左,越姬在右"。游兴正浓之际,问二姬"乐乎?"蔡姬说,不仅"愿生俱乐",还愿"死同时"。昭王即命史官:"书之!蔡姬

---

① 释贯休《禅月集·杞梁妻》云:"秦之无道兮四海枯,筑长城兮遮北隅。筑人筑土一万里,杞梁贞妇啼呜呜。上无父兮中无夫,下无子兮孤复孤。一号城崩塞色苦,载(再)号杞梁骨出土。疲魂饥魄相逐归,陌上少年莫相污。"此诗显示,后世孟姜女寻夫故事,唐时已具轮廓,而女主人公仍称杞梁妻,可见两者的承递关系。

② 王世懋:《孟姜女词歌》,《陕西通志》卷九十五,清雍正十三年(1735)陕西省督署刊本。

许从孤死矣。"再问越姬,越姬却说如此之乐"不可久",昔日"先君庄王淫乐,三年不听政事,终而能改,卒霸天下",劝他学庄王"改斯乐而勤于政"。至于从君而死,则"不敢闻命"。昭王醒悟,"敬越姬之言而犹亲嬖蔡姬"。后"居二十五年,王救陈,越姬从"。王病于军中,"有赤云夹日如飞鸟"。王问周史,史曰:"是害王身。然可移,移于将相。"王曰:"将相之于孤,犹股肱也,今移祸焉,庸为去是身乎?"不听。越姬曰:"大哉,君王之德!以是妾愿从王矣","妾死王之义,不死王之好也"。遂自杀。昭王"病甚",分别让三个弟弟继其王位①,三人皆"不听"(实为左哀六年所记:子闾"五辞而后许")。王殁,蔡姬"竟不能死"。王弟子闾与子西、子期谋曰:"母信者其子必仁。"乃"伏师闭壁,迎越姬之子雄章立,是为惠王。然后罢兵归葬昭王"。这篇作品把越、蔡二姬是否从昭王而死之事写得波澜起伏,黑白分明,很有小说的布局和意味。更值得注意的是,作品虽用了《左传》哀公六年和《史记·楚世家》所记昭王"救陈"而败,病死军中及迎立惠王等史实,甚至连"赤云夹日而飞"的细节也照录不误,但这只是真的一面。另一方面,全篇又有多处明显的虚造和蓄意变改。特别是有关越姬的笔墨大多出自作者的想象与渲染。越姬既是勾践之女,勾践为王在鲁定公十四年(前496),即楚昭王二十年,其女即便在勾践元年为楚姬,至昭王之卒也只有七年,不可能与昭王"居二十五年"。这一差误并非偶然。昭王是比较通达情理的君主,其当政第十一年(前505)阖闾帅吴军入郢,逼其奔随藏匿,几灭其国,给了他极大的精神打击。如果说此前他还有可能(只是可能)迷醉于云梦之乐,此后他就不会有这样的心情。作品将其云梦之乐写在他为王二或三年,或许不无这样的考虑。而其时越还没有立国,勾践之父允常还没有为王,何来楚昭越姬"在右"?越姬以楚庄王"三年不听政事,终而能改"劝谏昭王,而此事最早记于《韩非子》,后有多家记述,但并非史实。据《左传》文公十四至十六年载,楚庄即位,即被内乱者挟之外踳,两年后又忙于处理饥荒,亲出平定叛乱,与"群蛮"订盟而"灭庸"。"三年不飞不鸣"不发政令只能是战国中后期酷

---

① 此指子西、子期、子闾。左哀六年杜预注"皆昭王兄",实即庶兄,非昭王弟。

好隐语之士的想象和虚构。本传以此为谏,亦足显出后人在沿用前人的造作,定非春秋后期的越姬之语。全文的重要关目是越姬之死。而昭王死后十年的左哀十六年记白公胜之乱,有"围公阳穴宫,负王如昭夫人之宫"等语,杜预注曰:"昭夫人,王母越女。"严杰断云:"据此不得云(越姬)死于昭王之前矣。"①《史记》写得更清楚:"惠王从者屈固负王亡走昭夫人之宫。"服虔注与杜注同义。② 越姬并未自杀于昭王将死之时由此可以定案。作品中与此相关的话语、细节均出自虚拟。下文写王殁之后,子闾称"母信者其子必仁",与《左传》《史记》所记也大不相同。左哀六年记云:

     子闾退(从"五辞而后许"退),曰:"君王舍其子而让,群臣敢忘君乎?从君之命,顺也;立君之子,亦顺也。二顺不可失也。"与子西、子期谋,潜师闭涂,逆越女之子章,立之而后还。

这才是惠王即位的真实情况。本传作者显然熟悉《左传》之记,有意变改子闾的话,以突出越姬为王而死的虚构情节。如此看来,越姬虽为实有,事迹却为虚拟,作者是将虚拟的越姬事迹纳入史书的相关记述,并将史书所记大为改造,造成这篇虚虚实实的小说作品。

《母仪传·鲁季敬姜》是《列女传》中最长的一篇,计约一千二百字。由六件有关敬姜的事组成。第一件,谓"敬姜者,莒女也,号戴己,鲁大夫公父穆伯之妻,文伯之母"。"穆伯先死,敬姜守养"。文伯交游者皆为"若事父兄"的"服役"之徒,于是"召而数之",以武王、周公、齐桓公"二圣一贤"谦恭下士成就大业的范例教训文伯,谓"其所与游者皆过己者也,是以日益而不自知也。今以子年之少而位之卑,所与游者皆为服役,子之不益,亦已明矣"。文伯谢罪,"于是乃择严师贤友而事之。所与游处者皆黄耄倪齿也。文伯引衽攘卷而亲馈之"。敬姜曰:"子成人矣。"君子谓敬姜"备于教化"。首先说明,敬姜并非莒女戴己,戴己是孟穆伯公孙敖之妻,文伯谷之母,见于左文七年(前620)。敬姜乃齐女,季孙氏穆

---

① 萧道管:《列女传集注》卷五,清光绪三十四年(1908)福建萧氏刊本。
② 《史记》卷四十《楚世家》,第1718、1719页。

伯公甫靖之妻,文伯歜之母。"公甫"之称首见于左昭二十五年(前517),前后时差一百多年,"以穆伯文伯相涉而致误"①。这类讹误虽非有意虚构所致,也说明本传并非事事依据史书。其训文伯之事之语真实与否就成为问题。下写文伯听了母亲教训,性情大变,"乃择严师贤友而事之",以至"引衽攘卷而亲馈之",也是作者凭空想象。《礼记》记文伯之丧,谓"朋友诸臣未有出涕者,而内人皆行哭失声",敬姜因而"据其床而不哭",认为他"必多旷于礼矣"②。《韩诗外传》(卷一)和《史记·平原君虞卿列传》对此写得更为具体。前者谓其"送仲尼不出鲁郊,赠之不与家珍";后者谓其"今死,而妇人为之自杀者二人"。虽未必尽实,其品格令敬姜失望是无疑的。《礼记》此前又写敬姜于"文伯之丧昼夜哭"③,这也是可信的。自己精心培育的儿子早逝,白发人送黑发人,总是特别伤心。但想到他"于长者薄而于妇人厚"④,又会"据其床而不哭"。故孔颖达《礼记正义》曰:"此不哭者谓暂时不哭。"即此也能表明,本传写他"择严师贤友"云云,乃是为宣扬敬姜的教子效果虚造之笔。第二件云:

> 文伯相鲁。敬姜谓之曰:"吾语汝。治国之要,尽在经矣。夫幅(或作"辐")者,所以正曲枉也,不可不强,故幅可以为将。画者所以均不均,服不服也,故画可以为正。物者所以治芜与莫也,故物可以为都大夫。持交而不失,出入不绝者,捆也,捆可以为大行人也。推而往,引而来者,综也,综可以为关内之师。主多少之数者,均也,均可以为内史。服重任,行远道,正直而固者,轴也,轴可以为相。舒而无穷者,摘也,摘可以为三公。"文伯再拜而受教。

这是敬姜用比喻教文伯为政如何用人之语,实际是读书人为她精心结撰的文字游戏,以各种物体的功能比喻不同的官职,无论恰当与否,敬姜都不可能用这类戏语教文伯。它充分表现了此文并不严肃的小说品格。本传后面依据《国语》写季康子登门向从祖母敬姜求教,敬姜曰:"自卿大夫

---

① 顾广圻:《列女传考证》,载顾广圻校《古列女传》,嘉庆二年(1767)顾氏小读书堆刊本。
②③ 《礼记正义》卷九《檀弓下》,《十三经注疏》,第1304页。
④ 《史记》卷七十六《平原君虞卿列传》,第2373页。

以下,合官职于外朝,合家事于内朝。寝门之内,妇人治其业焉。上下同之。夫外朝,子将业君之官职焉;内朝,子将庀季氏之政焉。皆非吾所敢言也。"此即后妃不干政之意,合于敬姜"博达知礼"的品格,而与前文在文伯"为相"之际大讲用人之道抵牾难合。从这方面看,上述隐曲之文也是作者的精心虚造。第三件写文伯退朝,见敬姜"方绩",乃曰:"以歜之家而主犹绩,惧于季孙之怒,其以歜为不能事主乎?"敬姜听后,一气讲了约四百字的长言,论述"民劳则思,思则善心生","君子劳心,小人劳力"之类的道理。此段取自《国语》,内容、文字几乎全同,自然不是作者的虚构。而春秋时期以竹帛记录文字,除朝堂上君臣的重要言谈而外,一般情况下的言谈记述大都比较简略,记数百字长言是不可能的。《国语》中敬姜对文伯的这段话应是后来的书写者大力发挥的产物,包含较大的虚构成分。第四件写文伯"饮南宫敬叔酒,以露堵父为客",露堵父因嫌鳖小而退席,敬姜为此斥逐文伯。第五件写文伯之丧,敬姜"恶其以好内闻",乃命其姬妾:"毋瘠色,毋挥涕,毋陷膺,毋忧容,有降服,毋加服,从礼而静,是昭吾子。"第六件即写季康子登门求教之事,已如上述。这三件《国语》记述基本相同,而篇幅短小,总计只有全篇的四分之一。作品总体乃是半实半虚的小说作品。全文四用仲尼的赞语,两用君子赞语,亦多为虚构。五处引用《诗》句作结,也是后来小说的惯常笔法。

《贤明传·楚庄樊姬》写由于樊姬的讽喻,楚令尹虞丘子荐孙叔敖事。庄王听朝晚归,樊姬问其由,王曰:"与贤者俱,不知饥倦。"而贤者为令尹虞丘子。樊姬笑谓虞氏"贤则贤矣,未忠也"。王问其故。樊姬说自己十一年荐姬妾多人,而"虞丘子相楚十余年,所荐非子弟则族昆弟,未闻进贤退不肖,是蔽君而塞贤路"。明日,王"以姬言告虞丘子,丘子避席,不知所对"。后使人"迎孙叔敖而进之,王以为令尹,治楚三年而庄王以霸"。故谓楚史书曰:"庄王之霸,樊姬之力也。"记述这一故事的,在本传之前还有《韩诗外传》(卷二)和《新序》(卷一)。内容大同而小异。《外传》虞丘子作沈令尹,"相楚十余年"作"相楚数年",《新序》则作"数十年"。此外,《吕氏春秋·赞能》与《说苑·至公》亦记虞丘子或沈尹茎荐孙叔敖事,乃贤者荐贤,与樊姬无关。前者谓尹茎与叔敖为友,让叔敖"归耕",自己为他"游扬"于庄王,庄王任尹茎为令尹,尹茎不就,力谏叔敖。后者写丘子"为令尹十年,国不加治",主动让贤,荐孙叔敖。后有虞家人干法,"孙叔敖执而戮之",丘子反喜,入贺于王,谓自己所荐得人,执法"不党"。对虞丘子(或沈尹茎)来说,以上五篇属两类记述,一贬一褒,互相抵牾,也互相否定。清代史学家沈钦韩云:"考楚国之法,自司马为令尹,未有一朝由布衣而跻令尹者,庄王以前皆公子及斗族为之,无虞丘子其人也。"①这一论断既否定了虞丘子的存在,也否定了孙叔敖起自布衣。那么,孙叔敖是怎么当上令尹的呢?且看《左传》对楚庄王时期令尹的记述。鲁宣四年即楚庄九年(前605)追记:"令尹子文死,斗般为令尹,子越为司马。芳贾为工正,谮子扬(即斗般)而杀之,子越为令尹,己为司马。子越又恶之,乃以若敖氏之族圄伯嬴(即芳贾)于轑阳而杀之,遂处烝野,将攻王。"是年七月,庄王与子越"战于皋浒","灭若敖氏"。若敖乃子文之祖父,姓斗氏,子扬即子文之子;子越为子文之侄,司马子良之子②。可见至庄王九年,令尹尚为斗氏家族,且由司马晋升,与沈论尽合。这里还要补充一点,楚国的令尹和司马,除依序升迁,还有局部世袭性。子扬和子越,各承其父职。至春秋之末,白公胜作乱,令尹子西、司马子期被杀害,叶公平乱有功。安定后,叶公则使子西之子宁"为令尹",使子期之子宽"为司马"③,亦各承父职。回头再看楚庄之时:九年灭令尹子越,下至十五年《左传》均无令尹之记,次年(前598)载"令尹芳艾猎城沂"。艾猎即孙叔敖,芳贾之子④,为令尹当在"城沂"之前。芳贾被子越杀时为司马,"灭若敖氏"的庄王应让艾猎承袭父职,故在六七年后便由司马升为令尹。此与沈钦韩所论之楚法恰好合榫。如此看来,孙叔敖为楚令尹是依楚国当时的官制正常升迁,并无谁的特别推荐。本传与相关的多种记述,不仅于史无据,且与史书之记相悖,都是好事者虚造的拟史小说。

《辩通传·齐管妾婧》表现管仲妾婧的聪慧、多知与善言。宁戚欲见

---

① 沈钦韩:《汉书疏证》卷七,清光绪二十六年(1900),浙江官书局刊本。
② 《春秋左传正义》卷二十一及杜预注,《十三经注疏》,第1869—1870页。
③ 《春秋左传正义》卷六十,《十三经注疏》,第2178页。
④ 《春秋左传正义》卷二十二及杜预注,《十三经注疏》,第1875页。

齐桓公,"道无从",乃为人做仆,将车宿齐东门之外。"桓公因出,宁戚击牛角而商歌甚悲。桓公异之,使管仲迎之。"宁戚称曰:"浩浩乎白水。"管仲"不知所谓,不朝五日,而有忧色"。妾婧问他:"国家之事耶?君之谋耶?"管仲曰:"非汝所知也。"妾婧要他"毋老老,毋贱贱,毋少少,毋弱弱"。管仲"下席而谢",说明烦恼的缘由。妾婧笑曰:"人已语君矣,君不知识耶?古有《白水》之诗。《诗》不云乎:'浩浩白水,儵儵之鱼。君来召我,我将安居?国家未定,从我焉如?'此宁戚之欲得仕国家也。"管仲大悦,"以报桓公。桓公乃修官职,斋戒五日,见宁子,因以为相,齐国以治"。作品写得起伏跌宕,颇有韵味,但它并不合于历史。据《吕氏春秋·审应览·举难》和《新序》卷五,桓公听到宁戚"击牛角疾歌",即抚其仆之手曰:"异哉!之歌者非常人也。命后车载之。"回去即"赐之衣冠"而见,听其所论"为天下",大悦,遂举而用之。两者不仅记述一致,也甚合情理。发现人才不即载回,则易失去。宁戚临时宿于城门之外,居无定所,让管仲异日迎接,岂易得见?此等际遇,稍纵即逝,所谓可遇而不可求也。宁戚欲干桓公,管仲去迎他,他却冒一句连管仲都不能解的"浩浩乎白水",致使管子五日不朝,何其误事。而《史记·邹阳列传》裴骃《集解》引应劭曰:"齐桓公夜出迎客,宁戚疾击其牛角商歌曰:'南山矸,白石烂。生不遭尧与舜禅。短布单衣适至骭,从昏饭牛薄夜半。长夜曼曼何时旦。'"宁戚唱此通俗易懂的商歌虽也未必为实(其时诗歌多为四言),总比对管仲称"浩浩乎白水"更合于情理。谓尊宁戚"为相",亦属妄造。本传将宁戚得遇桓公之事写得如此委曲、夸张,应是了解《白水》古诗的读书人虚造的一篇突出管仲妾婧的小说。作者主观虚拟的创作意识显而易见。

三 臆《诗》产生的虚拟之作

《诗经》传至汉代,学派丛生,只今文诗派就有齐、鲁、韩三家。《汉志》载其著述多种,除《韩诗外传》,均已不存,但在刘向时却正行时。刘向本人也属今文诗派,或谓其尤重《鲁诗》。如果他从《诗》中采取"贤妃贞妇、兴国显家可法则"者①,也就难脱今文诗派理解中多有虚想、附会的藩篱。诗歌重在抒情,即或间杂写事,也多为片鳞只羽,将它变为连贯而完整的叙事,就不能不以想象和虚拟填补空白。《国风》是周代各地的民间歌谣,多是在长期流传中的集体创作,多非一人一事的写照,便从某一人事而发,一般也难觅其人其事,如果硬与某人某事绑在一起,胶柱鼓瑟,杜撰情节,势必进入虚想的造作,从而把诗变成小说。《列女传》中正有几篇这样的作品。

《贤明传·周南之妻》载,周南大夫"受命,平治水土",过时不归。妻子恐其懈于王事,便"与其邻人陈素所与大夫之言:'国家多难,惟勉强之,无有谴怒,遗父母忧。昔舜耕于历山,渔于雷泽,陶于河滨,非舜之事而舜为之者,为养父母也。家贫亲老,不择官而仕;亲操井臼,不择妻而娶。故父母在,当与时小同,无亏大义,不离(罹)患害而已……生于乱世,不得道理,而迫于暴虐,不得行义。然而仕者,为父母在故也。'乃作诗曰:'鲂鱼赬尾,王室如毁,虽则如毁,父母孔迩。'"谓"君子以是知周南之妻而能匡夫也"。这显然是由《周南·汝坟》末段生发、想象而出的情境。《汝坟》原诗三段,首段:"遵彼汝坟,伐其条枚。未见君子,惄如调饥。"第二段:"遵彼汝坟,伐其条肄,既见君子,不我遐弃。"全诗于男主人公只言"君子",不言"大夫",何以见得其为大夫,而不是服役之劳苦百姓?全无根据。郑玄注曰:"伐薪于汝水之侧,非妇人之事。"②那是士大夫家的妇人,劳苦百姓家的妇人何事不劳?所以现代经学家就有理由认为:《汝坟》"是妇人喜其丈夫从军归来之诗"③,或"是劳动妇女思念被奴隶主阶级强征远役的丈夫而唱的歌"④。总之,夫妻都是劳苦百姓,不是大夫和贵妇人。"受命平治水土",更是作者的无端臆想,全无依傍。其妻与邻人说的一大段话,是展示人物精神的主体,也是构成本文的主要内容,而根据只有诗的末段那十六个字。且不说两者之意本不相合,甚至相

---

① 《汉书》卷三十六《楚元王传》,第1957页。
② 《毛诗正义》卷一《汝坟》郑玄注,《十三经注疏》,第282页。
③ 马持盈:《诗经今注今译·周南·汝坟》,商务印书馆1979年版,第15页。
④ 袁梅:《诗经译注·周南·汝坟》,齐鲁书社1985年版,第95页。

悖——"王室如毁,父母孔迩"是说"君子"回到家里,虽然天下混乱,能守在父母身边就好;倘如《韩诗外传》卷一的理解,"家贫亲老,不择官而仕",怎么解释"父母孔迩"?退一步说,即便照此理解,也有大半话语属于填补诗的空白,是凭空虚造。其中"生于乱世,不得道理,而迫于暴虐,不得行义"四句则是《外传》卷六"田常弑简公"章石他自杀前所言的翻版,其云:"生乱世,不得正行,劫乎暴人,不得全义。"两者何其相似乃尔。故屈守元先生指出:《列女传》记周南大夫妻事所言"正用此文"①。至于将诗之内容化作平素"所与大夫之言",又转而向"其邻人"陈述,如此拐弯抹角,费尽造作心机,更是作者以意为之的明证,与原诗全无干系。全文就是作者由对诗意的一种理解引发而生的艺术想象,自然就是有意虚拟的小说创作。

无独有偶,《贞顺传》之《召南申女》与《周南之妻》恰相对应。其文云:

> 召南申女者,申人之女也。既许嫁于酆,夫家礼不备而欲迎。女与其人言:"以为夫妇者人伦之始也,不可不正。《传》曰:'正其本则万物理,失之毫厘,差之千里。'是以本立而道生,源治而流清,故嫁娶者所以传重承业,继续先祖,为宗庙主也。夫家轻礼违制,不可以行。"遂不肯往。夫家讼之于理,致之于狱,女终以一物不具,一礼不备,守节持义,必死不往,而作诗曰:"虽速我狱,室家不足。"

本传或从《韩诗外传》卷一所引《传》文对《召南·行露》的解说构想出来的人物和场景。《外传》其文云:"《传》曰:《行露》之人许嫁矣,然未往也。见一物不具,一礼不备,守节贞理,守死不往。君子以为得妇道之宜,故举而传之,扬而歌之。以绝无道之求,防污道之行乎?《诗》曰:'虽速我狱,亦不尔从。'"然而,《行露》与《外传》引文均未言及人物的国度或地域,本传"申人之女""许嫁于酆"云云均属妄臆与虚拟。如果说由于"文王受命作邑于丰(酆),乃分岐邦周召之地为周公旦、召公奭之采地"②,便

---

① 屈守元:《韩诗外传笺疏》卷六,第536页。
② 郑玄:《毛诗谱·周南召南谱》,见《毛诗注疏》卷首,《文渊阁四库全书》,第69册,第54页。

将《召南》诗中人物与酆邑随意联系起来,那么,与远离周召之地(古雍州境内,今陕西岐山县)的申国(河南南阳附近)的联系就全然无迹可求。实际上,两者都是作者的主观臆造,并无根据。此其一。其二,关于"室家不足"的理解,古今《诗》注多有不同①。这且不论。即便按《外传》引文那种理解,也并没有"女与其人言"一段文字,这些话语全是作者有意添加的虚造之辞,其中"《传》曰"等语出自《礼记》(卷三),也不会是民女的引用。"本立而道生,源治而流清,故嫁娶者所以传重承业,继续先祖,为宗庙主也"等议论更非民女所能道。它们都是为填补《行露》的诗意空白而虚拟的言词。其三,谓女"作诗曰:'虽速我狱,室家不足'",这就把人物当成诗人。其实,该女并未作诗,而是"诗人假其事而为之辞耳"②,谓女"作诗",亦属虚拟。一篇短作,三处虚拟,自然不是史传,也非诗的本事,而是小说作品。

《母仪传·齐女傅母》写傅母作诗诫卫庄公夫人事。夫人庄姜初嫁至卫,"操行衰惰,有冶容之行,淫泆之心"。傅母见她"妇道不正",乃喻之曰:"子之家,世世尊荣,当为民法则。子之质,聪达于事,当为人表式。仪貌壮丽,不可不自修整,衣锦绸裳,饰在舆马,是不贵德也。"乃作诗曰:"硕人其颀,衣锦绸衣。齐侯之子,卫侯之妻,东宫之妹,邢侯之姨,谭公维私。"以高节"砥厉"其心,"女遂感而自修。君子善傅母之防未然也"。此傅母所作诗句出自《卫风·硕人》。受本传影响,明何楷所撰《诗经世本古义》亦谓《硕人》"卫傅母作也。庄姜始嫁至卫,先容后礼,傅母作此以励之"③,并引述此传全文为其所本。而据《左传·隐公三年》所记:"卫庄公娶于齐东宫得臣之妹,曰庄姜,美而无子,卫人所为赋《硕人》也。"全诗均为赞美庄姜之词,赞其体貌颀美,家世高贵,衣饰华丽,是卫君的佳配。故今之学者大都认为该诗是卫人"赞美卫庄公夫人庄姜之诗"④,抒写"美

---

① 所见多部今注没有解作"聘礼不足"者,古解除《韩诗外传》,《毛诗》郑玄注有"礼不足而强来(求)"之语,朱熹《诗经集传》明确解作"求为室家之礼,初未尝备"。
② 孔颖达:《毛诗正义》卷二,《十三经注疏》,第288页。
③ 何楷:《诗经世本古义》卷十九上,清嘉庆二十四年(1819)溪邑文林堂谢氏刊本。
④ 见马持盈《诗经今注今译》,第85页;程俊英《诗经译注》,上海古籍出版社1985年版,第105页。

人"庄姜"初嫁到卫国来的那天给了卫国人的一个深刻印象"①。通篇无本传所称"操行衰惰""妇道不正"之义。《左传》隐公三年与四年还记述了庄姜以戴妫所生桓公为子,而卫庄王嬖爱公子州吁之母,遂使州吁"有宠而好兵",最后"弑桓公而立"等事。《毛诗》卷五《硕人》据此序云:"闵庄姜也。庄公惑于嬖妾,使骄上僭,庄姜贤而不答,终以无子,国人闵而忧之。"宋人对此作了更为明白的阐释。李樗说:"夫以庄姜容貌之饰、车服之盛、颜色之美,宜其见答,乃不见答,此诗所以闵之也。"黄櫄说:"此篇特盛言庄姜之美如此,族系之贵如此,衣服之盛如此,宜为国君之配,而乃至于失夫人之位,此国人所以伤之也。"②古人这种见解与上述今人之说并不抵牾。古人是在探求《硕人》的创作动机:由于悯伤庄姜的不幸遭际,着意摹写她初嫁至卫时给人留下的种种美貌与高贵的印象,从而指出一些有史可据或能存在的"言外之意"。而本传不仅全无根据,还将诗中的一段从全诗中析出,以为这显示高贵身份的几句是傅母所作,却不说那些赞赏庄姜之美和服饰之盛的三段是否也是傅母之作。如果"巧笑倩兮,美目盼兮"之类的诗句也是傅母之作,岂不与她以高节"砥厉"庄姜的意图大相悖逆?全诗是意象统一的整体,诗的作者更不能随意指派,胡乱拼凑。本传的立意与抒写都是出自作者的想象和臆造,《硕人》中的诗句只是点燃其构思的一个火种,作品的形象与原诗的庄姜并无内在的关联,是作者虚拟的小说人物。王应麟谓其"盖《鲁诗》"③,则本传或依《鲁诗》之解杜撰的小说。

《仁智传·许穆夫人》称夫人是卫懿公之女。"初,许求之,齐亦求之。懿公将与许。"女通过傅母而言曰:"许小而远,齐大而近。若今之世,强者为雄。如使边境有寇戎之事,维是四方之故,赴告大国,妾在,不犹愈乎?今舍近而就远,离大而附小,一旦有车驰之难,孰可与虑社稷?"卫侯不听,嫁为许穆夫人。"其后翟人攻卫,大破之,而许不能救。卫侯遂奔走,涉河而南,至楚丘。齐桓往而存之,遂城楚丘而居。卫侯于是悔不

---

① 余冠英:《诗经选译》,人民文学出版社1958年版,第55页。
② 李樗、黄櫄:《毛诗黄李集解》卷七,《文渊阁四库全书》,第71册,第166、167页。
③ 王应麟:《诗考·后叙》,南京盋山精舍1935年石印本。

用其言。当败之时,许夫人驰驱而吊唁卫侯,因疾之,而作诗曰:'载驰载驰,归唁卫侯,驱马悠悠,言至于漕。大夫跋涉,我心则忧。既不我嘉,不能旋反。视而不臧,我思不远。'君子善其慈惠而远识也。"本传是作者体悟《载驰》诗意,张大许穆夫人远见卓识之作。《左传·湣公二年》载,"狄人伐卫",战于荧泽,"卫师败绩,遂灭卫",即杀懿公。后得宋之助,卫"立戴公以庐(庐)于曹。许穆夫人赋《载驰》"。从这记述来看,《载驰》确为许穆夫人之作。诗中"归唁卫侯"之语,就是慰问刚被立为卫君的戴公。又据《左传》,"齐人使昭伯烝于宣姜,不可,强之。生齐子、戴公、文公、宋桓夫人、许穆夫人"①。昭伯是公子伋之弟,与惠公是异母兄弟,懿公是惠公之子,许穆夫人非但不是懿公之女,且是懿公的同辈。她既非诸侯君主之女,也就不会虑及嫁齐嫁许利于救国的问题,更不会于嫁许之前对懿公讲那番话。那是作者把她想象成懿公之女虚构出来的,以显示她见地高远。这虽与《载驰》诗意无关,却可能是从"控于大邦,谁因谁极"之类向往大国援救的诗句联想、生发而出。其时正当齐桓公开创霸业,"大邦"首先就是齐国。由于戴公卒于元年,其弟文公又早投奔于齐,齐桓公"乃率诸侯伐翟,为卫筑楚丘,立戴公弟毁为卫君,是为文公"②。这种情况也易使作者产生当初将许穆夫人嫁齐的幻想,从而化作夫人的远见。将作品与《诗经》《左传》《史记》比较来看,作者的虚构路径就相当清楚。又者,作品本文表明,作者对齐桓存卫的史迹是了解的,却特意回避"涉河而南"的是戴公,"城楚丘而居"的是文公,而笼统地写作早已被翟杀死的懿公,以便在败退之后再写出"卫侯于是悔不用其言"之语,从而突出许穆夫人的形象,把"归唁"戴公的《载驰》改作"归唁"懿公也顾不得了。作者从事文学造作的自觉性由此可见一斑,作品也就远离历史,成为蓄意造作的小说。

《贞顺传·卫宣夫人》写未婚即寡的卫君夫人。齐女嫁于卫,"至城门而卫君死"。她不听保母劝阻,竟入卫城,"持三年之丧毕,弟立",要娶

---

① 《春秋左传正义》卷十一,《十三经注疏》,第1788页。
② 《史记》卷三十七《卫康叔世家》,第1594页。

这位兄嫂,女不肯从。卫君又"使人愬于齐兄弟,齐兄弟皆欲与君,使人告女,女终不听。乃作诗曰:'我心匪石,不可转也。我心匪席,不可卷也。'""君子美其贞一,故举而列之于《诗》也。"据《左传》和《史记》,卫宣公虽有两个夫人都是齐女——夷姜和宣姜,但都为他生过儿子,不是望门寡。宣公死后,由宣姜所生的惠公朔承继君位。凡此均与本传不合。又如顾广圻所说"卫宣夫人乃《孽嬖传》所谓卫宣公姜也",自然不会又入《贞顺传》,所以"宣"字肯定有误。顾氏以为"戴夫人近之"①。这是因为戴公死后,其弟文公立,兄终弟及,合于本传。但何以误为宣公,则不可解。笔者以为,宣公应是桓公之误。卫桓公是庄公长子,宣公之兄,即位十六年,被"好兵"的异母弟州吁所弑。州吁自立为君,次年即被卫臣石碏与陈合谋杀死,"迎桓公弟晋于邢而立之,是为宣公"②。这种情况与"三年之丧毕,弟立"之后求婚相符。而桓公被弑,死得突然,有可能造成"至城门而卫君死"的情势突变。而所立之弟正是宣公,所以将桓公误作宣公。又据史书,卫宣公"烝于夷姜,生子急(《诗经》作伋)",后为急"娶于齐,而美,公取之",而"夷姜缢"③。这位卫君乃是上烝庶母夷姜,下娶子妇宣姜的荒淫无耻之徒,新立而求娶寡嫂者舍他其谁?如果这位齐女并非虚造,则这个判断或不为无理。那么,从作品开头至"女终不听",都有可能实有其事,只是误"桓"为"宣"而已。但这只是推断,并无史据。至于齐女作诗云云,则全属移花接木的虚造。其诗乃《邶风·柏舟》中的四句,诗中抒写一位意志坚定的贤者遭到"群小"逸侮"不能奋飞"的烦恼。全诗五章,章六句,开首即云:"泛彼柏舟,以泛其流。耿耿不寐,如有隐忧。微我无酒,以遨以游。"何楷议曰:"章首即言饮酒遨游,此岂妇人之事?"④此问颇有道理。本传将表现贤者意志坚定的四句移为齐女之作,断章取义,乃是表现人物的需要,即使实有其人,此种内容也是出自想象和虚构,从而把作品变成小说。而卫君"使人愬于齐兄弟,齐兄弟皆欲

---

① 顾广圻:《列女传考证》,载顾广圻校《古列女传》。
② 《史记》卷三十七《卫康叔世家》,第1592页;并参见《十二诸侯年表》第544、551页。
③ 《春秋左传正义》卷七,《十三经注疏》,第1758页。
④ 何楷:《诗经世本古义》卷十五。

与君,使人告女"云云,很像是从诗中"亦有兄弟,不可以据,薄言往愬,逢彼之怒"等语翻出来的。若然,全局统为虚拟也是很有可能的。何楷又说,《诗》之《柏舟》,"韩婴以为卫宣姜自警所作",若然,本传则又可能是依《韩诗》创造的形象,其人即便实有(误"桓"为"宣"),全文也是蓄意造作的虚实相间的小说作品。

《贞顺传·蔡人之妻》云:

> 蔡人之妻者,宋人之女也。既嫁于蔡,而夫有恶疾。其母将改嫁之,女曰:"夫之不幸乃妾之不幸也。奈何去之?适人之道,一与之醮,终身不改。不幸遇恶疾,不改其意。且夫采采芣苢之草,虽其臭恶,犹始于捋采之,终于怀撷之,浸以益亲,况于夫妇之道乎?彼无大过,又不遣妾,何以得去?"终不听其母,乃作《芣苢》之诗。君子曰:"宋女之意,甚贞而一也。"

《周南·芣苢》是一首内容单纯的劳动歌谣,是妇女采车前子(芣苢)所唱的歌,别无寓意。清方玉润说得甚是剀切:"读者试平心静气涵泳此诗,恍听田家妇女,三三五五,于平原绣野,风和日丽中,群歌互答,余音袅袅,若远若近,忽断忽续,不知其情之何以移,而神之何以旷,则此诗可不必细绎而自得其妙焉。"①今人袁梅也说:"这只歌具有浓厚的民间口头文学特色。""描绘了一幅真切动人的劳动画图。使听了或读了之后恍如身临其境,见到三五成群的劳动妇女,在野外边劳动边歌唱的情景,深受感染。"②古人还有歌唱和平之说,和平又有"天下和平"与"家室和平"之不同,而所表达的诗意还是相类与相通。便是谓妇女"乐有子之意",虽有穿凿之嫌,也较容易理解。唯此《列女传》所倡蔡妻伤夫恶疾之说,令人诧异,与诗作欢快的基调极不和谐。此说何所从出?《文选》所载刘孝标《辨命论》有"冉耕歌其芣苢"之句,李善注曰:"《韩诗》曰:'采苢,伤夫有恶疾也。'《诗》曰:'采采芣苢,薄言采之。'薛君曰:'芣苢……臭恶之菜,诗人伤其君子有恶疾,人道不通,求已不得,发愤而作。以事兴芣苢,虽臭

---

① 方玉润:《诗经原始》卷一,民国三年(1914)云南图书馆刊本。
② 袁梅:《诗经译注》,第91页。

恶乎,我犹采采而不已者,以兴君子虽有恶疾,我犹守而不离去也。'"①这说明本传之说采自《韩诗》。据《旧唐书·经籍志》,唐时《韩诗》尚存二十卷,李善自然能看到其说,故而言之。薛君即薛夏,字宣声,汉末与三国时人,"博学多才,善属文"。"曹丕嘉其才,黄初中迁秘书丞,丕每与夏推论书传,不斥其名,谓之夏君。"②值得注意的是,夏君与李善均未提及《列女传》,这应表明,薛夏对《芣苢》的解说并非如明代何楷《诗经世本古义》之论据《列女传》,而是根据当时尚存的《韩诗》,其解说与《列女传》又甚为相似。因此,我们有理由认为,两者都出自《韩诗》,只是《列女传》将《韩诗》的一般解说具体化为特定人物在特定情况下的言语与行动而已。而这种形象的具体化,只有用自觉虚构的手段才能创造出来。宋女与母的言行都是这种虚构的创造物,从而也就将对诗的解说变成了小说。如果进一步探寻《韩诗》作此解说的来由,则刘孝标之谓"冉耕歌其《芣苢》"传递了重要信息。冉耕字伯牛,仲尼弟子,"有德行"而"有恶疾"③,《论语》还为孔子前去探望"自牖执手"作了记录。其歌《芣苢》,应如何楷所说"盖相传旧(久)矣"④,所以《文选》才有此记。韩婴或从这一传说中受到启发,将《芣苢》与恶疾联系起来,引申开去,造成"伤夫有恶疾"的今文诗说。这种情况产生于强化了儒家各种封建教条的汉代,不足为怪。它使本来就有种种虚造的《蔡人之妻》虚上加虚,成为全然虚构的小说作品。

《贞顺传·黎庄夫人》谓此夫人乃卫侯之女,嫁黎庄公。"既往而不同欲,所务者异,未尝得见,甚不得意。"傅母"怜其失意",谓夫人曰:"夫妇之道,有义则合,无义则去,今不得意,何不去乎?"乃作诗曰:"式微式微,胡不归?"夫人曰:"妇人之道,一而已矣。彼虽不吾以,吾何可以离于妇道乎?"乃作诗曰:"微君之故,胡为乎中露?"黎庄夫人终不违妇道,"君子故序之以编《诗》"。《式微》只有两段。前段已被本传录出,只是分由

---

① 《文选》卷五十四刘孝标《辨命论》李善注,第748页。
② 郝经:《续后汉书》卷六十六上,清道光二十一年(1841)上海郁氏刊本。
③ 《史记》卷六十九《仲尼弟子列传》,第2189页。
④ 何楷:《诗经世本古义》卷八。

两人而作。后段将前段只易三字:"微君之躬,胡为乎泥中?"笔者所见之古今《诗》注对《式微》的解说可概括为两种,一谓"黎侯为狄人所逐,弃其国而寄于卫"①,随亡之臣作此诗,劝其归国;二是为君主或官府服役的百姓所歌,抒发胸中的愤懑。古代《诗》注自《毛诗》多持前说;现代学者多持后说。后说似合于情理;前说涉及史事,难于考实。然左襄二十九年(前545)记鲁襄公在楚逗留五个月后于四月返还,"及方城",季武子以"守卞者将叛"为由夺取了卞邑,并遣其大夫公冶向襄公报告,襄公心怀畏惧,"欲无入"鲁,"荣成伯赋《式微》,乃归"。春秋时期的诸侯、大夫对《式微》的诗意应有他们自己的理解,不受后来注家的影响。鲁大夫荣成伯在襄公怀疑国内生变不欲回鲁之时,赋此《式微》,遂使襄公决然回国。这只有谏君勿客居异国的前一种理解,才有这样的思想力量。第二种理解则与此情此境全不相及。由此可见,前一种解说才切近其诗的原意。据《左传》,黎侯为狄所逐和因晋而复国均在鲁宣公十五年(前594),下距襄公二十九年仅五十一年,诸侯们还没有忘却黎侯的教训,故闻《式微》如当头棒喝,襄公乃可立即警醒。回头再看《黎庄夫人》,把《式微》中的两句诗析为傅母与夫人两人所作已属穿凿附会,而显示的思想内容则是热衷宣扬"从一而终"的儒学妇道,与原诗之意大相径庭。傅母教唆夫人与为诸侯的丈夫离异亦属悖理之事。有趣的是,人物仍未出黎与卫,不知鲁宣公十五年逃到卫国的是否庄公,如果是这位快婿,哪里还有脸面赖在卫国不走?反言之,既有兴致长寄卫侯篱下,乐而忘返,他就绝不至于那样慢待其女——黎庄夫人。当然,黎庄之事已不可考,不便推论。而从上面的论述也足证傅母与夫人作诗之虚。如果只是一种解说,无论确当与否,都与小说不相干。将这种理解编为故事,造成人物与生活图画,就成了虚构的艺术造作,也就是地道的小说了。

---

① 《毛诗正义》卷二《式微》郑玄注,《十三经注疏》,第305页。

四 效法别文的仿改之作

《列女传》中还有几篇效法、变改别文写成的仿改小说,突出之例是《节义传》的《周主忠妾》、《辩通传》的《齐女徐吾》《晋弓工妻》和《母仪传》的《齐田稷母》。

《周主忠妾》写周大夫媵婢事迹。大夫号主父,"自卫仕于周,二年且归"。其妻"淫于邻人",邻人恐主父发觉,"忧之"。主父妻曰:"无忧也。吾为毒酒,封以待之矣。"主父归,妻遂"使媵婢取酒而进之"。媵婢心知其酒有毒,"计念进之则杀主父,不义;言之又杀主母,不忠。犹豫,因阳僵覆酒"。主父"大怒而笞之"。事后,主母恐婢泄露,"因以他过笞欲杀之"。婢知将死,而终不言。"主父弟闻其事,具以告主父。主父惊,乃免媵婢而笞杀其妻。"后使人阴问婢"何以不言",婢曰:"杀主以自生,又有辱主之名。吾死则死耳,岂言之哉。"主父"高其义,贵其意,将纳以为妻",被婢拒绝,至欲自杀,"乃厚币而嫁之"。再看《战国策》燕策一《人有恶苏秦于燕王者》的相关记述:

> 燕王曰:"夫忠信,又何罪之有也?"(苏秦)对曰:"足下不知也。臣邻家有远为吏者,其妻私人。其夫且归,其私之者忧之。其妻曰:'公勿忧也,吾已为药酒以待之矣。'后二日,夫至。妻使妾奉卮酒进之。妾知其药酒,进之则杀主父,言之则逐主母,乃阳僵弃酒。主父大怒而笞之。故妾一僵而弃酒,上以活主父,下以存主母也。忠至如此,然不免于笞,此以忠信得罪者也。臣之事,适不幸而有类妾之弃酒也……"

《史记》卷六十九《苏秦列传》所记与此大同。显而易见,本传系由苏秦所举的比喻性事例仿改、生发、再虚构而成。由于苏秦自称周人,作者就让其邻居"仕周",并把吏提升为大夫,将妾对他的称谓"主父"用作名号。更多的生发在弃酒被笞之后,让"主父弟闻其事",以告主父,笞死其妻,为媵婢昭雪,从而颠覆了原作被纵横家用作比喻的寓言性,成了一篇劝义惩恶的小说作品。然而,随意性的虚构常常顾此而失彼,由于把"阳僵弃酒"的媵婢写成宁死"终不言"的贵义之人,主父弟也就无从"闻其事"。这一无可辩驳的疏漏,使作品陷于矛盾与悖理,也同时显出以意虚拟的小说之弊。

《齐女徐吾》写齐东海上一个名叫徐吾的贫妇人,与邻妇李吾等"会烛,相从夜绩"。徐吾最贫,"而烛数不属"。李吾谓同伴曰:"徐吾烛数不属,请无与夜也。"徐吾曰:"是何言与?妾以贫烛不属之故,起常先,息常后,洒扫陈席,以待来者。自与蔽薄,坐常处下。凡为贫烛不属故也。夫一室之中,益一人烛不为暗,损一人烛不为明,何爱东壁之余光,不使贫妾得蒙见哀之恩,长为妾役之事?使诸君常有惠施于妾,不亦可乎?"李吾无言以对,遂复夜绩如初。君子曰:"妇人以辞不见弃于邻,则辞安可以已乎哉?"这篇作品是由《战国策·秦策二》甘茂与苏代的几句谈话生发、衍变出来的。且看原文:

> 甘茂亡秦且之齐,出关遇苏子,曰:"君闻夫江上之处女乎?"苏子曰:"不闻。"曰:"夫江上之处女,有家贫而无烛者。处女相与语,欲去之。家贫无烛者将去矣,谓处女曰:'妾以无烛,故常先至,扫室布席。何爱余明之照四壁者?幸以赐妾,何妨于处女?妾自以有益于处女,何为去我?'处女相语以为然,遂留之。今臣不肖,弃逐于秦而出关,愿为足下扫室布席,幸无我逐也。"苏子曰:"善。请重公于齐。"

刘知幾对《列女传》以上两章批评说:"战国之时,游说之士寓言设理,以相比兴。及向之著书也,乃用苏氏(与甘氏)之说为二妇人立传,定其邦国,加其姓氏,以彼乌有,特为指实,何其妄哉。"①刘氏这是就史而论,自有道理。倘从小说创作来看,两者则是将虚设的人事改造为"指实"的小说形象,不无可取。

《晋弓工妻》写晋平公造弓故事。平公使弓人为弓,"三年乃成,平公

---

① 刘知幾:《史通》卷十八,第 148 页。

引弓而射，不穿一札"。公怒，欲杀弓人。弓人之妻谒君，先讲公刘、秦穆公、楚庄公的仁德事迹，又讲帝尧如何重视劳动者，然后说："今妾之夫治造此弓，其为之亦劳。其干生于泰山之阿，一日三睹阴，三睹阳。傅以燕牛之角，缠以荆麋之筋，糊以河南之胶。此四者，皆天下之妙选也。而反欲杀妾之夫，不亦谬乎？妾闻射之道，左手如拒，右手如附枝，右手发之，左手不知。此盖射之道也。"平公依其言而射，穿七札。弓人"立得出，而赐金三镒"。这故事虚构得极不合理，一望可知是蓄意的造作：造弓何用三年？平公不会用弓，自有善弓的武士，何不试之？教晋君射箭自有武士和弓人，何须弓人之妻？诸如此类，不一而足。放入本文第一题下（悖理之作）也颇合适。但它实际是《韩诗外传》（卷八）一篇的改作。原作写齐景公使人为弓，也是"三年而成"，得弓而射，"不穿三札"，便欲杀弓人。也是弓人之妻见景公说，此弓是以"泰山之南乌号之柘、骍牛之角、荆麋之筋、河鱼之胶"等"练材"制成，"不宜穿札之少如此"，便教以"射之道"，景公依法射之，乃"穿七札"，弓人"立出"。本传的情节与《外传》此文几乎全同。除将齐景公改为昏庸更甚的晋平公，最大的改造就是添加了弓人之妻讲论帝尧、公刘和春秋两霸的贤明事迹，以警平公，而这也更显出本传是熟悉经典的读书人改作。其为仿改小说无疑。

《齐田稷母》载，田稷相齐三年，"受下吏之贷金百镒，以遗其母"。母问："安所得此？"对曰："诚受之于下。"其母乃大讲为士要"修身洁行"、忠君孝亲之道，多达约一百五十言，后命"子起"。田稷"反其金"，向宣王谢罪，"请就诛焉"。宣王大赏其母，并"舍稷子之罪，复其相位，而以公金赐母"。本传是增改《韩诗外传》（卷九）下文而成：

> 田子为相，三年归休，得金百镒，奉其母。母曰："子安得此金？"对曰："所有俸禄也。"母曰："为相三年不食乎？治官如此，非吾所欲也。孝子之事亲也，尽力致诚，不义之物不入于馆。为人子不可不孝也。子其去之。"田子愧惭，走出，造朝还金，退请就狱。王贤其母，说（悦）其义，即舍田子罪，令复为相，以金赐其母。

《外传》此章的人物有姓无名，也无时代，虽也不像写实，却不便定其真伪。本传将田子改为田稷,又指明宣王,是企图将模糊的记述变成特定的史迹。由于古代重实重史,小说常以真姓名写虚幻事,前面多首一般诗作都被赋予具体人事,就是明证。本篇也是有意将未定人事改造为特定人事之例,同时也就将不知虚实的原作变成地道虚造的小说。加上田母的大段说教,更强化、突出了主人公的形象,也更增添了虚造的小说成分。至于其他细节的改动,于作品的文体无甚关联。战国之田齐,田姓为相者多人,不闻田稷其人,或为田忌之讹。田忌是否曾为齐相,《战国策》两处记述互相抵牾①。但这也并不关乎文体,田忌受赂百镒之事绝为子虚,只是作者用其真名以便取信于人罢了。

《贤明传·齐桓卫姬》写卫姬以察言观色解卫被伐之难。齐桓公"行伯道,诸侯皆朝,而卫独不至"。桓公乃与管仲谋伐卫。罢朝入室,卫姬望见桓公,即"脱簪珥,解佩环",下堂再拜曰:"愿请卫之罪。"桓公曰:"吾与卫无故,姬何请也?"卫姬曰:"妾闻之,人君有三色:显然喜乐,容貌淫乐者,钟鼓酒食之色;寂然清静,意气沉抑者,丧祸之色;忿然充满,手足矜动者,攻伐之色。今妾望君,举趾高,色厉音扬,意在卫也。是以请也。"桓公遂许以不伐。明日临朝,管仲进曰:"君之莅朝也,恭而气下,言则徐,无伐国之志,是释卫也。"桓公曰:"善。"乃立卫姬为夫人,号管仲为仲父,曰:"夫人治内,管仲治外,寡人虽愚,足以立于世矣。"此篇源出《吕氏春秋·精谕》,内容大同而小异。其不同点之一就是《吕》文无"人君有三色"那段文字,只有"妾望君之入也,足高气疆(强),有伐国之志也;见妾而有动色,伐卫也"等语。正是这个分别让向宗鲁先生看出本传"即东郭牙事,傅之卫姬耳"②。东郭牙事载于多书,在《列女传》之前就有《吕氏春秋》卷十八《重言》、《韩诗外传》卷四、《管子》卷十六《小问》(作东郭邮),以及《说苑》卷十三《权谋》(作东郭垂)等。相关文字切近本传者当数《吕》文:"桓公与管仲谋伐莒。谋未发,而闻于国,桓公怪之。"管仲以为"国必

---

① 《战国策·齐一》有《成侯邹忌为齐相》章,谓"田忌为将";后田忌被成侯排挤而"亡齐之楚",又云"邹忌代为相"。鲍彪于此记曰:"前云邹忌为相,田忌为将。田忌走,此云'代为相'。恐有差误。"

② 向宗鲁:《说苑校证》卷十三,第316页。

有圣人",便问其时当役的东郭牙:"子耶,言伐莒者?"对曰:"然。"并说"小人善意"。管仲曰:"我不言伐莒,子何以意之?"对曰:"臣闻君子有三色:显然喜乐者,钟鼓之色也;愀然清静者,衰绖之色也;艴然充盈手足矜者,兵革之色也。日者臣望见君子在台上也,艴然充盈手足矜者,此兵革之事也。君呿而不唫,所言者莒也;君举臂而指,所当者莒也。臣窃以虑,诸侯之不服者,其惟莒乎?臣故言之。"此与本传不仅意象结构相类,"三色"的绝似亦非巧合,足见本传是仿改《吕》文所写卫姬与东郭牙两篇而成。如果说东郭牙结合口形和手势测度管仲之意还有几分可信的话,卫姬全凭察看"三色"猜想桓公伐卫之意就过于玄虚,只能作小说观。与此同理,《吕》文的卫姬故事也是难于取信的小说,亦或仿拟东郭牙事而作,只是未用其"三色"而已。又者,据左传十七年载,"齐侯之夫人三:王姬、徐嬴、蔡姬","内嬖如夫人者六",两个卫姬都是如夫人。小说自然可以将如夫人升为夫人,但也更显出其为小说。

《列女传》中还有多篇思想相同、意象结构也极为相似的作品。《贤明传》的《楚接舆妻》《楚老莱妻》《楚于陵妻》就是以相似的意象表达同一思想之作,仿效之迹依稀可见。其中楚接舆妻的故事产生较早,见于西汉前期的《韩诗外传》(卷二)。《贤明传》此篇仿改《外传》,又有发展。楚狂接舆"躬耕以为食",楚王遣使者"持金百镒、车二驷往聘"他治理淮南,接舆"不应"。妻从市上回来,见门外车迹,就谴责他"老而遗之"。接舆告她楚王来聘,并诳说"我许之矣"。妻曰:"义士非礼不动,不为贫而易操,不为贱而改行……若受人重禄,乘人坚良,食人肥鲜,而将何以待之?"接舆曰:"吾不许也。"妻曰:"君使不从,非忠也。从之又违,非义也。不如去之。"于是"夫负釜甑,妻戴纴器,变名易姓而远徙,莫知所之"。这里不仅改《外传》的"治河南"为"治淮南",更增添了接舆诳妻的戏剧性情节,为其妻大发议论开出由头,从而更突出了女主人公。不过,《外传》该篇所写也并非史实。有关接舆的可信记载大概只有《论语·微子》那段文字,那位"狂歌笑孔丘"又不与仲尼交谈的歌者,既是"楚狂",又是隐士与高人,但对他的生活和妻室,只字未提。《外传》描述的楚使来聘、夫妻逃匿的情景显然也是出于虚拟和想当然。倘若寻其前面可资借鉴与模仿之作，则有《庄子·秋水》写的楚使聘庄周于濮水和《让王》中的列子辞粟故事。前者是篇微型寓意小说。后者或有其事：列子穷有饥色，有客言于郑子阳，谓其"不好士乎？"子阳"即令官遗之粟"，列子"再拜而辞"。下面又写其妻的怨言："妾闻为有道者之妻子，皆得佚乐。今有饥色，君过而遗先生食，先生不受。岂不命耶？"此女颇有世俗气和现实性，只要反其意而用之，也就成了接舆之妻。

有《楚接舆妻》出现在前，写《楚老莱妻》便是轻车熟路。老莱子夫妻逃世于山中，自耕而食，自织而衣。楚王得知其贤，便亲自来请他出山为政。老莱推辞不过，便应声曰"诺"。王走后，其妻采薪回来，问"何车迹之众也？"老莱说明原委，妻曰："妾闻之，可食以酒肉者可随以鞭捶，可授以官禄者可随以铁钺。今先生食人酒肉，受人官禄，为人所制矣。"谓自己"不能为人所制"，遂"投其畚菜而去"，至江南而止。老莱乃随妻而居之。"民从而家者，一年成落，三年成聚。"老莱子在《庄子·外物》中是教孔子遗形去知、尧桀两忘的道家学者。《战国策》记曰："公不闻老莱子之教孔子事君乎？示之其齿之坚也，六十而尽相靡也。"①《史记》也说楚老莱子为"孔子之所严事"者②。《大戴礼记》谓其为"贫而乐"者。《汉书·艺文志·诸子略》载有《老莱子》十六篇，或为此人实有之证。后至赵岐注《孟子》则说他是"七十而慕，衣五彩之衣，为婴儿匍匐于父母前"的老孝子③。先秦与两汉这些相关典籍均未言及楚王之请和其妻之逃，在笔者所见文献中，言此事迹者以本传为早，且与《楚接舆妻》的思想、意象大致相同而略有变化：来请老莱子的不是使者，是楚王自己；老莱许王出山不是诳妻，而是实情。这虽将妻的形象拔高了，却把老莱子的形象压低了，有悖其他文献的记述。从这方面看，也是无根的虚造。当然，《庄子》《国策》的记述亦非实有，《史记》之记、《汉书》之注也未必尽实，但都不违逆其安贫乐道的形象与人格。《列女传》此篇则决为子虚，是仿照前篇虚构的小说。

---

① 《战国策》卷十七《楚四·或谓黄齐》，第562页。
② 《史记》卷六十七《仲尼弟子列传》，第2186页。
③ 《孟子》卷九《万章章句上》赵岐注，第73页。《艺文类聚》卷二十引《列女传》曰"老莱子孝养二亲，行年七十，婴儿自娱，着五色采衣……"云云，今《列女传》无之。

后世多种史书作史实引述、生发，则是谬而流传了。

《楚于陵妻》只着力写一个情节，即陈仲子妻拒绝楚聘仲子为相事。楚王"闻于陵子终贤，欲以为相，使使者持金百镒往迎聘之"。子终问妻："今日为相，明日结驷连骑，食方丈于前，可乎？"妻曰："夫子织屦以为食，非与物无治也。左琴右书，乐亦在其中矣。夫结驷连骑，所安不过容膝；食方丈于前，甘不过一肉。今以容膝之安，一肉之味，而怀楚国之忧，其可乐乎？乱世多害，妾恐先生之不保命也。"于是子终"谢使者而不许"，与妻"逃而为人灌园"。于陵子终即陈仲子，战国时齐人，于陵是其隐居之地。据《孟子》记述，陈仲子出于齐之世家，"兄戴盖禄万钟"，仲子"以兄之禄为不义而不食"，"避兄离母处于于陵"，穷困以至"三日不食"①。孟子与仲子同时人，所记当近于实。这种极端洁身自好之人，在赵威后看来是"上不臣于王，下不治其家，中不索交诸侯"的"无用者"，以至问"为何至今不杀"②，怎么可能有君主聘他为相？仲子乃齐人，何称"楚于陵妻"？这是后人将齐之于陵（属济南郡）传为楚地，作者就将聘他为相的诸侯安为楚王。这种将错就错的构思也能说明作品内容纯属虚拟，是小说而非传记。又者，本篇楚王聘于陵为相，于陵妻慷慨陈词以拒之，与《韩诗外传》卷九所写楚王聘北郭先生为相，北郭妻慷慨陈词以拒之绝相类似，两妻之言更如版印，本篇只是《外传》那篇小说的改头换面而已。

《贤明传·鲁黔娄妻》也是一篇仿拟之作。但其仿拟比较高明，不很显眼。前篇《柳下惠妻》写展禽死，门人来吊，其妻为夫作一篇诔文，颂其蒙耻惠民之德，末句为"夫子之谥，宜为'惠'兮"。本篇则写黔娄之死，曾子与门人来吊，见黔娄尸体"覆以布被，手足不尽敛，覆头则足见，覆足则头见"，曾子建议"斜引其被"，以敛头足。黔娄妻曰："斜而有余，不如正而不足也。先生以不斜之故，能致于此。生时不邪，死而邪之，非先生意也。"构想出如此意涵双关的对话颇具创意，在早期这类写人物的小说中甚是难得。而它也是虚拟之笔，因为真的曾子（或弟子们）会捐出大被覆

---

① 《孟子》卷六《滕文公章句下》，第 54 页。
② 《战国策》卷十一《齐王使使者问赵威后》，第 418 页。

这位贤人,不会讲"斜引其被"的话。下写曾子问:"先生何谥?"妻曰:"以'康'为谥。"并申述其由:"昔先生君尝欲授之政,以为国相,辞而不为,是有余贵也。君尝赐之粟三十钟,先生辞而不受,是有余富也。彼先生者……不戚戚于贫贱,不忻忻于富贵,求仁而得仁,求义而得义,其谥为'康',不亦宜乎?"这才显出仿拟之迹:由妻在弟子面前言夫之谥,颂夫之德,同前传《柳下惠妻》意象相似;君聘为相而不为,君赠其粟而不受,与老莱、于陵又何其雷同?可见它是仿拟以上诸作而有所发展、创新的小说作品。《汉书·艺文志·诸子略》载《黔娄子》四篇,班固自注:"齐隐士,守道不诎,威王下之。"如果此注不错,则本传人物所处的时空也多有错位,不仅国别有差,曾子也不可能出现,至齐威王时,曾子墓木已拱,何得来吊黔娄,与其妻商酌谥号?现代新出校本径将曾子改作"鲁子",大概就是出于这种缘故,而未虑及其文乃早期小说也。

结　语

　　以上考辨三十篇,连同以往辨过的五篇,计三十五篇。全书的小说当不止此。另有多篇,如《孙叔敖母》《楚江乙母》《柳下惠妻》《魏曲沃负》《赵津女娟》《楚成郑瞀》等,虽有历史人物,却难于考定其事的虚实。而像《楚野辩女》《鲁义姑姊》《梁节姑姊》《魏节义母》等篇,写的都是史书无名的一般百姓,只要合情尽理,更难辨其真伪。还有一些基本写实或大半写实之作。如《曹僖氏妻》,写重耳出亡至曹,曹共公无礼,观其骈胁,僖负羁听妻之言,善待重耳,后文公伐曹,令军无入僖负羁宫,凡此等事均如《左传》所记。但《左传》又载,魏犨与颠颉不服文公之令,烧了僖负羁宫,文公"杀颠颉以徇于师"①。而《列女传》为表现善得善报,匿去烧宫,改作"士民之扶老携幼而赴其闾者,门外若市"。这一结尾就改变了历史。另一篇《卫姑定姜》写四件事,后三件均与史合。第一件写送归寡居三年的儿媳——早夭太子之妇,作《燕燕》之诗,则属子虚乌有。据《左

---

① 《春秋左传正义》卷十六,《十三经注疏》,第 1824 页。

传》,卫定公太子即卫献公,即位执政多年,哪有早夭之说?大约也是从《韩诗》之谓"卫定姜归其娣送之而作"①生发、虚构出来的,但篇幅不足全篇四分之一,本文也就未将它列入小说之列。在那小说创作还缺乏充分自觉的时代,这类多为史实偶有虚构之作并不稀见。

　　本文所说《列女传》各篇作者,并非泛指刘向,更非仅指刘向,首先是指某些原文作者。据刘向《别录》佚文称,"臣向与黄门侍郎歆所校《列女传》,种类相从为七篇"②,则刘向之于此书首先是校者和编者。但我们又不能仅以"校"和"编"理解刘向与《列女传》的关系。《汉志》载"刘向所序六十七篇"是包含《列女传》的。"序"字含义的模糊和用者的莫可奈何,笔者已在《〈新序〉与〈说苑〉之小说考辨》中做过解说,实在是由于刘向介乎撰者与编校者之间的缘故,难于定位。《隋志》以后的书目就都比照《汉志》另载"扬雄所序"《太玄》《法言》之例,将《列女传》等注为"刘向撰"了。如果说刘向同《新序》与《说苑》就是这样难于定位的关系,则对《列女传》的撰著成分有过之而无不及,甚至远过于前两者。《汉书·楚元王传》记曰:"向睹俗弥奢淫,而赵、卫之属起微贱,逾礼制。向以为王教由内及外,自近者始。故采取《诗》《书》所载贤妃贞妇,兴国显家可法则,及孽嬖乱亡者,序次为《列女传》,凡八篇,以戒天子。"③这与刘向所处的汉代现实及《列女传》状况甚相契合,当非虚语。传中反面女性只收后妃之"孽嬖"一种就是明证。但这只是产生《列女传》的一个方面因素,更重要也更根本的因素则是儒家为女性逐步确立的种种封建道德和伦理观念至汉代大为发展,广为明晰化和系统化。刘向在整理典籍的过程中,将能体现这些观念的重要事例集合起来,经过不同程度加工和再创造撰成此书。因此,除材料本身就有一部分虚拟之作(如《吕氏春秋·精谕》之卫姬、《韩诗外传》之齐弓工妻之类),刘向的虚构性创作成分也不可低估。研究者说:"《列女传》虽也归类于史书,但它注重树立典型的女性形

---

① 王应麟:《诗考》卷一《韩诗》。
② 徐坚等编:《初学记》卷二五注引刘向《别录》。
③ 《汉书》卷三十六《楚元王传》,第1957—1958页。

象,所以那种刻画、塑造的成分多于客观历史记录。"[①]就全书总体情况而言,此论比较切合实际。书中不仅有《楚威虞姬》那样借助《史记》的个人造作可能出自刘向之笔;臆《诗》之作也应是今文诗派兴起后才出现的,作者也不能排除刘向;至于多位君主或国相娶奇丑之女为夫人则是警示帝廷荒淫误国的产物,编撰此书"以戒天子"的刘向更有可能是其作者。如此说来,刘向这位古文献大家又是中国早期小说的重要作家。

（原载《中国典籍与文化论丛》第11辑）

---

① [韩]朴英姬:《〈列女传〉的结构和意义》,《东亚女性的起源》,第13页。

《列子》寓意文体辨析

东晋张湛所注的《列子》被当今与以往多位学者斥为伪书，言之凿凿。我这里还可做一点补充。其用语除前人指出的"儒生""方壶""蓬莱""瀛洲"，还有"礼教"(《杨朱》)"不用介意"(《黄帝》)等，先秦典籍中似未尝见。某些集中而严整的骈偶与排比修辞，如"朕衣则裋褐，食则粢粝，居则蓬室，出则徒行；子衣则文锦，食则粱肉，居则连欐，出则结驷。在家熙然有弃朕之心，在朝谔然有敖(傲)朕之色。请谒不相及，遨游不同行"(《力命》)之类，亦不像先秦散文语言，更似向骈体过渡的华丽文字。不过，有关《列子》作伪的论证实例虽多，却都只能证明其局部之伪，迄今还无法证明全书都是魏晋人的伪造。这是因为：第一，《汉书·艺文志》道家类载《列子》八篇，张湛注的《列子》是否保有《汉志》旧篇？谁也无法断言，便是肯定其为伪书的学者对此"尚不能确实作答"①。第二，由于张湛对其所注《列子》既有不解，又有反驳，从而基本排除了注者自作的可能性。既非张湛作伪，张序所述《列子》系由三家书凑合而成就属可信②。这种凑合大大增加了真伪混杂的可能性。第三，《列子》全书135章，除去辨伪者指出的很大一部分出于《庄子》等魏晋以前之书("辩诬"者则谓多属他书抄袭《列子》)，还有大半不与现存的他书重复、雷同者。它们既可

---

① 杨伯峻：《从汉语史的角度来鉴定中国古籍写作年代的一个实例——〈列子〉著述年代考》，《列子集释》附录，中华书局1979年版，第348页。

② 张湛《列子序》称：其祖所录《列子》至永嘉乱后"唯余《杨朱》、《说符》、《目录》三卷"，后从刘正舆家得四卷，从王弼女婿赵季子家得六卷，"参校有无，始得全备"。

能是魏晋人的作伪，也可能出自先秦两汉已佚之书，还可能是《汉志》所载《列子》的旧篇，更可能是其中二者或三者兼而有之。由于《列子》真伪问题有其自身的复杂性，论辩至今还在继续①，辨伪与辩诬很难达成共识的结论。

　　本文研讨《列子》的文体，与真伪虽相关涉，却关系不大。便是伪书，仍有其不可忽视的文学价值。庄、列文章向来并称。柳宗元就说《列子》"文词类《庄子》"②，叶大庆也说"《列子》之书大要与《庄子》同"③。两书相类、相同之处非只一端，文体则是其重要方面。两者都以大量独立叙事之文造成种种荒诞意象，传示作者所持的道义和人生理念。虽也各有诸多论议之文，却与叙事多无统摄关系。《庄子》还有几篇将论议之文置诸篇首，或与其后的某些叙事寓意相关。《列子》八篇，篇首竟无一篇议论，从而使全书各章叙事大多充分独立。同一篇中的某些事类或相近似，也多属于归类性质，并不影响各成一体的独立性。全书叙事之文被当代和历代学者依传统观念统称为"寓言"，从而混同于现代之谓寓言文体。给人的印象，《庄子》和《列子》主要就是两部中国古代寓言集。实际完全不是这样。从现代文体观念来看，其中合于寓言者只是一小部分，更多的叙事则属别种寓意文学。笔者对《庄子》文体已有辨析。这里辨析《列子》中的寓意之文。

一　寓言与寓意小品

　　《庄子》在虚诞之文兴起而尚无以名之的时代提出"寓言"这一概念，是对文体的新异创造。郭象注、成玄英疏、陆德明释文，均解"寓"为"寄"，即"寄之他人"。而所寄托的"他人"言行，皆属虚造，故寓言就是与纪实对应的虚构人事。《史记》谓庄子"著书十万余言，大抵率寓言也"，

---

① 80年代以来为《列子》辩诬的代表作有台北严灵峰《列子辩诬及其中心思想》、许抗生《〈列子〉考辨》、马达《〈列子〉真伪考辨》等。
② 《柳河东集》卷四《辨列子》，中华书局1960年版，第67页。
③ 叶大庆：《考古质疑》卷三。

又谓"皆空语无事实"①,也是说《庄子》并非史书,不写实事,而是空幻虚诞之词。可见无论《庄子》与《史记》,都以寓言指代虚诞文字。后世学者把《庄》《列》描述的"出于物理之外"的至大的鲲鹏和至微的焦螟都视为"寓言"②,正是沿用寓言的古代观念,与作为现代文学体式的寓言迥不相侔。作为现代文体的寓言,是以荒诞的情节、意象喻示"某一普遍意义,某一伦理的教训,或某一种为人处世的箴言"③,因而被社会广泛认同。其他的寓意文学虽也以超现实乃至荒诞意象表现某种义涵,却与寓言有重要区别。寓言与寓意小品的区别首先在于情节要素:寓言的意象是以特定人物(或动物)的活动——情节构成的,寓意小品却只有意象,没有特定人物活动,即没有情节,至少没有完整的情节。无论《庄子》对大鹏的夸张还是《列子》对焦螟的渲染,都是一种寓意小品,而非寓言。其次还在于所寓之意:小品既没有特定人物活动,寓意就不关伦理教训与处世箴言,缺乏普遍意义,常是作者的特异之想。

《列子》中的寓言有十多章。最有名的是《汤问》篇的"愚公移山"。它无论出自散佚的古籍,还是《汉志》所载《列子》旧篇,都是先秦寓意文学的精品,也是寓言中少见的正面喻理、催人奋进之作。如果是魏晋人作伪,也属创作的一大功绩。钱锺书先生说:"使《列子》如张湛所伪撰,不足以贬《列子》,祇足以尊张湛。"④"愚公移山"的作者恰可承受这样的赞誉。愚公的移山行为及其与智叟的争论构成出奇的虚诞情节和寓言意象。为人熟知的寓言还有"杞人忧天"(《天瑞》)、"朝三暮四"(《黄帝》)、"歧路亡羊"(《说符》)等,无不以荒诞的情节、意象喻示普遍的人生理念,无须赘言。

《列子》中的寓意小品数量不多,而风貌迥异。看《黄帝》篇第二章:

> 列姑射山在海河洲中。山上有神人焉,吸风饮露,不食五谷,心如渊泉,形如处女。不偎不爱,仙圣为之臣;不畏不怒,愿悫为之使。

---

① 《史记》卷六十三《老子韩非列传》,第2143、2144页。
② 洪迈:《容斋续笔》卷十三《物之小大》,《容斋随笔》,第294—295页。
③ 黑格尔:《美学》第二卷,第105页。
④ 钱锺书:《管锥编》第2册《列子张湛注》,第468页。

不施不惠,而物自足;不聚不敛,而己无愆。阴阳常调,日月常明,四时常若,风雨常均,字育常时,年谷常丰,而土无札伤,人无夭恶,物无疵厉,鬼无灵响焉。

全章描述的是虚想的列姑射山上神人状态与理想环境。文中既无人事,也无情节,所寓之意只是修道者的主观空想,且带有明显的迷信色彩。其非寓言,一望可知。首句同于《山海经》;而《庄子·逍遥游》写肩吾述接舆之语又有"藐姑射之山有神人焉""形如处女""不食五谷,吸风饮露""使物不疵厉而年谷熟"云云。作者似从两书受到启示,袭而用之,并大加生发,成此小品。与此相似的是《汤问》篇第五章,谓大禹治水迷路,误入"终北"之国,以下就不再写禹,而详细摹写这纯属想象国度的风貌:无风雨霜露,无草木虫鱼;四方悉平,中有一山,山口涌泉,名曰"神瀵";其人"不竞不争""不骄不忌""不君不臣""不媒不聘""不耕不稼""不织不衣,百年而死,不夭不病",只有喜乐,而无哀苦,唯好音声,日歌不辍。饥倦饮神瀵,可"力志和平";沐浴神瀵,则"肤色润泽,香气经旬乃歇"。结尾写周穆王到过此地,"三年忘归",返周后怅然若失;管仲曾劝齐桓公前往,被隰朋劝阻。作品开头写禹的两句只是引子,结尾两笔则是其国魅力的烘托。本章真正的主人公就是体现作者理想的神奇的终北国。因无特定人物、情节,不能构成寓言或小说。但有显示寓意的多种意象,"神瀵"更是本章的杰作,为后世许多诗文反复引用。全章当属艺文、美文,即寓意小品。

《周穆王》篇第四章写三个国度,一为西极古莽之国,不见日月,无寒暑、昼夜,其民"不食不衣而多眠,五旬一觉。以梦中所为者实,觉之所见者妄"。二为海内中央之国,"跨河南北,越岱东西",寒暑交替,昼夜分明,民有智愚,君臣守礼,"一觉一寐,以觉之所为者实,梦之所见者妄"。三为东极阜落之国,只受日月余光之照,"其土不生嘉苗,其民食草根木食,不知火食,性刚旱,强弱相藉,贵胜而不尚义。多驰步,少休息,常觉而不眠"。除中央之国是人间常态,前后两国都极端反常,或从《山海经》中多怪异之国受到启发创制而成。从常人的角度看,它们都是现实的中央之国的反衬与烘托,作品也就成了对中华文明的礼赞。从道家角度看,无智无愚、无君臣礼法、"不食不衣"、一睡五旬的古莽之国更合于理想,后两者便是前者的反衬与烘托。其国以梦境为实、实境为梦隐喻世事虚幻的道家观念。全章只描述三国的轮廓,无特定人物、情节,也不喻示广为认同的箴言或哲理,无寓言要素,而是小品。

子书中对话体文字颇多,有些只是借助人物大发议论,宣示个人或学派的见解,并无人物话语的意味。它们还是议论文字,不是文学作品。但也有将某物或某种抽象观念拟人化者,使之对话,乃至论争,形成某种文学情趣。《力命》篇首章让力与命两者争比对人之功。"命"以尧舜及殷、周两代多个人物的"寿夭、穷达、贵贱、贫富"与其本人的智慧、道德、能力不符,反差很大,驳倒了"力"的居功之言,从而达到任各人之命"自寿自夭,自穷自达,自贵自贱,自富自贫"的结论,意趣盎然,也是一种寓意小品。

该篇第十章又将墨尿(欺诈)、巧佞、情露、勇敢等二十种情性特征拟人化。将二十个"人"分为五组,每组四人,四种情性两两相悖。而"四人相与游于世,胥如志也,穷年不相晓悟",各得其意。最后说:"此众态也,其貌不一,而咸之于道,命所归也。"此种臆造颇费匠心,意在把情性不同以至相悖者的相与而游归之于命。本属强词巧语,人为造作,故解者以为"理不然矣"①。作品既无情节,寓意又背人情物理,自然不是什么寓言。但其所造自成意象,仍不失为寓意小品。

二 宣示道义的寓意小说

《列子》中叙及人物、情节之文,寓言之外,更多的还是寓意小说。这是因为《列子》乃道家之书,其主要内容是宣示道家的诸种道义,而不是表现具有普遍意义的道德教训和处世箴言。其道义虽然也与世俗相通,却远非世人所共识,并多被儒家和世人排斥或不理解,缺乏寓言必备的通俗性和社会广泛认同性。蒲松龄在其《〈庄列选略〉小引》中说:"千古之

---

① 卢重玄:《列子·力命》解,杨伯峻《列子集释》,第210页。

奇文至庄、列止矣。世有恶其道而并废其文者愚,有因其文之可爱而探之于冥冥者则大愚。盖其立教祖述杨老,仲尼之徒所不敢信。"又说:"其虚无之奥义,余固所不甚解,即有所能使余解者,余亦不乐听也。"①这代表了广大儒士对道家学说的态度。《列子》多章正是表达这种"虚无之奥义"的寓意之文,不是现代之谓寓言。再者,老子道本玄虚,至《庄子》陡增幻异成分,《列子》又"往往与佛经相参","冬起雷,夏造冰",诸般幻化,更非寓言所能范围,除去神话传说,多为虚诞宣教的寓意小说。

《黄帝》篇首章写黄帝治天下之道。前十五年"喜天下之戴己,养正命,娱耳目,供鼻口",结果形焦而神乱。又十五年,"忧天下之不治,竭聪明,进(尽)智力,营百姓",结果还是形焦神乱。"于是放万机,舍宫寝……斋心服形,三月不亲政事。昼寝而梦,游于华胥氏之国。"其国无主,一切"自然而已",其民无嗜欲,无利害,不知亲疏、爱憎、顺逆、美恶,无所畏惧,竟能"入水不溺,入火不热;斫挞无伤痛,指擿无痟痒;乘空如履实,寝虚若处床"。黄帝醒而大悟,召天老、力牧、太山稽述其神游所见,谓"至道不可以情求矣"。此后二十八年,"天下大治,几若华胥氏之国。而帝登假(遐)"。全篇造作的奇幻意象集中表现无为而治和顺乎自然的道家思想。华胥国既是作者与道家的理想国,又是现实的对立面。道家信徒是看到现实世界与人生的种种丑恶与缺憾才陷入这样的空想和幻想,从这种意义上说不无可取。但其否定现实而崇尚无为,陷入虚幻的梦空想象,自然不会获得广泛的共识。放弃治理的黄帝、远离人世的华胥国民,只能成为现实中人的饭后谈资,与广被认同的寓言理念大相径庭,无疑属于宣示道义的寓意小说。

《仲尼》篇第十四章写尧。尧治天下五十年,不知治与不治。问在朝与在野者,皆云不知,乃微服访于康衢。闻儿童谣曰:"立我蒸民,莫匪尔极。不识不知,顺帝之则。"并且告尧"闻之大夫",大夫又说是"古诗",尧便召舜,以禅天下。这又是一篇宣示道义的微型小说。核心是那首所谓"古诗",系用两首《诗经》之语拼凑而成。前两句出自《周颂·思文》:

---

① 路大荒整理:《蒲松龄集》,上海古籍出版社1986年版,第54页。

"思文后稷,克配彼天。立我烝民,莫匪尔极。"颂扬"教民稼穑"的周先祖后稷,谓其立民功德可配于天。《生民》毛序云:"文武之功起于后稷,故推以配天焉。"①后两句出自《大雅·皇矣》:"帝谓文王,予怀明德。不大声以色,不长夏以革。不识不知,顺帝之则。"全诗八章,歌颂文王。后半言伐崇侯虎事。朱熹传云:"言上帝眷念文王,而言其德之深微,不暴著其行迹,又能不作聪明,以循天理,故又命之以伐崇也。"②这理解大致不差。"不识不知,顺帝之则"云云,显系美化文王之语,谓其所做的一切,都是遵循天理和上帝之意。《列子》将这样两首不相干的诗各取两句,凑成"古诗"以歌颂尧,乃是一种小说笔法,并将美化文王的诗句变成尧治天下的实践,以张大老子"爱民治国,能无知乎","绝圣弃智,民利百倍"③的道家思想。所谓帝则,就是天则,"顺帝之则"即顺乎自然,无为而治。如明人姚顺牧所云:帝则就是"自然之变化,初无知识于其间,才着知识便非帝则之自然。故命之曰:'不识不知,顺帝之则。'"④《列子》将两首歌颂后稷和文王功绩的诗句嫁接起来,配上人物、情节,轻巧地转成一篇宣道之作,短小精悍,引人玄想。

《周穆王》篇第七章写华子以病忘为乐。宋阳里华子中年"病忘",以至"朝取而夕忘,夕与而朝忘;在涂(途)而忘行,在室而忘坐"。占卜、祈祷、医治都无效果。后有鲁之儒生自言能治。华子妻子"以居产之半请其方"。儒生先"试化其心,变其虑",而后"独与居七日"而病除。华子悟后大怒,"黜妻罚子,操戈逐儒生"。人问其故,乃曰:"曩吾忘也,荡荡然不觉天地之有无。今顿识既往,数十年来存亡、得失、哀乐、好恶,扰扰万绪起矣。"且恐将来"须臾之忘"而不可得。华子这种乐于"病忘"之想与常人恰好相反,当然不是寓言显示的共认之理,而是道家学派的特异思考。道家崇尚虚无,主张出世与遁世,把能使人喜怒哀乐的种种现实视为纷扰,故对"病忘"情有独钟。《庄子》甚至假托颜回大谈其忘,不仅"忘仁

---

① 《毛诗注疏》卷二十四,明万历十七年(1589)刊本。
② 《诗经集传》卷六,清同治五年(1866)金陵书局刊本。
③ 《道德经》第十章、第十九章,《诸子集成》第3册,第5、10页。
④ 《重订〈诗经〉疑问》卷八,《文渊阁四库全书》,第80册,第817页。

义""忘礼乐",甚而"堕肢体、黜聪明、离形去知",谓之"坐忘"①;又通过老子之口倡导"卫生"即"全生"之经:要像初生婴儿那样"动不知所为,行不知所之,身若槁木之枝,而心若死灰"②。对成人来说,"病忘"近乎这种"不知"的状态。作者以夸诞笔法渲染华子的"病忘"和病愈后的反常言行,正是表现道家思想的匠心结构。能治"病忘"者不是医,而是儒生,也寓有贬儒之意。结尾又写:"子贡闻而怪之,以告孔子,孔子曰:'此非汝所及乎!'顾谓颜回纪之。"这是颜回在《庄子》中扮演"坐忘"角色的延伸和余波,两相对观,更见寓意小说的余韵。本篇下章宣道,又别出心裁:

  秦人逢氏有子,少而惠,及壮而有迷罔之疾:闻歌以为哭,视白以为黑,飨香以为朽,尝甘以为苦,行非以为是;意之所之,天地四方,水火寒暑无不倒错者焉。杨氏告其父曰:"鲁之君子多术艺,将能已乎。汝奚不访焉?"其父之鲁,过陈,遇老聃。因告其子之证(症)。老聃曰:"汝庸知汝子之迷乎?今天下之人皆惑于是非,昏于利害,同疾者多,固莫有觉者……向使天下之人尽如汝子,汝则反迷矣。哀乐声色、臭味是非,孰能正之?且吾之言未必非迷,而况鲁之君子迷之邮(尤)者,能解人之迷哉?荣汝之粮,不若遄归也。"

如果说"病忘"是张扬道家的出世和遁世,迷罔就是张扬道家逆世与反儒的思想精神。两者都以儒家为对立面。所谓世间的黑白、是非都是以儒学的仁义道德为准绳的,故谓鲁之君子为"迷之邮者"。逢子的迷罔之疾,就是将世俗与儒家之谓黑白、是非颠之倒之。这种愤世之意非但为儒者所排斥,也不为广众所认同,自是道家的特异之思,属寓意小说,而非寓言。《仲尼》篇第七章写龙叔有病:无毁誉忧喜,"视生如死,视富如贫,视人如豕,视己如人",对赏罚、利害、哀乐之事皆无动于衷,故"不可事国君、交朋友、御妻子、制仆隶"。请文挚为他治病。文挚让他背光而立,"从后向明而望之",谓见其心:"方寸之地已虚矣,几圣人也";"六孔流通,一孔不达",乃以"圣智为疾者"。自非文挚之术所能治。张湛注:"旧

---

① 《庄子·大宗师》,上海古籍出版社1989年影印本,第45页。
② 《庄子·庚桑楚》,第120页。

说圣人心有七孔",龙叔那不达的一孔就是"以圣智为疾"。此等所谓超凡入圣,即颠倒世俗观念,或同于"离形去知",仍是表现道家之道的寓意小说。文挚是《吕氏春秋》中给齐王治过恶疮的有异术之人,本章借用过来,利用其超越现代 X 光的慧眼透视人心的神异功能,完成宣示道义的主题。以上三种为患者治病的奇特构思,各具特色,却有大致相同的宣道寓意。

《仲尼》篇第五章载,列子居南郭,日与相交者数不胜数,唯与相邻的南郭子"不相谒请,相遇于道若不相见者"。弟子以为两人有隙。有自楚来者,问列子与有何隙,列子曰:"南郭子貌充心虚,耳无闻,目无见,口无言,心无知,形无惕。往将何为?"但他还是带四十个弟子与来人一起去见南郭。南郭子果如土偶,视列子全无反应;后忽然与列子弟子讲话,侃侃而谈,似辩者之雄,弟子们惊骇,回来颇感疑惑。列子曰:"得意者无言,进(尽)知者亦无言。用无言为言亦言,无知为知亦知。无言与不言,无知与不知,亦言亦知;亦无所不言,亦无所不知;亦无所言,亦无所知。如此而已,汝奚妄骇哉?"前面几章与寓言的主要区别在于所寓之意缺乏广泛的共识性,而为道家的独特识见。本章所造的南郭子意象和列子对他的恭维之言,除了不为广众认可之外,还颇令人费解,缺乏寓言的鲜明性和通俗性,多有宣道的玄虚性。得道而能"貌充心虚"竟至五"无",已非一般人所能领悟,形同土偶又忽而雄谈,不唯诸徒骇疑,读者也莫名其妙。列子的一番解释更是玄之又玄,令人不得其门而入。何谓"用……无知为知亦知"?"无知与不知"怎么又是"无所不知"?世上有哪位修道者能达到这境界呢?这样的宣道与谈道就像某些后现代作家表现其信奉的"不可知论"的小说一样,把读者与评家一并置于五里雾中[①],与通俗易晓的寓言大相径庭,只能是难解、费解乃至无解的寓意小说。

《力命》篇第五章写杨朱之友季梁得病,"七日大渐。其子环而泣之,

[①] 柳鸣九在《新小说派作家访问记》中说,他读法国新小说派作家格里叶的《在迷宫里》,觉得"的确很难懂","他所写的像是一个朦胧、神秘、不可理解的梦幻",后来当面询问作者,才得知那座迷宫就是格里叶所持不可知论的一种象征。(《新小说派研究》,中国社会科学出版社1986年版,第569页)

请医"。季梁以为其子不肖,请杨朱唱歌开导他们。杨朱歌曰:"天其弗识,人胡能觉?匪祐自天,弗孽由人。我乎汝乎,其弗知乎。医乎巫乎,其知之乎?"其子不懂,终请三医。一个说,其病起于寒温饮食,"虽渐可攻"。季梁谓为"众医","亟屏之"。另一个说,其病由来已久,治不好了。季梁誉为"良医","且食之"。第三个说:"汝疾不由天,亦不由人,亦不由鬼。禀生受形,既有制之者矣,亦有知之者矣。药石其如汝何?"季梁谓为"神医","重贶遣之"。不久,季梁之病自愈。作者由此发一番"自生自死,自厚自薄"的议论。本章寓意比较复杂。一方面,把人的病与死看作与天祐、人孽、鬼祟无关的自然法则,豁达地面对,殊为可取。另一方面,又着力宣示"生死有命",无关药石,否定人的主观能动作用。其与寓言的单纯性、鲜明性迥不相合,也不会被社会广泛认同。从总体看,作品构造的意象还是道家任乎自然生死观的艺术表现。

　　无论《杨朱》篇是否混入《列子》者,其寓意与前后各章反差很大则是不容否认的。张扬纵欲与放达尤为突出。第八章写子产相郑三年,郑国以治。而其兄公孙朝荒于酒,"虽水火刀兵交于前不知也";其弟公孙穆耽于色,以昼足夜,"乡有处子之姣娥"必"获而后已"。子产日夜为此忧虑,便按邓析的指点,"喻以性命之重,诱以礼义之尊"。朝与穆听了,同声驳斥,谓人"生之难遇,而死之易及","欲尊礼义以夸人,矫情性以招名",则生不如死;"为欲尽一生之欢,穷当年之乐",唯恐不得恣情尽意,"不遑忧名声之丑,性命之危"。子产无可奈何,以告邓析。邓析曰:"子与真人居而不知也。"下一章写子贡后人端木叔"家累万金,不治世故,放意所好",各种享受"拟齐楚之君"。其"情所欲好,耳所欲听,目所欲视,口所欲尝,虽殊方偏国",亦"必致之",且经常大宴宾客。至六十岁,散家资、妾媵,一年而尽,"不为子孙留财",乃至病无药石,死无葬费。虽被禽滑釐贬为"狂人,辱其祖矣",却被段干生赞为"达人,德过其祖",且谓"卫之君子多以礼教自持,固未足以得此人之心也"。这样两章的寓意虽有差异,其"放意所好"、无视礼教的主题却高度一致。且不说"礼教"一词在先秦典籍中似未曾见,如此张扬穷奢极欲在先秦各派中亦甚生疏,"其中所言极端的享乐主义,亦非杨朱所持"①,故被认为"是杨朱'为我'论在魏晋时代特定条件下的一种反映"②,其与元康放达派的纵欲思潮可以说是若合符节。公孙朝的纵酒与刘伶的纵酒难分高下,全都达到空前绝后的顶级水平。不过,此种寓意作品即或产生在元康时代,也不可能得到社会的广泛认可,非属寓言不言而喻。两章都是蓄意造作而意象夸诞的宣扬以享乐为人生要义的寓意小说。该篇第七章写相去百数十年的管仲与晏子的荒诞对话。晏子问养生于管仲,管仲答以"肆之而已",即"恣耳之所欲听,恣目之所欲视,恣鼻之所欲向,恣口之所欲言,恣体之所欲安,恣意之所欲行",凡此皆不得"阏",而不在寿命长短。而后管仲问晏子"送死奈何"?晏子谓死后所遇并不在我,焚之、沉之、瘗之、露之、衣薪、衣锦,均无不可。这实际还是杨朱在前面所说"且趣当生,奚遑死后"一语的形象注脚,妙在对两个历史人物的选择和运用。管仲"君淫亦淫,君奢亦奢",文中所言如出肺腑;晏子倍极节俭,与其所言亦若符契。作者将齐国两位隔代名臣化作主观寓意的棋子,各得其所,恰到好处,从而增加了文学情趣和小说意味。

三　蕴思特异的寓意小说

《列子》的思想意蕴丰富、多面,除去宣示各种道义,还有颇多关乎人与人生的特异之思、出奇之想,于寓言与寓意小品之外,也造成多篇寓意小说。它们与寓言的区别是多方面的:或寓意偏颇、奇异,不为社会广泛认同;或多重旨趣,主题模糊,无寓言式单纯、明朗;或表现不取比喻形式,直写其人其事;或意象不甚荒诞,人事近乎现实;也有的带有道或佛的迷信色彩。有此之一,便构成寓意小说的非寓言特色。

《黄帝》篇第六章写贫叟异事。晋范氏有子名子华,善养客,"有宠于晋君,不仕而居三卿之右",游其庭者多如上朝。贫叟商丘开得知子华能

---

① 冯友兰:《中国哲学史》,商务印书馆 2006 年版,第 71 页。
② 严北溟:《列子译注》,上海古籍出版社 2006 年版,第 178 页。

使"贫者富",乃赴其门。子华之客"皆世族",莫不歧视之,而叟不怒。后诸客与叟同登高台,谎称"有能投下者,赏百金"。叟信以为真,投下如飞鸟,肌骨无损。诸客又谎称深水有宝珠,泳者可得。叟"从而泳之",果得宝珠。不久,范氏库藏大火,子华许诺入火取锦者取多少赏多少。叟"入火往还,埃不漫,身不焦"。诸客"以为有道",共谢欺哄之罪。叟说"无道",只是真诚地相信其言而已。今知其言为假,反倒后怕。此后范氏门客路遇乞儿、马医亦不敢辱,"必下车而揖之"。这个虚诞的曲折故事有着显见的奇幻色彩,把至诚感物写得神乎其神,世人不会认可。作者或已有此预感,便拉上孔子教训宰我,以加强说服力:"汝弗知乎?至信之人可以感物也。动天地,感鬼神,横六合而无逆者。岂但履危险、入水火而已哉!"这与本篇另一章写子夏就处石涉火之人回答魏文侯之问如出一辙:"以商所闻夫子之言,和者大同于物,物无得伤阂者,游金石、蹈水火皆可也。"孔子自然不会说这种话,人们也不会信这种话。《列子》反复假借,乃道家迷信观念所致。尽管如此,本章的寓意仍有提倡诚信的积极意义,其讽喻得宠的范氏、傲慢的门客亦具匠心,从而成为富含多重意蕴的寓意小说。

《周穆王》篇首章写西极化人点化周穆王及穆王巡游天下事。"西极之国有化人来,入水火,贯金石,反山川,移城邑",无所不能,被穆王"敬之若神,事之若君"。化人以为穆王极力提供给他的一切都粗鄙不可用,穆王乃举国力为他造中天之台,实以最美处子,演奏最美乐曲,"日日献玉衣,旦旦荐玉食",而化人仍不满意,乃领穆王神游天国化人之宫。其宫"构以金银,络以珠玉","耳目所观听,鼻口所纳尝,皆非人间之有"。王自以为"居数十年,不思其国",实只"默存"瞬间而已。穆王从此"不恤国事,不乐臣妾",驾八骏周游天下:至巨蒐氏之国,饮白鹄之血;登昆仑之丘,观黄帝之宫;见西王母于瑶池,互饮对歌。后又叹曰:"予一人不盈于德而谐于乐,后世其追数吾过乎?"终"能穷当身之乐,犹百年而徂。世以为登假焉"。《列子》中有完整故事情节之作,数本章篇幅为长。它由两个部分组成。前半写西极化人操弄周穆王的神奇幻术,最后使穆王厌于治国,"肆意远游",从而与后半联系起来。后半袭用《穆天子传》的某些关目和文字,合前半而成章。这样两部分并无明晰而单一的寓意。梦游须臾,感觉即如数十年,系借西极化人的幻术张扬人生同于梦幻,"天堂也好,帝居也好,都不过是梦,其旨趣与魏晋时期的游仙诗相通"①,也是唐代小说《枕中记》《樱桃青衣》的最早雏形。笔墨细致,摹绘逼真,表现佛道幻化与神游情景如在目前。后半由于抄袭并简化了太康二年(281)出土的汲冢竹简所记穆王游行之文,不仅简略、粗糙,也缺少贯通而鲜明的寓意。虽指出穆王"穷当身之乐",却又拘于《穆传》主人公固有的叹悔之言,使后半的人物趋近拟实,穆王有了真人的复杂性,与前半纯属寓意很不和谐。不论从哪方面看,都是远离寓言又带有鲜明神异特色的寓意小说。

再看此篇第五章:

> 周之尹氏大治产,其下趣役者侵晨昏而弗息。有老役夫,筋力竭矣,而使之弥勤。昼则呻呼而即事,夜则昏惫而熟寐。精神荒散,昔昔梦为国君,居人民之上,总一国之事,游燕宫观,恣意所欲,其乐无比。觉则复役。人有慰喻其勤者,役夫曰:"人生百年,昼夜各分。吾昼为仆虏,苦则苦矣,夜为人君,其乐无比,何所怨哉?"尹氏心营世事,虑钟家业,心形具疲,夜亦昏惫而寐,昔昔梦为人仆。趋走作役,无不为也;数骂杖挞,无不至也。眠中啽呓呻呼,彻旦息焉。尹氏病之,以访其友。友曰:"若位足荣身,资财有余,胜人远矣。夜梦为仆,苦逸之复,数之常也。若欲觉梦兼之,岂可得邪?"尹氏闻其友言,宽其役夫之程,减己思虑之事,疾并少间。

此章或"自《庄子·齐物论》论梦与觉之'君乎牧乎固哉'六字衍出"②,但《庄子》论梦虽言及"君上"与"牧圉"③,并未形成具体意象。《列子》作者却发挥想象,创造了富豪与他所奴役的老役夫觉里梦里境况颠倒的奇特意象。虽以混同觉梦观念为前提,还是寓有对现实人生境况的有益思考。

---

① 谭家健:《六朝文章新论·列子研究》,北京燕山出版社2002年版,第102页。
② 钱锺书:《管锥编》第2册《列子张湛注》,第496页。
③ 郭象注《庄子》"君乎牧乎"有"所好为君上而所恶为牧圉"之语。

让备受奴役的老役夫夜夜梦为国君,而让用心奴役人的富豪夜夜梦为人奴,显示作者不仅看到人间的不平,并力图以虚幻的梦境达到两者精神的平衡。更妙的是富豪"宽其役夫","减己思虑",噩梦之疾就会减轻,足见作者对奴役者的憎恶和对被奴役者的同情。作品并无比喻类寓意,描写对象就是表现对象,所以不是寓言,而是寓意小说。

《汤问》篇第九章写扁鹊为人换心的故事。鲁公扈、赵齐婴有疾,同向扁鹊求治。治愈后,扁鹊告诉二人还有药石不能治的"偕生之疾":公扈"志强而气弱,故足于谋而寡于断;齐婴志弱而气强,故少于虑而伤于专。若换汝之心,则均于善矣"。遂给二人饮毒酒,迷死三日,换心后再投以神药,使悟如初。二人各回其家,妻儿不能识,并为此兴讼,听扁鹊说明缘由而罢。本章没有喻示任何生活理念,与寓言全不相干,是一篇早期科幻寓意小说。科幻小说是在现实科学的基础上展开幻想的未来。《史记·扁鹊传》就借人物之口讲述上古名医俞跗"煎浣肠胃,漱涤五脏"的虚幻传说。至汉末、三国间的华佗发明"以酒服麻沸散"做麻醉剂,遂能进行"刳破腹背","截断湔洗"肠胃的大手术,"既而缝合,傅以神膏,四五日创愈,一月之间皆平复"[①]。《列子》本章让神医扁鹊以换心术治疗人在性格、气质方面的缺陷,是错以心为思维器官之当时极富想象力的创造。换心过程所用的毒酒与神药与华佗手术如出一辙。如今内脏移植手术广泛应用,换了心脏的也大有人在。如果人的神经中枢不是大脑而是心脏,《列子》作者的幻想就真的成为现实了。然而,幻想小说的魅力就在其永不泯灭的幻想性,如果完全变成现实,就不是科学幻想,而是科学预言了。

同篇第十四章写纪昌学射于飞卫。纪昌先用两年时间练眼"不瞬",再用三年时间练成视虱子大如车轮,用箭射之,箭穿虱心。飞卫高兴地贺他"已得之矣",纪昌却觉得天下之敌己者只有飞卫一人,乃谋杀之。一日"相遇于野,二人交射,中路矢锋相触,而坠于地"。飞卫之矢先尽,纪昌尚遗一矢,"既发,飞卫以棘刺之端扞之,而无差焉"。二人于是"泣而投弓,相拜于途,请为父子。刻臂为誓,不得告术于人"。这段委曲的夸诞

---

① 《后汉书》卷八十二下《方术列传·华佗》,中华书局1965年版,第2736页。

故事主要炫示两位射手箭术的神奇,讽喻纪昌的妒忌虽也构成一种寓意,终归还是为表现二人超凡的箭术服务的。这种炫示奇能的作品不以晓谕人生理念为主旨,显示的就是所描写的,无比喻意义。所以不构成寓言,而是寓意小说。《列子》本篇有一批这样的作品。第十章表现师文能以弹琴颠倒四时风物,第十二章表现钟子期能道出俞伯牙鼓琴的多种心境,第十三章仿袭佛典《生经》写偃师所造歌舞木人巧夺天工,都将技艺之精妙渲染到远离现实的神化地步,都是赞美奇能异术的寓意小说。

本篇第十六章写来丹借剑报仇事。魏国的黑卵以私怨杀了丘邴章,丘子来丹谋报父仇,而体弱"不能称兵",乃用友人之谋,赴卫向孔周求借其祖所得殷帝之宝剑。孔周曰:"吾有三剑,唯子所择,皆不能杀人。"遂言其状:一曰含光,"视之不可见,运之不知有";二曰承影,昧爽或昏明视之,"若有物存,莫识其状";三曰宵练,"方昼则见影而不见光,方夜见光而不见形"。来丹乃请其下者即宵练,乘黑卵醉卧窗下,"自颈至腰三斩之",又对其子挥击三下,而黑卵父子并没有死,只是感觉不舒服而已。如此玄虚故事,与其说是写报仇,毋宁说是炫示那似有若无的宝剑的神奇灵异,与下章渲染西戎向周穆王所献切玉"如切泥"的锟铻之剑的神奇正属一类,且更富于神异色彩。不过下章没有情节,只零星琐记。本章情节曲折,故事完整,人物形象有合于幻想逻辑的发展,不失为虚幻的寓意小说。

《说符》篇第八章写晋君治盗故事。晋国苦盗,而郄雍"能视盗之貌"。晋侯使其视之,"百无遗一"。晋侯大喜,乃告赵文子:得一人可使全国无盗。文子曰:"吾君恃伺察而得盗,盗不尽矣。且郄雍必不得其死焉。"不久,郄雍果为盗所杀。晋侯以告文子,求治盗之方。文子建议"举贤而任之",使"教明于上,化行于下",民有耻心而盗自止。乃以随会为政,"群盗奔秦焉"。赵文子即赵武,赵盾之孙,是晋平公执政之卿,颇有贤名。随会即随武子,名士会,也是晋国的贤大夫,与晋文公同时,《新序》中还有"晋文公学咎犯、随会"之语①。赵武晚于随会七八十年,不可能同事一君。作者特地将两者拉在一起,如让孔子会盗跖,晏婴问管仲,

---

① 《百子全书》,第499页。

除为强化贤者执政之意,还另有因由。据《礼记》载,赵文子曾与叔向论自己能比哪位死者,叔向举出阳处父和咎犯,文子都不同意,谓前者"知不足称",后者"仁不足称",然后说:"我则随武子乎?利其君不忘其身,谋其身不遗其友。"①《列子》作者或据此让文子分身为二,增加作品寓意的谐趣。郤雍"能视盗之貌"也是超现实的荒诞意象,为贤者执政预做铺垫与陪衬。而本文以历史的真实人物直写其弥盗之事,不同于比喻性寓言,仍是一篇寓意小说。

本篇第十八章载,大儒牛缺遇盗,尽取其衣装车马,牛步行而去,"视之欢然"。盗问其故,牛曰:"君子不以所养害其养。"盗谓如此贤人必以被盗所劫之事告知赵君,不利于盗,乃追而杀之。这段文字与《吕氏春秋·必已》写牛缺的一节差异甚微,与《淮南子·人间训》的一节大同小异,当是前者的直接袭用。如果到此为止,自可置而不论。但它只是本章的一半,后半才是作者之笔:

> 燕人闻之,聚族相戒曰:"遇盗莫如上地之牛缺也。"皆受教。俄而其弟适秦,至关下,果遇盗。忆其兄之戒,因与盗力争。既而不如,又追而以卑词请物。盗怒曰:"吾活汝弘矣,而追吾不已,迹将著焉。既为盗矣,仁将焉在?"遂杀之,又傍害其党四五人焉。

单看前半与后半,均合于现实逻辑,并不荒诞。但将两者合而并观,就会发现显见的造作和人为的巧合。这种处理使两种极端态度彼此对照,从而有了鲜明的寓意。如果让前半独立成章,还只是一个或实或虚的传说记录,加上后半,文体就发生了质的变化,构成一篇蓄意造作的寓意小说。与此相类似的还有本篇第十六章,鲁施氏二子,一好学,一好兵,各以所长干齐侯与楚王,"禄富其家,爵荣其亲"。邻人孟氏也有二子,"所业亦同,而窘于贫",乃向施请"进趋之方",二子告之。孟氏好学之子去干秦王,秦王谓当今诸侯用兵而争,讲仁义是亡国之道,"遂宫而放之"。好兵之子去干卫侯,卫侯以为小国依赖兵权只能取祸,"遂刖之而还"。只看前

---

① 《礼记正义》卷十《檀弓下》,《十三经注疏》,第 1316 页。

半，全无特异，如同写实。将后半与前半对观，造作的寓意就显而易见。而两章的意象都无寓言所需之荒诞，所寓之意也非人人认同的理念，故而都是寓意小说。

结　　语

我国寓意文学发轫于《诗经》，《硕鼠》《鸱鸮》都是诗体寓言的翘楚。最早的散文多为文告、史乘和语录。其后诸子继起，争相宣道达理，而庄子及其后学欲达难解的玄虚之道、无为之理，便虚拟大量寓言故事、寓意小品和早期寓意小说，使《庄子》在先秦大批写实文学中异军突起，成为我国散体文寓意文学之祖。其后的诸子书及汉代采录先秦之文的杂著（如《新序》《说苑》之类），叙事都以写史或拟史为主，寓言或寓意小说偶尔有见，凤毛麟角。《列子》是继《庄子》之后又一部寓意文学集中的子书。《庄子》尚有六篇纯议论之文。《列子》八篇，纯议论者竟无一篇。全书一百三十五章，言论与议论之文占四十一章，叙事之文九十四章。后者除管仲与鲍叔之类极少事体袭用史传，绝大部分都是特意虚拟的寓意之作。当然，还有三十余章抄自《庄子》等先秦或汉代古籍，而另外六十余章，无论出自《列子》旧篇，还是出自魏晋人之手，抑或作者抄自已佚的古籍，都不影响其在寓意文学中的重要地位。从先秦到魏晋，都是叙事崇实的时代。以自觉虚构之文为主体寓意之书，只有《庄子》和《列子》。它们是唐前寓意文学两颗熠熠闪光的明珠，堪称双璧，不仅创造了高品位的寓言，也创造了诸多寓意小品，更为早期寓意小说成就了筚路蓝缕之功，与诸子书中零星之作一起，共同构成寓意小说稚气而又烂漫的童年。

（原载《北京大学学报》2009 年第 5 期）

《孔子家语》《孔丛子》之小说考辨

《孔子家语》和《孔丛子》的真伪目前还是有争议的问题。本文要谈的是，两书无论真伪，都有相当多的文字不仅不是孔子及其后辈、弟子的真实言行记录，还是有意虚拟或虚实参半之文，其中较有意味的叙事之作，属于早期小说作品。正如今之译注本《孔子家语》在其《前言》中所说："书中的许多内容完全可以作为文学小品或小说来读。"①笔者在有关先秦、西汉的某些文献所含小说与小说成分的考辨文章中已论及与《家语》相同或相似的某些作品，如《荀子》载孔子杀少正卯，《韩诗外传》载孔子师徒游农山，《说苑》载孔子问孔蔑、宓子贱之类，此不复赘。

《家语》现存多种版本，皆十卷四十四篇，只后两卷篇章顺序不同。本文引文以《四部丛刊》本为主，参考《四库全书》和《百子全书》本。《孔丛子》各本差异较大，本文不拟讨论全本二十三篇中的《小尔雅》和《连丛子》（上下篇），故引文以无此两项内容的三卷二十篇本即《百子全书》本为主，参考《四库全书》的全三卷本和《四部丛刊》的七卷本。

一 《孔子家语》中的小说

卷二《致思》篇载有孔子遇丘吾子事。孔子适齐，路闻哭声甚哀，而"非丧者之哀"，趋前而遇，乃"拥镰带索"之人，名丘吾子。问其悲故，谓

---

① 王德明主编：《孔子家语译注·前言》，广西师范大学出版社1998年版。

有"三失":"少时好学,周游天下",还而丧亲;"长事齐君,君骄奢失士,臣节不遂";"平生厚交,而今皆离绝"。又曰:"子欲养而亲不待,往而不来者年也,不可再见者亲也。请从此辞。"遂投水自杀。孔子谓:"斯足为戒矣!"孔子弟子因而归养亲者十有三人。此章与《韩诗外传》卷九、《说苑·敬慎》中的一章大同小异。《外传》丘吾子作皋鱼,文字差异也较多,《说苑》则与《家语》最为相近,但《说苑》与《外传》都无"适齐""事齐君"之语,孔子只是在行路中得遇皋鱼或丘吾子,可见《家语》产生在《说苑》之后,是抄录《说苑》而生发的。如果《家语》在前,写明"适齐""事齐君",《说苑》抄录时就不会删去,将确定的去向弄得模糊不清。统观三文,后两者是由《外传》之文衍化而来。《外传》所谓"失之三",是"少而学游诸侯,以后吾亲""高尚吾志,间君事亲""与友厚而小绝之"。其"学游诸侯",亲未丧亡,"失"在把事亲的位置摆放在游学之后;而后"间君"而事其亲,其失在于未得事君,事亲与事君不可兼得。这与后面所发"欲养而亲不待"的议论相抵牾,《说苑》(或刘向校编所据原本,下同)因而改作"还后而亲亡",《家语》因之。"小绝之"把"失"说得很轻,《说苑》改"小"为"后",《家语》还嫌不够,又改为"今皆离绝",从而加大了"失"的分量,却又显得不近情理:"厚交"为何全都"离绝"?《外传》作皋鱼说罢"立槁而死",令人莫名;《说苑》改作"自刎",《家语》又改作"投水",孔子及弟子皆未拦阻,也不为之惋惜,只说他"足以为戒",颇不近情理。看来,原是《外传》或其所本杜撰的一篇以孝亲戒人的多违事理之作,被《说苑》与《家语》改得似较近情而仍有破绽,三者均非纪实之作,都是自觉虚拟的小说。

《致思》还有如下一章:

> 楚昭王过江中,有物大如斗,圆而赤,直触王舟。舟人取之。王大怪之,遍问群臣,莫之能识。使使聘于鲁问孔子。子曰:"此所谓萍实者也,可割而食之,吉祥也,唯伯者为能获焉。"使者反,王遂食之,大美。久之,使来以告鲁大夫。大夫因子游问曰:"夫子何以知其然?"曰:"吾昔之郑,过乎陈之野,闻童谣曰:'楚王渡江得萍实,大如斗,赤如日,剖而食之甜如蜜。'此楚王之应也。吾是以知之。"

且不说古今天下有无"大如斗"的萍实,也不论为了弄清一件稀罕物楚王会不会千里迢迢两次派使者往返于楚鲁之间,只说楚昭遣人使鲁应在孔子周游卫、陈、郑等多国返鲁之后,才有孔子在陈听到童谣的可能。孔子返鲁是在哀公十一年(前484),而楚昭王死于哀公六年,可见"使使"云云纯属子虚。楚王尚未得萍实,陈国的童谣就唱出楚国未来之事,也显得神乎其神,不可思议。本文显然是后来的读书人为了美化圣人孔子有意虚构出来的故事,即今之所谓小说也。此文袭自《说苑·辨物》。《说苑》只说"使聘问孔子",无"于鲁"二字,也无二次遣使"告鲁大夫",孔子只言童谣,而无"之郑""过陈"等语。这些显然是《家语》作者后加的,看似圆满、完整,实则更露出虚造的马脚。当然,《说苑》所记亦非实事,因为那童谣只能流传于昭王得物而食之觉得甘甜"大美"之后。使孔子听谣而先知,也是对圣人的一种美化。它或许记录了一种传说,经过《家语》的改造、发展,就成了自觉虚拟的小说。

与此相类,卷三《辨政》篇载有孔子辨商羊事。一足之鸟飞临齐侯殿庭,"舒翅而跳",齐侯怪之,"使聘鲁问孔子"。孔子说:鸟名商羊,是大水的先兆,并告以所知之故:"昔童儿有屈一脚振肩而跳,且谣曰:'天将大雨,商羊鼓舞。'"遂要齐民"趋治沟渠",修堤防水。"顷之,大霖雨,水泛溢诸国,伤害人民,唯齐有备不败。景公曰:'圣人之言,信而有征矣。'"古代没有天气预报,以某些动物反常的情况判断风雨灾异是自然的事。但自孔子之后,商羊现象似未再现,所以历代文献引述商羊之典唯举此例,其可信性也就很可怀疑。再者,孔子仅据童谣就断定要发大水,且要齐民治沟修堤,亦不近情——孔子不会这样轻率。最不可信的是,预示性物象的出现,如"蝼蚁徙,丘蚓出"之类①,一般都在当天或次日就要下雨,哪里等得遣使往返于齐鲁去问孔子,还要百姓通渠修堤,需多少时日?作者只顾颂扬孔子,随意造作,忽略了此类起码的常识,当然不是纪实,而是有意虚构的小说。本章也见于《说苑·辨物》,《说苑》将它与楚昭王得萍实"大如斗"合为一章,交互叙述,除无"聘鲁"字样,结尾以后人的口气谓

---

① 王充:《论衡》卷十五《变动篇》,《四部丛刊》本。

"故圣人非独守道而已也,睹物记也,即得其应矣。"《家语》将《说苑》此章一分为二,各自独立而完整,最后又让当时的景公赞孔子为"圣人",更见其假,却也更像客观叙述当时境况的小说。

卷四《辨物》第六章写孔子预言鲁遭火灾之宗庙。孔子在陈,陈侯与游,人传"鲁司铎灾,及宗庙"。孔子得闻,谓"所及者,其桓、僖之庙"。陈侯问:"何以知之?"孔子曰:"礼,祖有功而宗有德,故不毁其庙焉。今桓、僖之亲尽矣,又功德不足以存其庙而不毁,是以天灾加之。"三日,鲁使至,乃知受灾者果是桓、僖之庙。陈侯谓子贡曰:"吾乃今知圣人之可贵。"对曰:"君今知之可矣,未若专其道而行其化之善也。"《左传·哀公三年》载:"夏五月辛卯,司铎火,火逾公宫,桓、僖灾。"又载:"孔子在陈,闻火曰:'其桓、僖乎?'"本章就是依据这一记载敷衍成篇。故马骕谓"此问答亦附益之语"①,即附增虚设之词。且不说《左传》所记孔子的话是否属实,即便属实,也是一种推测的口气,只是具有倾向性而已,偶然说中,属于巧合。《家语》作者为突出孔子是圣者先知,改作肯定的预言口气,这就有了质的差异,也改变了孔子的形象。陈侯赞孔子为圣人,更是把后人的认识强加给亡国之君陈湣公。此章只能视为改造历史事件和历史人物的早期拟史小说。至于《说苑·权谋》将孔子对此次听到火灾地点改在齐国,陈侯代以齐景公,并把鲁之桓、僖之庙误作周僖王庙,虽也源自《左传》,却不成其为拟史小说,而是纯为虚拟之作;后被《家语》卷四《六本》篇添枝加叶,再度铺陈,小说意味有所发展。

卷二《好生》篇有下面一章:

> 鲁人有独处室者,邻之嫠妇亦独处一室。夜暴风雨至,邻妇之室坏,趋而托焉。鲁人闭户而不纳。嫠妇自牖与之言:"何不仁而不纳我乎?"鲁人曰:"吾闻男女不六十不同居,今子幼吾亦幼,是以不敢纳尔也。"妇人曰:"子何不如柳下惠然?妪不逮门之女,国人不谓其乱。"鲁人曰:"柳下惠则可,吾固不可。吾将以吾之不可,学柳下惠之可。"孔子曰:"善哉!欲学柳下惠者,未有似于此者,期于至善而不袭其为,可谓智乎!"

---

① 马骕:《绎史》卷九十九,清光绪二十三年(1897)武林尚友斋石印本。

这是一篇很有意味的作品,因其"描写情与理矛盾冲突的生动"而被誉为"出色的短篇小说"①。它也不是《家语》所造,而与《诗经·巷伯》之毛传中的故事大致相同。但毛传先叙另一故事:"昔颜叔子独处于室,邻居嫠妇又独处于室。夜暴风雨至而室坏,妇人趋而至,颜叔子纳之,而使执烛放乎旦,而蒸尽缩屋而继之,自以为辟嫌而不审矣。若其审者宜若鲁人然。"下面才叙鲁人拒嫠妇事。作为《诗》传,两者乃是相反相成的整体,以解畏逸避嫌之意。孔颖达疏云:"《家语》略有其事,其言与此小异,又无颜叔子之事,非所引也。"意即毛传并非引录《家语》,因为颜叔子事不能由毛公后添。而两作鲁人故事又如此相同,甚至连颇为难解的"妪不逮门之女"②都一字不差,只是毛传中孔子的话为"欲学柳下惠者,未有似于是也"。合理的解释是,《家语》作者见毛传此则有孔子语,乃袭用之,将孔子的话改得更加明确而具体。颜叔子事与孔子无关,自然不为所取。然而,鲁人之事也并非实有,因为毛传中的鲁人故事是照颜叔子事仿造的。前面数句全同,绝非实事;后文专逆前事而造,以出新意。至于颜叔子事,或非毛公悬拟,但也并非实有,只要看不仅"执烛放乎旦",还要"蒸尽缩屋(薪尽拆屋)而继之",就知是绝不会有的文学夸张。《家语》将生动显示儒礼对当时人影响力量的鲁人故事抄出,使其独立成篇,恰好构成一篇首尾完整的小说。

卷五《颜回》篇首章载,鲁定公问颜回:"子亦闻东野毕之善御乎?"颜回对曰:"善则善矣,虽然,其马将必佚。"定公不悦。后三日,牧者来报:"东野毕之马佚。"定公急召颜回,问"奚以知之"。颜回曰:"以政知之。昔者帝舜巧于使民,造父巧于使马。舜不穷其民力,造父不穷其马力,是以舜无佚民,造父无佚马。今东野毕之御也……历险致远,马力尽矣。然而犹乃求马不已,臣以此知之。"公曰:"善哉!若吾子之言也。吾子之言其义大矣,愿少进乎?"颜回曰:"臣闻之,鸟穷则啄,兽穷则攫,人穷则诈,

---

① 王德明主编:《孔子家语译注》,第119页。
② 此由《荀子·大略篇》"柳下惠与后门之女同衣"衍化而出。清朱亦栋《群书札记》(光绪四年武林竹简斋刊本)卷九《后门同衣》引《吕览》高诱注云:"后门,日夕门已闭也。"朱又谓:"妪者,母也。如母抱女,故曰不乱。"

马穷则佚。自古及今,未有穷其下而能无危者也。"定公悦,以告孔子,孔子曰:"夫其所以为颜回者,此之类也,岂足多哉!"此章与《荀子·哀公篇》末章、《韩诗外传》卷二第十一章所记大同而小异。主要差异如下:其一,《荀子》"御"作"驭","佚"作"失",《外传》同于《家语》;其二,《荀子》"善"下无"哉"字,亦无"若吾子之言也……"等语,"善"下径接"可得少进乎",《外传》同于《荀子》;其三,《荀子》结于"无危者也",《外传》下加《诗经》二句,以合全书体例,两者皆不同于《家语》;其四,《外传》开头为"颜渊侍坐鲁定公,东野毕御马于台下",另两书开头相同,皆无此语。这些差异说明,三者之中,《荀子》文字最少,除故事本身,无特别需要,而《外传》与《家语》各有特别的表现,故于结尾一加《诗》句,一加孔子语,可见《荀子》为二者所本。又从第二差异看,《外传》抄自《荀子》,不会抄自《家语》,而第一点差异《家语》又只同于《外传》,所以《家语》在抄《荀子》时,也参照了《外传》。了解这个发展顺序,再来考辨其虚与实。首先,颜回是终生未仕的孔门弟子,箪食瓢饮,住于陋巷,何得接近鲁定公与之对谈?"侍坐"之说尤为虚造。从描写看,也甚不合理:三日后其马始佚,颜回于三日前怎知其"历险致远,马力尽矣",从而作出"必佚"的预言?可见三章所写均非实事。再看《庄子·达生》如下文字:

> 东野稷以御见庄公,进退中绳,左右旋中规。庄公以为文弗过也,使之钩百而反。颜阖遇之,入见曰:"稷之马将败。"公密而不应。少焉,果败而反。公曰:"子何以知之?"曰:"其马力竭矣,而犹求焉,故曰败。"

此则又见于《吕氏春秋·适威》,其与《家语》等所写的颜回预言东野毕马佚之事何其相似。它才是前述三作之源,表现用物要顺适其性,"明至当之不可过也"①。颜阖是"鲁之贤人",后居于卫,《庄子》内篇《人间世》另有"颜阖将傅卫灵公大子,而问于蘧伯玉"之语,则上文庄公当是卫庄公,非鲁庄公。卫庄公当国始于公元前480年,在鲁定公卒后十五年。颜回

---

① 《庄子·达生》郭象注,上海古籍出版社1989年影印本,第100页。

早已亡故,应是后人将颜阖误传作颜回,卫庄公也就变成鲁定公。但并不只是传说之讹,儒者显然利用并发展了这个传说,有意用它表现执政驭民之理,从而增加情节、议论与篇幅,改变了原作的合理描述与主题,遂成有意虚拟的小说。《外传》在《荀子》基础上,添造开头两句,使结构更趋完整;《家语》则加孔子之评,了无新意,于作品显系蛇足。

同卷《在厄》写孔子师徒困于陈蔡间事。颜回"炊之于坏屋之下,有埃墨堕饭中,颜回取而食之"。子贡"自井望见之,不说(悦)",以告孔子,怀疑"仁廉之士,穷改节"。孔子不疑,谓"必有故乎"?乃假托梦见先人而谓颜回:将以其所炊饭祭之,颜回乃叙明原委,以明不洁,"不可祭也"。孔子曰:"'吾之信回,非待今日也。'二三子由是乃服之。"圣贤们面对困境,竟为一口饭食猜忌、"告状"、假梦试探,"无异于今日屠沽驵侩之徒之所为",岂可思议?《吕氏春秋》卷十七《任数》亦载此事,而无子贡,是孔子亲见颜回"攫其甑中而食之"而"佯为不见",托梦探明情况,叹曰:"所信者目也,而目犹不可信;所恃者心也,而心犹不足恃。弟子记之,知人固不易矣,故知非难也。"此文的虚实姑且不论,所表现的主题即孔子之叹,"托于孔子、颜子以为言耳"。《家语》作者"遂以为真"①,又觉得不应让孔子怀疑颜子,遂改用子贡,致使孔子形象大变,言亦大异,主题也随之改变,张扬孔子知贤不疑。不论《吕氏春秋》之文是否属实,《家语》本章都是变改的小说作品。

卷八《辨乐解》首章写孔子学琴于师襄子。襄子曰:"吾虽以击磬为官,然能于琴。今子于琴已习,可以益矣。"孔子曰:"丘未得其数也。"过些时候,襄子说他"已习其数,可以益矣",孔子又说"未得其志"。又过些时候,襄子说他"已得其志,可以益矣",孔子又说"未得其为人"。再过些时候,孔子"有所谬然思焉,有所睪然高望而远眺,曰:'丘迨得其为人矣:近黮而黑,颀然长,旷如望羊,奄有四方。非文王其孰能为此?'师襄子避席叶拱而对曰:'子圣人也!'其传曰《文王操》"。《史记·孔子世家》与《韩诗外传》均有相似的记述。《史记》文字犹同于《家语》,而无"圣人"

---

① 本段引文均见崔述《洙泗考信余录》卷一。

之语,应是《家语》袭用《史记》而后加的。文中将孔子学琴写得十分玄虚,不仅要"得其数""得其志",还要"得其人",以至能想见文王的相貌。故范家相谓:"附会之言安可信乎?"① 全文是后人圣化孔子的虚构之作。《家语》借师襄之口赞孔子为"圣人",直接点明小说的创作意图。

卷八《屈节解》第二章是长达约一千七百字(不含标点)的叙事之作。孔子在卫,齐国田常欲作乱而伐鲁,孔子遣子贡救鲁。子贡游说田常,要他将已"加鲁"之兵"缓师"而待,待其说吴救鲁,以便与强吴大战。田常居然同意。子贡随即连续游说吴王夫差、越王勾践和晋之国君,导致吴与齐战于艾陵,大败齐师;吴又以兵临晋,战于黄池,为晋所败;勾践乘机袭吴,"杀夫差而戮其相",三年,"东向而霸"。此谓"子贡一出,存鲁,乱齐,破吴,强晋而霸越"。孔子曰:"夫其乱齐存鲁,吾之初愿。若强晋以敝吴,使吴亡而越霸者,赐之说也。美言伤信,慎言哉!"此章取自《史记·仲尼弟子列传》所述子贡事迹,略有变改与生发,主要由子贡说服不同对象的言词构成,以表现子贡的辩才和孔子的知人善任。考之《春秋左氏传》,并无子贡出使齐、吴、越、晋以救鲁之事。艾陵之战发生在哀公十一年夏,是齐、吴、鲁三国多年矛盾纷争的产物,也是强吴妄图称霸北方所致。早在哀公八年,齐悼公怒季康子许婚而失约,伐鲁取地,并请吴师伐鲁;后因悼公嬖爱鲁姬,又"辞师于吴",还鲁之地。夫差怒齐反复,便于九年冬遣使约鲁"伐齐"。后至十一年春,齐乃遣国书帅师再次伐鲁,鲁奋力而战,至夏,乃"会吴子伐齐","战于艾陵",大败齐师。此即艾陵之战的由来,与"田常欲作乱"并无关系。故苏辙《古史》批评《史记》:"齐之伐鲁本于悼公之怒季姬,而非陈恒(即田常);吴之伐齐本怒悼公之反复,而非子贡;吴齐之战,陈乞(田常之父)犹在,而恒未任事。太史公所记皆非也。"② 艾陵开战之前,《左传》对子贡的记载只有一笔:吴王赐鲁叔孙(即武孙州仇)甲与剑铍,子贡为之答曰:"州仇奉甲从君而拜。"子贡的这一辞令尚被记下,如果他曾出使四国游说,从而左右了春秋末期的形势发

---

① 范家相:《家语证伪》卷八,清光绪十五年(1889)徐氏铸学斋刊本。
② 苏辙:《古史》卷三十二,明万历十九年(1591)刊本。

展,《左传》怎会只字不提？子贡的说辞,看似左右逢源,实则"浅漏阔诞"①,远离实际,要齐"缓师"以待吴兵援鲁尤其荒唐。况且,"齐兵已在鲁之城下矣,乃翱翔不伐,俟其之吴之越,越行其间,吴释其疑……其道里迂远,岂一朝夕者哉？"②艾陵战后,夫差回吴,发现伍员寄子于齐,遂赐他属镂之剑自尽。而子贡于战前游说勾践时竟有"申胥以谏死"之语,岂非虚造？古人还从子贡的说辞和作为有悖孔子、儒贤的道德理念,类乎纵横家的言行,指斥其伪。《家语》的编撰大约考虑到这一因素,乃在文末加入孔子责备子贡"美言伤信"等语,非但无济于事,反倒欲盖弥彰,孔子卒于哀公十六年——"吴亡而越霸"之前七年,何得有此先知之语？凡此种种,都充分表明,本章以及《史记》的相似记述均非史实,而是被人虚造的小说。古人推定其文为战国说客或楚汉间戏弄文墨者"附着于孔子、子贡以为小说而耀世迹"③,当属可信。

卷九《曲礼公西赤问》第三章写孔子合葬其父母事：

> 孔子之母既丧,将合葬焉,曰："古者不祔葬,为不忍先死者之复见也。《诗》云：'死则同穴。'自周公以来祔葬矣。故卫人之祔也离之,有以间焉；鲁人之祔也合之,美（善？）夫。吾从鲁。"遂合葬于防。曰："吾闻之,古墓而不坟。今丘也东西南北之人,不可以弗识也。吾见封之若堂者矣,又见若防者矣,又见覆夏屋者矣,又见若斧形者矣。吾从斧者焉。"于是封之,崇四尺。孔子先反虞。门人后,雨甚至,墓崩,修之而归。孔子问焉,曰："尔来何迟？"对曰："防墓崩。"孔子不应。三云,孔子泫然而流涕曰："吾闻之,古不修墓。"及二十五月而大祥,五日而弹琴不成声,十日过禫而成笙歌。

此章的多数文字都能在《礼记·檀弓》中找到,但不在一处,而分散在多处,也不全是孔子合葬父母时所言,有的也不是孔子的话。如"合葬非古也,自周公以来未之有改也",就是季武子的话,应是本篇"古者不祔葬""自周公以来祔葬矣"所本。"卫人之祔也离之,鲁人之祔也合之,善夫"

---

① ③ 李邦直：《史论》上,佚名编《圣宋文选全集》,清光绪八年（1882）刊本。
② 方弘静：《千一录》,卷七,明万历刊本。

倒是孔子所言,而原是孤立的两句,并无上下文。"合葬于防"以下,则是《礼记》所记孔子合葬父母之文,却又插入"吾见封之若堂者矣"五句,那是子夏在为孔子发丧时回忆孔子往昔之言。结尾三句原在《檀弓》中也独立成文,首句作"孔子既祥",下全同。由此可见,本章是"组织《檀弓》成文"①。且不说《檀弓》所记是否属实,其前半将孔子平时言论集中在一个特定场合就是蓄意造作,结果好像孔子一人在自言自语,曰了又曰,没有听者,没有气氛,缺乏真实感。对《檀弓》之记,古人多有质疑。其谓防墓"旋踵而崩""古不修墓"乃"汉儒言古","只是臆说"云云②,我们今天也"不复验之",不便判其虚实真伪;而谓"东西南北之人非夫子之言也,夫子岂逆知己之老于行乎?"③则是显见之理,合于孔子到五十七岁近老之年才不得已适卫并奔波于多国的经历,其葬母时哪得预知?如此看来,本章也是虚实参半的拟史小说。

二 《孔丛子》中的小说

首篇《嘉言》第一章写孔子适周,见苌弘。事后苌弘对刘文公曰:"吾观孔仲尼有圣人之表。河目而隆颡,黄帝之形貌也;修肱而龟背,长九尺有六寸,成汤之容体也。然言称先王,躬履廉让,洽闻强记,博物不穷,抑亦圣人之兴者乎?"刘子曰:"方今周室衰微,而诸侯力争,孔丘布衣,圣将安施?"苌弘曰:"尧舜文武之道或弛而坠,礼乐崩丧,亦正其统纪而已矣。"既而夫子闻之曰:"吾岂敢哉,亦好礼乐者也。"姑且不论孔子早年是否曾经适周,"问礼于老聃,访乐于苌弘"(《家语·观周》),即便真有此等事,苌弘也绝不可能对文公刘蚠说那些极端恭维孔子的话。那是孔子被尊为圣人之后好事者的想象之词,所以本章绝非纪实,而是蓄意造作的早期小说。

第二章写孔子讽陈惠公。"陈惠公大城,因起凌阳之台。"台工未峻,

---

① 范家相:《家语证伪》卷十。
② 罗壁:《识遗》卷三,民国九年(1920)上海涵芬楼影印本。
③ 郝敬:《礼记通解》卷三,明万历四十四年(1616)京山郝氏刊本。

已坐法死者达数十人,"又执三监吏"。孔子适陈,"闻之,见陈侯,与俱登台而观焉"。孔子曰:"美哉,斯台!自古圣王之为城台,未有不戮一人而致功若此者也。"陈侯默而退,"窃放所执吏"。既而问孔子:"昔周作灵台亦戮人乎?"孔子答曰:文王以"六州之众"建"区区之台","未及期日而已成矣,何戮之有乎?夫以少少之众能立大大之功,唯君耳"。据《春秋》,鲁定公四年(前508)葬陈惠公,八年又葬陈怀公,陈湣公嗣位。而据《史记》,孔子于定公十四年还在鲁国当大司寇,后适卫数年,至陈已在鲁定公死后,陈湣公已当政多年,惠公墓木以拱,于此可见本章之虚。又者,孔子对如此暴虐的君主,不会说表面奉承的反语,故被崔述谓为"滑稽之雄淳于髡、东方朔之所为。不但孔子不屑为此,春秋时尚未有此等语也"①。全篇乃是凭空虚构的小说文字。

本篇还另有虚拟之作:

> 夫子适齐,晏子就其馆,既宴其私焉。曰:"齐其危矣,譬若载无辖之车,以临千仞之谷,其不颠覆亦难冀也。子,吾心也。子以齐为游息之馆,当或可救,子幸不吾隐也。"夫子曰:"夫死病无可为医。夫政令者,人君之衔配,所以制下也。今齐君失之已久矣,子虽欲挟其辀以扶其轮,良弗及矣。抑犹可以终齐君及子之身,过此以往,齐其田氏矣。"

据《史记·孔子世家》,鲁昭二十五年,季平子与孟氏、叔孙氏"共攻昭公,昭公师败,奔于齐",其后"鲁乱",孔子也随之适齐,时年三十五岁。其时,鲁国处于无君的混乱之中,而齐国景公还如日中天,田氏祸乱要在三十年后。晏子和孔子见面,即便不谈鲁国之乱,也绝不会谈齐国危机。晏子与孔子不仅年岁差异甚大,地位不同,前者对后者以礼乐治国的理念也不认同,以为"累世不能殚其学,当年不能究其礼",不能用之"以移齐俗"②。晏子"先细民"的治国理念使他对孔子不可能说"子,吾心也"的话,更不会言"齐其危矣"。而作为客居齐国的孔子,也不会说那些对齐

---

① 崔述:《洙泗考信录》卷三,清道光四年(1824)陈履和刊本。
② 《史记》卷四十七《孔子世家》,第1911页。

国大不敬的预言。上列文字,其实都是了解田氏篡齐的后来人为假晏子预言抬高孔子而虚造的叙事之文,即早期小说。

《春秋》哀公十四年记有"西狩获麟"一语。产生较早且多据史记的《左传》对此传曰:"十四年春,西狩于大野,叔孙氏之车子鉏商获麟,以为不祥,以赐虞人。仲尼观之,曰:'麟也。'然后取之。"后至《公羊传》,则将获麟之人释为"薪采者",谓"有以告者曰:'有麕而角者。'孔子曰:'孰为来哉!孰为来哉!'反袂拭面涕沾袍"。两传虽有差异,并不龃龉难合,且都并未敷衍成篇。《家语·辨物》吸收了两传的内容,略作生发而成篇:"叔孙氏之车士曰子鉏商,采薪于大野,获麟焉,折其前左足,载而归,叔孙以为不祥,弃之郭外。使人告孔子曰:'有麕而角者何也?'孔子往观之,曰:'麟也。胡为来哉!胡为来哉!'反袂拭面,涕泣沾襟。叔孙闻之,然后取之。子贡问曰:'夫子何泣尔?'孔子曰:'麟之至,为明王也,出非其时而见害,吾是以伤哉。'"这就把两传合而为一,将"西狩获麟"之事陈述得清楚而又完整,具体而微。虽也不无主观臆度,但可视为填充叙事空白之笔,或距史事不远。唯子贡之问系凭空而加,似还不能因此构成小说。再看《孔丛子·记问》末章:

> 叔孙氏之车子曰鉏商,樵于野而获兽焉。众莫之识,以为不详,弃之五父之衢。冉有告夫子曰:"麕身而肉角,岂天之妖乎?"夫子曰:"今何在?吾将观焉。"遂往。谓其御高柴曰:"若求之言,其必麟乎?"到视之,果信。言偃问曰:"飞者宗凤,走者宗麟,为其难致也。敢问:今见,其谁应之?"子曰:"天子布德,将致太平。则麟凤龟龙先为之祥。今宗周将灭,天下无主,孰为来哉!"遂泣曰:"予之于人,犹麟之于兽也,麟出而死,吾道穷矣。"乃歌曰:"唐虞世兮麟凤游,今非其时兮吾何求,麟兮麟兮吾心忧!"

此文增加了冉有、高柴、言偃三个人物和相关对话,对西狩获麟事件的传述作了明显的衍绎与发挥。特别是孔子与言偃的对话,占篇幅之大半,孔子不仅慨叹"宗周将灭,天下无主",还将自己比作人中之麟,大发感慨与悲歌,从而使作品加入作者太多的主观意想之词,成为虚实参半的拟史小说。

《杂训》篇第三章写孟子见子思事。孟子幼年"请见子思",子思"甚悦其志,命子上侍座"。子上不理解乃父何以如此"礼敬"这位"孟孺子",事后发问,子思便对他讲述自己当年"从夫子于郯",亲见孔子如何礼敬郯子的情景,说孟子虽是"孺子",而"言称尧舜,性乐仁义,世所稀有","事之犹可,况加敬乎?"前儒多曾指出,孟子与子思相差一百多岁,不可能有师徒之缘,此写"请见""礼敬"云云,自是宣扬孟子和子思的虚造,其"从夫子于郯"也是不着边际的臆想之词①。全章只能作荒诞小说来看。

《抗志》篇第三章写子思不为鲁君服丧。"子思居卫,鲁穆公卒。县子使乎卫,闻丧而服",又谓子思:"子虽未臣鲁,父母之国也,先宗庙在焉,奈何不服?"子思称:"吾既无列于鲁,人祭在卫。吾何服哉?旧君无服,明不二君之义。"子思之父伯鱼死于孔子卒前,鲁穆公死于孔子卒后一百零三年(前479—前376),若本章之事可信,子思至少要活百多岁,故前人谓此篇"尤不足信也"②。又,《孟子》卷十拟子思答鲁穆公问,有"子,君也;吾,臣也"之语;卷十二引淳于髡语云:"鲁穆公时,公仪子为政,子柳、子思为臣。"徐乾学据以批驳本章:"岂得谓子思未臣鲁?"③《汉志》还有子思"为鲁穆公师"的班固注语。凡此,足以说明本章并非纪实之作,而是了解子思、穆公、县子生当同时的读书人蓄意造作的一篇小说。倘属"孔氏家学",则不排除孔氏后人之所造。

《抗志》末章写子思见老莱子。老莱子听说穆公将用子思为相,便问他"将何以为"。子思说"顺吾性情,以道辅之"。老莱子便不认可,谓子思"性刚而傲","非人臣也"。子思不服。老莱子曰:"子不见夫齿乎?齿坚刚,卒尽相磨;舌柔顺,终以不弊。"子思曰:"吾不能为舌,故不能事君。"《汉书·艺文志·诸子略》道家类载《老莱子》十六卷,班固自注:"楚

---

① 王谟《孔丛子跋》云:"《左传》孔子见郯子在昭公十七年,孔子时年二十八,伯鱼尚幼,子思安得遂从夫子于郯耶?"载王谟辑《增订汉魏丛书·孔丛》,清光绪二年(1876)红杏山房刊本。

② 林春溥:《战国纪年》卷一,清道光十八年(1838)竹柏山房刊本。

③ 徐乾学:《读礼通考》卷十一,清光绪七年(1880)江苏书局刊本。

人，与孔子同时。"《史记·仲尼弟子列传》载："孔子之所严事，于周则老子，于卫蘧伯玉，于齐晏平仲，于楚老莱子……"则老莱子应比孔子年长，到鲁穆公时墓木已拱，不可能教训子思。其实，本章的主旨不在宣示老莱子的齿舌之喻，而在表彰子思"不能为舌，故不能事君"的人格与个性。笔者在前面有关《说苑》的考辨中曾谈及《敬慎》篇常拟以齿坚舌柔教老子处世的虚构之作，那自然是先秦的资料，经过流传与翻改，变成老莱子教孔子的同类故事。本章应是这类故事的最新改作。改作者无论是否孔氏后代，都是推崇子思的读书人，作品具有自觉虚拟的特性，是一篇地道的仿改小说。

《陈士义》篇有宫他见子顺章。宫他说他"困贫穷，欲托富贵之门"。子顺问他"欲托者谁"，他说出赵平原君、燕相国、齐田氏，子顺皆谓"不足归"。宫他要他推荐，子顺说"勿识"，又说，春秋时期被孔子赞为"仁可以托孤，廉可以寄财"的邢成子，如今到哪里去找呢？宫他曰："循先生之言，舍先生将安之？请从执事。"子顺不得已而言于魏王，使宫他"升于朝"。据《战国策》载，宫他（又称昌他）是战国时西周大夫，曾为周王谋划"备秦"之策，后"亡西周，之东周，尽输西周之情于东周"，遂为西周冯睢以反间计杀之①。这说明在西周被灭之前相当长的时间宫他就已是西周大夫，西周被秦灭于周赧王五十九年（前256），而据钱穆先生推考，子顺为魏相"约当魏景湣王之三四年"（前240—239）②，其时宫他已死多年。退一步说，子顺为相即使再早些年，也不会早于宫他之为周大夫之前，不会有"困贫穷"，求子顺荐他之事。再者，子顺所述邢成子事迹近二百言，几乎照录《吕氏春秋》卷二十《观表》中"邢成子为鲁聘于晋"章的文字。作为《吕氏春秋》十二纪序的《序意》作于秦嬴政八年（前239），《吕氏春秋》的成书、流传必在其后，子顺怎得对死于西周败亡之前的宫他背诵二十几年后产生之书？此章显系作者为表现子顺有意虚拟的小说类作品。

---

① 参见《战国策》，上海古籍出版社1985年版，第37—38、69页。
② 钱穆：《先秦诸子系年》，中华书局1985年版，第491页。

《论势》第二章写子顺救成皋事。"五国西诛秦,子顺会之,秦未入境而还,诸侯留兵于成皋。"子顺谓市丘子:"此师楚为之主。今兵罢而不散,殆有异数,君其备之。"市丘子求其救之,子顺许诺,遂见楚王,谓楚"约五国"伐秦而无功,又久屯兵于市丘,"谤君者或以君欲攻市丘以偿军费",颇不义之,"王可不卜交乎?"楚王曰:"奈何?"子顺曰:"王出令使五国勿攻市丘,五国重王则听王之令矣,不重王则且反王之令而攻市丘,以此卜五国交王之轻重必明矣。"楚王"敬诺而五国散"。此章所写与《战国策·韩策·五国约而攻秦》是同一内容。此章的子顺,《国策》作魏顺;此章谓"楚为之主",《国策》则明书"楚王为从(纵)长"。据《史记》载,在六国合纵抗秦斗争中,写明以楚王为纵长者有两次,一为楚怀王十一年(前318),一为楚考烈王二十二年(前241)①。另据《国策·赵策·五国伐秦无功》亦谓"伐秦无功,罢于成皋",表明与《韩策》所写为同一次伐秦。文中用很大篇幅表述苏代为齐说服赵奉阳君事,而奉阳君为赵肃侯之弟,则此次五国(实为六国)伐秦只能在楚怀王十一年,时当赵武灵王八年、魏襄王元年——奉阳君尚在,子顺大约还未出生。《韩策》中的魏顺当为人名,善使纵横家的辞令、计谋,被本章借指魏相子顺,不仅年代大谬,也与子顺的儒者风范大相径庭,褒之而实贬之,是钱穆之谓"《孔丛》书伪窃魏顺为孔子顺"的仿改小说。

《论势》第六章写子顺之谋。"齐攻赵,围廪丘。"赵使孔青帅师击之,获齐尸三万。"赵王诏勿归其尸,将以困之。"子顺聘赵,问王:"不归师,其困何也?"王谓:"其父兄子弟悲苦无已,废其产也。"子顺以为不然,谓"贫齐之术,乃宜归尸。"王问其故,子顺曰:"使其家远来迎尸,不得事农,一费也;归所葬,使其送死终事,二费也;二年之中丧卒三万,三费也。欲无贫困,不能得已。"王曰:"善。"既而,齐大夫闻子顺之谋,曰:"君子之谋,其利溥哉!"钱穆考证:"此事见于《吕氏春秋》,劝归齐尸者为宁越。证之《纪年》,其事远在威烈王时,下距子顺之世尚百七十年。《孔丛》轻

---

① 参见《楚世家》和《春申君列传》。

为剿窃,其妄如此。"①对照两书此文和《纪年》之记②,此考可谓毫无可驳。且看《吕氏春秋·不广》之文:"齐围廪丘,赵使孔青将死士而救之","得尸三万",将葬,宁越建议反尸于齐,使齐"府库尽于葬"。孔青虑齐不取尸,宁越曰:"战而不胜,其罪一;与人出而不与人人,其罪二;与之尸而不取,其罪三。民以此三者怨上,上无以使下,下无以事上,是之谓重攻之。"作者评曰:"宁越可谓知用文武矣。用武则以力胜,用文则以德胜,文武尽胜,何敌之不服?"而《孔丛子》此章只着眼于使齐贫困,将三罪易作三费,不仅目光狭窄,第三费且与归尸全无关系,实属拼凑,表现的子顺不仅不合儒者的仁义之道,较之宁越,也大为逊色,是蓄意造作又并不高明的仿改小说。

此篇末章载,"秦急攻魏,王恐",有人谓子顺曰:"如之何?"子顺答曰:"吾私有计,然岂能贤于执政? 故无言焉。"魏王闻之,忙向子顺问计,子顺先发一通"弃之不如用之之易也,死之不如弃之之易也"的议论,而后建议魏王"割地赂秦以为嫪毐功,卑身尊秦以固嫪毐","使太后德王",使天下"弃吕氏而从嫪毐",则"王怨必报"。《四库全书》本和《百子全书》本《孔丛子》都有为数很少的注释,一般只注关键人物的身份或疏通文字,而对本章却特加按语:"此策甚疏,必非子顺语。"这说明本章内容太离谱了。让恪守儒道的子顺献出"以国赞嫪毐"之计,岂可思议。钱穆谓其"本《魏策》或人之言,妄人窃取,不悟其不足重子顺也"③,颇为中肯,甚至可以说大损子顺的人格与形象。此章所写与《战国策·魏策四》中"或谓魏王"的议论和献策全同,文字也近乎版印,唯在开头让子顺故卖关子引诱魏王求计是后加的。全篇是将未必实有的或人之言翻改得更见其假的小说类败笔。

《执节》篇第六章写虞卿与魏齐的"春秋"之辩。"虞卿著书,名曰《春秋》",魏齐意为不可,理由是:"《春秋》,孔圣所以名经也。"虞卿曰:"经者,取其事常也,可常则为经矣。且不为孔子,其无经乎?"魏齐问子顺,子顺谓

---

①③ 钱穆:《先秦诸子系年》,第489页。
② 据古本《竹书纪年》,晋烈公十一年(即周威烈王十七年)"田悼子卒,田布杀其大夫公孙孙。公孙会以廪丘叛于赵,田布围廪丘,翟角、赵孔屑、韩师救廪丘,及田布战于龙泽,田布败逋"。见朱右曾辑、王国维校补《古本竹书纪年辑校》,辽宁教育出版社1997年版,第23页。

"无伤也"云云。据《史记》范雎本传与虞卿本传,魏相魏齐因曾虐待后为秦相的范雎,被秦昭王逼索其头而最终投奔相赵的虞卿,虞卿"不重万户侯卿相之印",偕魏齐间行离赵,"复走大梁,欲因信陵君以走楚",信陵君犹豫未见,魏齐"怒而自刭"。魏齐已死,虞卿"不得意,乃著书",终成《虞氏春秋》。此种史记表明,虞氏著书在魏齐死后。本章所写魏齐与虞卿讨论书名,又询问子顺等事,显然是《孔丛子》作者凭空虚造,故被钱穆列为"大谬不然者"之列,而从其为表现子顺蓄意拟构假事来看,则是一篇小说之作。

结　　语

《家语》与《孔丛子》中的小说作品当不止此,限于旁证资料和本人视野,考辨如上。另如某些学界有争论者,如孔子是否曾适周并见过老子,就关涉多章的虚实与文类,本人虽持否定看法,而未遑深考,姑且存疑。更有多章借助对话阐发义理之作,无论纪实与否,都不属于小说,本文不作讨论。

《家语》长期被认为是王肃的伪造,几成定论。但仔细想来,王肃原是严肃的学者,其在《家语序》中明言是书为孔子二十二世孙孔猛"昔相从学"时从家中取来的"先人之书"。此言倘属虚造,何以面对其弟子孔猛?实难想象。故此四十四篇《家语》,可能出自孔猛之家。但这并不意味其书就多真实可信,也不意味作者只是孔氏后代。其中大批章节抄自战国、秦汉之书,颇多虚造之文。为把孔子圣化,以文学的虚拟手段夸张、渲染其圣言和圣迹,从而有意无意收采并杜撰了一批早期小说。《孔丛子》也长期被视为伪书,甚至也被疑为王肃所造。但倘《家语》非王肃作伪,其造《孔丛》之疑也就自然排除。《孔丛》是否为孔氏家学,尚无定论。即便它是孔氏家学,也远非孔门纪实之学。作者为宣扬孔子及其后代的言行事迹,羼入多章虚拟和仿改之作,也造成一批小说。此等蓄意造作,从研究孔子和孔门的历史来看,乃是"伪作",应予剔除;而从小说发展的角度来看,却又是早期文学的一种现象和收获。

（原载《文艺研究》2011年第3期）

《高士传》编创之小说考辨

一 原作人物知多少

较之"独尊儒术"的汉代，魏晋是士阶层思想大为活跃、解放的时期。佛道两教炽盛于时，传统道家的老庄思想更发展为魏晋玄学。在谈玄论道、崇尚自然与出世的风气中，读书人的言行不仅"多以放达不守礼教为高"①，而且出现一批特立独行的不仕之士，并将历代不仕者誉为"高士"，争为之立传。据现有资料，除去内容性质相同或相类似的《逸士传》《逸民传》《隐逸传》等不论，产生于魏晋时期名为《高士传》者就有四部之多，只《隋志》就分别载有嵇康、皇甫谧、虞槃佐所撰各一种，而据章宗源、姚振宗的同名著述《隋书经籍志考证》，还有习凿齿的《逸人高士传》八卷。这些或长或短的同名之作，全书迄今多已不存，唯皇甫谧《高士传》流传至今，虽也经过后人的增补甚或改窜，但总体看来去原作不远，是同名之书的最幸运者。嵇康的《圣贤高士传赞》，原为三卷，"撰录上古以来圣贤隐逸遁心遗名者集为传赞，自混沌至于管宁凡百一十有九人"②。今虽失落约半数，仍赖类书及相关文献保存了五十余条，六十余人③，可谓次幸运者。

---

① 冯友兰：《中国哲学史》，第 258 页。
② 嵇喜：《嵇康传》，《文渊阁四库全书·西晋文纪》，第 1398 册，第 410 页。
③ 据严可均辑，唐鸿学补辑嵇康《圣贤高士传赞》（载民国十一年成都大关唐氏怡兰堂刊本），计 54 条，63 人。

今存皇甫谧《高士传》，上中下三卷，计 91 条，写 96 人。而宋李石《续博物志》谓此书写 72 人。《四库全书总目》据此认为"谧书本数原仅七十二人"，并以《太平御览》（下简称《御览》）"五百六至五百九全收此书"之 71 人足之（其中东郭先生不在 96 人之内），仅"偶脱"其一，以证李石所言不差。"此外，子州支父、石户之农、小臣稷、商容、荣启期、长沮、桀溺、荷蓧丈人、汉阴丈人、颜斶十人皆《御览》所引嵇康《高士传》之文，闵贡、王霸、台佟、严光、梁鸿、韩康、矫慎、法真、汉滨老父、庞公十人则《御览》所引《后汉书》之文（此遗高士向长，见《御览》卷五百一），惟披衣、老聃、庚桑楚、林类、老商氏、庄周六人为《御览》此部所未载，当由后人杂取《御览》又稍摭他书附益之耳。"①此辨虽不无依据，却与相关资料不尽相合。首先，《御览》那四卷并未"全收"皇甫《高士传》之文。其卷四百六十四引庄周条（与今本异，略同于《庄子·说剑》），卷四百七十四引亥唐条，卷四百九十九引孔嵩条，卷五百九十五引严光条，卷八百二十八引许劭名条和毛公、薛公条，卷九百三引孙期条，皆标明出皇甫谧或皇甫士安《高士传》。其中严光条在 96 人之内，其余六条 7 人今本亦无。《御览》所载《高士传》实为 79 人，与李石之言所见本有差。《御览》卷首所列引录书目就将皇甫谧《高士传》、皇甫士安《高士传》别为二书，说明其时已有两种版本，上面引录各条只有孔嵩和亥唐出自署为士安之书，或属李石所见本。但它只是版本之一种，并非全本。其次，如果关注其前类书引录之文，《高士传》的条数与所写人数，与《总目》之辨亦难合契。虞世南"在隋为秘书郎时所作"的《北堂书钞》引皇甫《高士传》五条 4 人，除老莱子、管宁、焦先外，还有卷七十七《设官部·功曹》"光赞本朝"下的法真，《书钞》引《后汉书》之文甚多，此处独引《高士传》，说明皇甫本传确有此条，虽与《后汉书》文大同小异，却早出其前，更非"《御览》所引《后汉书》之文"窜入者。撰于唐初的《艺文类聚》（下简称《类聚》）所引皇甫《高士传》有老子条，谓"桓帝好老子之书，夜梦见老子，乃诏陈相为老子立祠"（卷七十九）。《类聚》系在《梦》下征引此文，自非全部，其前应有今之《高士传·

---

① 《四库全书总目》，第 518 页。括号内文字为笔者所加。

老子》所写李耳身世并作《道德经》等内容。可见今本《老子》条并非后人"附益"者,而是已有缺失。《类聚》还引有《高士传》之韩康条(卷八十一),因在《药》下,只有同于今本《韩康》前半采药、卖药的内容,后半桓帝征辟,中途逃脱,才合于皇甫氏的高士标准,宜所必有。可见今本《韩康》条确为皇甫本传原文,与《后汉书·韩康传》也有同有异,并非一文。《类聚》卷九十四《豕》下还引有《高士传》的孙期,同于《御览》所引孙期条。后至《初学记》,引用《高士传》八条10人,内七条9人同于《御览》和今所见本,张楷逸迹(只"张楷隐华山,学者从之成市"二句)则为别本所无。如此,又增法真、老子、韩康、张楷4人,《高士传》原本应不少于83人。

以上只是据类书引文对皇甫原本所写人数的大致考察。皇甫与嵇康两种《高士传》的编撰方法大体一致,主要是采录前人著述,或略有增改;两书编录的范围均自上古至曹魏。因此,某些条文重复以至文字大同皆有可能。特别是那些篇幅短小、内容单纯之作,很难由此一点得出原作有无其条的论断。比如,各旧本《类聚》卷三十六人部"隐逸上"引录魏嵇《高士传》十九条实为嵇康《高士传》①,所述壤父、巢父事迹之文与《御览》引录皇甫相应二条之文几乎全同。《类聚》不仅早于《御览》数百年,"在引书上也比《太平御览》为谨严"②。据此似可认为皇甫本传这两条应为嵇康之文窜入者。而皇甫所撰另一种同类之书《逸士传》的佚文也有此两条。其中的《壤父》见于《御览》③;《巢父》见于《世说新语》刘孝标注④,以及《文选》李善注⑤。其文亦与两《高士传》之文大同,且可能早于

---

① 参见严可均辑,唐鸿学补辑嵇康《圣贤高士传赞》;汪绍楹校《艺文类聚》(上海古籍出版社1999年版)。旧本"魏嵇"或指字体。

② 《艺文类聚》前言,上海古籍出版社1999年版。

③ 《太平御览》卷七百五十五:"《逸士传》曰:尧时有壤父五十(人)击壤于康衢。或有观者曰:'大哉,尧之为君!'壤父作色曰:'吾日出而作,日入而息,凿井而饮,耕田而食。帝何力于我哉?'"

④ 刘孝标引于《世说新语·排调》支道林条下注云:"《逸士传》曰:巢父者,尧时隐人,山居不营世利。年老,以树为巢而寝其上,故号巢父。"又于孙子荆条下注云:"《逸士传》曰:许由为尧所让,其友巢父责之。由乃过清泠水,洗耳拭目,曰:'向闻贪言,负吾之友。'"

⑤ 《文选》卷五十五陆机《演连珠》第七首后李善注云:"皇甫谧《逸士传》曰:巢父者,尧时隐人也。及尧让位乎许由也,由以告巢父焉。巢父责由曰:'汝何不隐汝光,何故见若身、扬若名令闻?若汝,非友也。'乃击其膺而下之。由怅然不自得,乃过清泠之水洗其耳。"

两《高士传》(后文有辨)。据此,则又似可认为皇甫本传有此两条。又如《子州支父》,源出《庄子·让王》,《御览》所引嵇康之文甚简:"子州友(支)父者,尧舜各以天下让友父。友父曰:'我适有劳忧之病,方治之,未遑在天下也。'"而皇甫之文则繁:"子州支父者,尧时人也。尧以天下让许由,许由不受;又让子州支父。子州支父曰:'以我为天子犹之可也。虽然,我适有幽忧之病,方且治之,未遑治天下也。'舜又让之,亦对之曰:'予适有幽忧之病,方且治之,未遑治天下也。'"前者是《让王》的简化,也很有可能是嵇文的简化,因而嵇文有被后人改充、附益皇甫之文的可能,以至四库总目将皇甫书中此条列为"《御览》所引嵇康《高士传》之文"之首。其实,只是有此一种可能而已。还有另一种可能,即不是后人改充、附益,而是两者同出于《庄子·让王》,一简一繁。又者,嵇文称"支父"为"友父",谓"治天下"为"在天下"。此同于《吕氏春秋·贵生》,说明嵇文除据《让王》,还参考了《贵生》①。而皇甫之文全同于《让王》,似为编撰者自裁之笔;倘由后人据嵇文附益,则据《让王》作了修订。由于两者均无编撰者言,无法断定皇甫《高士传》必无此条。由此两例可见某些考辨的或然性即不确定性,也是此类考辨的局限性。83 人只是大概的数目。

《高士传》,《隋志》著为六卷,《旧唐书·经籍志》著为七卷,至《新唐书·艺文志》著为十卷,宋元各书目因之。《说郛》选录"一卷",同于明中后期三卷本上卷之二十八目 29 人,选者所见或已大体同于今之所见明万历间吴琯、何允中等分别梓行的三卷本耶?卷数此等变化的原因,如今已经无从考索。晁公武《郡斋读书志》著明此书写 96 人,陈振孙《直斋书录解题》又称"自被衣至管宁惟八十七人",连同李石所见 72 人本,宋代至少有三种人数不同的版本。晁氏又谓"东汉之士居三之一",亦约同于今所见本。《郡斋读书志》所载抑或就是流传至今的 96 人本,只是卷数不同罢了。这虽是推想,却有此可能。

---

① 《吕氏春秋·贵生》只谓尧让天下,未言及舜,嵇文谓"尧舜各以天下让友父",主要依据是《庄子·让王》。

皇甫《高士传》主要是采录前人著述编撰而成。这些著述既有史书，也有子书。此传约有三分之二的人物事迹为史实，或基本属实，是为史传。内以汉魏时代人物为多。其余则为古书传录或杜撰的上古人事。被传录者乃是传说，蓄意杜撰者便是小说或原书的小说成分。由于编撰者将它们认作真实的人物事迹，遂一并纳入传中，并一律写成"某者，某地（或某时）人也"的真人传略形式。又由于早期小说内容简略，遂与史之传略难于区分。本文着重考辨今存《高士传》中并非史传的小说（笔者已另文考辨者除外），不论其文是否原为嵇康所撰或由后人附益者。

二 变小说成分为小说作品

《高士传》所录某些人事，乃前人为传达寓意特地杜撰，即艺术造作，在原文中既不很完整，也不充分独立，与别文关联或依傍别文，只是原文中的小说成分，被选入本传后，因增补之文而完整，因脱离原文而独立成篇，又被冠以人名标题，从而成为类乎史传体的早期小说作品。这就是说，由于本传的编创，遂将原文的小说成分变成小说。

首条《被衣》取自《庄子》。《庄子》是庄周及其后学所撰的寓意之作，不仅见地出奇，超乎世俗，还为表现其见地虚拟许多新奇乃至神异的人事意象。《知北游》篇写啮缺问道于被衣，被衣曰："若正汝形，一汝视，天和将至；摄汝知，一汝度，神将来舍。德将为汝美，道将为汝居，汝瞳焉如新生之犊，而无求其故。"其言未卒，问道的啮缺已"睡寐"，被衣"大说（悦），行歌而去之，曰：'形若槁骸，心若死灰，真其实知，不以故自持。媒媒晦晦，无心而不可与谋。彼何人哉！'"如此谈道情境和怪异人物构成的意象，是为阐明前文所论"圣人无为，大圣不作"的蓄意造作，是论说的例证，从其虚拟的角度而言也只是一种小说成分。《高士传》将该文录入《被衣》，使其脱离议论架构而独立，为其蜕变为小说作品创造了条件。编创者除在开头加上"被衣者，尧时人也"，使其具有"传"的格局，还从《天地》篇移来如下几句："尧之师曰许由，许由之师曰啮缺，啮缺之师曰王倪，王倪之师曰被衣。"这里，《庄子》作者依照东周士阶层广泛存在的师徒关系描述尧时和尧前的社会:尧以上四代师承,被衣成了尧的太祖师爷。这自然也是造作之笔。许由、啮缺、王倪、被衣等人物也首见于《庄子》,或依传说而虚拟。妙在《天地》篇的几句加于此处,恰能承前而启后,自然引出处于徒孙地位的啮缺"问道于"师祖"被衣",进入被衣事迹正文,从而使全文连环相扣,浑然一体,成为一篇首尾完整的被衣传略,其实就是一篇颇有意味的小说作品。

《王倪》条取自《庄子·齐物论》。《齐物论》以城南子綦答颜成子游之语开篇,寄寓并显示天地自然万物同异之变的深奥哲理。除直接论议,更虚拟尧与舜、啮缺与王倪、瞿鹊子与长梧子、网两与影子的问答话语,以及庄周梦中化蝶的幻象,以深化意蕴,丰富内涵。《高士传》之《王倪》条就抄录了其中啮缺与王倪的问答。啮缺问:"子知物之所同是乎?"王倪曰:"吾恶乎知之!"啮缺又问:"子知子之所不知邪?"王倪曰:"吾恶乎知之!"啮缺曰:"然则,物无知邪?"王倪曰:"吾恶乎知之!"随后王倪以人与鱼、禽、兽各类的所处、所食和择偶各不相同反问啮缺:孰知天下的"正处""正味"和"正色"?并引申为"仁义之端、是非之途,樊然殽乱,吾恶能知其辩!"这在将人与动物视同齐一的同时也陷入不可知论。此种问答内容构成的思辨人物和场景、意象显然是庄子的蓄意造作。但它只是《齐物论》观点的一个虚幻的例证,与前后多个同类虚想的事例一起完成"齐物"主题,不具文体独立性,虽为虚拟叙事,亦非小说,只是篇中的小说成分。《高士传》将它独立出来,并在开头加入"王倪者,尧时贤人也,师被衣,啮缺又学于王倪,问道焉"等语,使之完整成传,遂将原来的小说成分变成一篇自成起讫的寓意小说。

同卷《蒲衣子》出自《庄子·应帝王》,却与上篇王倪故事有接续性。其文云"啮缺问于王倪,四问而四不知",这正是承接《齐物论》中王倪之谓四个"吾恶乎(能)知"而言。啮缺因此"跃而大喜,行以告蒲衣子"。

　　蒲衣子曰:"而乃今知之乎?有虞氏不及泰氏。有虞氏其犹藏仁以要人,亦得人矣,而未始出于非人。泰氏其卧徐徐,其觉于于,一以己为马,一以己为牛,其知情信,其德甚真,而未始入于非人也。"

这里，泰氏是比虞舜更为远古之君（成玄英谓"即太昊伏羲"①），是庄周想象的体现其无为而治"与天俱化"的理想圣君。蒲衣子也是《庄子》的虚想人物。上述意象和蒲衣子之言都是显示《应帝王》中心思想的艺术手段，虽有早期寓意小说主观虚拟的本质特征，却不能充分独立，其依傍《齐物论》王倪与啮缺的问答尤为显眼。故而只是《应帝王》中的小说成分。皇甫使其独立成章，并在其前加"蒲衣子者，舜时贤人也，年八岁而舜师之"（此据《庄子》佚文②），结尾又加"后舜让天下于蒲衣子③，蒲衣子不受而去，不知所终"，从而使全文成为杜撰而完整的蒲衣子传略，自然也就成了寓意小说，与《王倪》为姊妹篇。

《壤父》内容源出于伏胜《尚书大传》。《大传》佚文谓"民击壤而歌，凿井而饮，耕田而食，帝力何有？"④泛言远古民风。后至王充《论衡》，三次引用尧时击壤者的同一故事⑤。其卷八《艺增篇》云：

> 《论语》曰："大哉尧之为君也！""荡荡乎，民无能名焉。"传曰："有年五十击壤于路者，观者曰：'大哉尧德乎！'击壤者曰：'吾日出而作，日入而息，凿井而饮，耕田而食。帝何等力？'"此言荡荡无能名之效也。

此中"传曰"之语为前引《大传》之言的传承与发展显而易见：原为一个泛指的"民"字衍化为特定人物"年五十"者，泛泛的民风描述词语发展为"观者"与"击壤于路者"的对话场面，后者之言在《大传》"凿井而饮，耕田而食"之前又增入《庄子·让王》中善卷说的"日出而作，日入而息"。全文成为一种显见虚拟的叙事之笔。但它还不是击壤者的个人传略。本传则将"击壤"者名之为"壤父"，谓其"尧时人也"，又谓"帝尧之世，天下太和，百姓无事，壤父年八十余而击壤于道中"。下面的言语虽同于《论

---

① 郭象注，成玄英疏：《南华真经注疏》卷三，清光绪十年（1885）日本遵义黎氏东京使署刊本。
② 《太平御览》卷四百四引《庄子》："蒲衣八岁，而舜师之。"元陈士隆《北轩笔记》引《庄子·逸篇》："蒲衣八岁，而舜师之。"
③ 《尸子》卷下："蒲衣生八年，舜（舜）让以天下"。
④ 陈寿祺辑：《尚书大传》卷五，《四部丛刊》本。
⑤ 除卷八《艺增篇》，另有卷五《感虚篇》和卷二十《须颂篇》，所载击壤者故事全同。

衡》，末句却变为更明白否定尧功的"帝何德于我哉"。不唯全篇成了壤父的个人传略，还创作一篇有关上古人物意味隽永的微型小说。高似孙《纬略》引《艺经》曰："击壤，古戏也。"又云："玄晏（即皇甫谧，号玄晏先生）云：十七时与从姑子梁柳等击壤于路，则晋时尚有此戏矣。"①由此可见，自汉至晋，学人以其时尚存的古戏拟想远古尧时"击壤而歌"的民风，其意象具有现实的投影。如果说前列各条原本就是书中的小说成分，主要由于《高士传》作者使其独立，自成一体，而成为小说，那么，《壤父》还在一定程度上得力于作者和后人的创造和改作。壤父这个人物之名似即始于皇甫《逸士传》，该传《壤父》条末句谓"帝何力于我哉"，较嵇康、皇甫两《高士传》谓"帝何德于我哉"，文字更近于《大传》之文（"帝力何有"）和《论衡》引录的"传曰"之文（"尧何等力"），两《高士传·壤父》末句则似据《逸士传》该条末句的改进之语。若然，《逸士传》应出于两《高士传》之前，壤父之名就是皇甫（而非嵇康）的一个创造。"天下太和，百姓无事"，乃后来附益者转抄皇甫谧《帝王世纪》卷二之文；变"五十之民"为"八十余"，也是附益者变改《世纪》"有八十老人击壤于道"的产物，因为《御览》卷五百六所引皇甫之本传《壤父》不但无"天下太和"等语，且谓"年五十而击壤于道中"。后人将《世纪》之文录入或改作，而成今之所见《高士传·壤父》，也为这篇微型小说增添了韵味。

　　《荣启期》与《林类》原是《列子》卷一中的两例。前者写九十老翁，虽"鹿琴带索"，却"鼓琴而歌"。孔子遇之，问其何乐。他说"吾乐甚多"，遂以生而为人、为男、且寿至九十等三乐作答。后者写"年且百岁"的林类"底春被裘，拾遗穗于故畦，并进并歌"。孔子适卫而遇之，使子贡询问。子贡"面之而叹"，谓其"少不勤行，长不竞时，老无妻子，死期将至，亦有何乐？"林类笑答："吾之所以为乐，人皆有之，而反以为忧。少不勤行，长不竞时，故能寿若此；老无妻子，死期将至，故能乐若此。"并说："死之与生，一往一反，故死于是者安知不生于彼？故吾知其不相若矣。"作者以此两例证明前文论说的"老耄"与"死亡"乃人生"大化"之一，老亦有乐，死亦

---

① 高似孙：《纬略》卷四，民国十年（1921）上海博古斋影印本。

无忧,各是文中的一个组成部分。虽为蓄意杜撰的人事,也只是小说成分而已。本书将两位主人公作为高士,分别为之立传,文字虽与《列子》几乎全同,却是独立而完整之文,遂使原来的小说成分成为小说作品。还须指出,荣启期与孔子的对话,《说苑》卷十七就有记载,《列子》的文字较详,也较流畅,且有"孔子游于泰山"的背景,似对《说苑》的发展与改造,同时却将《说苑》中独立的小说作品变成小说成分;《高士传》再将这段发展与改造之文独立成篇,又回归为小说作品。

《壶丘子林》,取自《列子》卷四。原文先言"子列子既师壶丘子林,友伯昏瞀人,乃居南郭",随即叙述列子与"貌充心虚"的南郭子的关系与交往(此下又重复误入一段卷二的内容),然后转入本文所录:"列子好游",壶丘子问其"游何所好",列子谓"人之游也,观其所见;我之游也,观其所变"。壶丘子指出两者无异,只是"务外游,不知务内观","内观者取足于身,游之至也"。列子听了,"自以为不知游",乃"终身不出"。现实中自然不会有这种事——听了两句玄虚的议论,就"终身不出"。那不过是借以宣示壶子言论的威力罢了。原文并未止于此,下面还有壶子对"游"的更玄的议论:"至游者不知所适,至观者不知所眡,物物皆游矣,物物皆观矣。"大约皇甫也不甚了了,《高士传》就未录入,而在开头加上"壶丘子林者,郑人也,道德甚优,列御寇师事之",结尾又加"居郑圃四十年,人无识者"。"师事之"自然是据《列子》本卷之语,结尾则据《列子》卷一首句:"子列子居郑圃四十年,人无识者。"这样就将列子与壶子的对话片断写成一篇有头有尾的壶丘子传。壶丘子是个超现实的道术人物,《列子》卷二袭《庄子·应帝王》,写他破神巫季咸的相术神乎其神,充分显示了这一点。清人说:"列子师老商氏、壶丘子林、关尹子,实一人耳。"① 老商氏能教列子"乘风"(卷二),自然也是超现实的。其与壶丘子无论为一、为二,都是不存在的虚拟人物。《列子》卷四的上述内容虽是有意虚拟,却只是片段,并被别的故事插入而截断,不独立成篇,所以只是小说成分。《高士传》中的《壶丘子林》完整而独立,乃成一篇寓意小说。

---

① 沈钦韩:《汉书疏证》卷九。

三 缀结多文为小说

《高士传》中的某些条,引录的人物重要事迹出自两文或多文,具有缀结、合成的特色。原文或为传说的生发,或为有意虚造,拼合起来,也就成了新的虚拟之作,加上编撰者的意拟,添枝加叶,即为小说。

尧让天下与许由的记载,以《庄子》为早,并散见多篇。本传《许由》条故事开篇谓:"许由,字武仲,阳城槐里人也。为人据义履方,邪席不坐,邪膳不食。"这些话首见《高士传》,不知所据。许慎注《淮南子》只谓许由"阳成人"①。"邪席不坐,邪膳不食"云云,似从《论语》"席不正不坐""割不正不食"等语变化而出。以下故事正文,首引《庄子·逍遥游》中"尧让天下与许由曰"一大段文字,末补一句许由"不受而逃去"。下接《庄子·徐无鬼》:"啮缺遇许由,曰:'子将奚之?'曰:'将逃尧。'曰:'奚谓邪?'曰:'……夫尧知贤人之利天下也,而不知其贼天下也。夫唯外乎贤者知之矣。'"后谓"由于是遁耕于中岳颍水之阳,箕山之下,终身无轻(经)天下色",系改自《吕氏春秋·慎行论·求人》。再后云:

> 尧又召为九州长。由不欲闻之,洗耳于颍水滨。时其友巢父牵犊欲饮之,问其故,对曰:"尧欲召我为九州长,恶闻其声,是故洗耳。"巢父曰:"子若处高岸深谷,人道不通,谁能见子?子故浮游欲闻,求其名誉,污吾犊口。"牵牛上流饮之。

"洗耳"之说有不同的记载。《说苑》卷八记战国时张生送齐将军田朌(或作聎),有"昔者尧让许由以天下,洗耳而不受"之语。扬雄《法言》卷六云:"或问:'尧让天下与许由,由耻。有诸?'曰:'好大者为之也……好大累克,巢父洗耳不亦宜乎?'"这些记载显示其时传说的洗耳者已有许由与巢父两说。后至曹植有《巢父赞》:"尧禅许由,巢父是耻,秽其溷听,临池洗耳。池主是让,以水为浊。叹此三士,清足厉俗。"②这里所说的洗耳

---

① 《淮南子》卷十三《泛论训》注,《四部丛刊》影抄北宋本。
② 《曹子建集》卷七,《四部丛刊》本。

者虽仍为巢父,却生发出以洗耳之水为浊的池主。上列记述均谓洗耳之事起于尧让许由,非召许由为九州长。召九州长之说始于本传,由于前已引过尧让天下与由之说,这里需要加以变化。编撰者又将"好大者为之"的许由、巢父洗耳两说进一步发展为许由洗耳,巢父嫌其污水,"牵牛上流饮之"。这大约是从"其事益荒唐矣"的"池主是让,以水为浊"变化而出①。由于变化得好,更富于生活气息,形象生动、妙肖,乃为后人广泛引用。倘出皇甫之手,则是本传的一大创新。末段谓"许由没,葬箕山之颠"云云,系据《史记·伯夷列传》"太史公曰":"余登箕山,其上盖有许由冢云。"结尾则由传说生发:"尧因就其墓,号曰箕山公,神以配食五岳,世世奉祀,至今不绝也。"这是全书最长的一篇,也是缀集之文最多的一篇。《庄子》中的许由即便有传说根底,也是被庄周及其后学大大夸张并主观具体化了的人物,在很大程度上是有意虚拟的小说成分。司马迁之于许由,就"疑说者之言或非实也"②,后世的生发不断加码,乃至一望可知是"好大者为之"。编撰者将各代有关许由的传说与虚构的事迹集合起来,加上自己的意想,使之条贯统绪,独立成篇,遂成一篇相当完整的早期小说。当然,从总体看,皇甫谧少有主观虚构的创作意识,但他汇集了多个大言者的意识创造物,最后完成了诸多意识虚拟的小说创作,从而不同于集体无意识累积的传说。

《善卷》载:"善卷者,古之贤人也。尧闻得道,乃北面师之,及尧受终之后,舜又以天下让卷。"下面就是"卷曰"的一百四十七言,末云:"遂不受去,入深山,莫知其处。"首句为皇甫之语,尧师善卷亦无所据,或始于此。"卷曰"之语为本传主体,又可分为前后两段,前言"唐氏之有天下,不教而民从之,不赏而民劝之,天下均平,百姓安静,不知怨,不知喜。今子盛为衣裳之服,以眩民目;繁调五音之声,以乱民耳;丕作皇韶之乐,以愚民心。天下之乱从此始矣。吾虽为之,其何益乎?"这些文字,与《庄子·天地》中伯成子高回答禹的言词较为近似:

---

① 参见陈绛《金罍子》中篇卷一,明万历三十四年(1606)上虞陈氏刊本。
② 见司马贞《伯夷列传》索隐,《史记》,第2122页。

昔尧治天下，不赏而民劝，不罚而民畏。今子赏罚而民且不仁，德自此衰，刑自此立，后世之乱自此始矣。

两者虽不尽同，却首尾一致。中间三句被充实、修改，想是作者为了适应意想中的舜时情况，可知其为善卷所言之本。后面说"予立于宇宙之中，冬衣皮毛，夏衣絺葛……日出而作，日入而息，逍遥于天地之间而心意自得。吾何以天下为哉？悲夫，子之不知余也"。此文与《庄子·让王》相应之文大同①。末三句则将《庄子·让王》"遂不受，于是去，而入深山，莫知其处"略简三字而已。此传除开篇首句为皇甫自出胸臆，主要是改造与扩充《天地》篇那段文字，缀合《让王》之文而成，皇甫的编创将它们协调为一篇独立的善卷传略，也就成了早期小说。

楚狂接舆本是《论语·微子篇》中的人物，"歌而过孔子曰：'凤兮凤兮，何德之衰！往者不可谏，来者犹可追。已而已而，今之从政者殆而！'孔子下，欲与之言。趋而避之，不得与之言"。后至《庄子·人间世》，除将接舆的两句歌词改作"来世不可待，往世不可追"外，还大肆再造，极尽发挥，"演其歌词至二十八句"②。其增之曰："天下有道，圣人成焉；天下无道，圣人生焉。方今之时，仅免刑焉。福轻乎羽，莫之知载；祸重乎地，莫之知避。已乎已乎，临人以德；殆乎殆乎，画地而趋。迷阳迷阳，无伤吾行；吾行却曲，无伤吾足。山木自寇也，膏火自煎也。桂可食，故伐之；漆可用，故割之。人皆知有用之用，而莫知无用之用也。"这是庄子借楚狂之口论道家之义，人物已由实体转为虚笔。再后，《韩诗外传》卷二有"楚接舆妻"条，谓楚王以重金聘接舆治河南，接舆未应，其妻从市归来，陈述道义之理，与接舆逃离。刘向《列女传·楚接舆妻》又将《韩诗外传》细化。其实，两者都是蓄意造作的小说之笔。依清曹之升说，楚狂其人本不知名姓，"接孔子舆者，则谓之'接舆'，非名亦非字也"③。后至《列仙传》始造其名，谓陆通，"好养生，食橐卢木实及芜菁子"，"在蜀峨嵋山上，世世见

---

① 明慎懋赏所造《慎子外篇》将上述善卷两段话语合并抄录，即本《高士传·善卷》，非本于《庄子》。

②③ 曹之升：《四书摭馀说·〈论语〉卷之三》，清嘉庆三年（1877）曹氏刊本。

之,历数百年去"。皇甫撰《高士传》便以陆通为目,将上列事迹一一辑入。自然也有变化,开头说:"陆通,字接舆,楚人也。好养姓(性),躬耕以为食。楚昭王时,通见楚政无常,乃佯狂不仕。故时人谓之楚狂。"这里既吸取了《论语》《列仙》《列女》中的成分和文句,也有皇甫自己的臆想和创造。下接"孔子适楚",全录上述《人间世》那段文字,而后以《论语》"孔子下,欲与之言……"相续,从而将《庄子》与《论语》之文合为一体。再后,以"楚王闻陆通贤"转入录取《外传》与《列女》之文,对两者各有取舍,综合为一。最后将上引《列仙》之文略加变改,谓"俗传以为仙"结尾。这样的累积,就把本为《论语》中的真实人物变成一个虚笔十足的小说人物,《陆通》也就成了地道的小说。

《庄周》之文在《类聚》卷三十六人部《隐逸上》所引嵇康《高士传》中,内容与文字和流传至今的皇甫本几乎全同。由于该条远较《巢父》《壤父》等篇幅为长,内容为多,应是被后人由嵇文移入本传者。它主要包含《庄子》外篇《秋水》和杂篇《列御寇》中的两则。原作两者都写国王以重金聘庄周去做治国高官,均被庄周拒绝。前者,庄周将做高官比作宰杀后供入庙堂的神龟,后者把做高官比作"衣以文绣,食以刍菽"牵入太庙宰杀的牺牛。两者寓意完全相同。庄周"诋讪孔子之徒",否定儒家入世哲学,主张顺乎自然,无为而治。即便了解他的国君,也不会请他为官治国,"故自王公大人不能器之"①。《庄子》外篇与杂篇中的上述故事,无疑都是作者的虚拟之笔,所以聘周的国王都不落实。前者只谓楚王,后者更虚作"或",谓"或聘于庄子"。《高士传》将楚王落实为特定君主楚威王,此与太史公在《老子韩非列传》中改"或"为楚威王一样,将虚作实,且与庄子生活年代相合。《类聚》所载嵇康之文将"或"改作齐桓(宣)王,亦同此理。不过,编撰者们这种将虚作实的笔法不仅没有改变全篇的虚拟性,反倒使虚拟假中见真,似真而实假。这也正合于后世寓意之作借助历史人物造作类真假象的形态趋势。本篇还本于《史记》记述庄周"少学老子","为蒙县漆园吏","王公大人皆不得而器之","终身不仕"等写实性内

---

① 《史记》卷六十三《老子韩非列传》,第 2144 页。

容，颇合史传框式，而其文体乃是反复表现庄周"遗世自放"的寓意小说。

结　　语

《高士传》编创的小说当不止此。《庚桑楚》《商容》《老莱子》《列御寇》《汉阴丈人》《东郭顺子》《王斗》《颜阖》《陈仲子》诸篇，笔者已在前发各文中辨过，此不复赘。《巢父》尚未查明出处，内容的蓄意造作则显而易见。《老商氏》出于《列子》（卷二），《披裘公》似出《韩诗外传》（卷十），原本就属早期小说，编者将两者略作简化，文体如故。小说之外，《庄子·让王》记录的多则传说也被本传收编，有显系虚想的《子州支父》《石户之农》，也有虚实不明的《曾参》《颜回》和《原宪》。源于《列仙传》的《安期生》、出自《史记》的《黄石公》亦属似真而玄的传说之类。

《高士传》的作意在于收采与彰显古今"身不屈于王公"之士①，将其实迹写成史传，砥砺后人。由于不辨《庄》《列》书中所载人事多为虚拟，不仅将某些传说认作史实，而且将许多历史上并不存在的人物誉为"高士"，从而造成一批高士小说。不过，编撰者对《庄》《列》人事的虚与实也并非没有辨别，其辨别的标准大体以超越自然与否为限。对天马行空的玄机道术一概不取，而对那些可容于天地之间却不合于人类社会的超现实内容却未予排除。故取《列子》中的壶丘子林，不取《庄子》（或《列子》）中的壶子，因为后者所写的道术大大超越智能所及的极限，至为玄虚；虽取《列子》的老商氏，谓列御寇师之，"进于其道"，却删去人所不能的"乘风而归"。总之，是将某些高士的事迹限制在自然之人言行可及的范围之内。其人物虽属寓意符号，却较非凡的超人易于被人理解与接受，加上时代久远、认识的误差，在一定历史阶段也会被视为真实的历史人物。古代史书中同类文字屡见不鲜，《高士传》将史传与传说、小说汇于一书也就不足为怪了。

（原载《北京大学学报》2012 年第 6 期）

---

① 　皇甫谧：《高士传序》，《高士传》卷首，中华书局 1985 年影印本。

后　　记

　　中国小说产生的时代,学界有先秦、汉代、魏晋、唐代四种看法,近年则多见后三种。这里所收的十四篇系列文章,集中考察了先秦子史及后续典籍中有意虚拟、完整成篇又非寓言的叙事之文,呈现了中国童年小说的实迹,希望能对研讨我国小说的产生时代有所助益。又者,每见有文将诸多古籍中的某些虚拟人事引为实据,上列考辨亦望对减少这种状况有所助益。

　　本书除《代前言》外,其余文字都公开发表过。发表时,个别篇章有所删削,或改了文题,此次汇集,复其原貌,或略作修订。考辨古籍虚实的过程也是认识的深入过程。原对《晏子》与《左传》互有抄录的复杂关系缺乏认识,故在初辨《晏子》时以为其与《左传》重复的各篇均属抄录后者的单向关系,后在辨析《左传》时改变了看法。与此相类,《国语·齐语》与《管子·小匡》的内容与文字多有重复而前者简略,孰先孰后颇费斟酌。原从传统看法,以为《齐语》是《小匡》的简化;后重读两作,始关注《齐语》的语言较《小匡》稚拙、简古,参考近年相关论著,确认其出应较《小匡》为早。鉴于上述认识的发展,此次收录,对原已发表的有关《晏子春秋》与《国语》的某些考辨文字作了相应的修正与订补。

　　由于各篇写作的时间距离较远,从图书馆借到的同一种书,有时不属同一版本,从而造成本书不同篇的引文虽出自同书,所注版本却不相同的情况。如《先秦诸子系年》,既有中华书局版,也有河北教育出版社版;《柳河东集》,既有上海人民出版社版,也有中华书局版。诸如此类,特此说明。

　　考辨古籍中的早期小说，是许多年前产生的念头。后给研究生开设唐前文言小说课程，研读这方面的材料日多，但除那篇论辩《穆天子传》的文字，其时都还远未疏理成文。此后又一度介入历史题材创作的讨论和作品的论评，并被先后卷入所谓"纪实小说"及历史小说《张居正》的两次论争，多少光阴不觉忽忽而过矣。至2005年后始得沉下心来，重拾对我国早期小说所作的考辨。不意愈考愈多，愈辨愈繁，远远超出早时预计，以至数年不能罢手。前人对先秦至魏晋古籍之文的真伪、虚实多有考证，我们今天辨其小说，无疑是"站在前人的肩膀上"，加之有电脑做帮手，查资料、改文稿省力多多。即便如此，写此等文对我来说仍不轻松。六七年间虽也时断时续，不无旁骛，用在这上面的时间与精力还是最多的。今裒此集，总算了却一桩夙愿。在我虽颇尽力，水平却很有限，舛错之处在所难免，尚望方家不吝赐教。

　　在论集艰于出版的今天，北京大学出版社慨承付梓，大力支持，责编徐丹丽、徐迈二位出力甚多，精心编校，仔细正误，谨在此一并致达谢忱！

2013年10月于北大寓所